풍운고월조천하

풍운고월조천하 3
금강 新무협 판타지 소설

초판 1쇄 찍은 날 § 2009년 10월 9일
초판 1쇄 펴낸 날 § 2009년 10월 15일

지은이 § 금강
펴낸이 § 서경석

편집장 § 문혜영
편집 § 정서진 · 서지현

펴낸곳 § 도서출판 청어람
등록번호 § 제1081-1-89호
등록일자 § 1999. 5. 31

주소 § 경기도 부천시 원미구 심곡2동 163-2 서경B/D 3F (우) 420-822
전화 § 032-656-4452 팩스 § 032-656-4453
http://www.chungeoram.com
E-mail § eoram99@chollian.net

© 금강, 2009

ISBN 978-89-251-1960-1 04810
ISBN 978-89-251-1957-1 (세트)

※ 파본은 구입하신 서점에서 교환하여 드립니다.
※ 저자와 협의하여 인지를 붙이지 않습니다.
※ 이 책은 도서출판 청어람과 저작자의 계약에 의해 출판된 것이므로,
　무단 전재 및 유포 · 공유를 금합니다.

풍운고월조천하

CHUNGEORAM ROYALTY ORIENTAL NOVEL

금강 장편 소설

절세경신(絶世驚訊)

[전 4권]

第一章 일대경신(一代驚訊) 7
第二章 군마쟁보(群魔爭寶) 37
第三章 연자득보(緣者得寶) 67
第四章 절세모용(絶世慕容) 93
第五章 유방백세(流芳百世) 113
第六章 무자천서(無字天書) 139
第七章 절곡경혼(絶谷驚魂) 159
第八章 성모궁주(聖母宮主) 187

第九章　의봉출운(疑峯出雲)　207

第十章　금낭지비(錦囊之秘)　229

第十一章　절세경신(絶世驚訊)　263

第十二章　구천군주(九天君主)　297

第十三章　천고지명(天鼓之鳴)　345

第十四章　만인부당(萬人不當)　367

第十五章　전후인과(前後因果)　395

第一章

일대경신(一代驚訊)
―거짓으로 꾸며진 실종이 참으로 되면서 음모(陰謀)의
　수레바퀴는 천하(天下)로 구르고…….

풍운고월
조천하

　웅이산을 끼고 흘러가는 이수(伊水) 가에는 팔리탄(八里灘)이라는 조그마한 진(鎭)이 있다.
　잔잔히 흘러 황하로 들어가는 이수의 물결은 동녘을 붉게 물들이며, 솟아오른 태양에 온통 금빛으로 물들어 있었다. 찰랑이는 이수의 물은 수많은 금빛 고기들의 비늘이 뒤채는 듯 온통 찬란함으로 빛나고 강변을 덮고 있는 갈대들마저 그 빛으로 물들였다.
　그 빛들이 점점 짙어져 아침이 되었을 때, 팔리탄 앞을 흘러가는 이수 가의 갈대밭 가운데 한 사람이 강을 면한 채 단정히 앉아 있음을 볼 수 있었다.
　조용히 살랑이는 갈대의 숨소리에 귀를 기울이는 듯 눈을 감고 있는 그는 바로 지난밤 귀보를 떠나온 구양천상이었다.
　얼굴에 쓴 복면은 벗었지만 몸에 걸친 검은 옷은 아직 그대로였다.

그의 무릎에는 보천신검이 놓여져 있었다.

얼마의 시간이 흘렀을까.

구양천상은 감았던 눈을 들어 묵묵히 흘러가고 있는 이수를 바라보았다.

"편조의 이름은 과연 헛되지 않았군……."

알 수 없는 말을 중얼거리는 그의 입가에는 쓴웃음이 미미하게 스쳐 가고 있었다.

그는 귀보를 벗어난 후, 구중천의 눈을 피해 전력을 다해 이곳 팔리탄으로 달려왔었다.

하지만 아침이 되도록 그가 팔리탄을 뒤졌지만 할아버지인 소요신옹 구양운유의 모습은 그 어디에도 없었다.

그러던 중에 구양천상은 한 가지 사실을 깨닫게 되었다.

자신이 귀보에 있음을 어떻게 알고 할아버지가 만박편조를 보내었으랴…….

그제야 구양천상은 마지막 순간에 만박편조가 웃은 이유를 알게 되었다.

결국 그는 만박편조에게 한 번은 속고 만 것이다.

원래 만박편조 동일사는 웅이산에 검기가 보인다는 소문을 듣고는 한 사람의 세외이인(世外異人)에게 하루의 말미로 천년백학을 세내어 웅이산으로 달려왔었다.

하지만 귀보에 당도한 그는 상황이 심상치 않음을 느끼게 되어 잠시간 몸을 숨기고 사태를 주시하였다.

그중에 그는 구양천상이 검을 얻는 것을 보았고 검마 관산악이 그에게 검을 부탁하는 것도 보았다.

사기꾼에게 있어 첫째로 필요한 것은 천부의 순발력과 순간의 재치이다. 만박편조는 거기에다가 절세의 용모는 물론, 공맹(孔孟)이 부럽지 않을 정도로 박학하였던 것이다.

그는 태음천주와 구양천상의 대화에서 그의 신분을 알게 되자, 대번에 그의 성품을 이용한 일장의 사기극 하나를 떠올리게 되었으며, 구중천이 귀보 일대에 나타난 사람들을 무차별 도살함을 보고 그 생각을 완전히 굳히게 되었다.

그가 비록 전대의 기인이기는 하지만 무력을 사용하기에는 상대가 너무 강함을 알게 되었던 것이다.

게다가 세 치 혀를 놀리면 간단히 얻을 수 있는 것을 무엇 하러 손발 흔들고 춤출 것이냐 하는 것은 바로 평소 그의 신조이기도 하였다.

하지만 그가 속이려는 사람은 다른 사람이 아닌 구양천상이었으니 그 계획의 성공 가능성은 애초부터 없다고 해도 과언이 아니었다.

낭패를 당한 만박편조는 하루 세낸 시간이 다 되었다고 울어대는 백학의 등쌀에 못 이겨 쫓기듯 황급히 떠나면서도 그냥 떠나지 않았던 것이다.

그리고 그의 말 한마디는 구양천상으로 하여금 날이 밝도록 팔리탄을 헤매게 만들었다.

과연 그는 사기꾼의 조종(祖宗)이라 불릴 만했다.

구양천상은 만박편조 동일사의 생각을 하고 쓴웃음을 짓다가 웅이산을 바라보았다.

눈앞에 웅장히 산세를 펼치고 있는 웅이의 산세…….

하지만 지난밤 거리에서 일어난 일들이야말로 경천동지의 것이라 해도 과언이 아니었다.

그의 뇌리에 두 여인이 흘러갔다.

하나는 그로 하여금 귀보로 가게 만든 신비의 여인 능소화 연자경이며, 다른 하나는 돌변한 태도를 보인 태음천주 음약화였다.

'연자경의 신분은 과연 무엇일까? 그녀가 한 말과 행동을 보면, 이미 구중천의 존재에 대해서 알고 있었음에 틀림이 없다……. 과연 그녀의 신분은 어떠한 것이기에 그러한 것이 가능할까?'

그녀의 나이로 보자면 그거야말로 불가사의할 정도였다.

그때였다.

생각에 잠겨 있던 구양천상은 어디선가 귀를 찌르는 음향이 은은히 들려옴을 깨달은 듯했다.

'이것은……?'

구양천상은 눈빛을 굳히며 몸을 일으켰다.

둘러보아도 보이는 것은 아무것도 없었다.

일찍 일어난 어부 하나가 강에 배를 띄우고 있는 것이 보일 뿐이다.

구양천상은 소매를 흔들었다.

피이—

고막을 찌르는 소리가 일어나더니 그의 소매 속에서 신호탄 하나가 하늘 높이 솟아올라 팍, 불꽃을 터뜨렸다.

그물을 만지고 있던 어부 일가족이 놀라 구양천상과 하늘에서 터진 신호탄을 보았다.

신호탄이 사라지자, 강 저쪽에서 예의 소리가 들리는 듯하더니 하늘에 신호탄의 불꽃이 터짐이 보였다.

그리고는 한 사람이 빠른 속도로 갈대밭을 가로질러 강을 향해 달려오고 있음을 볼 수 있었다.

'무슨 일이 있기에 긴급 신호를 발출하면서까지 나를 찾는단 말인가?'

심상치 않음을 느낀 구양천상은 어부 일가가 조금 마음에 걸렸지만 한차례 발을 굴러 번개처럼 몸을 솟구쳤다.

강폭은 팔구 장을 넘고 있었지만 구양천상은 이미 그곳을 충분히 뛰어넘을 능력을 가지고 있었다.

"으앗……!"

그의 뒤에서 어부 일가가 놀라 뭐라고 외치는 소리가 들려왔지만, 구양천상은 허공을 가로질러 강 건너 달려오고 있는 유청의 앞에 내려서고 있었다.

"유청, 대공을 뵙습니다!"

유청이 무릎을 꿇음을 보고 구양천상은 그를 일어나도록 했다.

"무슨 일로 긴급 신호를 발출하여 나를 찾았느냐?"

유청이 빠른 어조로 말했다.

"어르신네의 소식이 있습니다!"

구양천상이 되물었다.

"어르신네? 할아버님 말인가?"

"그렇습니다! 그 어른께서 돌연히 모습을 나타내시어 지금 낙양의 임시 거처에서 대공을 기다리고 계십니다!"

"찾은 것이 아니라, 직접 나타나셨단 말인가?"

유청은 머리를 끄덕이며 말했다.

"예, 그분께서는 가능한 모든 방법을 다 동원하여 최대한 빠른 시간 내에 대공을 모셔오도록 명하셨습니다."

구양천상의 눈빛에 미미한 흔들림이 일어났다.

종적을 알 수 없었던 소요신옹 구양운유가 모습을 드러내어 자신을 찾는다면, 그것은 동생 구양천수에 관한 일일 것이다.

"다른 말씀은 없었던가?"

유청은 고개를 흔들었다.

"화급한 일이라는 것밖에 다른 말씀은 듣지 못했습니다! 대공께서 웅이산 일대에 와 계심은 알고 있었지만 어디에 계신지 몰라서…… 더구나 어젯밤에 웅이산 일대에 일장 도살이 일어나 허락없이 긴급 신호를 발출하였습니다."

"……"

구양천상은 묵묵히 고개를 끄덕여 보였다.

그리고 그가 막 앞으로 나아가려 할 때에 유청이 다시 말했다.

"그리고, 소림 만공 장문인께서 급히 대공을 찾고 계십니다. 어젯밤부터인데, 재하가 알기로는 여러 차례 연락이 온 것 같습니다."

구양천상은 그를 돌아보았다.

"무엇 때문인지는 알려지지 않고?"

"그렇습니다. 얼핏 듣기로는…… 장문인께서 숭산 소림사를 떠나오셨다는 것 같습니다."

"소림사를 떠나왔다고?"

"그런 듯합니다. 아마 지금 숭산을 벗어나 그 일대인 등봉 경내에 계신 듯한데, 자세한 것은 재하가 이곳으로 오느라 잘……."

구양천상의 눈빛이 가라앉기 시작했다.

돌연히 할아버지 구양운유가 나타난 일과 만공 대사가 소림사를 벗어난 것이 따로 떨어진 일이 아닌 듯한 느낌이 들었던 것이다.

뭔가 심상치 않았다.

'내가 웅이산에 있는 지난 밤사이에 무슨 일이 일어났단 말인가? 아니면…….'

구양천상은 서둘러 그 자리를 떠났다.

* * *

임시 거처는 낙양 교외에 있는 한 농가의 뒤채였다.

구양천상이 낙양의 임시 거처에 도달한 것은 그날 점심때가 되지 않아서였다.

하지만 그 자리에 자신을 기다리고 있어야 할 소요신옹 구양운유의 모습은 그 어디에도 보이지 않았다.

그 자리를 지키고 있는 것은 뜻밖에도 세가의 경위대장인 팔비운룡 경중추였다.

"이곳의 인력이 모자란다고 하여 사도 총관께서 보내셔서 왔습니다."

구양천상을 본 경중추의 말이었다.

그는 구양천상이 다른 말을 하기 전에 두 통의 서신을 꺼내 그의 앞에 놓았다.

"위의 것은 사도 총관이 부탁하신 일에 대한 조사 결과라고 보낸 것이고, 밑에 있는 것은 어르신네께서 대공께 남겨두고 가신 겁니다."

구양천상은 두 통의 서신을 집어 들다 의혹 어린 표정으로 그를 보았다.

"나를 찾는다 하셨는데, 이것을 남겨두고 떠나셨단 말인가?"

"그렇습니다. 초조히 대공을 기다리시다가 한 시진…… 아마 그 정도 전에 어디론가 떠나시며 이것을 대공께 남겨두셨습니다."

구양천상은 잠시 서신을 내려다보다가 그를 향해 물었다.

"소림사에서는 다른 연락이 없었던가?"

"마지막 연락이 있기를…… 만공 대사께서 등봉현 수진사(修眞寺)에서 기다리고 계신다고……."

"수진사?"

"예, 소림사의 말사(末寺:본사에 딸린 작은 사찰)인 듯합니다."

구양천상은 고개를 끄덕여 보이고 서신을 뜯었다.

그가 서신을 뜯는 것을 보고 팔비운룡 경중추는 문밖으로 나갔다. 주위를 경계하려는 것이다.

그런데 소요신옹 구양운유가 남겨놓은 서신을 뜯어 읽어 내려가던 구양천상의 얼굴은 단 한순간에 돌변하고 말았다.

거기 적혀 있는 내용이야말로 천하없는 구양천상이라 할지라도 입이 벌어지지 않을 수 없는 것이었다.

〈……시간이 없다. 할 수 없이 너를 보지 못하고 떠나야겠다.

그 말썽꾸러기 녀석이 결국은 정말 실종이 되고 말았다.

이 말은 너로서는 괴이하겠지만, 기실 천수 그 녀석은 실제로는 실종된 것이 아니었다. 그것은 연극이었었고, 녀석이 그렇게 한 것은 혼자 힘으로는 일을 감당하기 힘들어 너를 강호로 끌어들이고자 꾸민 일이다…….〉

구양천상은 너무도 어이가 없어서 한참 그 내용을 내려다보고 있었다. 글은 계속 이어지고 있었다.

〈……나는 원래 녀석의 연극을 훼방 놓으려 했으나, 한편 생각하니 홀로 독야청청(獨也靑靑)하려는 너를 강호로 끌어들여 헤매게 만드는 것도 재미있겠다 싶어 녀석이 일을 꾸미는 것을 그대로 두고 보기로 했었다…….

결국 너는 녀석의 계획대로 강호에 끌려 나왔고, 네가 저들의 주의를 끄는 동안, 천수 그 녀석은 암중에 적의 이면을 조사할 시간의 여유를 얻게 되어 당금 천하를 뒤흔들고 있는 양대 신비 세력인 태음천과 천도문의 배후에 대해 상당한 진전을 보이는 듯했다.

그것은 제법 괄목할 만한 것으로, 태음천이 하나의 세력이 아니라 구중천이라는 어떤 힘의 전위(前衛)라는 놀라운 것과 천도문이 지난날 무림을 흔들었던 암흑마교와 연관이 있다는 것 등이었다.

천수 그 녀석의 거짓 실종 계획은 놈과 호가오영, 그리고 소림의 만공 대머리를 제외하고는 아무도 모르게 극비로 진행되어 기실 상황은 상당히 재미있게 돌아가는 듯하였었다…….

그런데 며칠 전에 녀석은 어떤 중대한 단서를 잡은 듯 보였고, 그날 그놈은 오영, 그 멍청한 놈들과 함께 길을 떠났다. 나는 녀석의 뒤를 따르다가 한 가지 기이한 소문을 듣게 되어 잠시 지체케 되었는데……
그것이 녀석의 종적을 놓치게 된 결정적인 잘못이 되었다.〉

글의 뒤에는 그가 듣게 된 소문에 대한 내용과 그가 구양천수의 종적을 놓치게 된 장소 등이 부기되어 있었다.
"……."
구양천상은 어이가 없어 묵묵히 그 글을 다시 한 번 읽었다.
다시 읽는다고 해서 글의 내용이 달라질 리가 없었다.
그의 입매가 점차 굳게 다물어졌다.
'고약한 녀석!'
구양천상은 마침내 길고 답답한 한숨을 내뿜었다.
어느 누가 이러한 상황을, 구양천수의 실종이 진정한 것이 아니라 그의 형 구양천상을 강호로 끌어들이기 위한 것이었음을 짐작이라도 할 수 있었으랴.
구양천상조차도 설마하니 구양천수가 그러할 줄은 상상도 하지 못했다.
일은 간단했다.
실종이 되지 않은 사람을 찾으려 하니, 그 어디에서 그의 종적을 발견할 수 있었겠는가…….
괘씸하기 짝이 없는 일이었지만, 지금에 이르러 그를 나무라고 싶은 생각은 없었다. 구양천수 혼자서 감당하기에는 적의 힘이 너무도 거대하다는 것을 그도 이미 절실히 느끼고 있었던 것이기에.
구양천수가 이면에서 구중천의 존재와 천도문의 배후에 관해 조사해 낸 것만 하더라도 쉽지 않은 일임에 틀림이 없었다.

그러나 구양천상은 가슴속이 답답해져 옴을 어쩔 수가 없었다. 그의 수양이 아무리 뛰어나더라도 어찌할 수 없는 일이었다.

'너는 이러지 말아야 했다……! 나를…… 강호에 끌어들였으면, 그것이 성공하였으면 진작 내 앞에 나타나서 나를 안심시켜야 했었다. 내가 너에 대한 걱정을 덮고, 우리가 일을 분담하게 된다면…… 우리의 힘은 즉시 배가될 것임을 설마 네가 몰랐단 말이냐?'

탁자를 쥔 손에 힘이 들어갔다.

시골 농가의 별볼일없는 나무 탁자였다.

뿌드득 소리와 함께 탁자가 그의 손 힘을 이기지 못하고 힘없이 부스러져 내렸다.

생각을 바로 실행에 옮기는 성급함이 있기는 했지만, 무모하지는 않은 구양천수였다.

이번에 그를 강호로 끌어들인 것만 하더라도 그것은 확실히 세상 모든 사람들의 의표를 찌른 일임에는 틀림이 없었다. 그리고 그 일은 구양천수의 의중대로 된 성공작이라 할 수 있었다.

잠시 생각을 안정시킨 구양천상은 지금의 상황으로 보아 구양천수가 자신의 앞에 나타날 때가 되었음을 모를 리 없다고 생각했다.

그런데, 그가 홀로 길을 떠났다면 그래서 진정으로 실종이 되었다면 분명히 그래야만 할 충분한 이유가 존재할 것이다.

수진사에서 자신을 기다리고 있다는 만공 대사의 존재가 그의 뇌리에 떠올랐다.

호가오영을 제외하면 오로지 한 사람, 구양천수의 연극을 알고 있었던 사람이 바로 만공 대사였다.

그가 자신을 찾는다면 그 일은 분명코 구양천수에 관한 것 외에 다른 것은 아닐 것이다.

어쩌면 좀 더 자세한 것은 그를 만나보면 알 수 있게 되는지도 몰랐다.

답답한 숨을 몰아쉰 구양천상은 소요신옹 구양운유가 자신을 기다리지 못하고 급히 이곳을 떠나야 했던 이유가 적힌 편지의 끝 부분을 다시 한 번 읽었다.

〈……녀석이 마지막으로 움직인 곳은 호북(湖北) 대홍산(大洪山)이다. 나는 옛 친구 몇을 불러 협조를 요청하였는데, 그들로부터 연락이 와 급히 가야 한다. 단서가 있다면 네게 다시 연락하마.

잠시의 방심이 요 모양이 될 줄이야…… 빌어먹을!〉

구양천상은 툴툴거리면서 욕을 해대는 소요신옹의 모습을 눈앞에서 보는 듯하여 쓴웃음을 지으며 그의 편지를 접어 탁자 위에 내려놓았다.

원래 구양천상의 성품은 너무 고요하여, 나이답지 않게 장난치기 좋아하는 소요신옹 구양운유는 그보다는 구양천수와 더 죽이 잘 맞았다.

소요신옹은 구양천상을 일러 냄새나는 샌님이라고 욕을 해대면서도 은근히 어려워하고 있었기에 이런 일이 발생하게 되자, 그를 볼 면목이 없어 편지를 남겨두고 자리를 피한 것일 수도 있었다.

또 하나의 편지가 있었다.

그것은 구양세가의 총관 사도광이 그에게 팔비운룡 경중추를 통해서 보낸 것이었다.

내용은 이러했다.

〈……재하는 오늘 비합(飛鴿:비둘기를 통한 소식)으로 뜻하지 않은 소식을 들었는데, 대공께서도 접하셨는지 모르겠습니다.

그것은 불가해삼보 중 하나의 무명천고(無鳴天鼓)에 대한 것인데, 그 소문은 제법 구체적이고 자세합니다…….〉

'총관도 그 소식을 들었단 말인가?'

구양천상은 눈빛을 굳혔다.

소요신옹 구양운유가 구양천수의 뒤를 따르다가 도중에 듣게 되어 그의 종적을 놓치게 되었다는 기이한 소문, 그것 또한 사도광이 말한 무명천고에 관한 것이었으니, 이것은 우연이 아니었다.

강호상에 그 소식이 번져 가고 있음을 의미하는 것이다.

북은 북이되, 그 어떠한 방법을 동원하여도 울리지 않는 북! 그래서 그 이름은 무명천고(無鳴天鼓)이다.

무명천고는 이미 구양천상의 손에 의해 그 비밀이 풀린 무개옥합과 아직 강호상에 모습을 드러낸 적이 없는 무자천서(無字天書)와 더불어 강호 불가해삼보의 하나로 일컬어지고 있다.

그런데 그 무명천고가 무개옥합에 이어 모습을 드러냈다는 것이다.

소문은 대강 이러했다.

요동(遼東) 땅에서 연대를 알 수 없는 제왕(帝王)의 무덤(陵)이 하나 도굴되었는데, 그 부장품 속에 무명천고가 끼어 있었다는 것이다.

그것을 처음 알아본 사람은 요동으로 표행을 나갔던 낙양표국의 국주 일장추혼(一掌追魂)이었고, 그것을 손에 넣은 그는 서둘러 요동을 떠났으나 이미 소문은 새기 시작하여 요동 땅의 무림인들이 대거 그를 추적하기 시작하였던 것이다.

일장추혼은 사력을 다해 남하하였으며, 요동의 무림인들이 대거 움직임을 보고 괴이하게 생각하던 중원 무림인들도 결국 그 까닭을 알게 되니……

일은 그렇게 비롯되고 있었다.

'일장추혼이 강호상의 일류고수임에는 틀림이 없지만 기보에 눈이 뒤집힌 무림인들의 공격을 견딜 만한 능력은 없다……. 그는 결국 살신지화(殺身之禍)를 면치 못할 것이고 이미 그 물건은 주인을 여러 번 바꾸었을 가능성이 높다!'

구양천상은 마음이 무거워졌다.

이렇게 된다면 강호상의 혼란은 점점 더 가중될 것이고, 그것을 진정시킬 수 있는 방법은 난망(難望)했다.

지난날 구양천상의 아버지 구양범이 처한 상황이 이와 비슷하기는 하였으되, 그때는 무림이 연이은 겁난으로 인해 쇠약해 있었으며, 또한 구중천이나 천도문과 같은 가공할 세력이 없었다.

하지만 지금은 달랐다.

구대문파 개개가 뚜렷한 위치를 지키고 있었으며, 단일 문파로는 천하에서 가장 큰 세력을 지닌 개방이 암중에 힘을 비축했고, 남북이곡(南北二谷)이나 중원삼보(中原三堡) 또한 그 힘이 구양세가 등에 못지않은 성세를 보이고 있을 정도로 흥성한 무림인 것이다.

사공이 많으면 배가 산으로 올라간다고 한다.

지금의 무림은 그와 같은 처경에 있었다.

만에 하나라도 그 와중에 구중천이 무명천고를 손에 넣어 그 비밀을 쥐게 된다면 천하의 앞날은 걷잡을 수 없게 될 것임을 구양천상은 알고 있었다.

그럴 수밖에 없는 것이 이미 불가해삼보의 하나인 무개옥합의 신비를 풀어낸 구양천상이기에 불가해삼보의 힘이 얼마만한 비중으로 작용할 것인지를 짐작할 수 있는 것이다.

'더구나 구중천은 이미 모든 준비를 완료하고 그 모습을 드러내려 하고 있지 않은가······. 구중천을 움직인다는 그 신비의 군주(君主)가 모습을 드러내기 전에 무엇인가 그를 상대할 방법을 마련해야만 하는데······.'

구양천상은 무거운 마음으로 천천히 머리를 내젓고는 사도광이 보낸 글을 계속 읽었다.

무명천고에 관한 것은 그가 소식을 보낸 목적이 아니었다.

〈······조사 결과, 말씀하신 대로 선모(先母:은하협녀 이옥환)께는 한 사람의 자매가 있었으며, 그분은 어릴 때 성모궁에 입궁한 것이 사실로 확인되었습니다.

그분의 이름은 능파옥녀(凌波玉女) 이옥경(李玉瓊)으로서 선모께서 돌아가시기 전에 한번 세가를 방문하여 선모를 만난 적이 있음이 사실입니다……

지금 그 행적을 추적하고 있으며, 당시의 기록이 발견되어 성모궁의 위치를 알아낼 수 있는 가능성은 매우 높습니다.〉

구양천상은 아스라한 기억 속에서 이모라는 미모의 한 여인이 은하협녀 이옥환을 방문하였음을 떠올려서 그것에 관해 사도광에게 조사하도록 명하였었고, 지금 그가 읽고 있는 것이야말로 거기에 대한 조사 결과였다.

전날 그가 양운비에게 성모궁에 대해서 알아볼 방법이 있을는지도 모른다고 한 것은 바로 이러한 기억에 기인하고 있었다.

   *   *   *

수진사(修眞寺)는 등봉현 교외, 숭산의 자락에 겨우 걸터앉은 작은 사찰이다.

구양천상이 거기에 도착한 것은 태양이 서산으로 떨어지려 위태위태할 때였고, 절의 굴뚝에서는 몽글몽글 저녁 공양의 연기가 올라가고 있었다.

만공 대사가 구양천상을 기다리고 있는 곳은 밥 짓는 연기가 올라가고 있는 그 절의 뒤꼍에 자리한 평범하기 이를 데 없는 선방이었다.

좁은 선방 안에서 좌선에 들어 있던 만공 대사는 구양천상을 보자 무거운 얼굴로 몸을 일으켰다.

"아미타불…… 급히 오도록 재촉하여 죄송합니다. 적들의 이목이 워낙 영통하여 이런 편법을 썼으니, 양해하시기를…….."
"별말씀을, 기다리시게 하여 죄송합니다."
구양천상은 그를 향해 마주 합장해 보였다.
자리에 마주앉아 만공 대사는 무엇인가 먼저 입을 열고자 하였으나 무거운 표정이 되어 쉽사리 말을 꺼내지 못했다.
먼저 입을 연 것은 구양천상이었다.
"본 가의 가주가 실종되었다는 소식은 이미 들었습니다. 소생을 부르신 것이 거기에 대한 것이라면 마음에 두시지 말고 말씀을 하여주십시오."
만공 대사의 눈이 커졌다.
"어, 어떻게……?"
구양천상은 나직이 한숨을 쉬었다.
"본 가의 가주는 총명하고 과감하기는 하지만, 혈기방장하고 호승심이 강하여 자신을 돌보지 않는 단점이 있습니다. 장문인께서 소생을 속이셨지만, 그것은 본 가의 가주가 꾸민 일임을 소생도 알고 있으니 그리 자책하실 일이 아닙니다."
만공 대사는 감탄을 금할 수 없었다.
'과연…… 과연 대단하다! 실로 이 사람의 그릇은 측량키 어렵구나…….'
만공 대사는 합장을 하며 깊숙이 머리 숙였다.
"뭐라 할 말이 없소이다……. 출가인으로서 거짓을 말했으니 무슨 말로 용서를 빌겠소? 노납이 미리 말을 했었다면 오늘 이 사고는 미연에 막을 수 있었을 것을……."

만공 대사는 장탄식을 하였다.

구양천수의 실종은 비단 구양천상을 속이기 위한 것일 뿐만 아니라, 천하를 상대하여 면밀히 계획된 일장의 사기극이었다.
구양천수는 자신의 실종으로 인해 일어날 모든 결과를 계산하고 움직였고, 그 일은 하마터면 구양천상을 죽음으로 밀어 넣을 뻔하기도 하였지만 성공적이라 하지 않을 수 없었다.
구양천상이 강호에 출도할 때까지만 하더라도 구양천수가 적에 대해서 아는 것은 전무하다 할 수 있었다.
그가 남긴 편지라던가, 적의 내정…… 운운하던 것은 모두 그의 실종을 합리화하기 위한 것일 뿐, 처음부터 남길 만한 것이 없었다.
아는 것이 없었던 것이다.
그 의혹에 관한 것은 구양천상이 조사하도록 계산되어 있었다.
구양천수가 적의 내정에 관해 파고든 것은 그의 형인 구양천상의 출도 이후부터였다.
결국, 구양천수는 잠적한 상태에서 마침내 구중천의 존재를 알아낼 수 있었으며, 그 무서운 힘이 곧 강호에 나올 것이라는 것도 알아내게 되었다.
구중천의 편제는 구천을 통틀어 태음천과 동일하였다.
각 천의 천주 아래에는 좌우호법이 있으며, 천주의 친위대가 있고 그 아래에 명을 집행하는 집법기를 비롯한 천주, 천충, 천봉, 천영의 오기(五旗)가 조직되어 있다.
오기야말로 각 천의 실질적인 행동대라 할 수 있으며, 각 천의 이름이 다를 뿐 그 명칭은 같았다.

태음천의 태음집법기는 태양천에서는 태양집법기가 된다는 따위다.
 태음천과 같은 조직이 구중천이라는 이름으로서 무려 아홉이나 존재한다는 것을 알게 된 구양천수는 전율하여 마침내 형 앞에 모습을 드러내고 손을 잡을 때가 왔음을 감지하게 되었다.
 그간 자신이 구양천수와 주고받은 서신을 구양천상에게 건네준 만공 대사는 구양천상이 그것을 다 읽기를 기다려 말하였다.
 "구양 가주는 이제 대공과의 만남을 더 이상 미룰 수 없는 상태라고 노납에게 말하였었소이다. 한데 그 말을 하고 나서 정말로 실종이 되어버릴 줄이야……!"
 구양천상이 물었다.
 "본 가의 가주와 마지막으로 만난 것은 언제였습니까?"
 "지금으로부터 일주일…… 정확히 그렇게 되었을 것이오. 그때는 밤이었었으니까……."
 구양천상은 다시 물었다.
 "그때 어디로, 무엇 때문에 간다는 말은 없었습니까? 소생을 만날 때가 되었다고 스스로 말해놓고서 소생을 만나지 않고 떠나야 할 만큼의 어떤 절실한 문제가 생겼다던가……?"
 만공 대사는 백설과 같은 뻗은 눈썹을 찡그렸다.
 "그 부분에 대해서는…… 구양 가주에게서 약간의 언급이 있었으나, 노납이 보기에는 본인도 확실한 것을 아는 것 같지가 않았소이다. 구양 가주의 말대로라면 그는 아마도 두 가지 문제에 대한 단서를 얻은 듯한데……."
 "어떤 단서인지 아십니까?"

"구중천을 움직이고 있는 군주라는 사람에 대한 내막에 접근할 수 있는 단서라고 하였소. 구양 가주는 매우 상기된 표정이었고, 그의 어조로 보아 그 단서는 매우 신빙성이 있는 듯하였소……."

"구중천의 군주에 대한……?"

구양천상은 그 말을 되뇌며 잠시 침묵했다.

그의 동생 구양천수는 과감하기는 하여도 절대로 경솔한 성격은 아니다.

그가 만공 대사의 앞에서 상기된 표정을 드러낼 정도의 문제라면 심상한 일이 아닐 것이다.

그는 후일 그것이 얼마나 엄청난 의미였나를 알게 된다.

"또 하나의 단서는 어떤 것이었습니까?"

만공 대사는 구양천상의 물음에 조용히 불호를 외었다.

"나무아미타불…… 다른 하나는, 바로 대공의 영존이신 구양범, 구양 시주에 대한 것으로 들었소."

"소생의 아버님?"

"그러하오. 그는 구중천의 내막을 조사하던 중에 구중천이 이미 이십 년 전부터 강호상에 암약하고 있었음을 알아내었다 하였고, 아마도 그 당시는 구중천이 조직되는 초기일 것이라 하였소……. 천도문의 성립 또한 이십 년 전이라 하니 영존이신 구양 시주의 신비로운 실종과 그들을 당연히 떼어놓을 수가 없을 것으로 생각하오."

'이십 년…… 이십 년 전이란 말이지……?'

구양천상은 묵묵히 입을 다물고 있었다.

만공 대사의 말이 이어졌다.

"노납은 영존께서 구양세가의 고수들을 이끌고 모종의 의혹을 조사하기 위해서 길을 떠났다가 실종이 되셨다고 들었소……. 만약, 구중천이나 천도문의 성립이 그 당시라면 그들로서는 당연히 혐의를 벗을 수 없을 것이오."

그 말의 의미를 뒤집으면, 구양범이 실종되지 않았다면 그들 중 최소한 하나는 성립하지 못하였으리라는 말과 같다.

구양범이 조사하려 하였던 일이 그들의 존재에 대한 것이었다면, 그를 이길 수 있었기에 지금의 구중천이나 천도문이 존재할 수 있다는 말이 되는 것이다.

그렇다면……

'충분한 가능성이 있다. 그 당시에 실종된 고수들 중의 몇몇이 구중천에 있음을 이미 나는 보았다. 당시에 아버님이 조사하실 수 있는 의혹이라면 강호고수들의 실종보다 더 큰 것은 없을 것이다…….'

구양천상의 가슴은 급격히 뛰놀기 시작하였다.

그와 같은 일이라면 구양천상이라도 모든 것을 제쳐 두고 움직일 수 있었다.

하지만, 아무리 그렇다 하더라도 그와 연락할 시간이 없었을까?

거기에 대한 대답은 만공 대사로부터 해결되었다.

"노납이 듣기로는 시일이 너무 촉박하여 만에 하나라도 실기(失機)하게 되면 그 내정을 알아볼 수 있는 열쇠가 사라져 버린다는 것 같았소……. 당시 그것을 물어보지 못한 것이 참으로 유감이오."

구양천상은 한참 만에야 입을 열어 물었다.

"본 가의 가주가 마지막으로 간 곳이 대흥산이라 들었습니다. 대흥산 어디인지 아십니까?"

만공 대사는 놀란 빛으로 구양천상을 바라보았다.

대흥산이라는 것까지 알 줄은 몰랐던 모양이었다. 그로 본다면 소요신옹의 행적은 구양천수까지도 몰랐던 것 같았다.

"구양 가주에게 듣기로 그곳은 대흥산경에 있는 하나의 산곡(山谷)이라 하였소……. 무종곡(霧踪谷)이라 하여 대낮에도 안개가 끼는 험한 곳인데, 구양 가주의 말로는 그곳이 구중천의 본거지일 가능성이 높다고 하여 구양 가주가 실종이 된 후에 노납은 이미 사람을 그곳으로 파견하였소."

"사람을?"

"그러하오. 하나, 괴이하게도 그곳을 찾지를 못하여서…… 다시 사람을 파견하려 하오. 한 곳 의심나는 곳이 있기는 하되, 사냥꾼들이나 나무꾼들에게 물어본 결과 사람이 살지 않는다 하고 둘러보아도 그렇다 하여……."

대답을 하던 만공 대사는 부지중에 한숨을 쉬었다.

실로 답답하기 이를 데 없는 노릇이다.

천하를 이들 형제에게 맡겨놓고 무엇 하나 도와줄 수 없고 의지하다시피 하고 있다니…….

구양천상은 그의 말에 고개를 저었다.

"철수시키십시오."

"……?"

"그곳이 정말 적의 본거지라면 절대로 섣불리 건드려서는 아니 됩니다. 그냥 돌아오게 하고 따로이 대책을 세워야 합니다."

만공 대사는 묵묵히 고개를 끄덕였다.

구양천상은 반쯤 열린 창으로 천색을 보았다.

급격히 어두워지고 있었다.

잠시 생각에 잠겨 있는 듯 보였던 구양천상은 만공 대사를 보면서 물었다.

"구대문파의 회동 문제는 어떻게 되어가고 있습니까?"

"순조롭게 추진되고 있소이다. 이미 본 파를 제외한 나머지 팔 개 문파의 장문인들이 자파를 떠났다는 소식을 전해 받았소. 그중 무당 장문인 구양 도우(九陽道友)께서는 이미 본 사 내원에 와 있는 중이오. 오늘의 일이 이와 같지 않았다면 구양 시주를 같이 만났을 것인데……."

만공 대사의 말에 구양천상은 단도직입적으로 물었다.

"장문인께서는 장문인을 제외한 나머지 팔 개 문파의 장문인 중 몇 사람을 믿을 수 있다고 생각하십니까?"

"……!"

그의 말에 만공 대사는 흠칫한 표정으로 구양천상을 바라보았다.

"무슨…… 뜻이오?"

구양천상으로부터 구중천의 회합 소식을 전해 들은 만공 대사의 안색이 납빛이 되었다.

구대문파는 무림을 지탱하는 아홉 개의 문파라 하여 이름지어진 것이다.

소림(少林), 무당(武當), 곤륜(崑崙), 아미(峨嵋), 청성(靑城), 화산(華山), 종남(終南), 공동(崆峒), 점창(點蒼)의 이 구대문파는 오랜 역사와 전통으로 인해 무림의 상징적인 존재라 할 수 있었다.

그런 그들, 그 구대문파의 장문인 중에 만약 적의 첩자가 있다면 이 일은 당금의 무림 정세가 얼마나 암담한가를 말하는 것이 아닐 수 없었다.

 한참 만에야 만공 대사는 말했다.

 "장문인이라는 지위는 각파의 명운(命運)을 좌지우지할 수 있는 자리요……. 어떠한 문파를 막론하고, 장문인을 선정함에 있어 기예(技藝)보다도 인품을 먼저 봄은 바로 그러한 까닭이오. 그러한 규정이 가장 잘 지켜지고 있는 곳이 바로 구대문파인즉…… 노납은 실로 뭐라고 말을 할 수가 없소."

 "그 구대문파의 장문인 중 만나보신 분은 몇 분이나 되십니까?"

 구양천상의 물음에 만공 대사가 대답했다.

 "굳이 말한다면 한 번씩 대면은 다 하였다 할 수 있을 것이오. 하지만 무당과 화산의 두 장문인을 제외하고는 근래에 만나본 사람은 없소."

 구양천상은 다시 물었다.

 "본 가의 가주로부터 무당과 화산파의 두 분 장문인께서 믿을 수 있는 분이라는 말은 들은 적이 있습니다. 그러면 장문인께서 말씀하시는 근래라는 것은 어느 정도의 시일을 말하는 것입니까?"

 만공 대사는 미미하게 백미를 찌푸리더니 생각을 가다듬고는 말하였다.

 "아미파의 용하 상인(龍夏上人)과 공동파의 현도 진인(玄都眞人)은 십여 년 전에 두어 번 본 적이 있고…… 그 외에는 대체로 이십 년 정도의 시간이 지났을 것이오……."

 그 정도라면 대강 모르는 사람 축에 들고도 남는다.

구양천상은 말했다.

"연기를 해야겠습니다!"

만공 대사가 고개를 흔들었다.

"불가능한 일이오……! 각파의 장문인들이 이미 길을 떠나 이곳으로 오고 있는 도중인데 어떻게 연기를 할 수 있단 말이오?"

구양천상의 눈빛은 단호했다.

"그래도 하셔야 합니다! 우리는 드러나 있고, 저들이 무엇을 기도하고 있는지 알지 못하는데, 적이 바라고 있는 대로 움직인다면 매번 질 수밖에 없습니다."

"으음……."

만공 대사는 깊게 신음했다.

"적에 대해서 알아볼 시간이 필요합니다. 연기될 수 없는 일이 연기됨을 본다면 저들도 당황하여 무엇인가 파탄을 드러낼 것입니다. 그래서 적이 구대문파의 회동에서 무엇을 기도하고 있는가를 알아내야만 합니다."

만공 대사가 침중히 물었다.

"어느 정도의 시일이 필요하다고 생각을 하시오?"

"길수록 좋지만, 지금의 상황으로서는 그것도 옳지 못하니…… 아쉬운 대로 열흘 정도의 시간을 벌 수 있다면 그동안에 몇 가지 방책을 마련할 수 있을 것입니다."

"열흘……."

"그렇습니다. 하지만 그 연기의 사실을 적이 미리 알아서는 절대로 안 됩니다. 그러기 위해서는 구대문파의 장문인들에게 기밀 유지를 위해서라는 양해를 얻어 그들을 외부와 차단하는 일이 필요할 겁니다."

난감한 빛이 만공 대사의 얼굴에 떠올랐다.

말이 좋아 외부 차단이지, 쉽게 말을 하면 감금하는 것이 아닌가?

구양천상의 말은 여유를 주지 않고 이어졌다.

"아직 시일이 남아 있으니 여러 가지 방법을 연구할 수 있을 겁니다. 하지만 이 일은 장문인께서 해주셔야 할 일입니다!"

핑계를 댈 명분이 없었다. 거절할 명분은 더더욱 없었다.

"제가 일전에 말씀드렸던 대로 각파의 장문인들에게 남이 추측할 수 있는 평상로(平常路)로 오지 말고 길을 우회하도록 전언(傳言)하셨습니까?"

"그렇게 하였소."

"그렇다면 오는 도중에 요격은 대충 피할 수 있다고 볼 수 있지만 안심할 수는 없습니다. 정보망을 그쪽으로 움직여야 할 것 같습니다……. 그리고 몇 가지 일이 처리되는 대로 소생은 잠시 자리를 비워야 할 것 같습니다."

"자리를? 어디 멀리 가실 생각이오?"

"조금…… 하지만 회동 전에는 돌아올 수 있을 겁니다."

만공 대사가 심각한 표정으로 구양천상을 보았다.

"대흥산으로 가시려는 것이오?"

구양천상은 무겁게 고개를 저었다.

"가보기는 하여야겠지만…… 지금은 때가 아닙니다. 저 대신 그 곳을 조사해 줄 사람이 있을 겁니다. 소생이 가려는 곳은 려산(廬山) 봉황곡(鳳凰谷)입니다."

"봉황곡?"

만공 대사의 눈이 커졌다.
"봉황곡이라니? 그럼 절세모용가를 찾아가겠다는 말이오?"
구양천상은 고개를 끄덕였다.
"그렇습니다. 적의 힘은 너무도 큰 데 비해 우리의 힘은 그에 비교할 수가 없습니다. 현재 무림의 상황으로 보아 가장 큰 힘이 될 수 있는 곳은 역시 봉황곡 절세모용가밖에 없습니다."
"하지만…… 절세모용가는 오 대의 가주가 무림겁난 저지에 희생된 후에 봉문하여 외객을 받아들이지 않음은 물론이고, 지금은 고수가 모두…… 아미타불…… 모용 가문에는 지금 오 대에 걸친 과부들만이 남아 실질적인 힘은……."
구양천상은 만공 대사의 말에 고개를 저었다.
"지금의 무림에 필요한 것은 구심점입니다. 소생이 모용 가문에서 빌리려고 하는 것은 그들의 무공이 아니라, 지난날의 그 찬란한 이름입니다."
만공 대사는 구양천상을 물끄러미 바라보다가 물었다.
"혹…… 구양 대공은 모용 가문에서 비장하고 있는 봉황령기(鳳凰令旗)를 생각하고 있는 것이오?"
"……."
구양천상은 희미하게 미소하더니 아무 말도 하지 않았다.
만공 대사는 다시금 혀를 내두르지 않을 수 없었다.
'과연…… 대단한 사람이다!'
봉황령기라고 하는 것은 지난날 봉황곡 절세모용가에서 암흑마교와의 싸움 이후, 다시 천축 신성 유가문과의 싸움에서마저 승리하면서 무림을 지키자 당시 전 무림인들이 그들의 성전(聖戰)

을 기려서 연명(連名)하여 헌증(獻增)한 하나의 깃발이었다.

무림은 그 봉황령기를 절세모용가에 선물하면서 약속하였었다.

차후, 봉황령기가 나타나면 어떠한 일이라 할지라도 한걸음 양보할 것이며, 그들이 요구하는 일이라면 천리(天里)에 어긋나지 않는 것이라면 물불을 가리지 않고 수행할 것이라고…….

약간의 단서가 있기는 하지만 어찌 보면 그것은 그 옛날 까마득히 잊혀진 한 신물(神物)과 같은 권위를 가지고 있다 할 수 있었다.

第二章

군마쟁보(群魔爭寶)
―기다리는 자(者) 오지 않으나 음모(陰謀)의 바람은
칠흑의 어둠을 불러오고…….

풍운고월
조천하

　이수변에 자리하여 강을 따라 길게, 끝없이 뻗어 있는 용문석굴(龍門石窟)은 멀리서 보자니 마치 개미집과 같았다.
　고양동(古陽洞)은 북위(北魏) 태화 십구년 (서기 495년)에 완성된 것으로 빈양동(賓陽洞)과 함께 용문석굴 중 가장 오래된 것이다.
　원형으로 된 천장에서 파 내려온 이 석굴은 석가삼존좌불(釋迦三尊坐佛)을 중심으로 그 좌우로 천불(千佛)을 조(彫)하여 불감(佛龕)을 배치하니, 장신상(長身像), 행인안(杏仁眼), 고졸(古拙)한 미소, 그 늘어진 옷자락 등이 화려함은 용문석굴에 조성된 불상의 특징을 잘 나타내고 있어 명실공히 용문식(龍門式)의 효시라 지칭되어도 부끄럼이 없었다.
　이따금 찰랑이는 물소리가 들림 직도 하건만, 그믐이 가까워서

인지 달도 없는 오늘밤은 조용함만이 이 용문석굴 일대에 맴돌고 있었다.
 간혹 어디선가 은은한 독경 소리가 들릴 뿐이다.
 용문석굴은 위대한 불적(佛跡)의 하나라 할 만하였으므로 주위에는 크고 작은 사찰이 산재해 있고 불자(佛者)들의 발길은 많건 적건 간에 끊임이 없었다.
 다만 그 범위가 너무 크기 때문에 어디에 누가 있는지 보이지 않을 뿐이었다.

 구양천상은 그 고양동을 내려다볼 수 있는 높은 위치의 석굴 내에 단정히 앉아 있었다.
 용문의 석굴은 아래 부분에만 있는 것이 아니라, 까마득히 올려다보이는—길이 2킬로미터가 넘는—암벽 전체에 조성되어 있어서 아래에 석굴이 있으면 그 위에 다른 석굴이 있고, 그 위에 또 다른…… 그렇게 층층이 겹쳐져 있는 상황이라 지금 구양천상이 앉아 있는 곳도 그와 같이 높은 곳에 위치해 있는 석굴이었다.
 그가 있는 석굴은 높을 뿐 아니라, 불상으로 가려져 있어 누구라도 들어와 보기 전에는 그가 이곳에 있음을 쉽게 알 수 없게 되어 있었다.
 이제 얼마 있지 않으면 자시(子時)가 될 것이다.
 일방적인 약속이었지만 오늘은 그가 태음천주와 만나기로 약속한 바로 그날이었다.
 그가 고양동이 내려다보이는 곳에 자리하고 있는 것은 만에 하나라도 있을지 모르는 사태에 대비하기 위해서였다.

비록, 그날 귀보에서 태음천주가 보여준 행동이 기이하기는 하였지만 그는 바로 이 용문에서 그녀에게 죽을 고비를 넘긴 적이 있었던 것이다.

 시간이 다 되어가건만 사람이 나타나는 기척은 보이지 않는다.

 하지만 단정히 앉아 있는 구양천상의 모습 그 어디에서도 사람을 기다리는 초조함은 찾아볼 수 없었다.

 보천신검은 그의 무릎에 올려져 있고, 그 위에는 검마 관산악이 남긴 검도발요가 펼쳐져 있었다.

 지난 며칠간 그는 앞으로의 일을 안배하기 위해서 실로 눈코뜰 새 없이 바빠 잠도 잘 수가 없을 정도였으니, 검마가 남긴 이 검도발요 또한 들여다볼 여가가 없음이 당연했다.

 그래서 그는 휴식도 취하고 검도발요도 연구하기 위해서 약속 시간보다 조금 더 일찍 와서 태음천주를 기다리고 있는 것이다.

 구양천상의 무공은 하루가 다르게 발전하고 있었다.

 그가 무림 중의 일로 인해 시간을 뺏기지 않는 상황이라면 그 성취는 놀라울 것이 틀림없었다.

 그럼에도 불구하고 그의 무공은 이미 전과 비교할 수 없을 정도로 일취월장하는 상태였다. 그렇지 않았다면 아무리 신검에 의지하였다 하더라도 태양천주와 금성천주의 저지를 연이어 돌파할 수 없었을 것이었다.

 정신을 집중하여 검도발요를 들여다보고 있던 구양천상은 이윽고 그것을 덮었다.

 '검마의 이름은 헛되지 않았다. 그분이야말로 당대의 천하제일검(天下第一劍)이다……'

검을 일러 백병지왕(百兵之王)이라 한다.

왕도(王道)라고 하는 것은 실제로 행하기 어렵고 그것을 성취한다는 것은 더더욱 지난한 일이다. 검을 수련하는 자 많아도 경지에 이른 자 많지 않음은 그 실증이라 할 수 있다.

하지만 검마는 스스로의 배움으로 검의 도(道)를 논할 수 있는 경지에 이르렀던 것이다.

검도발요는 단 한 초식의 검법도 기록되어 있지 않은, 검의 도리만을 논한 책이었다.

검도발요에 기록된 검법은 오로지 그 마지막 장에 부기된 고혼일검(孤魂一劍) 한 초식뿐이었다.

구양천상은 다시 한 번 그 고혼일검이 기록된 부분을 들여다보았다.

'싸우기 위해 만들어진 검이 아니라, 죽이기 위해 만들어진 검이다……. 모든 변화를 배제한 채 속도와 거리에 중점을 둔 이 검은 사람을 죽이기 위해서만 사용할 수 있다. 그만큼 이 검식에는 한(恨)이 응집되어 있다…….'

구양천상은 검마 관산악의 하나 남은 눈에 어렸던 그 흉포한 기색을 생각했다.

그는 무려 육십 년 세월을 귀보에서 살면서 적에 대한 저주로 생을 이어왔다. 그의 검법이 살기로 점철되어 있음은 어쩌면 당연한 일이라 할 수 있었다.

고혼일검은 지극히 단순하여 뽑고 거두는 일초이식을 한 동작에 포함하여, 그것이 고혼일검의 모든 것이다.

발검의 의미를 모르고서는 절대로 고혼일검을 수련할 수 없다.

발검할 때의 속도와 검이 검집을 벗어난 후, 적과의 거리를 어떠한 방법으로 단축시키는가 하는 것이 고혼일검이며, 그 빠름은 지금까지 세상에 존재하였던 그 어떤 검법보다 앞선다 할 수 있었다.
 고혼(孤魂)이란 말이 가지는 의미는 매우 무서운 것이다.
 승리만를 생각하지 패배는 염두에 두지 않는다.
 그래서 공격은 있되, 방어가 없는 초식이 바로 이 고혼일검이다. 적을 죽이지 못하면 자신을 방어할 재간이 없으니 상대 대신 외로운 혼[孤魂]이 되어야 하는 것이다.
 '적과의 최단(最短)의 선(線) 하나, 고혼일검에 필요한 것은 오직 그것뿐이다. 그리고 다음의 발검을 위해서 검을 거두어야 한다…….'
 검을 뽑는, 발검(拔劍)의 동작을 보면 그가 어떠한 경지에 있는 검수인지를 알 수 있다.
 그만큼 검을 뽑는 동작은 중요하다 할 수 있다.
 마찬가지로, 고혼일검에서 중요한 것은 검을 거두는[收劍] 것이다. 이것은 절대로 이론만으로 될 수 있는 것도, 깨닫는 것만으로 되는 것도 아니었다.
 구양천상은 무릎 위에 올려져 있는 보천신검의 손잡이를 잡았다.
 검을 옆에 두는 방법은 여러 가지이나, 대별하면 세 가지라 할 수 있다.
 등에 메는 것과 허리에 차는 것, 그리고 마지막이 손에 들고 다니는 것이다.

그것은 사람의 취향에 따라 달라 어떤 특징을 말하기 어려우나, 검을 손에 드는 사람의 경우는 대부분이 그들이 발검을 중시하기 때문으로 되어 있다.

손을 움직여 허리나 등에 있는 검을 뽑는 것보다 검을 쥔 손이 들어 올려져서 다른 손이 다가오는 검을 뽑는 것이 훨씬 빠르기 때문이다.

시정의 무인들이라면 몰라도 일류가 되면 호리(毫釐)의 차이가 곧 생사를 가름하기도 하는 것이라 쾌검을 중요시하는 사람이 검을 들고 다님은 당연하다 할 수 있었다.

창!

맑은 검음(劍吟)과 함께 보천신검이 날듯이 검집을 벗어났다.

석굴의 어둠 속이 대번에 삼엄한 검기로 가득 차는가 싶더니 그 검기는 이내 거짓말처럼 씻은 듯이 사라져 버렸다.

검은 이미 검집에 들어가 있었다.

그것은 대단히 빨랐고 몇 번의 연습을 거치게 되자 점점 빨라졌다.

자세를 가다듬은 구양천상은 미간을 찡그렸다.

'날카로움이 없다. 이 검기는 보천신검의 날카로움으로 인해서이지, 나의 발검의 기세에 의해 생긴 것이 아니다…….'

까닭을 궁리하던 구양천상은 잇달아 몇 번 수발(收發)을 연습하였으나, 결과는 마찬가지였다.

구양천상은 이번에는 검을 반대로, 오히려 천천히 뽑아 아주 느린 속도로 움직여 거두어보았다.

검이 그리고 있는 선은 직선이 아니었다.

검집을 벗어날 때부터…….
구양천상은 그 자리에 멈추어 섰다.
'사람의 몸은 직선으로 움직이게 되어 있지를 않다. 어떤 기구를 사용할 때는 더더욱이 그러하다……. 여기에 고혼일식을 연마하는 난점이 있구나……. 곡선은 어떠한 경우라 할지라도 점과 점을 이음에 직선보다 길고, 그만큼 늦어지게 되는 것이다…….'
구양천상은 깊은 생각에 잠겼다.
고혼일식은 뼈를 깎는 노력을 동반한 오랜 수련 없이 펼치는 것이 불가능한 검식이었다.
'무엇인가 길은 있을 것 같다…….'
구양천상은 눈을 감았다.
그는 근래에 들어 바쁜 중이지만 쉬지 않고 무개옥합의 십장생도를 연구하고 있었고, 하루하루 그 안의 신비를 자신의 것으로 만들어가고 있는 중이었다.
그가 십장생도에서 가장 먼저 이해하기 시작한 것은 그 십장생 전체를 포괄하고 있는 선천신공이었다.
구양천상이 만상귀일(萬象歸一)이라 이름한 그 신공에서 그가 깨달은 것은 행운유수의 신법과 수류천파의 지공이었다.
그것만으로 그는 이미 천하를 오시할 수 있는 고수의 반열에 들어 있다고 해도 과언이 아니었다.
하지만 그가 짐작했었던 것처럼 십장생도 안에는 또 하나의 무공이 있었고, 그것은 과연 일련(一連)의 검법이었다.
'십장생도의 검법은 고강하기 이를 데 없다. 그것은 고혼일식만큼 빠르거나 무섭지는 않으나, 그 변화의 자연스러움은 천하무

쌍이라 할 수 있다…….'
 무위자연(無爲自然), 함이 없이 그대로 자연이 됨을 지상(至上)으로 여기고 있는 것이 십장생도의 무공이 지니고 있는 특징이었다.
 이 며칠 사이에 구양천상이 십장생도 내에서 깨닫기 시작한 검법 또한 거기에 의거, 자연의 움직임에 따라 창조되었으며 구양천상은 그것을 조화(造化)라 이름하였다.
 '조화검결(造化劍訣)은 너무도 현묘하여 일시지간에 그 뜻을 다 얻기가 불가능하다……. 하지만 지금 내가 알아낸 조화검결을 고혼일검과 섞어 펼칠 수 있다면 고금절후(古今絶後)의 위력을 발휘할 수 있게 될 것이다…….'
 생각은 쉬우나 모든 일이 생각처럼 된다면 세상에 어려운 일은 하나도 존재하지 않게 될 것이다.
 연습을 계속하던 구양천상은 한 가지 문제에 생각이 미치게 되었다.
 보천신검의 검광은 너무도 강해서 누군가 밖에서 본다면 안에서 차가운 빛이 번뜩임을 볼 수 있을 것이니 이거야말로 대낮에 머리만 숨고 엉덩이를 하늘로 들고 있는 격이었다.
 더구나 시간은 이미 자시를 넘고 있었다.
 구양천상의 얼굴빛이 점차 무거워졌다.
 '오지 않는단 말인가?'
 그때였다.
 소리도 없이 한 사람이 고양동의 입구에 나타나는 것을 볼 수 있었다.

'왔다!'

하지만 구양천상은 그 순간에 실망을 해야 했다.

그 사람은 흑의를 입기는 하였지만 여자가 아니라 남자였던 것이다.

그 흑의인은 무림인인 듯 고양동 앞에 나타나 주위를 한번 살펴보더니 몸을 날려 사라져 버렸다.

'그가 태음천주가 보낸 사람이었다면 저처럼 쉽게 떠나가지 않았을 것이다……'

그가 내심 실망을 금치 못하고 있을 때, 고양동의 앞에 또 한 사람이 나타났다.

그는 체구가 우람한 대한인데, 형형한 빛을 발하는 눈을 들어 앞의 흑의인처럼 주위를 살펴보더니 번개처럼 몸을 날려 그 흑의인과는 반대쪽으로 사라져 갔다.

보자니 괴이하다.

'저들은 무엇 때문에 온 것일까? 설마 태음천주에게 무슨 일이 있어 오늘의 약속이 그들에게 알려지기라도 하였단 말인가……?'

아무리 백 보를 양보한다 하더라도 그런 일은 있을 수 없다.

태음천주와의 약속은 오직 당사자 두 사람 외에는 아무도 모르는 일인 것이다.

태음천주가 함정을 꾸민다면 말이 될지 모르지만, 저들의 움직임은 함정을 꾸미는 것이 아니라, 누구를 찾고 있는 듯하였다.

'이 밤에 여기서 누구를 찾는단 말인가……?'

그가 괴이함을 금치 못하여 주위를 유심히 살펴보고 있는데,

문득 옷자락 스치는 소리가 미약하게 귓전에 들려왔다.

 나타났던 흑의인과 대한을 살펴보느라 몸을 움직여 고개를 내밀고 있던 구양천상은 사람이 가까이 다가왔음을 직감하고 얼른 몸을 벽에 붙이며 호흡을 끊었다.

 입구에 그늘이 졌다.

 한 사람이 조심스럽고도 빠른 동작으로 한 발을 구양천상이 숨어 있는 석굴에 들여놓고서 안을 살펴보고 있었다.

 그는 놀랍게도 조금 전에 사라졌던 흑의인이었는데, 날카로운 눈빛으로 석굴을 살피면서도 한 손을 가슴에 세워 만약에 있을지 모를 적의 기습에 대비하고 있었다.

 흑의인은 안이 좁아 사람이 숨어 있을 곳이 없다고 판단한 듯 더 이상 안으로 들어오지 않고 사라졌다.

 만에 하나라도 그가 두어 걸음만 안으로 들어왔었더라면 그는 불상의 뒤에 몸을 바짝 붙이고 있는 구양천상을 발견할 수 있었을 것이다.

 그는 구양천상을 볼 수 없었지만 구양천상은 불상의 소매 틈으로 흑의인을 볼 수 있었다.

 그의 얼굴은 마치 시체와 같이 창백하여 보기에도 섬뜩했다.

 그가 옷자락을 날리면서 사라지고 나서도 구양천상은 움직이지 않았다.

 '누군가를 찾고 있음은…… 분명하다! 누구를 찾기 위해 석굴 하나하나를 뒤지고 있는 것일까?'

 그가 잠시 기다렸지만 더 이상 어떤 기척도 나타나지 않았다.

 하지만 구양천상은 그들의 움직임에서 오늘밤 용문 일대의 분위기가 심상치 않음을 직감할 수 있었다.

이렇게 된다면 태음천주를 만날 가능성은 거의 없게 된다.

어쩌면, 상황이 이러하여 태음천주는 모습을 드러내지 않고 있는지도 모른다.

이대로 영문을 모른 채 무작정 기다릴 수만은 없다고 생각한 구양천상은 결심을 굳히고 불상 뒤에서 몸을 일으키려 했다.

그런데 그 순간, 그의 귓전에 낮은 숨소리가 들려왔다.

숨소리는 대단히 낮아 기이한 상황에 이목을 곤두세우고 있는 때가 아니었다면 쉽게 들을 수 없을 정도였다.

고개를 돌린 구양천상은 자신이 몸을 바짝 기댔던 석불상 뒤 석벽에 균열이 가 있음을 볼 수 있었다. 돌이 버석거릴 정도인 것을 보면 세월의 흐름을 돌이 이기지 못하고 갈라진 것 같았다.

그 낮은 소리는 바로 그 틈 사이로 흘러나오고 있었다.

'저편에 사람이 있단 말인가?'

숨소리는 얼핏 들을 수 없을 정도로 매우 낮고 길어 그 사람의 내공이 심후함을 알 수 있었고, 억눌리고 단속적임을 보아 아마도 상처를 입은 듯 느껴졌다.

균열은 천장에서부터 시작되어 바닥까지 내려가 있는데, 그 가운데에는 서너 치나 되어 보이는 균열이 생겨 있었다.

구양천상은 그곳을 통하여 저쪽 석굴을 볼 수 있었다.

그쪽은 구양천상의 예측대로 옆에 위치한 석굴인 듯하였는데 아마도 공사를 잘못하여 한쪽이 기울게 파내어져 세월의 흐름에 따라 이러한 일이 일어난 듯하였다.

구양천상은 그 틈으로 컴컴한 어둠 속에 한 사람이 웅크리고 앉아 벽에 기댄 채 눈을 감고 있음을 볼 수 있었다.

그는 청포의 노인으로 음침한 얼굴을 가지고 있었고, 그 청포는 온통 피로 얼룩져 있었다.

잠시의 시간이 흐를 때, 어디선가 은은한 휘파람 소리가 어둠을 뚫고서 들려왔다.

"지독한…… 놈들……."

눈을 감고 있던 청포노인이 눈을 뜨면서 뱉어내듯 낮게 중얼거렸다.

청포노인은 눈을 뜨고는 품속에서 병 하나를 꺼낸 후, 다시 몇 알의 단약을 꺼내 한입에 털 넣고는 잠시 숨을 가다듬었다.

그리고 그는 몸을 일으켜 그 석굴의 입구로 천천히 나아갔다.

구양천상은 이제 그의 뒷모습을 겨우 볼 수 있을 뿐이었다.

그는 눈을 돌려 바깥을 보았다.

고양동에서 조금 떨어진 빈양동 위쪽에 있는 석굴 입구에 한 사람이 우뚝 서 있음을 발견할 수 있었다.

조금 전의 그 휘파람 소리는 아마도 그가 발한 듯하였다.

"빌어먹을 놈…… 빨리도 왔구나……. 과연 천하제일추(天下第一追)답다……."

청포노인은 나직하게 욕을 하더니 힐끗 고개를 돌려 자신이 기대 있던 여래불상을 쳐다보았다.

어둠 속에서도 불상은 자애한 영원의 미소를 잃지 않고 있었다.

"부처님이야 믿을 수 있겠지……."

의미 모를 말을 중얼거린 청포노인은 고양이처럼 영활한 움직임으로 석굴을 벗어나 옆의 석굴로 옮겨갔다.
 그는 옆의 석굴로 옮겨가서는 지세를 이용하여 빈양동 쪽에 서 있는 사람의 눈을 피해 그 반대쪽으로 몸을 날려갔다.
 구양천상은 확신할 수 있었다.
 '천하제일추 막불종(莫不從)이라면 세상이 다 아는 추적의 달인이다. 전하는 말로는 그는 한 달 전의 흔적이라도 찾아낼 수 있다고 했는데…… 그렇다면 저 청포노인이 바로 저들에게 쫓기는 사람이란 말인가?'
 청포노인의 신수는 속되지 않았다.
 그럼에도 그는 이미 상당한 악전을 치른 이후인 듯 보였고, 일신의 상세 또한 가볍지 않은 듯하였다.
 추측컨대, 그는 적에게 쫓김을 당하여 용문석굴로 숨어들었고 이제 추적을 당하여 다시 도주하려는 것 같았다.
 청포노인은 석굴을 벗어나 아래로 내려오자 신속하게 몸을 날려 빈양동 부근에 서서 주위를 둘러보고 있는 사람, 천하제일추 막불종의 눈을 피해 멀어져 가고 있었다.
 그러나 한순간 그는 안색이 돌변하여 그 자리에 우뚝 서버리고 말았다.
 그는 한 비석을 끼고 돌아 이곳을 벗어나려 했는데, 그 비석의 뒤에서 한 사람이 불쑥 나타나 그의 앞을 가로막고 선 것이다.
 그는 바로 얼마 전, 고양동의 앞에 나타났던 대한이었다.
 그는 부리부리한 눈을 부릅뜨며 천천히 말했다.
 "탁천룡(卓天龍), 당신이 이제라도 포기를 한다면 나는 당신의 목숨에는 전혀 관심이 없소!"

"으으……!"

청포노인은 식은땀을 흘렸다.

그의 면전에는 대한의 한 손이 마치 꽃망울처럼 기이한 형세로 움켜쥐어진 채 도달해 있었다.

그 손은 강렬하기 이를 데 없는 기세를 품고 있어서 청포노인이 조금이라도 움직이기만 하면 발동을 할 것이고, 그렇게 된다면 청포노인은 얼굴이 두부처럼 으스러져 나가는 횡액을 면치 못하게 될 것이다.

"할 수 없군!"

청포노인이 납덩이 같은 얼굴로 아무 대답도 하지 않음을 보고서 대한이 냉랭히 내뱉었다.

당황한 빛이 청포노인의 눈에 치밀어 오르고 그가 막 뭐라고 외치려 할 때였다.

"악 대공자(岳大公子)! 탁천룡을 여기까지 추적하여 온 것은 오로지 노부의 힘인데, 그대가 이와 같이 나선다는 것은 너무 무례하다고 생각지 않소?"

차가운 소리가 옆에서 들려왔다.

동시에 뼈를 깎을 듯한 차가운 빛이 소용돌이치면서 그 사십대 대한의 손과 목을 향해 날아왔다.

"찬심권(鑽心圈)! 막불종, 당신이 감히……!"

섬광을 일으키면서 날아오고 있는 것을 힐끗 본 대한은 노호를 지르며 청포노인의 면전에 있던 손을 거두어 그 빛을 피하는 동시에 재차 손을 쳐내어 자신의 목을 향하고 있는 빛을 향해 일장을 쏟아냈다.

윙윙—

그의 장세에 부딪친 섬광은 기이한 음향을 일으키면서 튕겨지더니 호선을 그리며 날아오던 곳으로 돌아갔다.

그곳에는 바로 조금 전까지 빈양동 쪽에 서 있던 사람이 언제 나타났는지 우뚝 서서 돌아오는 암기를 받고 있었다.

그 암기는 어둠 속에서 새하얀 빛을 뿜고 있는데, 직경이 채 한 자도 되지 못하지만 허공을 자유자재로 날아 상대의 가슴을 파고드는 무서운 것이었다.

천하제일추 막불종은 육십대의 평범한 얼굴을 가진 노인이었다.

그를 보자 사십대의 대한은 냉랭히 말했다.

"막불종의 찬심권이 천하제일의 암기라 하더라도 본 보(本堡)의 웅풍화예장(雄風花藝掌) 앞에서는 빛을 내기 어려울 것이니 당신은 그만 돌아가는 것이 좋을 것이오."

그의 말을 듣자 막불종의 눈에 노한 빛이 떠올랐다.

"악일패(岳一覇)! 그대의 아버지 악우(岳友)가 내 앞에 있더라도 그러한 태도로 말을 하지는 않을 것이다. 세간에 전해지기를 웅풍보(雄風堡)의 웅풍진악(雄風鎭岳) 악우가 용과 같은 아들을 두었다고 하더니, 오늘 보니 흐흐흐…… 본 배 없는 개망나니로군!"

"당신이 감히!"

막불종의 빈정거림에 악 대공자, 악일패라 불린 대한은 대노하여 그에게 허공을 격하고 잇달아 삼 장을 쳐냈다.

장세가 파도와 같이 일어났다.

구양천상은 석굴의 입구에서 그러한 광경을 내려다보고 있다가 내심 놀람을 금할 수 없었다.
 막불종, 악일패, 그리고 쫓기고 있는 탁천룡…….
 그 어느 이름 하나 호락호락한 것이 아니었던 것이다.
 막불종은 말할 것도 없고 쫓기고 있는 탁천룡만 하더라도 강호상에서는 추혼사자(追魂使者)라 불리는 악명 높은 흑도의 고수였고, 악일패는 당대 무림에 세력을 떨치고 있는 강호삼보 중 하나인 웅풍보 보주 악우의 큰아들로서 그 능력이 탁월하여 아버지를 대신하여 이미 보중 대소사를 관장하고 있다는 인물이었다.
 그가 주로 활동하고 있는 곳은 하북 일대라 하남에는 온 적이 거의 없었는데 오늘은 막불종같이 껄끄러운 인물과의 대적마저 서슴지 않고 탁천룡을 추적하고 있는 것이다.
 막불종과 악일패가 격돌을 벌이는 순간에 식은땀을 흘리고 있던 추혼사자 탁천룡은 물실호기(勿失好機), 그 기회를 놓치지 않고 방향을 바꾸어 도주했다.
 악일패나 막불종은 싸우는 것이 목적이 아니었는지라 그가 몸을 돌리는 순간에 이미 그의 의중을 짐작하고는 약속이나 한 듯이 일제히 손을 거두며 그를 막으려 했다.
 "흥!"
 탁천룡은 냉소와 함께 뒤도 돌아보지 않고 잇달아 손을 내저어 쏴쏴, 검은빛 구름 같은 것을 두 사람에게 뿌려냈다.
 "추혼사(追魂砂)! 이까짓 것으로……."
 악일패가 대갈일성하면서 검은빛 구름 같은 것을 향해 일장을 갈겨내고 막불종은 몸을 날려 그것을 피하며 탁천룡을 추격해 갔다.

 추혼사라고 하는 것은 극독을 먹인 모래로 일단 허공에 뜨면 바람을 타고 넓게 퍼져 쉽게 처리할 수 없는 것이며, 스치기만 해도 중독을 면치 못하게 된다.

 탁천룡이 악일패에게 단숨에 제압당하게 되었던 것은 악일패의 능력이 월등해서라기보다는 그가 잇단 악전고투 끝에 가볍지 않은 상처를 입고 있어서였고, 미처 방비하지 못한 틈을 타서 이루어졌다고 할 수 있었다.

 만약 그가 약자였다면 그는 결코 그 험악한 매복을 뚫고 여기까지 이르지 못했을 것이었다.

 악일패와 막불종이 추혼사에 가로막히는 시간은 얼마 되지 않았지만 그 순간에 탁천룡은 이미 오르락내리락하는 사이에 거의 이십 장을 도주할 수 있었다.

 그러나 그가 그 유명한 저수량(猪遂良:당(唐)대 서예가)의 이궐불감비(伊闕佛龕碑:높이 2.88미터)를 스쳐 지날 때 돌연 한 가닥 섬광이 무서운 속도로 그를 덮쳤다.

 그것은 너무도 창졸지간이라 전력을 다해 도주하던 추혼사자 탁천룡은 그것을 보면서도 허공에서 방향을 틀어 섬광을 피할 만한 여유가 없었다.

 "으악!"

 외마디 비명.

 선혈이 피보라되어 어둠 속으로 뿌려지며 탁천룡은 실 끊어진 연과 같이 곤두박질하듯이 땅바닥으로 떨어져 내렸다.

 "흐으윽……!"

이를 악물고 벌벌 떠는 탁천룡의 눈에 자신의 발아래 떨어져 펄떡펄떡 뛰는, 그의 어깻죽지서부터 잘려져 나간 오른팔이 보였다.

방금의 상황은 너무도 순간적이라 그는 전력을 다해 몸을 비틀었지만 결국 그 섬광을 완전히 피해내지 못한 것이다.

뼛골에 사무치는 고통이 엄습해 왔다.

한 사람이 불과 일 장여 밖에서 이궐불감비에 기대선 채 흰 이를 드러내고 웃고 있었다.

그의 모습은 매우 준미하였다.

아직 이십대를 벗어나지 못한 것으로 보이는 그는 수려한 모습과는 달리 상당히 낡은 유삼을 걸치고 있는데, 허리춤에는 마치 단도(單刀)와 같이 생긴 기이한 단검이 걸려 있었다.

이미 검집에 들어가 있는 그 단검이야말로 탁천룡의 한 팔을 잘라낸 섬광의 정체였다.

전하는 말에 일촌장(一寸長), 일촌강(一寸强)이라 하였다. 한 치가 길면 한 치만큼 강하다는 뜻이다.

낡은 유삼의 청년이 그런 불리함을 감수하면서 단검을 씀은, 그의 무공이 경지에 있음을 의미한다 하여도 과언이 아니다.

"누구냐……?"

선혈이 분수처럼 쏟아지는 어깻죽지를 움켜쥔 탁천룡이 겨우 암벽에 기대서며 신음처럼 외쳤다.

그러자 낡은 유삼의 청년은 탁천룡을 향해 다가오면서 천천히 말했다.

"왕, 천, 일(王天逸)."

그는 아주 짧게 끊어 말했다.

"왕…… 천일?"

그 말을 되뇌던 추혼사자 탁천룡은 갑자기 소리쳤다.

"그럼, 개방 궁가이룡(窮家二龍) 중의 능풍검 왕천일이란 말이냐?"

낡은 유삼의 청년은 씩 웃어 보일 뿐이었다.

그의 웃음을 본 탁천룡은 간담이 서늘해져 왔다.

벽력도 뇌정과 함께 궁가이룡 중의 하나로 지칭되는 저 준미한 청년, 능풍검 왕천일은 따로이 옥면신마(玉面神魔)라고도 불린다.

그것은 그가 벽력도 뇌정과는 다른 성품을 지니고 있어, 항상 웃는 낯이지만 성정은 냉정(冷情)하기 이를 데 없는, 개방 중의 인물 가운데 가장 상대하기 어렵다고 소문이 난 지 오래이기 때문에 생긴 실질적인 왕천일의 별호였다.

그가 모습을 드러내자마자 보인 일검만 하더라도 그 소문은 증명이 되고도 남음이 있었다.

졸지에 한 팔을 잃고 만 추혼사자 탁천룡은 한 맺힌 음성으로 외쳤다.

"노부는 개방과 아무런 원한이 없거늘, 어찌 이와 같은 독수를 쓸 수 있단 말이냐?"

"필부에게는 죄가 없으나, 구슬을 가진 것이 죄라는 말은 두고두고 새길 수 있는 고래(古來)의 명언이지."

능풍검 왕천일은 손을 내밀었다.

"……."

추혼사자 탁천룡이 그를 노려보자 능풍검 왕천일은 다시 웃었다.

"나는 두 번 말하는 성미가 아니다."

공포가 탁천룡에게 엄습해 왔다.

그에게 있어서는 가장 두려운 사람이 바로 능풍검 왕천일과 같은 사람이었다.

"으으……."

그는 주춤 뒤로 물러섰다.

하지만 그의 뒤에 있는 것은 태고로부터 존재하고 있었을 용문의 암벽이다. 이 암벽이 없었던들 용문석굴은 생겨날 수 없었을 것이다.

그가 물러설 곳은 없었다.

어찌 된 셈인지 금방 그의 뒤를 따라와야 할 막불종과 악일패의 모습이 보이지 않았다.

그 방향에서 일진의 외침 소리와 격투 소리가 뒤섞여 들릴 뿐이다.

"주, 주겠다!"

그는 마침내 있는 힘을 다해 짜내듯 소리치고야 말았다. 이마에는 식은 땀방울이 방울방울 샘솟고 있었다.

능풍검 왕천일은 씩 웃었다.

"진작 그랬어야지……. 당신으로 인해 나는 본 방의 인마를 매우 고생시켜야 했었다……."

그의 말은 막불종 등이 왜 여기에 도달하지 못하고 있는가를 설명하고도 남았다.

그는 혼자가 아닌 것이다.

한데 그 순간, 그는 문득 심상치 않은 느낌이 듦을 직감하고는 번개처럼 주위를 쓸어보았다.

 한 사람의 흑의인이 조금 전까지 그가 서 있었던 이퀄불감비 부근에 우뚝 서 있었다.

 체구는 조금 작아 보이나 복면 속의 눈빛은 무섭도록 형형하다.

 그가 나타남과 동시에 그 일대에는 흑의복면인들이 검은 유령군단과 같은 움직임으로 쫘악 깔려가고 있었다.

 마치 검은 물결이 밀려오고 있는 듯하였다.

 탁천룡은 물론이고 능풍검 왕천일마저도 졸지에 망망대해에 외로이 뜬 한 점의 조각배가 된 형국이었다.

 '태양천주다!'

 그 광경을 내려다보고 있던 구양천상은 나타난 흑의복면인을 보고 암중에 소리쳤다.

 놀랍게도 홀연히 나타난 흑의복면인이야말로 태양천의 천주인 것이다.

 '대체 그가 어떻게 여기에? 그도 저들이 노리는 물건 때문에 여기에 온 것인가? 그렇다면 대체 탁천룡이 가지고 있는 것이 과연 무엇이기에……'

 태양천의 천주가 직접 움직일 정도의 물건이라면 평범한 것일 수가 없다.

 구양천상은 어제오늘 들었던 강호 동정에 대한 보고를 떠올리고는 불현듯 깨닫는 것이 있었다.

 '설마, 무명천고 때문이란 말인가?'

 그가 무명천고에 대해 마지막으로 들었던 것은 그것이 일장추혼으로부터 다른 사람의 손으로 넘어갔다는 것인데, 그 사람은 분명 추혼사자 탁천룡은 아니었었다.

능풍검 왕천일은 갑자기 나타난 흑의복면인들에 의해 주위가 포위되자 아무 말도 하지 않고 서 있었다.

주변 일대는 그들이 나타남과 동시에 격전의 소용돌이로 휘말려 들어가고 있었다. 능풍검 왕천일이 거느리고 온 개방의 고수들과 흑의복면인들의 사이에 충돌이 일어난 모양이었다.

고함 소리와 병장기의 금속음이 어둠을 울리며 진동했다.

싸움을 벌이고 있는 사람들은 개방 중의 사람만은 아닌 듯하였다.

그들은 흑의복면인들의 안으로 뚫고 들어오려 기도하는 듯하였으나, 그것은 분명코 쉽지 않아 보였고 싸움 소리만이 더욱 격렬하고 비명 소리가 커져갈 뿐이었다.

태양천주가 입을 열었다.

"냉면혈담 석자청의 체면을 보아 그대가 돌아갈 수 있는 길은 열어주겠다…… 가라."

굳어 있던 능풍검 왕천일의 얼굴에 미미한 웃음이 살얼음 풀리듯 되살아났다.

"나는 아직까지 본 방의 방주 외에 나에게 오라 가라 명령할 수 있는 사람이 있다는 말은 들어본 적이 없다. 머릿수로 나를 위협할 수 있다고 생각한다면 오산이지……."

"흐흐흐흐……."

태양천주는 어이가 없는지 실소했다.

"너는 본좌가 어떠한 사람인지 알고서 그러한 말을 하는 것인가?"

능풍검 왕천일은 침착히 대꾸했다.

"구중천의 아홉 괴뢰 중 여섯 번째 괴뢰…… 태양천주라는 것이 당신의 신분이라면 대강 알고 있다."

"……!"

일진의 진동이 태양천주의 가슴속에 일어났다.

그가 자신의 신분을 알고 있을 줄이야!

놀람은 구양천상에게 있어서도 마찬가지였다.

'정말 가벼이 볼 수 없는 것이 개방이로구나! 대체 어떻게 구중천의 일을 그사이에 조사해 냈을까?'

그때 능풍검 왕천일은 시선을 거두어 추혼사자 탁천룡을 보고 있었다.

"내놓아라."

그의 말과 함께 태양천주가 코웃음 쳤다.

"물건을 그에게 넘겨준다면 탁천룡, 너는 물건과 관계없이 죽음보다 무서운 것이 어떤 것인가를 알게 될 것이다."

"으으……."

신음이 절로 추혼사자 탁천룡에게서 새어 나왔다.

두 사람이야말로 그에게 있어 추혼사자 이상이었다.

그가 어쩔 줄 몰라 하고 있음을 보고 능풍검 왕천일은 차갑게 웃으며 허리춤에 있는 단검을 잡았다.

"나는 죽고 난 뒤에 고통을 느끼는 사람이 있다는 말을 아직까지 들어보지 못했다. 탁천룡! 나의 유성검(流星劍) 아래서 살아날 자신이 있다면 망설여도 좋다!"

그가 단검을 잡음과 함께 약간 자세를 낮추자 무서운 살기가 추혼사자 탁천룡을 엄습했다.
 공포의 덩어리가 소름이 되어 그의 전신에 돋아났다.
 흑의의 태양천주를 보았지만 그가 자신의 생사에 별로 신경을 쓰는 것 같지는 않다.
 하긴 그들은 추혼사자 탁천룡의 품속에 있는 물건에 관심이 있지, 그의 생사는 안중에도 없는 것이다.
 사방은 이미 아비규환의 소용돌이로 돌변해 아무리 주위를 둘러보아도 빠져나갈 길은커녕, 살아날 길도 없다.
 추혼사자 탁천룡은 이를 악물더니 갑자기 잘려져 나가 바닥에서 아직도 꿈틀거리고 있는 자신의 팔을 냅다 걷어찼다.
 "물건은 여기 있다!"
 그는 이 한 번의 발길질에 그에게 있는 모든 힘을 다한지라 그 팔뚝은 피보라를 끌며 쏜살같이 하늘로 날아올랐다.
 "흥!"
 추혼사자 탁천룡이 딴 수작을 한다고 믿고 막 허리춤의 유성검을 삼분의 이나 뽑아냈던 능풍검 왕천일은 안색이 돌변했다.
 하늘로 날아올라 길게 호선을 그리는 추혼사자 탁천룡의 잘려져 나간 팔에 붙어 있는 소맷자락 속에서 문득 둥그스름한 뭉치 하나가 떨어져 내림을 보았던 것이다.
 '아뿔싸!'
 능풍검 왕천일은 땅을 쳤다.
 그가 목적하던 물건은 어이없게도 그가 잘라낸 추혼사자 탁천룡의 팔 소매 속에 들어 있었던 것이다.
 하지만 어디 망설일 시간이 있으랴!

그는 전력을 다해 땅을 박차고 올랐으며, 그 순간에 태양천주도 어찌 된 영문인지 알아채고 날아오르고 있었다.

그런데 단숨에 십여 장이나 날아간 그 물건이 떨어져 가는 곳에 위치한 석굴 안에서 돌연히 한 사람의 흑의인이 번개처럼 날아 나오더니 그 물건을 허공 중에서 낚아채는 것이 아닌가!

그는 물건을 손에 넣자마자 마치 밤하늘을 가르는 유성처럼 사라져 갔다.

그의 신법은 흡사 유령을 보는 듯 놀랍기 이를 데 없었다.

"서라!"

"웬 놈이냐? 감히……."

태양천주와 능풍검 왕천일이 거의 동시에 소리쳤다.

그러나 이 마당에 설 사람이 없다는 것은 누구라도 안다.

검은 그림자는 그들의 외침은 아랑곳하지 않고 하늘을 가로질러 날았지만 그의 앞은 이미 그 일대를 철통같이 포위한 태양천의 고수들이 가로막고 있었다.

고함 소리와 신음 소리가 어우러지는 가운데 검은 그림자는 고무공이 벽에 부딪쳐 튕겨 나간 듯이 비스듬히 옆으로 날아가더니 두 사람에게 막혀 결국은 땅에 내려서고야 말았다.

구양천상은 그 두 사람이 태양천의 좌우호법임을 알았다.

진로를 막히게 된 검은 그림자는 그 순간에 태양천주와 능풍검 왕천일이 이미 삼사 장 정도의 거리로 다가와 있음을 보자 놀라 땅을 박차고 다시 공중으로 떠올랐다.

그의 움직임은 마치 허깨비와 같아 태양천의 좌우호법에게 막힌다 싶은 순간에 땅에 내려섰다가 좌우호법이 같이 내려섬을 보고는 그대로 날아올라 그들은 쳐다보지도 않고 까마득히 솟아 있는 용문의 암벽을 박차며 치솟아오르기 시작하였다.

구양천상은 비로소 그를 알아볼 수 있었다.

그는 구양천상이 있는 석굴을 살펴보고 사라졌던 시체와 같은 안색을 지닌 그 흑의인이었다.

'천녀유혼신법(倩女幽魂身法)······. 이제 보니 그는 강호상에 좀처럼 모습을 드러내지 않는 음산(陰山) 유명곡(幽冥谷)의 사람이었구나!'

그의 허깨비와 같은 신법을 알아본 구양천상은 내심 놀람을 금치 못하였다.

음산은 중원과 떨어져 있을 뿐만 아니라, 거기에 위치한 유명곡은 더더욱이 일반 강호무림과는 거리를 두고 있었다. 그 가장 큰 이유는 그들이 시체와 죽음을 연구하는 괴이편격(怪異偏激) 일변도의 무학을 추구하기 때문이었다.

'그들마저 세상에 나왔다면 오늘 용문에 모인 사람들의 수효는 실로 적지 않을 것이다!'

용문석굴이 조성된 이궐의 암벽은 급격한 경사를 가지고 까마득히 솟아 있었지만, 그 전체가 벌집과 같이 석굴로 뒤덮여 있어서 흑의인과 같은 경공(輕功)을 지닌 사람이라면 날아오르는 것이 불가능할 것이 없었다.

그가 몇 번 용문암벽을 차며 치솟는 가운데 그의 신형은 순식간에 단애(斷崖)를 올라가고 있었다.

태양천주와 능풍검 왕천일이 소맷자락을 펄럭이면서 뒤를 따르고 있었으나, 그가 일단 단애를 넘어서면 닭 쫓던 개 지붕 쳐다보는 격이 될 가능성이 많았다.
 '그 물건이 무명천고라면 나도 이대로 있을 수만은 없다!'
 구양천상은 몸을 일으켰다.
 무림불가해삼보가 당금의 강호에 미칠 영향은 실로 적지 않은 것이다.
 한데 바로 그때였다.
 "으아악!"
 느닷없이 한소리 창자를 끊는 단말마의 외침이 막 단애의 위로 올라서던 흑의인에게서 터져 나왔다.
 뒤이어 구양천상의 눈에 마치 썩은 짚단과 같이 거꾸로 떨어져 내리는 흑의인의 모습이 비쳤다.
 그는 그의 뒤를 따라 날아오르고 있는 태양천주와 능풍검 왕천일의 가운데로 곤두박질치듯 피보라를 뿜어내며 떨어져 내리고 있었다.
 구양천상은 막 석굴을 벗어나려던 몸을 세우고 위를 올려다보지 않을 수 없었다.
 달이 없어 칠흑과 같은 어둠을 뿌리고 있는 밤하늘을 꿰뚫고 솟아 있는 용문단애 위에 한 사람이 서 있음이 보였다.
 그의 손에는 바로 조금 전까지 유명곡의 흑의인 손에 들려 있던 그 물건이 들려 있었다…….

第三章

연자득보(緣者得寶)
―싸움은 허무하게 막을 내리나 기보(奇寶)는 숨을 쉬고…….

풍운고월
조천하

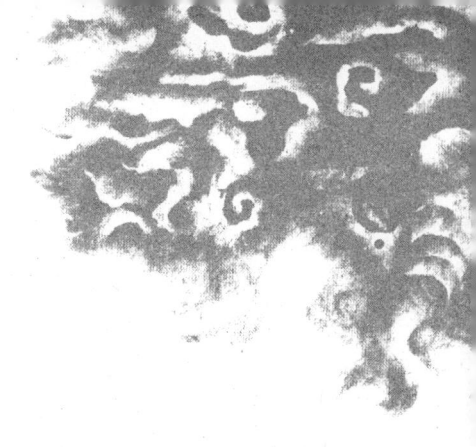

　원래 구양천상이 있는 석굴은 고양동을 내려다볼 수 있는 곳으로 그 높이가 약 칠팔 장가량에 달했다.
　그렇기 때문에 시야가 넓었고 비록 지금의 상황이 수십 장이나 떨어진 곳에서 벌어지고 있지만 그것들을 다 일목요연하게 볼 수가 있었다.
　그러나 위쪽이라면 보는 시야에 한계가 있을 수밖에 없다.
　하지만 흑사경의(黑紗輕衣)를 펄럭이며 단애의 위에 서 있는 그 사람을 몰라볼 수는 없었다.
　"태음천주로구나!"
　구양천상은 신음했다.
　마침내 태음천주가 나타난 것이다.
　용문단애의 주위는 뚫고 들어오려는 자와 막으려는 자 간에서 일대 아수라의 격전장으로 화해 있었으며, 상황의 진전을 보고 군웅들은 모두 용문단애로 몰려들었다.

 욕설과 비명, 검광도기가 한밤중의 용문 일대를 진동했다.

 음산 유명곡의 흑의인이 올라가던 것보다 더 빠르게 밑으로 곤두박질해 떨어질 때, 태양천주의 신형은 단애의 위로 올라서고 있었다.

 뒤이어 능풍검 왕천일이 세차게 옷자락을 펄럭이면서 도착했으나 태음천주는 아래를 내려다보고 있을 뿐 그들을 쳐다보지도 않았다.

 태양천주는 태음천주의 손에 검은빛을 발하는 가죽주머니가 들려 있음을 보고는 흥분한 빛이 되어 그녀에게 말하였다.

 "구좌! 어떻게 여길?"

 "소식을 들었어요."

 태음천주는 태양천주를 향해 고개를 끄덕여 보이고는 능풍검 왕천일을 보았다.

 "듣자니, 개방 중에 겉과 속이 달라서 웃으면서 사람을 죽일 수 있는 소리장도(笑裏藏刀)의 명인이 있다고 하더니 아마도 그 사람이 당신인 모양이군?"

 능풍검 왕천일은 얼떨떨한 빛이 되어 그녀를 보더니 이내 웃으며 말했다.

 "불행히도 칭찬을 받을 만큼 잘 웃지는 못하오. 소문이란 원래 과장이 심하여……."

 얼굴은 웃고 있으나 내심은 조급하기 이를 데 없다.

 일대의 강적이 하나도 아니고 둘이나 그의 앞에 있는 것이다.

한데 바로 그때, 옷자락 스치는 소리가 들리며 사오 명의 사람들이 단애 위에 나타났다.

구양천상이 있는 곳은 아래쪽이라 태음천주와 태양천주, 그리고 능풍검 왕천일까지는 겨우 보이지만 새로 나타난 사람들이 누군지는 도저히 알아볼 수가 없었다.

현공을 운용하여 소리를 들을 수밖에 없었다.

'지금 모습을 나타내면…… 그녀와 싸울 수밖에 없다. 하지만 그냥 있으면 저것이 과연 무명천고인지는 모르겠으되, 저것은 구중천으로 넘어가게 될 것이다…….'

구양천상은 나타난 사람이 누구인지는 모르겠지만 태음천주의 태음신공장을 상대할 수 있으리라고는 생각할 수가 없었다.

그가 생각을 굴리고 있을 때 돌연 태음천주에게서 날카로운 웃음소리가 울려 퍼졌다.

"오호호호호……! 그래, 그토록 이 물건 하나가 강호 정세에 큰 영향이 있단 말인가?"

강맹한 기세를 품고 있는 창노한 음성이 그녀의 웃음소리에 뒤이어 들려왔다.

"영향을 말하기 이전에 그 가치를 모르는 사람이 무림 중에 어디에 있단 말인가? 그러한 가치가 없다면 노부는 물론, 여기 있는 사람 어느 누가 용문까지 수고를 아끼지 않고 왔을까?"

창노한 음성의 주인공의 내공은 대단히 심후하여 그 목소리는 큰 종을 울리는 듯하였다.

구양천상은 그가 누구인지 궁금하였으나 그가 있는 곳에서는 그를 볼 수가 없었다.

능풍검 왕천일의 목소리가 그 대답을 가지고 들려왔다.

"무명천고의 가치야말로 무림인들을 움직이기에 충분하고도 남음이 있지! 그렇지 않다면 두문불출하고 있던 웅풍보의 악 노보주와 화산 육 장문인께서 이렇듯 불원천리 달려왔을 리가 있겠소? 하하……."

그는 한차례 웃고 나더니 말을 계속했다.

"아무리 구중천의 힘이 강하다 하더라도 오늘 용문에 모인 군웅 전체를 이겨낼 수는 없을 것이오……. 그러니 그것을 중론에 맡겨 공평하게 처리를 하는 것이 어떠하오?"

'방금 나타난 사람이 웅풍보의 노보주 악우와 화산 육청풍 장문인이라는 말인가?'

구양천상은 자신이 모습을 드러낼 시기가 되었음을 직감했다.

다른 고수가 얼마나 더 왔는지는 모르되, 웅풍보의 보주와 화산파 매화신검수 육청풍, 그리고 개방의 능풍검 왕천일로서는 아마도 태음, 태양 두 천주를 상대할 수 없을 것이다.

그때 태음천주가 냉랭한 눈빛으로 능풍검 왕천일을 보았다.

"말은 쉽군……. 이것이 당신의 손에 있어도 과연 그러한 말을 할 수가 있을까?"

능풍검 왕천일은 흠칫 태음천주의 손에 들린 가죽주머니를 보더니 예의 미소를 지었다.

"별로 달라지지 않을 것이오."

그의 말에 태음천주는 코웃음 쳤다.

"과연 그런가 보겠다!"

그 말과 함께 아무도 상상하지 못한 일이 일어났다.

태음천주가 손에 들고 있던 가죽주머니를 능풍검 왕천일에게 조금의 망설임도 없이 던져 주었던 것이다.

"무슨 짓이오? 미쳤소?"

사람들이 어이가 없어 멍청해진 것은 물론이고 태양천주마저 대경실색하여 소리치더니 그대로 몸을 날려 가죽주머니를 잡아 갔다.

엉겁결에 주머니를 받아 든 능풍검 왕천일은 정신이 없다가 태양천주가 덮쳐 옴을 보고 정신이 번쩍 나서 한 걸음 옆으로 신형을 이동시킴과 동시에 허리춤의 단검을 잡았다.

차앙—!

맑은 음향과 함께 단검이 날듯이 그의 허리춤에서 벗어나더니 번개처럼 태양천주를 향해 구 검(九劍)을 공격했다.

그의 구 검은 실로 놀랍도록 변화무쌍(變化無雙)하여 그처럼 검이 빨리 움직이는데에도 팔은 거의 움직이지 아니하고 거의가 손목의 움직임에서만 비롯되고 있었다.

도(刀)의 움직임을 일러 맹호(猛虎)와 같아야 하며, 검의 움직임을 일러 나는 봉[飛鳳]과 같아야 한다고 한다.

단검이 몸 가까운 곳에서 이처럼 춤추듯 손목에서 변화를 일으키자 천하없는 태양천주라 할지라도 도저히 가볍게 볼 수 없었다.

한소리 노한 외침과 웅…… 하는 떨림을 능풍검 왕천일의 단검이 보일 때 두 사람은 번개처럼 한 걸음씩 물러나 있었다.

놀랍게도 능풍검 왕천일은 예상을 뒤엎고 태양천주와의 격돌에서 별다른 약세를 보이지 않았다.

놀란 빛으로 능풍검 왕천일의 수중에 든 단검과 가죽주머니를 본 태양천주는 속이 부글부글 끓어 견딜 수가 없었다.

그는 사납게 태음천주를 노려보았다.

"무슨 짓인가? 수중에 들어온 물건을 마음대로 적에게 내어주다니!"

시선을 돌려 아래를 내려다보고 있던 태음천주는 고개를 들어 그를 보더니 픽 웃고는 능풍검 왕천일을 보았다.

"그까짓 것이 무어 그리 대수라고……. 왕천일, 물건은 당신의 손에 있으니 이제부터 그 처리는 당신에게 맡기겠다!"

그녀는 말과 함께 느닷없이 단애의 아래로 훌쩍 몸을 날리는 것이 아닌가!

그녀의 뜻밖의 행동에 다시 한 번 사람들은 멍청해졌다.

태음천주가 자신에게 들어온 기보를 남에게 던져 주었을 뿐만 아니라, 자신만 남겨놓고 훌쩍 내려가 버리자 일시지간 어이가 없어 멍청해 있던 태양천주는 이내 머리끝이 곤두설 정도로 대노했다.

하지만 태음천주는 이미 사라졌다.

자연히 화풀이할 대상을 찾을 수밖에…….

그는 무서운 빛으로 능풍검 왕천일을 노려보면서 외쳤다.

"흐흐…… 능풍검이란 이름이 용모에서 비롯하는 줄 알았더니, 오늘에서야 검의 움직임이 바람을 능멸할 지경이라 붙여진 것임을 알겠군! 좋아…… 본좌가 오늘 궁가이룡의 능력을 한번 보겠다!"

동시에 그의 흑의가 절로 펄럭이기 시작하였다.

능풍검 왕천일의 눈에 긴장의 빛이 감돌았다.

그는 자신의 손에 가죽주머니가 들린 순간에 모든 사람들의 눈빛이 변한 것을 보았던 것이다.

그들의 표정으로 보아 자칫 잘못하면 태양천주를 비롯한 모든 사람들의 포위공격을 받게 될 판이었다.

태양천주 한 사람만 하더라도 실로 생사대적(生死大敵)이 아닐 수 없는 것이다.

그는 마침내 머리를 흔들며 탄식하였다.

"이거야말로 완벽한 차도살인지계(借刀殺人之計)로군! 왕천일로서는 도저히 감당할 수 없군, 감당할 수 없어……."

그는 말을 하다가 태양천주의 무서운 기세가 금방이라도 자신을 덮쳐 올 듯함을 보고 다급히 소리쳤다.

"잠깐!"

"……."

태양천주는 아무 소리 않고 그를 노려보았다. 능풍검 왕천일은 그에게서 한 걸음 물러나 주위를 돌아보았다.

백발의 머리를 가진 웅풍보의 웅풍진악 악우를 비롯한 화산파의 육청풍 등의 고수들이 이미 그의 좌우를 둘러싸고 있었으며 그 수효는 불어나고 있었다.

그들을 뚫고 나가지 않는 한, 가능성은 없었다.

그는 주위를 둘러보며 말하였다.

"싸우는 것은 얼마든지 좋으나, 이 주머니 안에 과연 물건이 있는지 확인부터 하는 것이 어떻겠소?"

"무슨…… 뜻인가?"

태양천주의 물음에 능풍검 왕천일은 대답했다.

"내가 들고 있는 것은 하나의 가죽주머니이지, 무명천고는 아니오……. 나는 귀하의 동료가 이처럼 쉽게 기보를 포기하는 것을 납득할 수 없소."

그 말을 듣고 보니 과연 그러했다.

말과 함께 능풍검 왕천일은 대답을 기다리지 않고 수중의 가죽주머니를 열었다.

그 안에서 나온 것은 하나의 조그마한 북이었다.

검은빛이 번뜩이는 것을 보고 누군가가 외쳤다.

"무명천고다!"

그 말과 함께 능풍검 왕천일은 냉소를 터뜨리며 그 검은 북을 바닥에 내동댕이쳤다.

둥…… 와작!

조그만 북은 그의 힘을 이기지 못하고 여지없이 바위에 부딪쳐 산산조각이 나고 말았다.

"어이없군…… 한낱 금선탈각지계(金蟬脫殼之計:매미가 허물을 벗고 도망침)에 이처럼 농락을 당하다니!"

능풍검 왕천일은 기가 막힌 표정이 되어 이를 갈았다.

동시에 그는 옷자락을 휘날리며 단애의 아래로 뛰어내렸다.

그는 원래 매우 세심하기 이를 데 없는 사람이었다.

왕천일은 태음천주가 수중의 기보를 어이없게 자신에게 넘겨주었고, 계속해서 단애의 아래쪽을 내려다보고 있었음을 경각하고 있었기 때문에 그녀가 아래로 뛰어내려감을 보고는 이상함을 느껴 가죽주머니를 열어보았던 것이다.

그 안에 든 것은 가짜였다.

진짜라면 그처럼 어이없이 깨질 리도 없고 북소리가 울리지도 않았을 것이었다.

물론 태음천주가 그처럼 쉽사리 포기할 리도 없었을 것이 아닌가.

구양천상은 태음천주가 가죽주머니를 쉽사리 능풍검 왕천일에게 넘겨주는 것을 보고 그 안에 어떤 문제가 있을 것임을 직감하고 그녀가 움직이는 방향을 주시하고 있었다.

용문석굴은 이수의 가에 위치하고 있어 강과의 거리는 실로 얼마 되지 않았다.

싸움은 사방에서 벌어지고 있었지만 그것과는 상관없이 이수변에는 한 척의 쾌속선이 돛을 올린 채 갈대 사이에 정박하고 있었다.

용문에 나타난 모든 사람들의 시선이 단애의 위로 몰려 있을 때, 일단의 흑의인들은 그 반대쪽이라 할 수 있는 이수변에 정박해 있는 쾌속선을 향해 날듯이 움직이고 있었다.

그들은 사람들의 시선을 조금도 끌지 않고서 쾌속선과 불과 칠팔 장 떨어진 곳에 도달했고, 쾌속선에서도 사람의 그림자가 어른거렸다.

그런데 그때 한 가닥 검은 연기와 같은 그림자가 하늘로부터 그들에게 날아 내렸다.

"으악!"

"으아악!"

어둠의 나래와 같은 흑사경의가 펄럭이는 가운데 백옥을 빚은 듯한 옥장이 번뜩이자 처절한 비명이 꼬리를 물고 일어나기 시작하였다.

그들의 앞을 가로막으며 선 자는 바로 단애에서 날아 내린 태음천주였으며, 어느 누구도 그녀의 일장을 감당하지 못했다.

그것은 가히 도살(屠殺)이라 불려야 했다.

'과연 무서운 수법…… 추호의 사정도 없구나!'

그 광경을 보고 구양천상이 미간을 찡그릴 때, 남은 흑의인 중 하나가 신검합일하여 태음천주를 덮쳐 가고 있음을 볼 수 있었다.

'현무검주? 그럼 저들이 천도문의 사람들이란 말인가?'

그 흑의인의 가슴에 새겨진 현무를 알아본 구양천상이 중얼거릴 순간,

"와아악……!"

현무검주의 검이 박살 나면서 처절한 비명이 그에게서 터져 나왔다.

가공할 태음천주의 태음신공장은 그의 검을 부숴 버리면서 그의 내부를 으스러뜨리고 만 것이다.

그 광경에 겨우 목숨을 부지하고 있던 흑의인 서넛은 공포에 질려 등을 보이고 죽을힘을 다해 도주했다.

"흥!"

하지만 태음천주가 냉소하면서 손을 쳐들사 그들은 칠팔 장 밖에서 늦가을 낙엽과 같이 구겨져 나뒹굴고 말았다.

단숨에 흑의인들은 전멸했고 그 가운데에는 넋이 나간 듯한 표정의 청포노인 하나가 공포의 빛으로 멍하니 서 있었다.

전신이 피투성이이고 팔마저 하나가 없는 청포노인……

그는 바로 추혼사자 탁천룡이었다.

태음천주는 차가운 눈으로 그를 보았다.

"네가 탁천룡이냐?"

"……."

탁천룡이 대답 대신 두려운 빛으로 그녀를 보자 태음천주는 냉소했다.

따악!

"와앗!"

탁천룡은 눈앞에 별이 무리를 지어 섬멸(閃滅)하는 것을 느끼고 그대로 거꾸러졌다. 뺨과 입안이 그대로 터져 선혈과 부러진 이빨이 무더기로 쏟아졌다.

"네가 탁천룡이냐?"

태음천주의 음성이 다시 그의 귀에 들려왔다.

원래 탁천룡은 능풍검 왕천일과 태양천주 등을 속여넘긴 후에 남이 주의하지 않는 틈을 타서 은밀히 이곳을 빠져나가려 했었다.

하지만 그가 가는 곳에는 현무검주가 기다리고 있었고 그는 그들에게 제압당하여 끌려가는 길이었다.

공포에 질려 있던 탁천룡은 태음천주의 거센 따귀 한 번에 제압당하였던 혈도가 풀림을 깨닫고 떨리는 음성으로 황급히 외치듯 대답했다.

"그, 그렇습니다!"

그는 말을 하다가 안색이 창백히 질렸다.

태음천주의 백옥과 같은 옥장이 그의 눈앞에 내밀어져 있음을 보았던 것이다.

그 의미는 명백했다.

그때였다.

"오호호호…… 과연 무섭군요? 그 교활한 탁천룡을 꼼짝도 못하게 단숨에 굴복시키다니……."

웃음소리가 주위를 울렸다.

쾌속선의 위에 한 사람이 서 있었다.

그 사람은 여자였으며 바로 천도문의 남북이후 중 남후였다.

그녀를 보자 태음천주는 싸늘히 웃었다.

"본좌의 앞에 나타나다니…… 믿는 것이 있나?"

남후는 그녀의 말에 다시 웃었다.

"구중천 제일고수를 상대하는데 당연히 소홀할 수가 없지요. 흥미가 있다면 보여 드리겠어요."

그녀의 말과 함께 배의 좌우에서 세 명씩, 여섯 명의 대관이 태음천주를 에워싸듯 나타났다.

그들은 각기 오리알만 한 검은빛 쇠구슬 하나씩을 손에 들고 있었다.

"서역(西域) 화신곡(火神谷)의 진천뢰(震天雷)?"

태음천주의 신형이 한차례 미미하게 진동을 일으켰다.

"하하하하…… 과연 태음천주의 안복은 무쌍이로군! 그것을 알아볼 수 있으니 위력을 설명할 필요는 없으리라 믿소!"

웃음소리와 함께 쾌속선의 옆에서 또 한 사람이 천천히 걸어나왔다.

천도문의 신기당주였다.

그의 손에도 하나의 검은 구슬이 들려 있었다.

그것을 보고 구양천상은 내심 놀라 생각했다.

'서역의 진천뢰라면 하나가 가히 십 장 일대를 초토화시킬 수 있다는 위력을 갖고 있다. 화신곡의 진천뢰는 하나에 천금을 주어도 구할 수 없는 것인데, 천도문은 실로 적지 않은 힘을 기울였구나⋯⋯.'

태음천주는 상대의 준비가 너무도 뜻밖이라 잠시 생각을 가다듬고는 입을 열었다.

"그까짓 진천뢰로 본좌를 위협하려 한다면 어불성설(語不成說)이지⋯⋯."

남후가 말을 하기 전에 신기당주는 기다렸다는 듯이 말했다.

"천주께서 진천뢰의 위력이 보고 싶다면 언제라도 보여 드릴 용의가 있소!"

그는 말과 함께 눈짓을 했다.

그러자 진천뢰를 들고 있던 장한이 갑자기 그것을 힘껏 던져 냈다.

원래 상황이 이렇게 되자 사방에 흩어져 있던 모든 군웅들이 이곳으로 몰려오고 있었다.

단애의 위에 있던 태양천주나 능풍검 왕천일 등도 예외가 아니었고, 태양천의 정예들 또한 검은 물결과 같이 밀려오고 있었던 것이다.

진천뢰는 바로 그들에게 날아갔다.

어느 누구도 그들이 갑자기 진천뢰를 던져 낼 것은 생각지도 못했다.

"피, 피해라!"

"으아……."

꽝! 꽈르르르…….

뇌성벽력(雷聲霹靂)과 같은 굉음이 지축을 흔들며 거대한 섬광이 십여 장 사방을 뒤덮었다.

처참한 아비규환의 소용돌이!

인육이 흩어지고 팔다리가 하늘을 날았으며, 피보라가 어둠을 수놓으면서 화려히 뿌려졌다. 매캐한 화약 냄새와 흙먼지가 허공에 떠다니면서 구슬픈 비명 소리가 꼬리를 물었다.

태음천주가 안색이 변해 신기당주를 노려보았다.

"지독한 수법이군……."

진천뢰가 터진 곳은 공교롭게도 태양천의 주력이라 할 수 있는 태양집법기 휘하 고수들이 몰려오고 있던 곳이라 진천뢰의 폭발에 희생된 사람들은 거의 태양천 사람이라 해도 과언이 아니었던 것이다.

신기당주는 난처한 표정으로 손을 저었다.

그의 손에 들린 진천뢰가 검게 번들거렸다.

"하필이면 그쪽으로 터질 줄은…… 미안하외다. 하지만, 본 당주가 아까운 진천뢰 하나를 소비한 것은 천주께서 이것이 혹 가짜가 아닌가 의심하는 듯하여 보여 드리기 위한 것이니 너무 노여워하지 마시오."

남후가 또렷한 음성으로 말했다.

"우리가 요구하는 것은 어렵지 않죠……. 단지 천주께서 뒤로 십여 걸음만 물러나 탁천룡을 우리가 데려가도록 해주는 것뿐이에요."

태음천주는 코웃음 쳤다.

"하고 싶은 것을 다 하고 싶다는 말인가?"

남후는 조금도 지지 않았다.

"전혀……. 단지 천주께 부탁을 드리는 것뿐이죠. 진천뢰는 천주를 위협하고자 준비한 것이 아니라 자위를 위해 준비한 것일 따름이에요."

"자위라고?"

태음천주는 냉소했다.

"가짜를 가지고 자위할 수 있다고 생각했다면 본좌를 너무도 만만하게 보았다!"

그 말에 남후의 눈빛이 흔들렸다.

가공할 진천뢰의 폭발에 놀라 몰려오던 군웅들은 거의 다 십여 장 밖에 서서 사태를 주시하고 있다가 그 말을 듣게 되자 일대 동요가 일어났다.

오늘 용문에 모인 고수들은 태양천의 고수들이 백여 명—그중 사오십 명이 진천뢰에 희생되었다—, 개방 중의 고수가 삼십, 그 외의 군호들이 백여 명이나 되었다.

그들이 그 말을 듣고 동요키 시작한 것이다.

더구나 수하들이 몰살당하다시피 한 태양천주는 이미 태음천주의 곁에 도착해 있었으며 능풍검 왕천일은 물론, 유수의 고수들 십여 명은 병풍과 같이 주위로 다가오고 있는 중이었다.

상황이 심상치 않아짐을 보고 남후는 소리 높여 웃었다.

"가짜라고? 어디 그렇게 생각하는 사람은 얼마든지 시험해 보시지?"

 능풍검 왕천일은 칼날 같은 눈빛으로 탁천룡을 쏘아보고는 미미한 웃음기를 떠올린 어조로 말했다.

 "이 거리에서 진천뢰를 터뜨린다면, 설령 그것이 진짜라 하더라도 그 자신마저도 무사하지 못할 텐데?"

 남후는 태연했다.

 "그대로 당하는 것보다야 동귀어진(同歸於盡)한다면 최소한 본전은 되니 그다지 손해는 아니지……."

 천하없는 능풍검이라 할지라도 이 말에는 말문이 막혔다.

 장중에 있는 모든 사람들의 머릿속은 빠르게 돌고 있었다.

 이 상황은 가히 일촉즉발(一觸卽發), 터질 듯한 긴장만이 고조되고 있는 중이었다.

 한데, 그 순간이었다.

 "으아하하하하……!"

 돌연 공포로 얼어붙어 있던 추혼사자 탁천룡이 미친 듯 웃어대기 시작한 것이다.

 그의 돌발한 웃음은 모든 사람을 어리둥절하게 만들기에 족했다.

 그리고 다음 순간에 탁천룡은 웃음을 그치고 사람들을 둘러보았다.

 "우습군……! 물건은 이미 세상에 없는데, 그것을 찾기 위해서 이처럼 난리라니……."

 그의 말에 사방에서 일대 소요가 일어났다.

 장중에서 가장 노하고 있는 사람은 태양천주다.

 "간교한 놈! 감히 본좌를 또다시 농락할 생각이냐?"

그가 손을 쳐들자 일진의 광풍이 일어나 추혼사자 탁천룡을 휘말아 내동댕이쳤다.

그와 탁천룡은 사오 장 이상 떨어져 있었는데도 그 기세는 무섭기 짝이 없어 추혼사자 탁천룡은 한 조각 낙엽처럼 떠올랐다 땅바닥에 쑤셔 박히고 말았다.

벌레처럼 꿈틀거리는 그가 고개를 쳐들었을 때에 그의 입에서는 검은 피가 줄줄 쏟아져 나오고 있었다.

그는 하나 남은 팔로 상체를 일으키면서 미친 듯이 웃어댔다.

검은 피는 점점 더 많이 흘러내리고 입뿐만 아니라 눈과 코, 귀에서마저 흘러내렸다.

그것은 심상치 않았다.

태양천주가 놀라 외쳤다.

"네놈은 무슨 짓을 한 것이냐?"

탁천룡은 쿨럭쿨럭 검은 피를 쏟아내면서 그를 노려보았다.

"아무도…… 아무도 무명천고를 얻진 못할 거다……. 쿨럭…… 나는…… 여기에 오기 전에 이미 무명천고를 아무도 찾을 수 없는 곳에다 숨겨두었다……. 크으으…… 무명천고는 나와 함께 세상에서 사라지는 것이다……. 아무도 찾을 수 없을 것……."

능풍검 왕천일은 그가 스스로 심맥을 끊었음을 알았다.

이러한 일은 실로 의외라 하지 않을 수 없었다.

대체로 흑도의 인물들은 자신의 목숨을 쉽게 끊지 못한다. 그만큼 생의 애착이 강하기 때문이다.

그러나 이유는 간단하였다.

그 길만이 지금의 탁천룡으로서는 최선이었던 것이다.

그가 이곳을 벗어날 가능성은 전무하였으며, 설혹 어느 누구에게 무명천고를 넘겨준다 하더라도 그가 살아날 가능성은 만에 하나도 보이지 않았다.

능풍검 왕천일만 하더라도 자신을 속인 그를 그냥 두지 않을 것이니, 궁지에 몰린 그가 택할 수 있는 길은 죽음…… 그 길밖에는 존재하지 않았다.

"말해! 그것을 어디에 숨겼느냐?"

능풍검 왕천일이 그의 멱살을 움켜잡았다.

탁천룡은 계속 웃었다.

처참한 모습이었다.

"내가 얻을 수 없으니…… 남도 얻을 수 없다……. 나와 함께 가는 것이다……. 크흐흐윽…… 아무도 내게서 무명천고를 가져가지 못한다…… 끄으으……!"

그의 눈은 쏟아지는 피로 인해 이미 사물을 알아보지 못하고 있었다.

그는 그렇게 죽고 말았다.

사람들은 어이가 없다 못해 허탈해서 멍하게 서 있었다.

싸울 의미가 완전히 사라져 버린 것이다.

능풍검 왕천일이 그의 품을 뒤졌지만 정말로 아무것도 없었다.

"차라리 잘되었군……."

그것을 보고 가장 먼저 몸을 돌린 사람은 화산 장문 매화신검수 육청풍이었다.

그는 같이 온 사람들과 미련없이 그 자리를 떠나고 있었다.

원래 그는 만공 대사와 만났다가 무명천고에 대한 소식을 듣고 그것이 사도(邪道)의 손에 들어가는 것을 방지하기 위해 급히 달려왔던 것이다.

 태음천주는 용문석굴 쪽을 한 번 쓸어본 후에 태양천주를 보며 말했다.

 "뒷수습은 육좌께서 하세요. 나는 일을 미루고 달려왔었기 때문에 더 이상 머물 수가 없어요! 그럼······."

 그녀는 태양천주와 몇 마디를 나눈 뒤에 검은 옷자락을 펄럭이며 신형을 떠올렸다.

 사람들은 그렇게 흩어지기 시작하였다.

 물건이 없어진 마당에 누가 위험을 무릅쓰고 진천뢰의 진가 여부를 시험하려 하겠는가······.

 그야말로 아닌 밤중에 날벼락과 같이 돌연히 용문 전체를 뒤덮었던 생사박투(生死博鬪)는 물거품처럼 스러져 사위는 다시금 고요를 회복하였다.

 불공을 드리다가 혼비백산, 절로 도주하였던 사람들이 궁금함에 하나둘씩 고개를 내밀도록······.

 구양천상은 고양동의 앞에 서 있었다.

 아직 미련을 못 버리고 주위를 기웃거리는 사람들이 몇 있기는 하였지만 구양천상이 그들의 시선을 피할 필요는 없는 것이다.

 구양천상은 하늘을 올려다보았다.

 축시(丑時)가 넘어 인시(寅時:새벽 세 시에서 다섯 시)가 되어가고 있었다.

 '역시 그녀가 떠나가기 전에 태양천주에게 한 소리는 일부러 나

에게 들으라고 한 말이었다. 그녀가 다시 돌아올 가능성은 없다.'

구양천상은 자신도 이곳을 떠날 때가 되었음을 깨달았다.

하필이면 오늘 그러한 일이 일어날 줄 누가 알았으랴.

그러나 그 와중에도 다행한 것은 태음천주에게 무엇인가 기이한 점이 있음을 확인한 것이고 또한 전 무림을 일대 혈겁으로 휘감을 듯하였던 무명천고의 일이 추혼사자 탁천룡의 죽음으로 인해 가라앉을 듯하다는 것이었다.

내심 안도하면서도 애석함을 감추지 못하고 천천히 걸음을 옮기고 있던 구양천상은 갑자기 한 생각에 우뚝 걸음을 멈추었다.

그의 눈은 얼마 전까지 그가 모습을 감추고 있던 석굴, 아니, 바로 그 옆에 위치한 석굴을 바라보고 있었다.

'부처님이야 믿을 수 있겠지⋯⋯.'

추혼사자 탁천룡이 그가 숨었던 석굴을 나서면서 하던 말이 그의 뇌리에 떠올랐던 것이다.

'천하제일추에게 추적을 당하면서 그가 한가하게 물건을 숨길 만한 시간을 가졌을 리 없다⋯⋯. 그런 여유가 있었다면 천하제일추의 이목에서 도주하여 몸을 숨길 수도 있었을 것이 아닌가?'

구양천상은 더 이상 망설이지 않고 몸을 날려 추혼사자 탁천룡이 몸을 숨기고 있던 석굴로 향했다.

그의 신형이 다른 사람의 시선을 끌지 않도록 은밀하였음은 물론이다.

탁천룡이 숨어 있던 석굴은 구양천상이 있던 곳보다 조금 컸으며, 비로자나불(毘盧遮那佛)이 모셔져 있었다.

벽에는 나한상(羅漢像)이 잡귀를 누르는 모습이 생동감있게 부조되어 있었으며 그 양식으로 보아 당대(唐代)의 것인 듯하였다.

하지만 지금은 그런 것이 중요한 것이 아닌지라 구양천상은 탁천룡이 쳐다보았던 바로 그 비로자나불을 조사하기 시작했다.

당대 기관토목지학의 제일로 불리는 구양세가의 대공인 구양천상이었다.

그는 대번에 불상의 연화대(蓮花台)가 이상함을 발견했고 그 아래를 흔적없이 파고 메운 것임을 알아내었다. 더구나 그것은 얼마 되지 않은 흔적이었다.

석굴 전체가 돌로 이루어져 있다고는 하나, 이 용문암벽은 석회암으로 이루어져 무림고수라면 조그마한 연장 하나만 있으면 그러한 작업은 어려운 것이 전혀 아니었다.

구양천상이라면 아예 그러한 연장마저도 필요가 없었.

불과 한 자도 파지 않아 회색빛 천으로 싼 둥그스름한 물체 하나가 나타났고, 그 회색빛 보자기 안에서 모습을 보인 것은 직경이 채 한 자도 되지 않는 검은 북과 같이 생긴 물건이었다.

아무리 침착한 그라 할지라도 어이없고 흥분됨을 금할 수가 없는 일이었다.

구양천상은 그것을 들어 보았다.

'전하는 말에 따르면 무명천고의 크기는 아홉 치 아홉 분이며, 그 무게는 무려 마흔아홉 근이라 하였다…….'

그렇기에 태음천주는 가죽주머니를 들어보는 순간에 안의 내용물을 확인하지도 않고 그것이 가짜임을 알았고, 능풍검 왕천일도 그것의 무게를 가늠하고는 대번에 땅바닥에다 내팽개쳐 버릴 수 있었던 것이다.

생각과 함께 그 검은 북을 들어보는 순간에 구양천상은 그것이 천하를 떠들썩하게 만들고 있는 무명천고(無鳴天鼓)임을 직감할 수 있었다.

북이라고 하는 것은 소리를 내기 위해 존재하는 것이라서 뼈대와 가죽으로 이루어진 만큼 소리의 공명(共鳴)을 위해서라도 가벼워야 하는 법인데 이 조그마한 것은 대체 무엇으로 만들었는지 정말 마흔아홉 근은 되는 듯하였던 것이다.

구양천상은 한참을 그 검은빛을 떠올리고 있는 북을 내려다보았다.

'정말 알 수 없는 것이 세상의 일이로구나……. 나는 스스로 세속의 욕심이 별로 없다고 생각을 하건만, 어찌하여 하늘은 나에게 이런 물건들을 계속하여 내린단 말일까?'

무개옥합이 그렇고 이 무명천고가 그러하다.

그로서는 거의 힘을 들이지 않고 저절로 굴러들어 왔다 하여도 과언이 아니었다.

대체 하늘은 그에게 무엇을 말하고 싶은 것일까?

구양천상은 그 검은 북을 들어 살펴보았다.

그 생김은 정말 신기하였다.

북이라는 것은 소리를 내기 위하여 겉면은 가죽을 씌우는 법인데, 이것은 아예 그런 것은 염두에도 두지 않은 듯 전체가 하나로 이루어져 있는 듯했다.

겉면을 만져 보아도 차가운 느낌과 함께 딱딱할 따름이다.

구양천상은 흥미가 일어 손가락으로 그 면을 튕겨보았다.

틱―!

그게 다였다.

어이가 없어진 구양천상은 이번에는 손가락에 공력을 모아 그 면을 힘껏 튕겨보았다.

이번에는 아예 소리가 없었다. 뿐만 아니라 공력을 모아 튕긴 손가락이 끊어질 듯이 은은히 아파오는 것이 아닌가!

'어떻게 이럴 수가 있을까?'

구양천상은 다시 한 번 무명천고를 살펴보았다. 정말로 그것은 어떤 옥질(玉質)로 깎아놓은 듯하였다.

가죽이어야 할 부분은 대패로 밀어놓은 듯이 깨끗하여 그의 얼굴이 비쳤고 그 가장자리의 몸체에는 기이한 산세에 기진이수(奇珍異獸)가 뛰노는 모습이 생생하게 조각되어 있었다.

구양천상은 그것을 내려다보고 있다가 문득 실소를 했다.

'이것이 그처럼 쉽게 소리를 낸다면 어찌 무명천고라 불리며 강호상의 불가해삼보 중 하나로 일컬어졌으랴! 강호에 나온 뒤, 나의 성미는 많이 조급해졌구나…….'

그는 무명천고를 보자기에 싸고 파낸 자리를 예전처럼 해놓은 뒤에 그곳을 떠나갔다.

날이 밝아오려면 아직도 한참 있어야 했다.

第四章

절세모용(絶世慕容)
―천하제일가의 이름은 세상에서 잊혀져 가나
그 존재는 아직도 천하제일의 무게로 살아 있으니…….

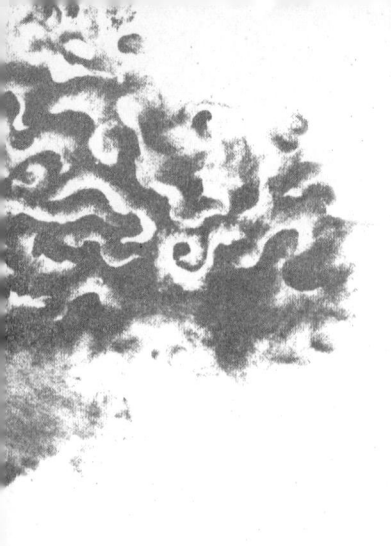

풍운고월
조천하

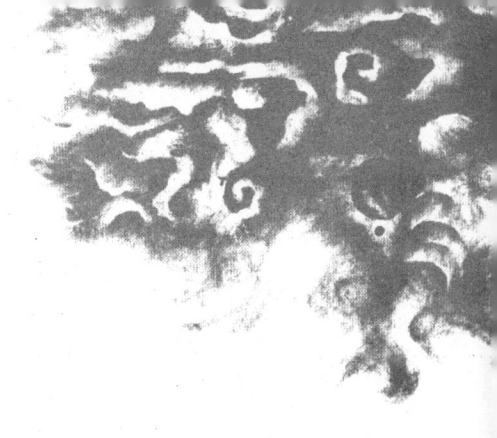

　강서(江西) 북부에 장강(長江)과 파양호(鄱陽湖)가 갈리는 요충에 천하 명산이 있으니, 그 이름이 바로 려산(廬山)이다.
　려산의 박대웅기(博大雄奇)함을 일러 당시 백거이(白居易)는 '광려기수갑천하(匡廬奇秀甲天下)'라고 하여 려산의 기이하고 수려함은 천하제일이라 찬(讚)하였으며, 시선(詩仙) 이백(李白)도 려산의 폭포를 일러 그 유명한 '비류직하삼천척(飛流直下三千尺)'의 명구(名句)를 만들어내었던 것이다.
　광려(匡廬)라고 하는 것은 려산의 별칭이거니와, 중원오대호 중 하나인 파양호에서 일어나는 물기운은 사시사철 려산 특유의 운무(雲霧)를 만들어 려산을 뒤덮으니 천선지경(天仙之境)을 방불케 한다.
　산세웅기하며 영천폭포(靈泉瀑布) 만재하니 널린 것이 또한 명승(名勝)이다.

동림(東林), 서림사(西林寺)를 비롯하여 천하사대서원 중 하나인 백록동서원(白鹿洞書院) 등 그 수를 헤아릴 수 없다.

하지만, 그 많은 빛나는 이름을 뛰어넘어 존재하는 이름이 려산에는 또 하나 있다.

〈천하제일가(天下第一家)〉

바로 봉황곡 절세모용가(絕世慕容家)라고 불리는 모용 가문이 이 려산 오로봉(五老峰)에 위치하고 있는 것이다.

* * *

오늘도 려산은 변함없이 운무로 덮여 있었다.

그 모습은 마치 수줍음 많은 소녀가 보일 듯 말 듯한 엷은 옷자락으로 온몸을 감싸고서 부끄러워하는 듯 신비롭기까지 하다.

가을의 려산.

운무에 휘감긴 려산의 기경(奇境)은 가히 절경이라는 말 외에는 표현할 말이 없다.

오로봉은 다섯 노인이 어깨를 마주 대고 서 있는 형국을 이룬 거대한 돌의 봉우리이다. 그 아래에는 천하사대서원의 하나인 백록동서원이 있으며 그 백록동서원을 등지고 지금, 한 유생이 려산을 오르고 있었다.

자욱이 안개 낀 길에는 낙엽이 바람에 날리고 고개만 들면 천자만홍(千紫萬紅)의 단풍이 눈을 어지럽힌다.

　유생은 별빛과 같은 눈을 들어 오로봉의 장엄을 응시했다.

　그 눈은 약관의 나이답지 않게 참으로 고요하게 가라앉아 있었다.

　"태산의 가을은 웅위하고 질박하여 이와 같이 정취있지는 아니하다. 굳이 따진다면 나의 세심거 주위가 이와 비슷하다 할 수 있을까……."

　시를 읊듯 중얼거리는 그의 걸음이 점차 빨라지기 시작하였다.

　안개가 그의 몸을 덮어 잡아당기는 듯했다.

　순식간에 백록동서원의 모습은 그의 시야에서 사라졌다.

　오로봉의 웅자가 점점 그의 시야에서 커졌다.

　"오로봉에 오르지 아니하고는 려산에 왔다고 하지 말라는 속설이 조금도 과장이 아님을 알겠다……. 삼 년 전 려산을 지날 때에는 여름이라 이와 같은 경치를 볼 수 없었지……."

　백의의 유생은 안개로 인해 온몸이 젖어드는 것을 느꼈다.

　그럼에도 불쾌하지 아니하고 기분이 상쾌하였다.

　어느덧 그의 몸은 오로봉의 한 산곡에 접어들고 있었다.

　산길임에도 기이하도록 널찍한 길이 통하는 그 산곡은 은은한 안개와 흐드러진 단풍으로 세외(世外)인 듯 느껴졌다.

　유생은 그 가운데 저 멀리 안개에 묻힌 인공의 흔적을 발견할 수 있었다.

　'무림의 풍운은 천하를 흔들고 있지만 이곳은 평온하기 그지없구나……. 나로 인해 그 조용함을 더럽히게 된다는 것은 실로 죄스러운 일이다.'

유생은 나직이 탄식하고는 걸음을 빨리했다.

그야말로 수천 리를 달려온 구양천상이었다.

모용세가가 있는 봉황곡은 봉황이 날개를 펼친 듯한 좌우 산봉의 아래에 위치하여 구양세가가 있는 소요곡과는 지형이 매우 달랐으며 가히 천험이었다.

길을 따라 걷고 있는 구양천상의 앞에 담장이 없이 홀로 존재하는 문루(門樓) 하나가 우뚝 나타났다.

〈천하제일가(天下第一家)〉!

문루에는 지난날 천하무림인들이 연명하여 헌증한 금빛 찬란한 현판이 걸려 안개 속에서 아직도 빛을 뿜고 있었다.

이름은 사람들의 기억 속에서 퇴색될지 모르나, 그 업적은 영원히 빛날 것이라고 말하는 듯하였다.

구양천상이 그 천하제일가의 문루 앞에 서자, 안개 속에서 한 사람이 홀연히 나타났다.

등이 활처럼 굽은 꼽추 노인이었다.

머리는 백발이었으나 기태는 노인 같지 않았고 그 키 또한 구양천상과 흡사할 정도였다. 그가 꼽추가 아니었다면 아마 대단한 체구를 가진 사람이었을 것이다.

구양천상은 그 사람이 누구인지 안다.

지난날 천하에 유명했던 철배창룡(鐵背蒼龍) 문화평(文華平)이다.

그는 모용세가의 구대가장(九大家將) 중 제이위에 속하는 고수였으며 천하를 풍미하던 모용세가 구대가장 중 오로지 한 사람 남은 생존자였다.

그는 눈을 들어 구양천상을 쳐다보더니 천천히 다가왔다.

늙은 사자가 움직이는 것 같았다.

봉황곡 절세모용가……

천하제일가의 저력을 보여주는 듯하였다.

그는 조용히 서 있는 구양천상의 앞에 와 우렁우렁한 목소리로 입을 열었다.

"구양세가의 대공이시오?"

"그렇소이다. 구양세가의 천상이라 합니다."

구양천상은 반 공대를 하였다.

그의 신분으로 말한다면 모용세가의 가주와 동격이다. 모용세가의 가신과 같은 철배창룡이 아무리 선배 고인이라 할지라도 신분이 다른 것이라 그가 하대를 하더라도 괴이할 것은 없다.

그러나 상대는 절세모용가의 중흥조(重興祖), 모용세가를 중흥하여 새로이 제일대(第一代) 가주(家主)라 불리는 신주대협(神州大俠) 모용중경(慕容重敬) 때부터 모용세가를 지켜온 전대 기인이라 할 수 있기에 그는 예의를 다하는 것이다.

철배창룡 문화평은 천천히 고개를 끄덕였다.

"들어오시오. 대부인께서 기다리고 계시오."

그는 몸을 돌려 안으로 걸어 들어가기 시작했다.

낙엽 쌓이고 안개 깔린 길은 문루의 안으로 끝없는 듯 길게 뻗어 있었다.

원래 구양천상은 미리 그의 방문을 통보하였던 것이다.

이런 곳을 찾아오면서 통보도 없이 들이닥친다는 것은 예의가 아니었다.

마찬가지로 모용세가에서 철배창룡과 같은 사람을 마중 보낸 것은 그에 대한 예우라 할 수 있었다.

철배창룡 문화평은 신법을 사용하지 않고 보통 사람과 같이 걸었으며, 한참을 걸어 들어가자 고색창연한 대문 하나가 솟아 있음을 볼 수 있었다.

대문에는 〈봉황비곡 모용세가(鳳凰秘谷 慕容世家)〉의 여덟 자가 가로로 횡서되어 있고 문의 좌우 벌열(閥閱)에는 각기 〈절세이립(絕世而立)〉〈충의일월(忠義日月)〉의 넉 자가 용필침웅(用筆沈雄), 살아날 듯 뚜렷한 힘으로써 쓰여져 있었다.

벌열이라고 하는 것은 가문의 공적을 써서 문의 좌우에 거는 것으로서, 문의 왼쪽 것을 벌이라 하며 공적을 기록하고, 오른쪽의 것은 열이라고 하여 경력을 기록하여 거는 것이다.

그리하여 세간에는 문벌이라는 말이 생겼거니와, 모용세가가 그 벌열에 다른 것을 쓰지 아니하고 절세이립, 충의일월 등의 글로써 대신한 것은 가문의 기풍(氣風)을 짐작케 하고 남음이 있었다.

대문은 활짝 열려 있었으며, 그 가운데에 한 사람의 나이 든 중년부인이 서서 구양천상을 보고 있었다.

문의 좌우로는 중년의 나이로 보이는 무사들이 다섯씩, 열 명이 늘어서 있어 그에게 예를 표했다.

중년부인은 구양천상이 도달하자 한 걸음 나와 손을 마주잡아 보이며 입을 열었다.

"세가의 총관인 손옥지(孫玉枝)입니다. 대공의 방문을 대부인을 대신하여 마중 나왔습니다."

근래에 들어 모용세가에 대해 강호상에 알려진 것은 아무것도 없다.

지난 이십 년 이래 봉황곡 절세모용가는 세상과 담을 쌓고 살아왔던 것이다. 손님을 맞아들이는 일도 없었고, 모용가의 사람이 밖으로 나오는 일도 없었다.

그로 본다면 구양천상에 대한 환대는 특별한 것이라 하지 않을 수 없다.

구양천상은 모용세가의 가주가 모두 강호를 위해 목숨 바쳐 현재 모용세가는 오 대에 걸쳐 과부뿐임을 안다. 하지만 모용세가의 총관마저 여인이 되어 있을 줄은 몰랐다.

그는 마주 포권의 예를 행하였다.

"환대에 무엇이라 감사의 말을 드려야 할지 모르겠군요."

"본 가는 지난 이십 년 이래 손님을 맞은 적이 거의 없어 접대에 익숙지를 못합니다. 혹, 실수가 있더라도 양해하여 주시기를 바랍니다."

총관 손옥지는 한 걸음 옆으로 물러서며 구양천상에게 들어오기를 권하였다.

구양천상은 문 안으로 들어서려다 뒤를 돌아보았으나 이미 철배창룡 문화평은 어디로 갔는지 보이지 않았다.

구양세가에 들어선 사람들은 그 조용함에 놀란다.

모용세가 또한 그에 못지않았다.

아니, 못지않은 정도가 아니었다. 거대한 가문이 아니라 어떤 산사(山寺)에 들어와 있는 듯 고요하기 이를 데 없었다. 깊고 넓은 그 봉황곡 전체가 온통 잔잔한 안개로 감싸여 있으니 마치 잠을 자고 있는 듯하였다.

그러나, 그것은 버려진 느낌이 아니라 안정된 고요였다.

당대의 모용세가에는 가주가 없다.

따라서 보통은 대부인(大夫人)이라 불리는, 모용세가 제삼대 가주 모용백옥(慕容伯玉)의 부인이었던 부옥영(扶玉盈)이 가중의 대소사를 맡아 처리하고 있었다.

모용세가의 대청인 사해당(四海堂)에서 구양천상을 맞은 대부인 부옥영은 생각보다 매우 젊어 보였다.

오십팔 년 전에 남편을 사별한 그녀이기에 그렇게 따지자면 못되어도 팔십 노인의 그녀라야 맞았다. 하지만 구양천상을 맞은 그녀의 얼굴은 중년부인과 같았다. 다만 머리가 반백일 따름이었다.

"어서 오시오. 먼 길을 찾아주어 고맙군……."

자리에 앉아 있던 모용세가 대부인은 조용한 음성으로 말하였다.

그녀는 고풍(古風)으로 장식된 대청의 가운데 앉아 있었고 그녀의 좌우로는 얼핏 보기에 그녀와 비슷한 나이로 보이는 노부인과 아직도 미모를 간직한 아름다운 모습의 중년부인 한 사람이 대부인 부옥영을 모시듯 서 있었다.

구양천상을 안내한 총관 손옥지가 사라지자 대청에는 그녀들 세 사람과 그들을 모시는 시녀 둘이 남아 있을 뿐이었다.

"불쑥 찾아와 폐를 끼치게 되어 죄송합니다."

구양천상이 읍을 하자 대부인은 눈꼬리에 주름을 잡으며 빙긋이 웃었다.

"어려워하지 마오. 굳이 따진다면 우리는 외인이 아니니까……. 그렇지 않았다면 지난 세월 방문객을 받지 않았던 우리가 그대를 맞아들였을 리 없을 것이오."

그렇지 않아도 의외의 깍듯한 환대에 이상하던 구양천상이다.

외인이 아니라니?

대부인은 구양천상의 얼굴을 들여다보더니 고개를 끄덕였다.

"그대의 모습은 참으로 부친을 많이 닮았군……. 그렇지 않으냐?"

그녀는 옆에 서 있는 중년미부(中年美婦)에게 물었다.

중년의 미부는 구양천상의 얼굴을 바라보고 있다가 말했다.

"당년의 구양 가주와 너무도 흡사합니다. 다만, 매우 조용해 보여 그분과는 기질이 조금 달라 보이는군요……."

그녀가 암암리에 탄식함을 보고는 대부인은 구양천상을 보았다.

"이 아이는 노신(老身)의 손주며느리라오. 옆에 있는 이 아이가 노신의 며느리인 문연(文娟)이오. 당년에 모두 그대의 부친인 구양 가주를 본 적이 있지……."

그녀의 말대로라면 이 두 사람이야말로 봉황 제이차 성전(聖戰)이라 일컬어지는 천축 신성 유가문(神聖瑜伽門)과의 싸움에서 죽어간 모용세가 사대, 오대 가주의 부인이었다.

"미처 몰라뵙고 예를 갖추지 못하여 죄송합니다."

구양천상은 그들에게도 정중히 예를 하였다.

대부인은 두 여인에게 고개를 돌려 말했다.
"너희들도 앉도록 하여라. 오랜만에 고인(故人)의 아들을 만났으니 이야기나 하도록 하자."
유래있는 가문의 법도라는 것은 엄하기 이를 데 없다.
모용가 사대 가주의 부인이라면 아마도 육십 세는 되었을 것이건만 그래도 그녀들은 대부인의 옆에 시립하여 별도의 명이 있을 때까지는 앉을 수가 없는 것이다.
그것은 죽을 때까지 지켜지는 법도였다.
두 사람이 자리에 앉는 것을 보자 대부인은 구양천상을 보며 말하였다.
"그대를 일러 외인이 아니라고 한 말을 이해하겠소?"
구양천상은 생각을 가다듬고서 말했다.
"아마도 소생의 부친과 모용세가의 가주와 사이에 있었던 친분을 말씀하시는 것으로 압니다."
대부인은 고개를 저었다.
"그렇듯 간단한 것이 아니라네. 노신의 손주였던 본 가 제오대 가주 비룡(飛龍)이와 그대의 부친은 둘도 없는 친우였었고 또 한 사람과 더불어 그들은 무림 중 삼영(三英)이라고 병칭(竝稱)되었었다네……."
그녀의 눈은 그 옛날을 회상하듯 초점이 흐려지고 있었다.
구양천상은 두 사람의 눈빛이 흔들림을 보았다.
모용세가 제오대 가주 모용비룡의 어머니인 노부인과 그 부인인 중년미부…… 그것은 이십 년 전의 생생한 아픔이다.
당년에 있어 무림삼영이라는 이름은 거의 존재하지 않았다.

그 이름은 그 당시에 생긴 것이라기보다 후일 만들어진 것이기 때문이다.

당연히 그 이름을 아는 사람 또한 극소수에 불과했다.

하지만 그 무림삼영이라는 이름의 의미는 대단하고도 남음이 있었다.

봉황 제일차 성전이라 불리는 암흑마교와의 일전에서 모용세가는 삼 대에 걸친 가주를 잃어버렸을 뿐만 아니라 그 저력의 대부분을 상실하는 극심한 타격을 입었기에, 기실 제이차 성전에서는 이 대의 가주를 잃게 되는 악전에도 불구하고 모용세가의 힘만으로는 천축 신성 유가문을 막기에 힘이 들었었다.

그것을 가능하게 만든 것이 무림삼영이라 할 수 있었다.

신주일검(神州一劒) 고욱양(古旭陽).

철혈무쌍(鐵血無雙) 모용비룡(慕容飛龍).

천기수사(天機秀士) 구양범(歐陽凡).

제이차 성전의 이면에 형제와 같은 의(義)로 맺어진 이 세 사람의 젊은 기인들의 활약이 없었다면 그 일은 어쩌면 가능치 않을 수도 있었다.

만에 하나라도 지금까지 그들이 강호상에서 활약하고 있었다면 오늘날, 천하 정세는 또 달라져 있었을 것임이 틀림없었다.

그러한 능력이 그들에게는 있었던 것이다.

대부인은 길게 탄식하였다.

"당시의 세 사람 중 룡아는 성전에서 전사하였고 욱양은 당시에 입은 치명적인 중상으로 인해 바로 룡아의 뒤를 따라가 남은 것은 그중 막내라 할 수 있는 그대의 부친뿐이었다네……. 하나, 결국은 그마저 몇 년 지나지 않아 실종되어 생사불명이 되었으니, 하아아…… 세상의 일이 어찌 이다지도 고르지 못하단 말일꼬……."

여기에서 구양천상이 할 말은 없다.

그저 조용히 이 노부인의 탄식을 들어주는 길뿐이다.

하지만 그로서도 얻은 것은 있었다.

'신주일검 고욱양이라면 그 당시 가장 혜성과 같이 떠오르던 일대검신이었다……. 그분의 죽음은 봉황성전 때문에 잘 알려져 있지 않았었는데, 그분이 아버님과 함께 그처럼 두터운 우정을 나눈 관계임은 아직 들은 적이 없었구나.'

대청 안의 분위기는 무거워졌다.

겉으로 보기에는 영광스러운 싸움이었지만 지금 이 부인들에게 남은 것은 상처뿐이라 해도 과언이 아니었다. 지난날의 그 영광을 돌려줄 후손마저 없는 지금에 이르러서는…….

쓸쓸한 기색을 얼굴 가득 떠올리고 있던 대부인은 문득 정신을 차린 듯 미미하게 혀를 찼다.

"나이가 드니 느는 것이 신세타령뿐이군. 양해하시게나. 그대를 보니 지난날 그들의 발랄한 영자(英姿)가 생각이 나서……."

구양천상은 고개를 저었다.

"마음에 두지 마십시오. 소생으로 인해 오히려 심려를 끼쳐 드려서 죄송한 마음을 어찌 말씀드려야 좋을지 모르겠습니다."

"별말씀을……."

대부인은 할머니가 손주를 보듯 자상한 얼굴로 웃어 보이더니 구양천상에게 정색을 하고 말하였다.

"오늘날 강호 정세가 그리 좋지 않다는 말은 노신도 얼마 전에 풍문으로 들었었네……. 그대가 본 가를 찾아온 것도 아마 그것과 조금은 연관이 있을 듯한데, 그러한가?"

'과연 모용세가로구나!'

대부인의 물음에 구양천상은 내심 감탄하면서 찾아온 용건을 말하기 시작하였다.

그는 현재 강호의 상황을 대강 말하였으며, 그 어려움을 타개하기 위해 모용세가의 힘이 다시 필요함을 말했다.

대부인은 고개를 흔들었다.

"본 가의 힘은 이십 년 전에 이미 쇠잔하였다네. 다시 강호에 나설 힘이 없을뿐더러, 나서고 싶은 생각도 없어……. 그럴 마음이 있었다면 지난 이십 년간 두문불출, 강호와 연락을 끊고 살지는 아니하였을 것일세."

구양천상은 정중히 말하였다.

"직접 나서주시기를 바라는 것이 아닙니다……."

구양천상은 그가 찾아온 용건을 상세히 설명하였다. 대부인이 구양천상을 쳐다보았다.

"봉황령기(鳳凰令旗)를 말인가?"

"그렇습니다. 명분이 필요합니다."

무거운 빛이 대부인의 얼굴에 깔렸다.

그녀는 한참 생각을 해보더니 며느리와 손주며느리를 보았다.

"너희들의 생각은 어떠하냐?"

손주며느리라는 중년미부가 시어머니의 눈치를 보더니 천천히 입을 열었다.

"이 일은…… 간단치 않아 저희들로서는 쉽게 말씀을 드리기가 곤란하군요…….”

대부인은 고개를 끄덕였다.

"그럴 테지……. 역시 이 일은 할머님[老太太]과 상의를 해야만 하겠다.”

그녀는 구양천상을 보며 다시 말했다.

"본 가에는 가주가 공석이라 모든 일은 임시로 노신이 맡고 있다네. 시어머님께서 구 년 전 돌아가시고 또 노태태께서는 신공(神功)을 수련하다가 주화입마하시어 기동을 하실 수 없어 궁여지책으로 된 것이지……. 그렇긴 하여도 이러한 일은 그 어른이 계시니 노신이 혼자서 결정할 수는 없는 일이라오.”

"주선을 해주신다면, 소생이 감히 노태태를 찾아뵙고자 합니다……. 가능할는지?”

구양천상은 그녀를 보았다.

모용세가의 노태태라면 배분으로 따져서 현 무림계 최고라 할 수 있다. 그녀야말로 모용세가 중흥조인 신주대협 모용중경의 정부인이었던 것이다.

오 대 전 가주의 부인이라면 최소한으로 따져도 이미 백 세 이상이다. 어쩌면 그 이상일 수도 있었다.

대부인이 노태태를 만나러 자리를 비우자 구양천상은 별도로 하나의 고아한 객실로 안내되어 기다리게 되었다.

시녀가 차를 끓여 가져왔다.

녹향(綠香)이라 이름한 그녀가 차를 가져왔을 때 구양천상은 뒷짐을 진 채 창문을 통하여 보이는 경치를 바라보고 있었다.

보이는 것은 아련히 깔린 안개와 그 안개를 타는 듯 붉게 물들이며 천자만홍(千紫萬紅)으로 피어나는 단풍들뿐이다.
세외의 별원(別園)이라 해도 과언이 아닌 경치였다.
구양천상은 생리적으로 권력 다툼이나 이해득실에 대해서는 별 관심이 없는 성미라 이와 같은 경관(景觀) 속에 파묻혀 있을 때에 가장 마음이 편하고 자유스러웠다.
시간이 가는 줄 모른다고 해도 과언이 아니었다.
따져 보면 그는 강호에 나온 이후로 단 하루도 편히 쉬어본 날이 없었다.
더구나 근래에 들어서는 더욱 그러하였다.
구대문파의 회동을 늦춘 만큼, 그 시간을 활용하여야 하는 그는 잠시도 쉬지 못하고 자신이 낼 수 있는 최대한의 시간을 내어 앞으로의 일에 대한 안배(按配)를 해두고 모용세가로 달려와야 했던 것이다.
"혹여, 시키실 일이나 분부하실 말씀이라도……?"
녹향의 물음에 고개를 돌린 그는 가볍게 고개를 저어 보였다.
그녀가 물러나고 나서 그녀가 남겨놓고 간 찻잔을 들고 다시 창가로 가 그 뚜껑을 연 구양천상은 은은히 피어오르는 다향(茶香)에 정신이 맑아짐을 느꼈다.
문득 찻잔을 내려다본 구양천상의 눈에 기이한 빛이 떠올랐다.
'이 향기는……'
차를 한 모금 음미하여 본 구양천상은 자신의 생각이 틀림없음을 알았다.
그것은 엽차가 아니라 고형차였던 것이다.

'모용세가에서는 아직도 고형차를 쓴단 말인가?'

차를 끓인 솜씨는 일품이었다.

얼마의 시간이 흘렀을 때, 구양천상은 문밖으로 경미한 발걸음 소리가 들려오는 것을 들을 수 있었다. 발걸음 소리는 상승의 경신공부로 인해 거의 들을 수 없을 정도였다.

똑똑…….

구양천상의 대답에 문을 열고 들어온 사람은 의외에도 모용세가의 마지막 가주인 제오대 가주 철혈무쌍 모용비룡의 미망인인 중년의 미부였다.

지난날 천하에 이름 높던 강호사미(江湖四美)의 하나로서 약관의 모용비룡에게 시집와 화제를 뿌렸던 새서시(賽西施) 이봉의(易鳳儀)의 아름다움은 세월의 흐름 속에서도 여전하였다.

그러나 혼인한 지 채 일 년도 아니 되어 남편과 사별하고 살아온 그늘이 그녀의 미모에 음영(陰影)을 드리우고 있음은 부인할 수가 없었다.

그녀는 구양천상이 마신 찻잔이 비어 있음을 보고는 천천히 입을 열었다.

"오래 기다리게 하여 미안하군요. 접대에 소홀함은 없었는지……?"

"별말씀을…… 폐를 끼쳐 죄송할 따름입니다."

구양천상은 담담히 웃으며 정중히 답했다.

상대는 그의 아버지와 막역지우였다는 모용비룡의 미망인인 것이다.

그의 웃음을 보고 있던 새서시 이봉의는 나직이 탄식하였다.

"그대의 웃음은 구양 가주와 구분할 수 없군요……. 나는 그대를 처음 보았을 때, 구양 가주가 살아 돌아온 줄 알았어요……."

"아버님을 잘 아십니까?"

그녀의 눈빛이 알아볼 수 없을 정도로 흔들렸다.

그리고 그녀는 말하였다.

"그분과 그처럼 친한 분이셨으니……."

그녀는 말끝을 흐렸다.

강호사미와 무림삼영의 사이에 얽힌 감정의 매듭은 아직 밝혀질 때가 아니었다.

얼굴에 알 수 없는 그늘을 잠시 드리웠던 이봉의는 기색을 가다듬고 말하였다.

"미안하지만, 노태태를 배견하는 일은 내일 아침까지 기다려야 할 것 같아요."

"그러도록 하죠. 혹 무슨 문제라도 있으신 것은……?"

이봉의는 고개를 저었다.

"아니에요. 노태태께서는 워낙 연로하셔서 기력이 전과 같지 못하세요. 더구나 얼마 전 신공을 연마하시다가 주화입마하시어 반신불수가 되신 이후로는 더욱 그러하셔서 하루 중에 절반은 경맥경화(經脈硬化:전신의 혈맥이 굳어짐)의 고통을 이기기 위해 운공조식으로 보내셔야만 해요……. 노태태께서는 지금 조식에 들어 계시니 오늘 밤중이나, 늦어도 아침이면 그분을 만나뵐 수 있을 거예요."

"많이 심하십니까?"

구양천상의 물음에 이봉의는 나직이 탄식했다.

"그분이 강호를 위해 바친 것은 너무 많았어요. 이십 년 전 유가문과의 일전 이후…… 그분은 상심이 크셔서 다시는 강호 일에 상관치 않고 계세요. 본 가가 두문불출하고 있음도 그분의 뜻이지요."

그녀는 구양천상의 물음에 돌려 대답한 후에 일어섰다.

"여자들만 사는 곳이라 불편한 점이 많을 거예요. 우리 아이들이 처소로 안내를 할 터이니 편치 않더라도 하룻밤만 참으시도록 하세요."

"폐를 끼쳐 죄송합니다."

구양천상은 그녀의 뒤를 따라 별실에서 나와 시녀의 안내를 받게 되었다.

그가 떠난 별실에는 단풍의 그림자 속에 빈 찻잔만이 남아 있었다.

빈 찻잔의 모습은 선명했다.

第五章

유방백세(流芳百世)
―이름 흘러 영원히 빛을 더하니 살아 숨쉬는
전설(傳說)이라…….

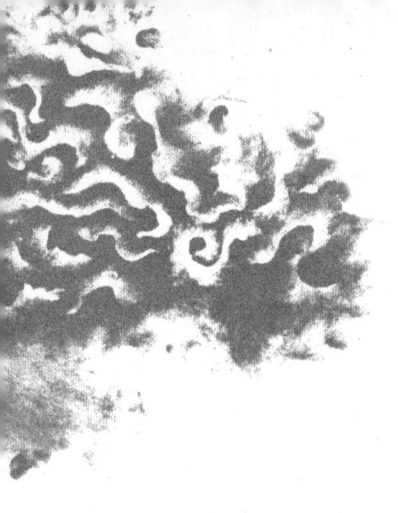

풍운고월
조천하

 구양천상이 당대 절세모용세가의 실질적인 최고 어른인 노태태를 만나게 된 것은 그 다음날 아침이 아니라 저녁때였다.
 그때까지 구양천상은 운기조식과 주위 경치 완상으로 시간을 보낼 수밖에 없었다. 답답한 기다림이었지만, 다르게 생각하면 휴식이 모자란 그에게 있어서 그 시간은 대단히 유익할 수도 있었다.
 저녁노을이 봉황곡 내로 서서히 드리울 때에 모용비룡의 부인 이봉의가 구양천상을 찾아와 노태태가 그를 기다리고 있음을 알렸다.
 중국은 장원(莊園)제도가 매우 발달하여 수 대를 내려오며 부를 축적한 세가의 경우에는 광활한 대지에다 고루거각(高樓巨閣)을 연이어 지어대고, 연못을 파고 가산을 쌓아 올려서 그 화려함은 서민들의 띠집과는 가히 비교조차 할 수 없을 정도로 빈부의 차이가 극심하다.

아직까지도 부(富)의 대명사로 불리는 중국 서진(西晉) 시대의 일대 부호 석숭(石崇)이 당시의 부호 왕개(王愷)와 부를 겨루어 촛불로 밥을 짓고, 오십 리에 걸쳐 비단 장막을 친 일 등은 당시 호족들의 부가 얼마나 엄청나고 호사스러웠던가를 웅변하는 일이라 할 수 있다.

그런 의미에서 본다면 비록 무림 중의 가문이라 할지라도 모용세가의 봉황곡은 확실히 특별나다고 할 수 있었다.

본가라 할 수 있는 곳에 단아한 몇 채의 건물이 고풍스럽게 자리잡고 있을 뿐, 어디를 가나 항시 발밑으로 깔리는 안개가 서리는 세가 내부는 거의 천연의 아름다움을 그대로 유지하고 있었던 것이다.

게다가 오가는 사람조차 거의 눈에 띄지 않는다.

그럼에도 그 고요가 쓸쓸함으로 이어지지 않고 안정되어 있음은 세월의 무게라 할 수 있었다.

이봉의의 뒤를 따르고 있던 구양천상은 주위가 점점 더 조용해지면서 인적이 거의 느껴지지 않음을 알고 기이한 생각이 들기 시작했다.

세가 최고의 어른이 있는 곳이라면 의당 세가의 가장 깊숙한 곳에 위치한 내원(內院)이라야 할 터인데, 그렇지 않은 듯하였던 것이다.

구양천상보다 조금 앞서 가던 이봉의는 그의 기색을 느꼈음인지 설명을 하였다.

"려산 일대는 파양호의 수기로 인해 언제나 운무가 덮이지만 본 가의 경우는 봉황곡 북쪽 봉우리에 있는 한담(寒潭)으로 인해서 항시 운무가 서리는 것이오······. 그 어른께서는 그 한담의 아래에 위치한 동굴에 거처하시면서 본신의 신공을 운용하여 일신의 주화입마가 악화됨을 막고 계시다오."
 그러고 보니 주위의 기온이 다른 곳보다 한담의 영향인지 조금 낮은 듯도 하였다.
 "노태태의 상태가 매우 좋지 않으십니까?"
 이봉의는 구양천상의 물음에 그를 돌아보며 천천히 고개를 끄덕였다.
 "한담의 음한지기(陰寒之氣)를 빌지 않으면 상세를 억누르기 힘들어 그곳에 거처를 정하신 만큼, 결코 좋다고 할 수가 없지요. 그 어른의 신공이 워낙 높고 깊어 그러하지, 다른 사람이라면 그 나이에 주화입마에 드셨다면 이미 살아 계실 수 없었겠지······!"
 그녀는 말을 하다가 돌연 기이한 빛이 되어 구양천상의 가슴을 바라보았다.
 '······!'
 구양천상이 흠칫 내려다보니 옷매무새가 약간 흐트러져 목에 걸고 있었던 그의 목걸이가 절반쯤 옷깃 사이로 뾰족 고개를 내밀고 있었다.
 아무리 배분상 어머니뻘의 여인이라 할지라도 그 앞에서 흐트러진 옷매무새를 보이는 것은 예의에 어긋나는 일인지라 구양천상은 내심 아차 하는 심정이 되어 얼른 옷깃을 바로잡았다.
 그의 행동을 보고 있던 이봉의는 잠시 망설이는 듯하더니 물어왔다.

"그 목걸이…… 어디서 난 것인지 물어보아도 괜찮을는지 모르겠군요?"

찰나간에 구양천상의 전신에 알 수 없는 느낌이 달려갔다.

'이 목걸이를 안단 말인가?'

구양천상은 그녀의 눈을 바라보면서 대답했다.

"이것은 소생이 어릴 때부터 걸고 있었던 것입니다. 듣건대 소생의 어머님께서 소생의 목에 걸어주셨다고 하더군요. 혹 보신 적이 있으십니까?"

"영당(令堂:어머니의 존칭)이……?"

이봉의는 안색이 변해 목걸이와 구양천상을 번갈아 보았다.

"그럴 리가…… 설마……?"

그녀는 중얼거리다가 자신의 실태를 느꼈는지 입을 다물었다.

이쯤 되면 제아무리 구양천상의 수양이 하늘 같다고 하더라도 가슴이 뛰지 않을 수 없다.

"제 어머님을 아십니까?"

이봉의가 뭐라고 대답하려는 순간에 주위의 지세가 변하면서 한 사람의 모습이 시야에 들어왔다.

허리가 활처럼 휘고 머리가 온통 파뿌리처럼 희어져 나이를 짐작할 수 없는 흑의노파였다.

얼음처럼 찬 안색의 흑의노파는 더욱 짙어진 안개 속에서 용두괴장(龍頭拐杖)을 짚고서 그들을 향해 천천히 걸어오고 있었다.

그녀의 뒤쪽으로는 단애에 기대 세워진 한 채의 누각이 보이는데, 거기에 이르는 길에는 냇가에서 주워온 듯한 둥근 조약돌이 그림처럼 깔려 있었으며 노파는 그 위를 걸어오고 있었다.

그녀를 보자 이봉의는 한 걸음 나서며 말하였다.

"마대랑(馬大娘)! 이분이 바로 구양세가의 대공이에요."

흑의노파 마대랑은 별 표정 없이 대꾸했다.

"노태태께서 기다리고 계십니다."

그녀는 말과 함께 몸을 돌려 안으로 걸어 들어가기 시작하였다.

이봉의는 구양천상을 바라보았다.

"저분은 노태태께서 모용 가문에 시집올 때부터 노태태를 따른 본 가의 원로예요……. 일신의 능력은 본 가에서도 추측하는 사람이 별로 없어요."

구양천상은 그 순간에 이봉의의 말이 전음술로 들려옴을 느꼈다.

"그 목걸이는 당분간은 아무에게도 보이지 않는 게 좋을 거예요. 그렇지 않았다가는 공자는 본 가에 온 목적을 이룰 수 없을 거예요……."

그녀는 말과 함께 걸음을 빨리하였다.

이미 누각은 눈앞에 다가와 있었다.

구양천상은 그녀가 자신과 더 이상 말을 나누기를 원하지 않음을 알았다.

그는 자신도 모르게 부지중에 자신의 가슴을 내려다보았다.

과연…….

누각은 단애에 기대 세워져 있었으며 그 안의 기온은 마치 초

겨울과 같이 썰렁하였다.

 짐작컨대 이 누각은 한담의 아래 있다는 동굴 앞에 지어져 있는 것 같았다.

 노태태가 구양천상을 맞은 곳은 그 누각의 대청이었다.

 커다란 의자에 앉은 채 그를 맞은 노태태의 안색은 병색이 완연하도록 누르스름하여 혈색이 보이지 않고 머리카락은 그녀의 나이를 말해주듯 완전한 백발이었다.

 의자에 등을 기대고 있는 그녀의 하반신에는 두터운 천이 덮여 있었으며 그녀의 좌우에는 바로 모용가의 대부인과 사대 가주의 미망인이 시립하듯 공손한 태도로 서 있었다.

 "당대 구양세가의 대공이 배견코자 왔습니다."

 이봉의가 조심스레 말을 하고 옆으로 물러서자 백발의 노태태는 감았던 눈을 뜨고 구양천상을 보았다.

 천하제일 모용세가의 최고 어른이 죽어가고 있다…….

 구양천상은 그녀를 보고 그렇게 생각했다.

 "구양세가의 천상이 노태태를 뵙습니다."

 구양천상이 길게 읍을 하자 백발의 노태태는 뼈만 남은 듯 앙상한 손을 가볍게 들어 보였다.

 "노신이 불편하여 예를 다하지 못함을 양해하게."

 "송구스러운 말씀이십니다. 병석에 계심을 알지 못하고 이렇듯 괴로움을 끼쳐 드려 어떻게 사죄의 말씀을 드려야 될지……."

 백발의 노태태는 가볍게 웃어 보였다.

 "그대에 대한 칭찬이 자자함은 노신도 들은 적이 있다……. 겸사의 말은 거두도록 하라. 따지고 본다면 우리는 외인이 아니라 할 수 있으니까…….."

"고마운 말씀이십니다."

구양천상이 허리를 펴고 자리함을 보자 백발의 노태태는 말하였다.

"아이들의 입을 통하여 저간의 사정을 대강 듣기는 하였으나, 근자 강호의 사정이 어떠한지 그대의 입을 통하여 직접 듣고자 하니 들려줄 수 있겠는가?"

"물론입니다. 말씀을 편히 하십시오……."

구양천상은 당금 천하의 정세에 대해 노태태에게 설명을 하기 시작했다.

그가 말을 하는 동안 노태태는 눈을 감고 꼼짝도 하지 않았으며, 묻는 말도 없이 마치 잠이 든 듯하였다.

구양천상이 마지막으로 구중천에 대한 말을 마치자 노태태는 감았던 눈을 가늘게 떴다.

"구중천의 군주라는 자의 신분이 어떻게 되리라고 추측을 하는가?"

"부딪쳐 본 것이 아니라 그가 과연 어떠한 사람인지는 알 수가 없습니다. 하지만 그 군주라는 자가 스스로를 나타내지 않은 상태에서 신비의 구중천을 움직일 수 있음을 보면 그 능력이 어떠한지 짐작이 간다 할 수 있습니다. 소생이 알기로 당대에는 아마도 그러한 능력을 가진 인물이 없을 것 같습니다."

"……."

노태태는 잠시 침묵을 지키고 무엇을 생각하는 듯 있었고 입을 연 것은 그녀의 곁에 있던 대부인이었다.

"당대에 그러한 인물이 없다면, 전대의 인물일 것이라는 말이오?"

구양천상은 침착히 말하였다.

"소생과 같은 나이의 사람이 아닐 것은 당연한 일입니다. 제 뜻은, 당대에는 활동하지 않는 사람이라는 것입니다."

"짐작이 가는 인물이라도 있는 것이오?"

대부인의 물음에 구양천상은 신중히 답했다.

"구중천의 설립을 지금으로부터 이십 년 전으로 본다면, 일단 두어 사람 정도에게 혐의를 둘 수 있을 것으로 생각합니다."

잠자코 그의 말을 듣고 있는 노태태의 눈에 흥미의 빛이 일었다. 모든 눈이 그의 입을 노렸다.

"첫 번째는 모용세가인데……."

대청 안에 있던 모든 여인들의 안색이 돌변했다.

구양천상은 그녀들의 기색은 아랑곳하지 않고 말을 계속하였다.

"모용세가의 기풍을 보아 이 일은 불가능할뿐더러, 유가문과의 일전에서 가주들이 모두 분사하셔서 그 가능성은 따지기조차 곤란합니다. 그리고 다음이 말씀드리기 송구합니다만, 바로 소생의 아버님이십니다."

어이없다는 빛이 대부인에게 떠올랐다.

"영존까지 의심한다는 말이오?"

"가능성을 말씀드리는 것일 따름입니다. 그분에게는 그러한 능력이 아마도 있었을 것이지만, 여러 가지 면을 보아 그런 일은 도저히 있을 수 없습니다. 가장 유력한 혐의자는 사실 가장 혐의가 없어서…… 지금으로서는 구중천 군주의 정체는…….."
 구양천상이 말끝을 흐리자 입을 다물고 있던 노태태가 다시 말했다.
 "적은 숨어 있고 이쪽은 드러나 있을 뿐만 아니라, 이쪽과는 비교할 수 없을 정도로 강한 것 같군……. 그럼에도 본 가의 힘이 도움이 되리라 생각한단 말인가?"
 구양천상은 천천히 힘주어 말했다.
 "봉황령기는 무림의 정신이라 할 수 있습니다. 현 상태에서 분열되어 있는 무림을 하나로 모아 구중천과 같은 무서운 힘과 맞상대를 하려면 힘을 모을 수 있는 구심점이 필요하고, 그러기 위해서는 모용세가의 봉황령기가 반드시 필요합니다!"
 노태태는 가만히 구양천상을 보더니 정색을 했다.
 "본 가의 종지(宗旨)는 '충의(忠義)' 두 글자이며, 그것은 이미 돌아가신 노신의 바깥어른의 뜻이기도 하다……. 무림의 평화를 지키기 위해서라면, 보탬이 될 수 있다면…… 본 가는 남은 모든 힘을 다 기울일 용의가 있다네. 필요하다면, 봉황령기뿐 아니라 본 가의 마지막 남은 힘이라도 강호에 내보내겠네."
 "감사합니다!"
 구양천상은 그녀의 감동 어린 말에 진심으로 고개를 숙였다. 주인없는 모용세가의 정기(正氣)는 저 스러져 가는 노인에 의해 아직도 살아 있었다.
 그가 온 목적은 훌륭히 달성된 셈이다.
 "노신의 말은 아직 다 끝나지 않았다……. 봉황령기를 주되, 그대에게 직접 주지는 아니하겠다. 노신이 지정하는 한 사람이 그것을 지니고 그대를 찾아갈 것이다."

"……."

구양천상이 아무 말 없이 있자 노태태는 다시 말했다.

"그 아이라면…… 그대에게도 도움이 될 것이다. 잘 돌봐주기를 바란다……. 오늘은 이미 늦었으니, 내일…… 같이 떠나도록 하라."

봉황령이 강호상에 출현하는 것으로 구양천상은 불만이 없었다. 누가 동행을 하든 손해가 될 리는 없을 것이다.

구양천상이 자리에서 일어서려 할 때에 노태태가 물어왔다.

"천도문이 암흑마교의 후예라 하였는데, 그 일이 과연 사실이라고 생각을 하는가?"

"아마도 지금 드러난 사실로 본다면 거의 그러할 것 같습니다. 구중천으로 인해 그들에 대해서는 조금 소홀했었지만 지금 현재 조사가 진행 중이니 소생이 돌아갈 때 즈음이면 확실해질 것입니다."

희미하게 가라앉아 제대로 눈도 뜨지 못하고 있던 노태태의 눈에서 갑자기 무서운 신광이 형형히 일어났다.

그것은 구양천상의 폐부를 꿰뚫어 볼 듯 새파랗게 날이 선 비수와 같았다.

"확인이 되는 대로 노신에게 연락을 해다오. 정말로 그들이 마교의 후예라면…… 노신이 병든 몸이나마 직접 본 가의 모든 힘을 이끌고 강호에 나서겠다!"

노태태의 말에는 알 수 없는 강한 응어리가 있음을 구양천상은 느낄 수 있었다.

하지만 그처럼 무섭게 일어나던 노태태의 눈빛은 금세 스러져 버리고 노태태는 손을 저었다.
"노신은 피곤하여 쉬어야겠으니 모두 물러가도록 하라."
구양천상은 물론이고 대부인도, 모든 사람들이 허리를 굽히고 그곳을 물러나올 수밖에 없었다.
구양천상은 누각을 벗어나자 대부인을 바라보았다.
"노태태께서는 마교에 대해서 대단한 증오를 가지고 계시는 것 같습니다."
무거운 빛이 대부인의 얼굴에 서렸다.
"당연한 일이지! 오늘날 본 가의 형세가 누구로 인하여 이렇듯 영락하였는데……."
구양천상은 말없이 걷다가 한참 만에 다시 물었다.
"소생의 물음이 잘못된 것이 아닌지 모르겠습니다만, 소생이 보기에는 노태태께서 마교에 대해서 증오를 가지는 것은 그러한 범주만은 아닌 듯한데……."
싸늘한 빛이 대부인의 얼굴에 떠올랐다.
"그 일에 얽힌 것은 실로 간단하지가 않아……. 원래 마교와의 일전에서 본 가는 절대로 동귀어진의 형세가 아니었소……. 본 가의 중흥조이신 그 어른의 능력은 아마도 무림사 이래 가장 뛰어난 것임에 틀림없을 것이라서 본 가의 승리는 실제로 목전에 있었소! 한데, 그 결정적인 순간에 내부에 반역자가 숨어 있었을 줄이야……!"
제삼대 가주의 미망인은 지난날의 알려지지 않았던 일에 대해 말하기 시작하였다.

그것은 실로 놀라운 이야기였다.

신주대협(神州大俠) 모용중경 (慕容重敬)!

봉황곡 절세모용가를 일약 천하제일가로 만든 그 위대한 인물의 능력은 누구나가 인정하는 천하제일의 것이었다. 그는 비단 무공뿐만 아니라, 천하의 모든 학문을 섭렵한 일대의 천재였다.
그러하였기에 그는 모용 가문을 중흥하여 천하를 겁난에서 구해낼 수 있었던 것이다.
그러한 그에게는 두 사람의 부인이 있었다.
제일 부인이 바로 지금 구양천상이 만나본 노태태, 우문기영(宇文琪瑛)으로 그녀야말로 일대 여걸로서 조금도 손색이 없는 여인이었다.
모용중경에게 있어서 실로 용과 같은 아들이라고 불리던 모용세가 제이대 가주 모용중문(慕容重文)이 그의 소생일 뿐 아니라 봉황제일차 성전에서 삼 대에 걸친 가주가 몰살하고 난 후에, 모용세가가 천축 신성 유가문의 침공에 대하여 다시 그들과 맞서 싸울 수 있는 힘을 가지게 되었던 것 자체가 바로 이 여걸이 존재하였기에 가능했던 것이다.
거기에 반해 제이 부인인 소홍옥(昭紅玉)은 무공조차 모르는, 그야말로 전형적인 요조숙녀라 할 수 있었다.
아름답고 기품있으며, 여인다운 그녀를 신주대협 모용중경이 총애한 것은 어쩌면 당연한 일이었을 것이다.
더구나 제일 부인인 우문기영은 신주대협 모용중경과 동갑임에 비해 제이 부인인 소홍옥은 나이가 거의 이십 년이나 차이가 져 그 총애야 당연히 각별할 수밖에 없었고, 신주대협 모용중경은 그녀의 말이라면 거의 모든 것을 다 들어줄 정도였다.

하지만 거기에 무서운 음모가 숨어 있음은 일세의 천재인 모용중경조차 미처 짐작하지 못한 일이었다.

대부인은 한 맺힌 음성으로 한 자 한 자 말하였다.

"그 요부가 설마하니…… 암흑마교에서 파견한 첩자였음을 누가 상상이라도 하였겠는가……!"

그처럼 현숙하고 아름답던 제이 부인 소홍옥의 모든 것은 오로지 모용중경의 환심을 얻기 위한 가장일 따름이었다.

그녀는 모용중경의 총애를 이용하여 모용세가가 암흑마교와 싸우기 위해 만들어놓은 비책을 모조리 탐지하여서 암흑마교에 다 알렸던 것이다.

그 결과……

모용 가문은 암흑마교를 멸할 수는 있었으되, 신주대협 모용중경을 비롯한 삼 대의 가주들이 모조리 전사하는 액운을 맞이하여야 했다.

그 말을 들은 구양천상은 내심 놀라움을 금할 수가 없었다.

'내부의 기밀이 모조리 새어나간 후에도 모용세가가 암흑마교와 동귀어진할 수 있었다니! 그렇다면, 지난날 모용세가의 힘은 도대체 어느 정도였단 말인가?'

그것은 상상키도 어려운 것이 틀림없었다.

그리고 모용세가의 중흥조 신주대협 모용중경의 능력이 과연 어느 정도에 이르러 있었는가를 미루어 짐작케 하는 일이기도 하였다.

구양천상은 대부인을 보았다.

"그럼, 그때의 그 소홍옥이라는……."

구양천상이 적당한 호칭이 마땅치 않아 말끝을 흐리자 대부인이 한 맺힌 음성으로 다시 싸늘히 말했다.

"하늘이 무심하여 그 요부는 중상을 입은 채 도주하여, 그 이후…… 천하를 뒤졌지만 그 종적을 찾을 수 없었지. 우리는 그 요부가 입은 상세가 너무도 중하여 결국은 살지 못했을 것이라고 생각을 하였었는데, 오늘날 마교의 후예가 나타났다면 그 잔당은 바로 그 요부와 관련이 있을 것이 분명하지 않겠는가!"

구양천상은 노태태가 암흑마교에 대해 적의를 드러냄을 이해할 수 있을 듯하였다.

천하없이 대범한 여인이라 할지라도 씨앗을 보면 돌아앉는다 하였는데, 씨앗으로 인해 가문이 오늘날 이렇듯 몰락케 되었으니 어찌 한을 품지 않으랴…….

노태태로서는 실로 찢어 죽여도 시원치 않으리라.

*   *   *

저녁놀이 스러지고 땅거미가 내려오자 사위는 급격히 어둠과 친숙해지기 시작하였다. 한 점 두 점 봉황곡 일대를 물들이며 내려온 어둠은 이미 봉황곡을 남김없이 휘감고 있었다.

구양천상은 그중 한 객실에서 그 어둠을 바라보면서 깊은 생각에 잠겨 있는 중이었다.

그의 손은 무의식중에 자신의 목으로부터 가슴까지 내려와 있는 목걸이를 만지작거리고 있는 중이었다. 제오대 가주의 미망인인 이봉의의 말은 절대로 우연히 한 것이 아니었다.

'그분이 이 목걸이를 본 적이 있음은 틀림이 없다. 그러나 무엇 때문에 이 목걸이를 보이지 말라고 하는 것일까?'

생각만으로 해결될 문제가 아니었다.

좋건, 나쁘건 간에 이 목걸이⋯⋯

그의 신분을 알아낼 수 있는 유일한 단서인 이 목걸이가 절세모용가와 어떤 관계가 있음은 틀림이 없을 듯하였던 것이다.

그때 인기척이 들리더니 문이 열리고 모용세가의 총관 손옥지가 들어왔다. 그녀의 뒤를 따라 시녀 둘이 들어오더니 탁자 위에 간단한 술상을 차렸다.

손옥지가 미소를 머금은 채 말하였다.

"대부인께서 대공께 본 가의 봉황연(鳳凰涎) 한 병을 보내셨습니다. 술을 좋아하실지는 모르겠으나, 필요하시다면 제가 말벗이라도 해드릴까 하여 왔습니다."

봉황연이라면 봉황곡 특유의 영천(靈泉)과 꽃이슬[花露], 그리고 백 종의 재료를 봉황곡 비전의 방법으로 빚어 무려 오십 년 세월이 지나야 맛이 들기 시작한다는 천하명주(天下名酒)이다.

그것이 평범한 것이라면 풍류공자 양운비가 마셔보지 못한 세 가지 술 중 하나로 손꼽았을 리가 없다.

"귀한 것을 내어주시니 폐가 많다 전하여 주시오⋯⋯. 그리고 한 가지 부탁을 하고자 하는데⋯⋯."

"말씀하시지요."

손옥지가 그를 보았다.

"오 대 가주의 부인이신 그분을 잠시 뵙고 싶은데, 가능할지 모르겠소."

의아한 빛이 손옥지의 얼굴에 떠올랐다.

"어인 일로……?"

"내일이면 나는 봉황곡을 떠나야 하니, 그전에 그분께 내 아버님에 대한 이야기를 좀 더 듣고자 한다고 전해주면 고맙겠소."

"그러시다면 제가 다녀오도록 하겠습니다. 너희들은 내가 다녀올 동안 대공을 잘 모시도록 해라. 추호라도 법도에 어긋나는 짓을 해 대공께 폐를 끼쳐서는 아니 된다!"

구양천상에게 고개를 숙여 보인 손옥지는 시녀 둘에게 엄한 표정으로 분부하고는 물러났다.

구양천상이 보니 시녀 둘은 이제 나이가 불과 십칠팔 세 정도인데 아름다운 얼굴은 옥을 깎은 듯 차다.

'대단히 엄한 교육을 받은 아이들이다……. 이 아이들에게 무엇을 얻어낸다는 것은 가능치 않겠다.'

구양천상은 포기하고 봉황연을 기울이기 시작하였다. 시녀들의 움직임은 추호도 절도에 어그러짐이 없었으며 자로 잰 듯하여 대가(大家)의 기색이 역력했다.

굳이 애석하다면 웃음이 너무도 담담하여 그녀들이 소녀답지 않다는 것 정도였지만 그것은 가풍을 따라 당연한 일일 수도 있었다.

얼마 지나지 않아 손옥지가 돌아왔다.

구양천상은 그녀가 말을 하기도 전에 이미 그녀의 대답을 알 수 있었다. 이봉의는 갑자기 몸이 아파 누워 있다는 것이다.

무림 중의 아녀자가, 그것도 이봉의와 같은 고수가 돌연 몸이 아프다는 것은 핑계에 불과하다.

잠시의 시간이 흐른 후, 손옥지는 시녀들과 함께 물러났다.

봉황연의 술맛이라는 것은 일단 맛을 보면 한 잔에 천금을 주어도 아깝지 않은 것이었다.

무려 백 종의 재료로 빚어 오십 년 이상 묵힌 술이다. 뒤탈이 없다 하나, 독하기는 이루 말할 수 없어 웬만한 주량을 가진 사람이라면 한 잔에 나가떨어질 정도였다.

한 병의 봉황연이 다 비워져 마지막 술잔을 탁자에 내려놓는 구양천상의 얼굴은 취기로 인해 붉게 달아올라 있었다.

하지만 그의 눈은 언제나처럼 그렇게 가을물처럼 맑았다.

'대의가 우선이다……. 나의 신분은 지금의 상황으로서는 후일을 기약할 수도 있다. 그러나, 어쩌면 나는 다시는 이곳에 찾아올 수 없는지도 모른다. 어쩌면…… 이것이 마지막인지도…….'

그가 상대하여야 할 적은 너무도 강하다.

그리고 그가 모용세가를 떠난 후에 추진할 계획은 위험천만한 곡예라 할 수 있었다. 그것은 아무도 모르는, 아직은 그만이 알고 있는 계획이었다.

그 일이 추진되기 시작한다면 그는 내일의 생사(生死)를 예측할 수 없다.

구양천상은 입술을 깨물었다.

그의 얼굴빛이 엄숙해지더니, 돌연 그는 비워진 술병의 주둥이에다가 손가락을 갖다 댔다.

동시에 방 안의 공기가 미미하게 파동치며 그가 술병의 주둥이에 갖다 댄 오른손 식지 끝에서 맑은 물방울 같은 것이 맺히는 듯하더니 똑똑…… 술병의 안으로 떨어지기 시작하였다.

가슴을 떨어 울리는 술 향기[酒香]가 방 안을 진동하였다.

놀랍게도 그는 그가 마신 봉황연의 주정(酒精)을 진기를 운용하여 다시 토해내고 있는 것이다. 그가 십장생도에서 얻은 만상귀일의 신공은 시간이 흐를수록 점점 놀라운 경지로 접어들고 있는 것이다.

그가 마신 한 병의 봉황연은 반 잔의 주정으로 변해 술병에 담겼다.

'들킨다면 모든 것이 허사가 될 우려가 있다. 손님으로서 남의 집을 염탐한다는 것은 더할 수 없는 실례이다. 그러나 나는 오늘 밤…… 오 대 가주의 미망인을 만나야만 하겠다!'

그것을 결정하기 위해 그는 한 병의 봉황연을 다 비웠다.

구양천상은 주위를 살피고는 소리도 없이 밖으로 나갔다. 불을 끄고 침상을 정리한 후이니, 누가 안으로 들어와 보기 전에는 그가 잠이 든 줄 알 것이다.

밤이 되자 곡 내에는 오히려 안개가 걷혀서 또 다른 경치를 형성한다. 하늘에는 초승달이 희미하게 구름 속에서 흔들거리고 있었다.

손옥지는 말했었다.

'객실이 있는 곳 주위는 얼마든지 산책을 하셔도 좋지만 다른 곳에는 허락없이 다니시면 뜻하지 않은 위험을 당하실 수 있습니

다. 물론 신기제일 구양세가의 대공이시니 본 가의 매복으로 인해 큰 곤란을 당하실 리는 없으시겠지만…….'

그 말은 객실을 떠나지 말라는 암시라 할 수 있었다.

하지만 그는 이미 그곳을 벗어났다.

오늘과 어제 그는 모용세가 내부를 잠시 구경할 기회를 얻었었고 그와 같은 천재가 본 것들을 잊어버릴 리 없었기에 그는 단숨에 모용세가의 부인들이 거처하는 내원으로 접근해 들어갈 수가 있었다.

다행히 모용세가의 내부는 거의 천연을 유지하고 있어 몸을 숨기는 데에는 그리 어려움이 없었다.

하지만 그 천연 속에 숨어 있는 매복은 그가 아니라면 한 걸음도 움직일 수 없을 정도로 대단했다.

'선천태을(先天太乙)을 운용한 십면매복이다! 곳곳에 팔괘와 구궁이 전도(轉倒:거꾸로 됨)되어 있어 초목개병(草木皆兵)의 형세이다……. 나는 기관매복에 있어 본 가를 따를 곳은 천하에 없을 것으로 생각을 했었는데, 오늘 보니 모용세가 또한 그에 못지않구나.'

구양천상은 움직임에 신중을 기하지 않을 수 없었다.

당대의 봉황곡 절세모용가는 오 대에 걸친 과부들이 모여 사는 천하제일의 여인 왕국이다. 그녀들은 제각기 따로이 거처를 정해 살고 있었기 때문에 외인인 구양천상이 이봉의의 거처를 찾는다는 것은 결코 쉬울 리가 없었다.

봉황곡은 입구가 좁고 안으로 들어갈수록 점점 넓어지는 호리병과 같은 형세였으나 지세가 묘하여 그 어느 곳에서도 전체를 볼 수가 없도록 되어 있었다.
 입구 쪽을 제외하면 사방이 모조리 깎아지른 듯한 험악한 산봉으로 막혀 있으니 정녕 천험의 지세라 하지 않을 수 없다.
 구양천상은 모용세가의 대청인 사해당 근처에 대부인 부옥영의 거처와 그 일대가 천라지망으로 덮여 있음을 보았다.
 곳곳에 고수들도 잠복하여 있었다.
 모용세가의 힘은 아직도 쇠망(衰亡)한 것이 아니었다.
 그런 점에서는 그 잠재력을 구양세가와는 비교할 수 없었다.
 누구보다 구양천상은 그 점을 통감할 수 있었다.
 '강호상에서는 근래에 들어 모용세가와 우리 구양세가를 병칭하고 있으나…… 우리에게는 이와 같은 저력이 없다! 아직도 모용세가는 천하제일이라는 이름에 부끄러움이 없구나…….'
 이차에 걸친 대전(大戰)을 치른 모용세가이고 보면, 그러한 힘은 실로 가공할 만한 것이라 하지 않을 수 없는 것이다.
 그럼에도 구양천상은 그 매복을 무용으로 만들면서 안으로 접근해 들어가고 있었다.
 그러던 중, 그는 어디선가 둥기 둥, 둥당…… 하는 격렬한 금음(琴音)을 들을 수 있었다. 때는 밤인지라 그와 같은 격렬한 금음은 귀머거리라도 들을 듯하였다.
 '대단한 솜씨다! 이 금을 타는 사람은 아마도 가슴에 맺힌 것을 금을 통해 쏟아놓고 있는 듯하다…….'
 잠시 생각을 굴리고 있던 구양천상은 그 금음이 들려오는 곳을 향해서 몸을 날리기 시작했다.
 금음이 들리고 있는 곳은 봉황곡의 동쪽 봉우리 밑에 위치한

한 채의 죽루였다. 일대에는 대나무가 숲을 이루고 자라 주위를 덮고 있었으며 얼핏 보기에 그 대나무 숲[竹林]은 죽루와 곡을 단절시키고 있는 것 같았다.

구양천상은 그 죽림이 일종의 고심한 진도를 형성하여 험악한 매복으로써 죽루를 외부와 차단시키고 있음을 알 수 있었다.

호기심이 동하지 않을 리 없다.

그러나,

'음!'

죽림에 설치된 생사회명대진(生死晦明大陣)을 뚫고 죽루에 접근하고 있던 구양천상은 대경실색하여 몸을 숨겼다.

그의 앞, 그러니까 죽림이 끝나는 곳에 죽루를 바라보며 두 사람이 서 있었던 것이다.

그들은 바로 구양천상을 맨 처음 봉황곡으로 인도하였던 철배창룡 문화평과 모용세가의 노태태를 모시고 있다는 흑의노파 마대랑이었다.

구양천상이 진세를 뚫고 들어온 곳은 아무도 눈치챌 수 없는 사문(死門)이었다. 일부러 그렇게 어려움을 무릅썼는데 그들은 하필이면 바로 그 진세의 문에 서 있었던 것이다.

구양천상이 몸을 숨기는 것과 동시에 흑의노파 마대랑이 전광과 같이 싸늘한 눈길로 구양천상이 몸을 숨긴 곳을 노려보았다.

구양천상의 가슴이 덜컥하는 순간에 철배창룡 문화평이 벼락같이 몸을 돌리면서 손을 들어 허공을 격하고 구양천상이 있는 곳을 향해 일지를 쏟아냈다.

쐐애액……!

귀청을 에이는 음향이 발출되면서 가공무비의 지풍(指風)이 일어나 단숨에 십여 그루의 거대한 대나무를 꿰뚫었다.

흑의노파 마대랑은 한참 죽림을 노려보다가 이상이 없다고 판단하고는 철배창룡 문화평을 바라보았다.

"당신의 천운관홍지(穿雲貫虹指)는 갈수록 무서워지는군요? 그 정도라면 쇠라도 뚫겠어요."

철배창룡 문화평은 지풍을 발출한 손을 거두며 쓰게 웃었다.

"이까짓 잡기가 당신의 눈에 들 리 있겠소……."

둥 두두둥…… 둥땅…….

그들의 기척을 아는지 모르는지 금음은 계속해 들려오고 있었다. 달라진 것이 있다면 금음이 조금 순해진 것이랄까.

흑의노파는 죽루를 보더니 말했다.

"소저의 심경에 다른 변화는 보이지 않던가요?"

"아직은……."

철배창룡의 대답에 흑의노파는 정색을 하더니 다시 말했다.

"유의해서 차질이 없도록 해야 해요……. 만에 하나라도 소저께서 다시금 노태태의 영유(令喩)를 거역하는 일이 생긴다면 당신도 성치 못할 것은 물론이고 노태태께서는 소저를 천녀대법(倩女大法)에 회부하고 말 거예요!"

철배창룡 문화평의 사자와 같은 얼굴이 꿈틀거렸다.

"소저는 아직 나이가 어려 세상을 모르오……. 그런데 어찌하여 그런……!"

흑의노파가 말을 잘랐다.

"그것을 막는 것이 당신이 할 일이에요……. 노신 또한 그러한 일이 일어나지 않기를 바라요. 이 일은 너무도 중요하니……."

그녀는 용두괴장을 들어 바닥을 한 번 탕, 찍더니 그 반동을 빌어 몸을 허공중에 떠올렸다.

그리고 그녀의 신형은 옷자락을 펄럭이면서 놀라운 속도로 죽림의 위를 날아 넘어갔다. 진도를 통과하는 것이 아니라 대나무의 끝을 밟으며 바람과 같이 날아가는 것이다. 가히 경인(驚人)할 경공이 아무렇지도 않게 펼쳐졌다.

그리고 철배창룡 문화평도 죽루를 돌아보고는 나직이 한숨을 쉬더니 몸을 날려 어디론가 사라져 갔다. 그의 신법 또한 흑의노파에 조금도 뒤지지 않았다.

'그들의 무공은 정말 놀랍다……. 이미 일문의 종주라 하여도 조금도 부끄럽지 않다…….'

그들이 떠난 자리에 모습을 나타낸 구양천상은 놀람을 금치 못하고서 생각하고 있었다. 그의 무공으로써 하마터면 그들에게 발각이 될 뻔하였다면 그들의 능력이 어느 정도에 이르고 있는지는 자명하였다.

하지만 그들이 남기고 떠난 말은 참으로 괴이하고 의미 깊었다.

과연 저 죽루에는 누가 있는 것일까?

죽루와 죽림 사이는 약 오 장 정도의 초지(草地)가 펼쳐져 있었고 죽루의 앞에는 조그마한 연못까지 있었다.

금음은 연못을 면한 죽루의 앞쪽에서 들려오고 있었고, 구양천상은 열린 죽루의 창가에 한 사람의 가인(佳人)이 기대앉아 금을 타고 있음을 볼 수 있었다.

구름 같은 머릿결, 하늘처럼 푸르른 남빛 옷을 입고 고개를 숙인 채 금을 타고 있는 미인의 은어와 같은 손가락은 은어가 물을 거슬러 오르듯 금줄의 위에서 뛰놀고 있었다.

그때마다 금은 애절히 울어내고 있었다.

디잉…….

어느 순간인가…….

금이 울기를 멈추고 뛰놀던 은어들도 숨을 죽였다.

고개를 숙이고 있던 미인은 은어와 같은 손가락을 들어 머리를 매만지며 천천히 눈을 들어 창밖의 연못을 바라보았다.

'아!'

그녀의 얼굴을 본 구양천상은 깜짝 놀라 하마터면 탄성을 입 밖으로 흘려낼 뻔하였다.

그녀의 얼굴……

놀랍게도 그 얼굴은 그가 너무도 익히 알고 있는 신비인의 얼굴이었던 것이다.

第六章

무자천서(無字天書)
―마침내 드러난 무자천서의 행방
모용세가에 어리는 신비는…….

풍운고월
조천하

 죽루에 기대앉아 연못을 바라보고 있는 남색 옷의 가인.
 그녀야말로 그 신비한 행동을 보이던 백화원의 능소화 연자경이었던 것이다.
 뜻밖의 사람이 전혀 의외의 곳에 있었다.
 '그녀가 어찌하여 여기에 있을 수 있단 말인가? 설마 그녀가 모용세가의 사람이란 말인가?'
 있을 수 없는 일이다.
 좀 전 두 사람의 말을 들어보자면, 저 죽루에 있는 연자경이야말로 모용세가의 사람이어야 했다.
 하지만 구양천상은 모용세가에 후인이 있다는 말은 들어본 적도 없거니와, 만에 하나라도 그녀가 모용세가의 후인이라면 무엇 때문에 강호를 돌아다니며 스스로 웃음을 파는 기녀(妓女)가 되었으랴.

 그녀가 단 하루도 남자가 없으면 잠을 이룰 수 없는 탕부라면 또 몰라도 구양천상이 본 연자경은 절대로 그러한 여인이 아니었다.

 더구나 이곳은 천하제일이라는 모용세가인 것이다.

 구양천상은 연자경이 엽차 대신 특이하게도 고형차를 사용하는 것을 기억할 수 있었고, 여기에서도 고형차를 사용함을 보았다. 듣건대 그것은 모용세가 전래의 습관이라 하였다.

 그렇다면……

 '괴이하군!'

 구양천상은 필유곡절(必有曲折)이라 생각했다.

 연못을 바라보고 있는 연자경의 얼굴은 수심이 어려 있었다.

 그녀는 한참을 깎아놓은 석상과 같이 미동도 하지 않고 있더니 지그시 입술을 깨물었다. 그리고 그녀는 무엇인가 결심을 한 듯 일어나 창문을 닫아 걸고는 안으로 들어갔다. 저래서야 안에서 어떤 일이 일어나고 있는지 알 재간이 없다.

 하지만 구양천상은 감히 안을 들여다볼 용기가 나지 않았다.

 연자경으로 말할 것 같으면 그가 안을 들여다볼 때마다 옷을 벗어대어 그 상황이야말로 그에게 있어 최악의 매복이라 할 수 있었던 것이다.

 그러나 잠시의 시간이 흐르자 이번에는 아예 죽루의 불이 꺼져 버리고 말았다. 자려는 듯하였다.

 밖에 서서 밤을 샐 수는 없는 노릇이다.

 더구나 발각이 되지 않도록 되도록이면 빨리 돌아가야 하는 입장의 그였다. 구양천상은 결심을 하고는 몸을 날려 구름과 같은 신법으로 죽루로 다가갔다.

그의 신법으로써 안으로 침입하기는 어렵지 않은 일이었지만 이곳은 백화원이 아니라 모용세가였으며, 남자가 아닌 여자가 거처하는 규방이니 감히 들어갈 수는 없다.

구양천상은 이미 그녀를 만나고자 작정하고 있었기 때문에 죽루의 후면에 있는 창가로 다가갔고 그 순간에 안에서 인기척이 들림을 느끼고는 살며시 창문 틈으로 안을 들여다보았다.

순간,

'아뿔싸!'

구양천상은 가슴이 철렁하여 눈을 감으며 황급히 고개를 뒤로 돌렸다.

창 안은 앞면과 같은 서실(書室)이 아니라 여인의 규방이었다. 불을 꺼두었다고 하지만 구양천상과 같은 안력이면 그 안의 모든 것을 대낮과 같이 볼 수가 있는 것이다.

어둠에 잠긴 방 안에는 한 여인이 서 있었다.

여인은 옷을 갈아입고 있는 중이었다.

막 검은 웃옷을 입고 있는 그녀의 상체는 가슴의 풍만함을 가린 붉은 가슴가리개만이 동여매어져 있어 백옥 같은 살결이 온통 다 드러나 있었고, 그나마 아래는 중요한 부분을 가린 고의 하나가 아슬아슬하게 걸쳐져 있을 뿐으로 대리석을 깎아 세운 듯 쭉 뻗어 내린 두 다리가 어둠 속에서 백옥처럼 빛나고 있었던 것이다.

어둠 속에서 빛나는 백옥의 찬란함은 눈이 아플 지경이었다.

구양천상은 이미 그녀가 누구인지 알 수 있었다.

그녀는 바로 연자경이었다.

'대체 무슨 까닭으로 그녀는 내가 숨어 볼 때마다 옷을 벗는지 모르겠구나!'

구양천상이 내심 신음하는 순간에 안에서 낮고도 날카로운 외침이 터져 나왔다.

"누구냐?"

동시에 문이 열렸다.

검은 옷을 입고 머리를 날렵하게 묶은 연자경은 날카로운 눈으로 주위를 둘러보았지만 사람의 종적을 발견할 수는 없었다.

"흥!"

연자경은 주위를 둘러보고는 냉소하더니 망설이지 않고 문을 닫고 안으로 들어갔다.

원래 그녀는 모종의 일로 인해 어른들에 의해 이 죽루에 연금된 상태라 할 수 있었다. 그래서 그녀는 암중의 감시를 받고 있었는지라, 그녀로서는 구양천상일 줄은 꿈에도 생각지 못하고 자신을 감시하는 누군가가 왔다 간 것으로 생각하고는 금세 문을 닫고 들어가 버렸던 것이다.

그때 구양천상은 벌써 죽루 뒤에 위치한 죽림 속에 몸을 숨기고 있었는데, 낭패한 빛을 감추지 못한 채였다.

'하필이면 이렇듯 일이 꼬였으니, 무슨 면목으로 그녀를 본단 말이냐? 여기서 몸을 나타낸다면 치한이라는 오해를 피할 재간이 없겠구나!'

어이가 없었다.

어찌 된 인연이 눈에 불을 켜고 기다려도 그럴 수 없을 터인데 옷을 입었을 때보다 벗었을 때에만 그녀를 보게 되는지 알 수가 없었다.
그러던 중, 그는 죽루의 문이 아니라 그 밑으로 그림자 하나가 다람쥐보다 더 빠르고 은밀하게 움직여 죽림으로 스며드는 것을 발견했다.
구양천상은 야행의에 복면을 한 그 그림자가 연자경임을 대번에 알 수 있었다.
그가 있는 위치가 공교로워서 그렇지, 그렇지 않았다면 눈치조차 챌 수가 없을 듯 지형을 이용한 교묘하고도 빠른 움직임이었다.
구양천상은 확연히 모든 것을 깨닫게 되었다.
'이제 보니 그녀는 자는 척하고 사람들의 눈을 피해 도주하기 위해서 야행의로 갈아입고 있었구나!'
연자경은 죽림에 들어와 한참 주위의 기척을 살피더니, 이미 작정한 길이 있었던 듯 소리없이 움직여 죽림을 빠져나가기 시작하였다.
흥미가 일지 않을 수 없다.
구양천상은 그녀가 자신으로부터 멀어지자 공력을 끌어올려 행운유수의 신법으로서 바람과 같이 그녀의 뒤를 따랐다.
한데 그 순간이다.
'……!'
구양천상은 알 수 없는 기척을 느꼈고, 동시에 한 사람이 불쑥 그의 앞에 나타났다.

그 사람의 신법은 얼마나 영활(靈活)한지 천하없는 구양천상조차도 그가 몸을 날리고 난 후에야 나타난 기척을 느낄 정도였다.

'큰일 났다!'

구양천상은 그와 허공중에서 마주치자 대경실색하여 그가 경보를 울리지 못하게 번개처럼 손을 번뜩여 인영의 가슴팍 오 개 대혈을 잡아갔다. 그것은 수류천파의 지공을 금나수로 응용한 것이라서 변화무쌍하기 이를 데 없었다.

하지만 상대의 경공(輕功)은 바람과 같아 구양천상의 예상을 크게 벗어나는 것이었다.

"헛?"

인영은 구양천상의 금나수가 자신의 모든 퇴로를 봉쇄함을 보고는 한소리 낮은 신음을 흘리더니 허공중에서 몸을 팽이와 같이 돌려 신룡운무(神龍雲霧)의 일식으로써 죽림 속으로 숨어들려 하였다.

구양천상은 상대가 단숨에 자신의 금나수의 범위를 벗어남을 보고 크게 놀라 번개처럼 식을 바꾸어 잡아가던 금나수를 앞으로 쳐냈다.

이러한 상황은 거의 찰나간에 이루어진 것이라서 인영이 그대로 몸을 날리다가는 구양천상의 일격을 피할 재간이 없었다.

"빌어먹을!"

인영은 혀를 차더니 다시 바람과 같은 신법을 전개하여 빠르기 이를 데 없는 장세를 잇달아 쳐왔다.

구양천상은 원래 상대가 이 죽림을 감시하는 고수일 것으로 생각하고 그를 별로 대단케 보지 않았었다. 하지만 그의 무공은 일대고수로서 충분할 정도였다.

'모용세가에는 아직도 이런 고수들이 이처럼 많단 말인가!'

그는 간담이 서늘하여 인영의 장세를 해소하며 원식대로 적을 공격하여 갔다.

그들은 서로가 놀랍도록 빠른 움직임을 보여 단숨에 십여 초 이상을 교환하였지만 옷자락이 스치는 소리뿐, 단 한 번도 장력이 일으키는 파공음이나 손을 부딪친 적이 없었다.

그것은 그들이 변화를 위주로 하여 소리를 내지 않고서 적을 제압하려고 하기 때문이었다.

구양천상이야 소리를 낼 수 없는 입장이지만 상대 또한 그러하다는 것은 이상하지 않을 수 없었다.

두 사람의 움직임은 너무도 빨라서 구양천상은 그제야 겨우 상대를 알아볼 수 있었다.

인영은 체구가 매우 왜소하였는데 대머리에다 턱에 염소수염이 몇 가닥 겨우 붙어 있는 흑의의 노인이었다. 흑의노인은 구양천상의 움직임이 너무도 놀라워 이제는 거의 상대할 수 없음을 알고는 혼비백산한 표정이었다.

'어디서 이런 괴물이 나타났지?'

그가 구양천상이 일생일대의 강적임을 깨닫고 이를 악물며 전력을 끌어올릴 때, 돌연 그처럼 무섭게 움직이던 구양천상의 손이 거두어졌다.

'이게 웬일이냐?'

흑의노인은 생각할 겨를도 없이 그 기회를 놓칠세라 그의 필생절학이라 할 수 있는 무영대팔식(無影大八式)을 전개하여 구양천상을 덮쳤다.

순간,

"담도 크군! 공부득(空不得), 당신이 감히 절세모용가에 도둑질을 하러 들어오다니!"

힘찬 전음 소리가 흑의노인의 귓전을 때렸다.

흑의노인은 상대가 자신을 알아보자 깜짝 놀라 손을 거두며 뒤로 물러섰다. 금방이라도 도주할 듯한 태세였다.

구양천상은 어둠 속에서 형형한 시선으로 그를 바라보고 있었다.

흑의노인이 아무리 구양천상을 쳐다보아도, 구양천상은 자신의 거처를 벗어날 때 이미 한 장의 인피면구를 쓰고 있었으니, 설사 그를 아는 사람이라 할지라도 알아볼 재간이 있을 리 없었다.

곤혹스러운 얼굴의 흑의노인을 보고 구양천상은 얼굴에 쓴 인피면구를 벗었다.

"너는……!"

흑의노인의 얼굴이 삽시간에 경악과 반가움으로 바뀌다가 자신이 무의식중에 소리를 낸 것을 깨닫고는 급히 전음술로 말했다.

"너는 어떻게 알고 여기에 온 것이냐?"

바로 그 순간이었다.

"거기 누구냐?"

우렁찬 호통 소리와 함께 죽림 저쪽에서 우람한 인영 하나가 질풍처럼 날아왔다. 목소리와 체구 등으로 미루어보아 철배창룡 문화평이 틀림없었다.

"따라오십시오!"

구양천상은 다짜고짜 흑의노인의 팔을 감아쥐고는 내달리기 시작하였다. 두 사람의 경공은 바람과 같아 순식간에 흔적도 없이 사라져 버렸다.

철배창룡 문화평이 그 자리에 도착했을 때에는 아무도 발견할 수 없었음은 물론이다. 하지만 그의 번갯불 같은 눈길은 그 자리에 누군가가 있었음을 발견해 낼 수 있었다.

"설마……?"

그는 불길한 예감을 느끼며 죽루를 바라보았다. 죽루의 불은 꺼져 있어 그 안의 사람은 자고 있는 듯 보였으나, 그는 어쩐지 안에 사람이 없는 듯 생각되었다.

철배창룡 문화평은 더 이상 생각지 않고 죽루를 향해 몸을 날렸다. 그는 죽루를 확인해 볼 생각이었고, 그로 인해서 연자경의 도주는 그녀의 예상보다 훨씬 더 빨리 알려지게 되었다.

그 의미는 매우 컸다.

구양천상은 흑의노인의 팔을 잡고는 나는 듯이 자신의 거처로 돌아왔다. 다행히 누가 다녀간 듯하지는 않았다.

흑의노인은 방 안을 돌아보더니 어리둥절한 듯 물었다.

"너는 여기에서 무엇을 하는 거냐?"

구양천상은 대답 대신 그를 똑바로 쳐다보면서 되물었다.

"노선배야말로 여기서 무엇을 하는 겁니까?"

그가 똑바로 쳐다보자 흑의노인은 흠칫하더니 이내 어색하게 웃다가 돌연 뚫어져라 탁자 위에 올려져 있는 술병을 바라보면서 콧구멍을 벌름거렸다.
"이…… 이 냄새는……?"
그는 대뜸 술병을 쥐고 흔들어보더니 찰랑이는 소리가 나자 술병을 기울이고 혀를 대어보고는 눈빛이 돌변했다.
"과, 과연 봉황연이로구나!"
그는 술병을 기울여 맛을 다시 보더니 혀를 날름거리며 수없이 입맛을 다셨다.
"이건…… 봉황연 중에서도 극상품의 주정이로구나! 대체 이걸 어디서 구했지? 노부는 이 밤에 눈에 불을 켜고서, 그야말로 목을 걸고 이 술 한 병을 찾아 헤매는 중이었는데……."
말과 함께 그가 술병을 입에다 들이박자 구양천상이 조용히 말하였다.
"그것은 제가 마셨다가 토해놓은 것입니다."
"캑!"
괴이한 소리와 함께 흑의노인이 입을 벌리고 술을 토해냈다.
하지만 그는 아무리 눈을 희번덕거려도 이미 마셔 버린 주정이 쉽사리 튀어나올 리 없다.
캑캑거리던 흑의노인은 꼬꾸랑한 표정이 되어 구양천상을 노려보았다.
"괘씸한 놈 같으니라구……. 제가 마시다 남긴 것도 아니고…… 토해놓은 걸 노인네의 입에다 들이부어?"
구양천상은 그의 행동은 본 척도 하지 않고 말했다.
"엉뚱한 행동으로 말을 돌리며 하지 말고 왜 여기에 오셨는지 말씀을 해보시지요?"

흑의노인이 코웃음 쳤다.

"흥! 이미 말하지 않았더냐? 봉황연이 생각나서 목숨을 걸고 들어왔다고……."

구양천상은 미미하게 웃었다.

"술을 훔치러 들어왔는데 나더러 어떻게 알고 왔는가를 물었단 말입니까? 천하에서 모용세가 내에 봉황연이 있음을 모르는 사람이 어디에 있다고? 그사이에 노선배의 말솜씨는 매우 비약적인 퇴보를 하셨군요?"

그의 말에 흑의노인의 얼굴이 일그러졌다.

"빌어먹을…… 이놈의 촐싹거리는 입 때문에……."

그는 혼자서 알아들을 수 없는 욕을 구시렁거리더니 참을 수 없는 듯이 다시 투덜거렸다.

"빌어먹을…… 그 사기꾼이 네 녀석이 강호에 나와 돌아다닌다고 하더니 하필이면 재수없게 이런 곳에서 마주칠 줄이야……."

구양천상은 그의 말이 끝나자 다시 조용히 말했다.

"그만하면 옴 붙은 재수 다 털어버렸습니다. 이제 말씀을 하시지요?"

흑의노인은 재간이 없다는 듯 두 손을 들어 보이더니 한숨을 내쉬었다.

"하필이면 네 녀석을 만난 것이 잘못이지……."

그는 정색을 하고 방 안을 서성이더니 마침내 결심을 한 듯 말하였다.

"노부가 오늘밤 위험을 무릅쓰고 모용세가에 침입한 것은…… 바로 무자천서(無字天書) 때문이다!"

"무...... 자천서?"

침착하기 이를 데 없는 구양천상조차도 놀란 빛을 떠올렸다.

흑의노인은 고개를 끄덕였다.

"그렇다. 그런 희세의 물건이 아니라면 노부가 누군데 위험을 무릅쓰고 모용세가 같은 곳에 잠입을 하겠느냐?"

그의 말은 틀리지 않았다.

〈종횡무영(從橫無影) 공부득(空不得)〉

천하를 종횡하되, 그림자도 보이지 않고 얻지 못하는 것이 없다.

그러한 천하제일의 신투(神偸)가 바로 이 흑의노인인 것이다. 말이 도둑이지, 이 흑의노인의 배분은 대단히 높아서 구양천상이 귀보에서 만났던 만박편조와 같았으며, 그와 나란히 세외삼기(世外三奇) 중의 하나로 일컬어지는 무림의 일대기인이라 할 수 있었다.

기인이라고는 하지만, 만박편조나 그를 보면 무림인들은 모조리 골을 싸맨다. 곁에 가기만 해도 손해를 보기 때문이다.

구양천상이 그를 알게 된 것은 지금으로부터 사 년여 전이다.

당시에 그는 묘강에서 돌아올 때였고, 그러한 그에게는 묘강의 심산유곡에서 심혈을 기울여 캐낸 기약이재(奇藥異材)가 가득하였었다.

그런데 세가로 돌아가던 그가 어느 날 아침에 눈을 떴을 때, 기가 막히게도 그가 연단(練丹)을 위해 그처럼 심혈을 기울여 채집

한 기약들이 감쪽같이 사라진 것을 발견하게 되었다.

구양천상은 조사 끝에 그것이 지금은 거의 활동을 하지 않는 세외삼기 중 하나인 종횡무영 공부득의 짓임을 알아내고서 그를 추적하여 마침내 황산 어느 농가에서 그를 따라잡게 되었는데, 공부득은 혼자가 아니라 같은 세외삼기 중 하나의 지천명(知天命) 전일람(典一覽)과 같이 있었다.

지천명 전일람은 글자 그대로 천기를 꿰뚫어 보는 점쟁이였으며 그 또한 무림의 선배 고인이었다.

구양천상은 그 자리에서 종횡무영 공부득이 자신의 약초를 훔친 것이 지천명 전일람의 단 하나밖에 없는 어린 손자의 병 때문임을 알게 되었다.

손자의 병은 중원에서는 보기 드문 풍토병이었고, 그것은 구양천상이 묘강에서 구한 약재가 아니면 도저히 치료가 불가능한 것이었다.

구양천상은 당연히 그 약재를 어린 소년을 위해 희사하였고 그 과정에서 종횡무영 공부득이 자신에게 약재가 있음을 알아낸 것이 지천명 전일람의 점괘에 의한 것임을 듣고는 감탄하였었다.

종횡무영 공부득은 여태껏 자신을 찾아낸 사람은 본 적이 없었는데, 그 처음이라 할 수 있는 사람이 홍안의 미소년임을 보고 신기하여 마음을 터놓게 되었으니, 그들의 인연은 그렇게 시작되었다 할 수 있었다.

구양천상은 강호에 나와 그의 행방을 알아보고자 하였지만, 그의 직업이 직업인지라 있는 곳을 알 재간이 없어 연락할 길이 없었다.

게다가 그는 후진(後進)을 위해서 웬만한 일에는 눈길도 돌리지 않고 있으니 종적을 알기는 더더욱 곤란하였던 것이다.

그런데 그가 오늘밤 난데없이 여기 모용세가에 나타나 놀라운 소식을 말하고 있는 것이 아닌가.

"모용세가에 무자천서가 있음이 사실입니까?"

"노부는 이번으로 세 번째 모용세가에 들어왔지만…… 아직은…… 완전히 확인하지 못했다. 이미 의심나는 곳은 모조리 다 조사하여 보았으나 아직까지는 무자천서가 있을 만한 곳은 찾아낼 수 없었다."

구양천상의 물음에 종횡무영 공부득은 정색을 하고 침중히 말하였다. 평소의 그답지 않은 표정이었다.

구양천상이 말하였다.

"노선배의 능력으로 세 번이나 모용세가에 침입하여 물건을 찾아내지 못하였다면……."

구양천상은 종횡무영 공부득이 고개를 젓는 것을 보고 말을 멈추었다.

"그렇지 않다……. 세 번이나 침입하였지만 아직까지 들어가지 못한 곳이 있다. 어딘지 아느냐?"

그의 물음에 구양천상은 머리에 스쳐 가는 것이 있었다.

"혹, 노태태……?"

종횡무영 공부득은 역시라는 듯이 고개를 끄덕였다.

"맞다. 노부는 모든 노력을 다하였지만 노태태가 요양하고 있다는 동굴까지는 들어가 볼 수가 없었다. 나는 그 점을 의심하고 있다. 노태태가 요양하고 있는 한담 동굴 일대는 무서운 고수들이 지키고 있어서 도저히 접근할 방도가 없다……. 오늘은 어떻게 해서라도 안으로 들어가 보려고 하던 참인데…….”

 그는 원래 흑의노파 마대랑의 뒤를 따라 죽림에 이르렀다가 별다른 도움될 것을 발견하지 못하자 죽림을 떠나려 하는데, 그가 몸을 솟구치는 순간에 그의 앞에는 구양천상이 불쑥 몸을 솟구쳤던 것이다.

 순간의 놀람이야 말해 무엇 하랴.

 구양천상은 생각에 잠겨 있었다.

 ‘무공 방면이라면 공 노선배는 지난날의 나보다 별로 뛰어난 점이 없다……. 하지만 그의 경공과 잠입술은 타의 추종을 불허할 정도인데도, 그것을 막을 만한 고수들이 동굴을 지키고 있다면 의미가 있다…….’

 그러나 뒤집어 생각한다면, 노태태야말로 모용세가 최고 원로이니 모용세가의 모든 힘을 기울여 그녀를 보호함은 당연한 일이었다.

 더구나 노태태는 하루 중에 반은 운공하여 주화입마와 싸워야 한다고 하지 않았던가.

 “상처를 치료하고 있는 것인지, 아니면 천서 내의 신공을 연마하기 위해서 연막을 치는 것인지 누가 본 사람이 있나?”

 듣고 보니 그도 그러할 듯하다.

 구양천상은 그를 보았다.

 “그처럼 확신을 가질 만큼 그것이 확실한 소식임에 틀림이 없습니까?”

 미미한 웃음이 종횡무영 공부득의 얼굴에 떠올랐다.

"우리 같은 전문가들에게는 그러한 소식의 사실성이야말로 필요불가결이지……. 이것이 사실이 아니라면 천축 유가문이 다시금 움직이고 있지는 않을 것이다."

구양천상의 안색이 돌변했다.

"천축 유가문? 이십 년 전의 그 신성 유가문 말입니까?"

"그 외에 또 다른 유가문이 있나? 그놈들이지……."

그렇다면, 그것이 사실이라면 보통 일이 아니었다.

천도문, 그 가공할 힘의 구중천! 거기에다가 천축 신성 유가문이 다시 침공해 온다면 이는 정말로 설상가상(雪上加霜)이 될 것이다.

구양천상의 안색이 굳어짐을 보고 종횡무영 공부득은 말했다.

"그렇게 고민할 필요는 없어. 아직은 척후 비슷한 탁발승 몇 놈이 왔다는 정도라고만 들었으니까……."

"……."

구양천상은 한참 침묵하고 있더니 이번에는 그가 정색을 하고 종횡무영 공부득을 바라보았다.

"노선배는 꼭 무자천서를 손에 넣으셔야겠습니까?"

물끄러미 공부득이 구양천상을 쳐다보았다.

"무슨 말을 하고 싶은 거야?"

"확인만 하고…… 만약 있더라도 그냥 두실 수는 없으실까 해서 드리는 말씀입니다."

"내 또 그놈의 군자 가운뎃다리 같은 소리 나올 줄 알았다니까! 아, 그 짓 할 바에야 뭐 하러 힘들여 밤에 들락거리냐? 계집 엉덩이나 두들기고 있지……."

"농담이 아닙니다."

구양천상은 심각한 안색으로 그에게 당금의 상황을 간추려 설명을 했다.

종횡무영 공부득의 얼굴도 굳어졌다.

"그처럼 심각하단 말이냐? 전노귀(典老鬼:지천명)가 천하에 어두운 그림자가 다가온다기에 웃고 말았었는데……."

구양천상은 다시 말하였다.

"소생의 바람으로는, 만약 모용세가가 암중에 무자천서를 보유하고 있음이 사실이라 할지라도…… 그대로 두었으면 합니다. 모용세가로 말하자면, 피로써 무림정의를 지켜온 집안입니다. 그들이 강해진다면 천하무림 안정에 아마도 그만큼 큰 힘이 될 수 있을 것입니다."

"그럴까……."

종횡무영 공부득은 심드렁하게 말하더니 속으로 중얼거렸다.

'몇 번 살펴본 결과로는 꼭 그렇게 정기늠연한 것 같지도 않더라……. 말라비틀어진 할망구들만 남아서 신세타령이나 하는 게 고작일걸? 어딘지 기분 나쁜 구석도 있고…….'

속으로야 불만이 있더라도 구양천상이 정색을 하면 고개를 끄덕이지 않을 수 없는 공부득이었다. 그것은 사 년 전부터 비롯되었다 할 수 있었다.

덩덩…….

그때 어디선가 은은히 종소리가 들려왔다.

웅장하지는 않았지만 타종음이 급하여 무엇인가 일이 일어난 듯하였다.

"무슨 일이지?"

공부득이 바깥을 바라보며 벌떡 일어섰다.

"경보 같은데요."

구양천상도 몸을 일으켰다.

"혹시, 도둑이 든 게 아닐까?"

공부득이 구양천상을 보자 구양천상은 어이가 없었다.

그가 말을 못하고 있음을 보고는 종횡무영 공부득은 웃으며 그의 어깨를 두드렸다.

"나가 봐. 무슨 일이 생겼다면 내가 움직이기 더 좋으니까. 네가 나가 보고 이상이 없으면 나도 가보겠다. 온 지 너무 오래되어 더 있다가는 날 새겠다."

구양천상은 고소를 머금은 채 밖으로 나왔다.

아마도 그가 다시 방으로 돌아갔을 때 그 자리에서 공부득을 볼 수는 없을 것이다.

어둠에 잠긴 봉황곡은 한차례 종소리가 울린 것뿐, 여전히 아무 일도 없었던 것처럼 고요히 가라앉아 있었다. 하지만 그 고요한 기운 속에 전에 느낄 수 없었던 어떤 움직임이 일어나고 있음을 구양천상은 느낄 수 있었다.

아마도 그것은 연자경 때문이리라…….

많은 의문을 지닌 밤은 그렇듯 깊어가고 있었다.

第七章

절곡경혼(絶谷驚魂)
―구름에 잠긴 산속에 골짜기 하나 있으니
그 비밀은 깊고도 깊고…….

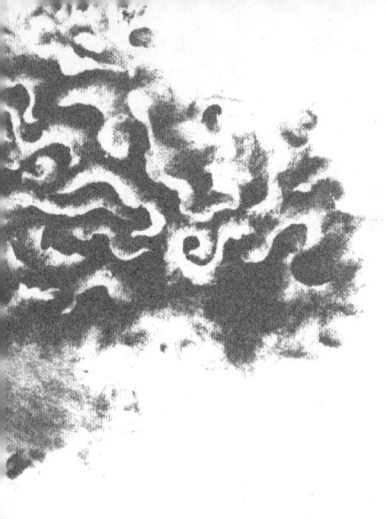

풍운고월
조천하

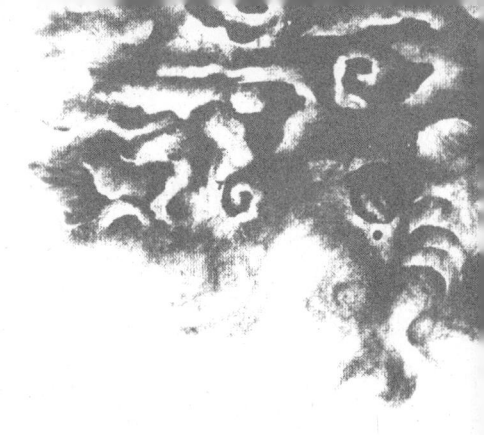

황산(黃山).

예로부터 산을 이루고 있는 암벽이 검다 하여 이산(黟山)이라고도 불려진 황산은 안휘성(安徽省) 남부 일대를 뒤덮다시피 하는 천하의 기산(奇山)이다.

'황산에 이르지 않았을 때에는 천지지간에 이와 같은 기경(奇境)이 있음을 믿을 수 없고, 황산에 이르른 후에는 인간 세상에 이러한 승경(勝境)이 있음을 또다시 믿을 수 없어진다' 라는 말은 황산의 경치가 어떠한지를 웅변하는 말이라 할 수 있을 것이다.

그중 가장 유명한 것이 려산과 마찬가지로 항상 황산을 둘러싸고 있는 구름의 바다[雲海]이다.

멀리서 보면 그 구름에 뒤덮인 산봉들의 모습은 마치 바다에 떠 있는 섬들과 같아 보여 그것을 일러 황산운해(黃山雲海)라 하여 황산삼해(黃山三海)의 제일로 삼거니와, 황산의 구름이야말로 산봉의 기준절수(奇峻絶秀)함과 어울려 천하제일로 공칭되고 있었다.

　황산의 제일봉은 연화봉(蓮華峰)이며, 그다음이 천도봉(天都峰)이다.
　황산 칠십이 봉의 하나인 이 천도봉은 그 높이가 연화봉에 조금 뒤질 뿐, 그 거대한 산세의 웅장함은 오히려 연화봉을 압도하고도 남음이 있었다.
　그 천도봉에 올라 저 아래 자욱이, 마치 융단과 같이 깔려 있는 구름을 내려다보는 사람이 하나 있다.
　그의 주위 일대는 온통 구름으로 덮여 어디까지가 구름이고, 어디부터가 산인지 거의 분간이 가지 않을 지경이었다. 그 구름의 바다에 우뚝 서서 백색 유의(儒衣)를 바람에 펄럭이고 있는 사람은 바로 구양천상이었다.
　그의 시선은 구름 사이로 사라지는 한 마리의 비둘기를 향하고 있었다.
　비둘기가 구름 속으로 완전히 사라져 감을 보고 구양천상은 눈길을 돌려 자신의 손에 들린 접힌 종이를 보았다. 그 종이야말로 방금 그 비둘기가 전하고 간 연락 서신이었다.
　거기에는 구양천상이 며칠 전 려산 봉황곡 절세모용가를 떠나면서 구양세가의 연락망을 움직여 조사시킨 보고 내용이 들어 있었으며, 그것은 구양천상의 예측과 한 치의 어긋남도 없는 것이었다.

〈……명령하신 내용을 조사한 결과, 절세모용가에는 과연 마지막 후예가 존재하고 있음을 확인할 수 있었습니다. 그 후예는 남자가 아니라 여인이며, 그 이름은 모용아경(慕容雅卿)으로 불리고 있습니다…….

그녀는 절세모용가 오대 가주인 철혈무쌍 모용비룡의 유복녀인 것으로 짐작되지만, 그녀의 출생이 강호상에 전혀 알려지지 않고 있었음에는 약간의 의혹이 존재함이 사실입니다.〉

몇 번 그 보고서를 읽어보던 구양천상은 손을 비벼 그것을 없애 버리고는 눈을 들어 주위를 둘러보며 생각에 잠겼다.

그의 그러한 모습은 생각에 잠긴 것보다는 젊은 선비가 경치에 취해 있는 듯 보였다.

구양천상이 모용세가에서 마지막으로 맞이했던 밤이 지났을 때, 그날 아침 그가 만날 수 있었던 것은 노태태가 아니라, 당대 모용세가의 모든 것을 실질적으로 움직이고 있다는 대부인 부옥영이었다.

그녀는 간밤에 노태태의 상태가 악화되어 다시 폐관에 들어 그를 만날 수 없음을 전하였다.

'봉황령기를 지닌 채, 그대와 함께 떠나도록 되어 있던 사람에게 약간의 문제가 생기는 바람에 차질이 발생하게 되었소. 아마 이삼 일의 시간이 걸릴 듯한데 일이 바쁘다면 먼저 떠나도록 하시오. 약속 장소로 령기와 사람을 보내도록 하겠소.'

현재 구양천상에게 있어 가장 중요한 것은 시간이다.

구양천상은 모용세가를 떠날 수밖에 없었다. 봉황령기를 받은 것은 아니지만 모용세가의 약속이니 이미 그가 모용세가에 온 목적은 달성이 된 셈이라 더 이상 머무를 이유가 없었던 것이다.

하지만 어딘지 모르게 의문이 일어남은 금할 수 없어 그는 구양세가의 힘을 움직여 모용세가 후예에 관한 것을 조사토록 하였고 그 결과가 지금 구양천상의 손에 전달된 것이다.

이렇다면 모든 상황은 잘 들어맞게 된다.

구양천상과 같이 움직이도록 된 사람은 모용세가 최후의 혈육이라는 모용아경이었을 것이다.

하지만 그 사람이 구양천상의 생각대로 능소화 연자경이라면 그가 구양천상과 동행할 수 없음은 당연한 일이었다.

그녀가 야행의로 갈아입고서 모용세가로 떠나는 것을 그는 목도하였었던 것이다.

구양천상은 미미하게 눈살을 찡그린 채 구름 속에 몸을 누이고 있는 천도봉의 산세를 둘러보았다.

'그녀가 참으로 모용세가의 단 하나 남은 혈육이라면…… 그렇다면 천하제일가의 금지옥엽이 무엇 때문에 기루에 몸을 담고 있었을까?'

쉽게 풀릴 수 있는 의문이 아니었다.

누가 들어도 믿을 수 없는 일이기도 하였다.

구양천상이 그날 밤에 보고 들은 모든 것들은 실로 의문투성이라 할 수밖에 없었다.

어쩌면 모용세가는 망한 것도, 잠을 자고 있는 것도 아닌지도 몰랐다.

그때였다.

쏴아아…… 쏴!

느닷없이 일진의 세찬 바람이 불어닥쳤다.

그 바람은 사납기 이를 데 없어 구양천상을 상념에서 깨어나도록 했을 뿐만 아니라 천도봉을 덮고 있던 구름마저 훌훌 날려보낼 정도였다.

구름이 어느 정도 흩어지자 기암괴석으로 이루어진 산세가 더욱 절묘한 경관으로 그의 눈에 들어왔다.

그 기암괴석을 덮고 있는 기묘한 생김의 소나무들은 더욱 고고한 기품으로써 세월을 자랑하고 있었다. 바람이 붊에 따라 구름이 밀려가고 그 가운데서 소나무들이 흔들리고 있음은 마치 파도가 넘실거리는 듯하였다.

깊은 생각에 잠겨 있었던 구양천상조차도 그것을 보고는 감탄을 금할 수가 없었다.

"황산의 운해에다가 석해(石海), 송해(松海)를 더한 이유를 이제야 확연히 알 수 있겠다. 황산 송해의 진면목은 사자림(獅子林)에 가야 참으로 알 수 있다 하더니, 어디서 보아도 가경(佳境)이로다……."

그의 어조에 자신도 모르게 선비의 어조가 스며듦은 어찌할 수 없는 일이었다.

잠시 경치를 바라보고 있던 구양천상은 문득 미간을 가볍게 흐렸다.

"이처럼 넓은 황산에서…… 더구나 도처에 널린 것이 구름의 바다인데 어디에 가서 백운곡(白雲谷)을 찾는단 말인가?"

답답한 일이 아닐 수 없었다.

그가 려산에서 이 황산으로 온 것은 지난날 그에게 반쪽의 옥벽을 주면서 찾아오라고 한 노문사(老文士)를 만나기 위해서였다.

원래대로라면 그가 려산에서 이 황산에 들를 여가는 없었을 것이었다.

하지만 근래에 들어 그의 내공은 하루가 다르게 깊어가고 있는 상황이라 신법 또한 빨라지고 있어 시간의 여유를 조금 가질 수 있게 되었던 것이다.

하지만 근본적인 이유는 황산이 려산과 가까워서가 아니고 약속 때문도 아니었다.

가장 중요한 것은 그 노문사가 절대로 평범한 사람이 아님을 구양천상이 알아보았기 때문이다. 한 사람의 능력자가 아쉬운 지금이었다.

그의 도움을 얻을 수 있다면…….

그것이 구양천상의 생각이었다.

그러나 말이 황산 백운곡이지, 황산은 너무도 넓었다.

구양천상의 그 넓은 견문으로도 황산에 백운곡이란 곳이 있음은 들은 적이 없었다.

구양천상은 자신의 손에 들린 반쪽의 옥벽을 들여다보고 있었다. 옥벽에는 정교한 솜씨로 구름이 감도는 골짜기가 새겨져 있었다.

반쪽의 옥벽에 새겨진 골짜기의 형세를 눈여겨본 구양천상은 그러한 형상을 찾아 그가 있던 곳으로부터 몸을 날리기 시작하였다.

풍수지리(風水地理)에 관해 연구한 적이 있었던 그는 산세가 어떻게 뻗어나면 거기에 어떤 형태의 지세가 형성되는지를 알고 있었지만, 그날 밤이 되도록 백운곡을 찾아낼 수는 없었다.

밤을 초조히 보낸 구양천상은 채 날이 밝기도 전에 수색을 다시 시작했다.

태양이 중천으로 올라가려 할 때, 마침내 운제봉(雲際峰) 깊숙한 곳에 위치한 골짜기 하나를 찾아낼 수가 있었다.

소용돌이치는 급류가 길을 끊고, 칼날 같은 기암괴석들이 세월이라는 이끼로 무장한 시퍼런 이빨을 남김없이 드러내고 있는 그곳은 산정이라 할 수 있는 높은 곳에서 그 몸체를 구름 속에 묻고 숨을 죽이고 있으니, 아는 사람이라 할지라도 찾아낸다는 것은 지난한 일일 것이었다.

하지만 그곳을 지나게 되면 경치는 일변하여 그 경관은 실로 옥벽의 산세와 판에 박아놓은 듯하였다.

"정말 기이한 곳이로구나. 지난번 채약(採藥) 때에도 한번 다녀갔었지만 이곳은 본 적이 없었다. 옥벽의 인도가 없었다면 아마도 찾기가 불가능하였을 것이다."

그가 서 있는 곳은 하나의 낭떠러지였다.

골짜기는 바로 그 낭떠러지 건너에 펼쳐지고 있는 듯이 보였다.

그러나 자세히 살펴본다면 시야를 가리며 퍼져 있는 구름 사이로 한 가닥 길을 발견할 수 있었다.
 그 길은 구름 속일 뿐만 아니라 수백 년 수령의 소나무들이 하늘을 가릴 듯 우거져 있어 찾기가 불가능할 정도였다.
 그런데, 그 길을 통과하던 구양천상은 이상한 점을 발견하게 되었다.
 그처럼 울퉁불퉁 세월의 흐름을 보이면서 마음대로 자라나 있는 아름드리 소나무 가운데 몇몇이 거대한 태풍을 만난 듯 꺾이고 쓰러져 있음을 발견할 수 있었던 것이다.
 '이것은 무서운 내가공력에 의해 꺾인 것이다…….'
 구양천상은 길을 감에 따라 그러한 상황이 계속되고 있음을 볼 수 있었고 마침내는 싸움의 흔적을 발견할 수 있었다.
 "여기에서 싸움이?"
 갑자기 그의 마음속에서 불안감이 움트기 시작했다. 어딘가 한 걸음 늦은 그런 느낌이 드는 것이다.
 그의 걸음이 빨라지고 그가 구름과 소나무로 덮인 그곳을 지났을 때, 좌우로 날개를 벌린 골짜기가 나타났고 그 검은 암벽에는 '백운승경(白雲勝境)'의 넉 자가 웅혼한 필치로 새겨져 있었다.
 과연 이곳은 백운곡이 틀림이 없었다.
 "구양가의 천상이 노선배와의 약속을 지키기 위해 왔습니다!"
 구양천상의 외침이 곡을 울렸지만 대답을 하는 사람이나 마중을 나오는 사람은 없었다.
 구양천상은 더 이상 망설이지 않고서 바람과 같은 몸놀림으로 안으로 들어가기 시작하였다.
 좁게 보였던 곡구는 얼마 지나지 않아 넓은 평지로 돌변하였다.

그리고……

"아……!"

거기에 당도한 구양천상은 한소리 신음과 같은 음성을 흘려내면서 그 자리에 우뚝 서고 말았다.

폐허(廢墟)!

시내 흘러가고 솔 우거져 사방을 그윽이 둘러싸고 있는 그 평지는 밖에서 짐작되던 것보다는 훨씬 넓었으며 그 가운데에는 논밭과 적지 않은 수효의 크고 작은 가옥들이 보였다.

그러나 지금 그것들 중에서 제 모습을 유지하고 있는 것은 하나도 없었다.

집은 무너지고 나무는 꺾어져 몇몇 큰 규모의 가옥들은 불에 타 앙상한 잔해만이 남아 있을 뿐이었다.

"무슨 일이 일어났단 말인가?"

주위를 둘러본 구양천상은 괴이함을 금할 수 없었다. 폐허는 존재하되, 살던 사람들은 하나도 보이지 않았던 것이다.

죽었다면 시체라도 남아 있어야 할 터인데 처절한 싸움의 흔적과 핏자국은 분명 사방에 널려 있었지만 그 어디에도 사람의 흔적은 남아 있지 않았다.

'적이 습격을 해와서 이곳이 전멸당했다 하더라도 전멸을 시킨 적들이 시신마저 다 수습하여 갔단 말인가?'

그런 말은 들어본 적이 없다.

인심이 후한 적이 있다면 시신을 수습하여 그 자리에 묻어주는 것이 고작이다.

하지만 어디에도 그러한 흔적은 없었다.

게다가 더욱 놀라운 것은 구양천상이 재차 주위를 살펴볼 때에 발견이 되었다.

'주위 모든 것들이 하나라도 무심히 배치된 것이 없다. 모두가 기문둔갑을 기초로 하여 음양오행(陰陽五行)의 상극을 암중에 이용, 평범한 사람이라면 단 한 걸음도 제대로 움직일 수 없는 진세가 여기에는 펼쳐져 있다……. 이것은 본 가의 자랑인 십면매복에 조금도 뒤지지 않을뿐더러 오히려 앞서는 곳까지 있다!'

놀라운 일이라 하지 않을 수 없었다.

구양천상은 다시 한 번 주위를 둘러보았다.

폐허는 죽은 듯 말없이 고요했다.

그는 백운곡 내에서 가장 규모가 컸으리라 짐작되는 건물의 폐허 곁에 서 있었다. 그 건물의 형상은 가장 참혹하게 부서져 있었으며, 주춧돌 하나까지 파헤쳐져 있어 괴이할 정도였다.

무엇인가를 찾기 위해 한 일일까?

구양천상은 크고 작은 집집마다 기품이 존재하며, 책들이 쌓여 있음을 발견할 수 있었다. 불타고 흩어져 엉망이긴 하였지만, 간단한 학문을 가진 자가 볼 수 있는 책이 아님을 구양천상은 그 제목만으로 알 수 있었다.

'곡 내의 모든 상황으로 보아 여기에 살던 사람들은 실로 간단치 않은 능력을 지니고 있었을 것이다. 그 노선배의 능력으로 미루어본다면, 그 일은 자명하다 할 수 있다. 그런데 어떤 자들이 이처럼 대단한 곳을 공격한 것일까?'

구중천?

천도문?

그들이라면, 무엇 때문에 이처럼 깊은 산중에 있는 백운곡을 공격하여야만 했을까?

의문만이 산처럼 커져 갈 뿐이었다.

남은 것은 폐허뿐, 단서가 될 만한 것은 보이지 않았다.

그때였다.

'……?'

구양천상은 기이한 느낌과 함께 한 사람이 자신을 쏘아보고 있음을 체감하게 되었다.

그리고 몸을 돌린 그의 앞에 정말로 한 사람이 그와 칠팔 장 떨어진, 문이 떨어져 나간 초막 앞에 서 있었다.

그는 백의의 노인이었으며 보통의 키에 눈이 날카롭고 안색이 매우 창백해 보였다.

그는 구양천상이 자신을 쳐다보자 입을 열어 물어왔다.

"그대는 누구며, 무엇 때문에 여기에 온 것인가?"

방금 전까지도 백의노인이 서 있던 곳에 아무도 없음을 보았던 구양천상이다. 그는 백의노인의 능력이 간단치 않음을 직감하고는 손을 마주 잡아 보이며 말했다.

"소생은 한 분 노선배와의 약속 때문에 여기에 왔습니다. 노인장께서는……?"

백의노인은 그의 물음에 대답 대신 다시 물어왔다.

"약속? 누구와의 약속이란 말인가?"

구양천상은 잠시 그를 쳐다보다가 말했다.

"노인장께선 뉘십니까?"

백의노인은 흠칫하다가 안색을 무겁게 했다.

"노부는 이곳의 주인이네. 출타하였다가 돌아와 보니 이 모양이라 백방으로 그 범인을 조사하고 있는 중인데, 그대가 나타난 것이니 묻지 않을 수 없지!"

"출타? 외출을 하고 돌아오셨을 때 여기가 이렇게 되었단 말입니까?"

"그렇네. 적에 대한 단서는 전혀 남아 있지 않고……."

그를 쳐다보던 구양천상은 자신과 만났던 노문사의 형용을 설명하여 주었다.

"어디, 그가 주었다는 그 옥벽을 노부에게 줘보게."

그가 손을 내밀자 구양천상은 품에서 옥벽을 꺼내려다가 손을 멈추고 그를 보았다.

"그전에 죄송하지만 노인장께서 이곳에서 어떠한 신분이며, 이곳이 과연 어떠한 곳인지를 좀 들었으면 합니다."

백의노인의 창백한 안색이 차가워졌다.

"노부를 의심하는 것인가?"

"죄송합니다. 상황이 간단치 않은 듯하니 양해를 하십시오."

구양천상의 말에 백의노인은 냉소를 터뜨렸다.

"적반하장이로군! 감히 노부를 오히려 조사하려 하다니……."

그 순간, 구양천상은 한 가닥 느낌을 받고 주위를 돌아보았다.

그를 중심으로 한 십여 장 사방에서 검은 옷을 입은 사람들이 나타나 그를 향해 서서히 다가오고 있었다.

그들을 본 순간에 구양천상은 괴이한 느낌을 금할 수 없었다.

검은 옷을 걸친 것은 하등의 이상할 것이 없으나, 얼굴 표정은 마치 나무토막을 깎아놓은 듯하였으며, 눈동자조차도 초점이 없었던 것이다.

살아 있는 사람을 보는 것 같지 아니 하였다.

'제아무리 감정을 절제하는 훈련을 받은 사람이라 할지라도 저와 같을 수는 없을 것이다. 저것은 감정의 절제가 아니라, 혼(魂)을 빼앗긴 사람의 표정이다. 대체⋯⋯?'

구양천상은 시선을 돌려 백의노인을 보았다.

백의노인은 싸늘한 눈빛으로 구양천상을 쏘아보고 있는데, 그의 표정으로 보아 흑의괴인들의 출현을 알고 있었음이 분명했다.

"저들은 노인장과 일행입니까?"

백의노인은 싸늘히 웃음을 머금었다.

"그렇다고 할 수 있겠지. 이제 그 옥벽을 이리 내놓도록 해라."

그가 손을 내미는 것을 본 구양천상은 알았다는 듯 고개를 끄덕였다.

"이제 보니 당신은 백운곡을 이렇게 만든 범인 중 하나인 것 같군⋯⋯."

백의노인의 얼굴에 떠오른 웃음이 차갑게 짙어졌다.

"흐흐흐⋯⋯! 아는 것이 너무 늦었어! 천기원(天機院)과 관계가 있는 자라면 하인(何人)을 막론하고 살려 보낼 수가 없다. 살고 싶은 생각이 있다면 아무런 관계가 없음을 증명하는 수밖에 없지."

'천기원?'

구양천상은 그가 말하는 것이 바로 백운곡 안에 살고 있었던 사람들을 지칭함을 알았다. 강호상에 존재하는 문파라면 그의 견문으로써 어떻게든 한 번이라도 들어보았을 것임에도 불구하고 그 이름은 귀에 설었다.

구양천상은 자신도 모르게 처참한 건물의 잔해를 보았다.

불타고 부서진 잔해의 가운데에는 하늘 천(天) 자가 새겨진 현판 조각 하나가 있었다. 천기원의 첫자일까?

그러나 아직은 천기원의 그 거대한 의미를 구양천상은 알지 못한다.

잠시 입을 다물고 있던 구양천상이 다시 노인을 보았다.

"천기원을 공격하고, 폐허가 된 이곳을 지키면서까지 이 천기원과 관계있는 사람을 하나도 남겨두지 않으려는 이유가 무엇이오?"

어이없다는 빛과 함께 음침한 빛이 창백한 백의노인의 얼굴에 떠올랐다.

"감히 노부에게서 무엇을 알아내려 하다니, 어이가 없군……. 과연 그럴 만한 능력이 있는가 봐야겠다."

그는 갑자기 손을 들어 질풍과 같이 쳐왔다.

소맷자락이 날리는 가운데 한줄기 음산한 경력이 소리도 없이 장세를 따라 일어났다. 손이 움직이는 속도는 놀랍도록 빨라서 거의 이 장여 밖에서 장세가 발동되었음에도 불구하고 눈 깜박할 사이에 손이 이미 구양천상의 눈앞에 닥쳐올 정도였다.

그럼에도 불구하고 바람을 찢는 파공음이 전혀 일지 않아 괴이했다.

그 신속함은 보고도 피할 수 없을 정도였으며 구양천상은 그것을 보고 안색이 돌변해 신음을 흘렸다.

"음부염왕인(陰府閻王印)?"

외침과 더불어 그는 버들가지가 휘청이듯 반걸음 옆으로 흔들림과 동시에 날벼락같이 오른손을 쳐냈다.

쉭쉭!

그의 손에서는 백의노인의 장세와는 달리 예리하기 이를 데 없는 파공음이 꼬리를 물고 일어나 그의 장세를 맞아갔다.

"엇!"

그것을 보고 백의노인의 눈에 놀란 빛이 치밀어 오르더니 괴이한 외침과 함께 그의 장세가 돌연 수십 개의 환영(幻影)으로 변해 구양천상의 전신을 내리덮었다.

하지만 그 순간에 구양천상은 원식을 조금도 변치 아니하고 내민 손을 그대로 그 환영을 향해 무찔러갔다. 약지(藥指)에서 식지(食指)까지의 손가락이 전광석화와 같이 펼쳐지면서 예리무비한 지력(指力)이 잇달아 일어났다.

스파팟……!

"흐윽!"

신음 소리가 일어나며 백의노인이 뒤로 물러났다.

그의 얼굴은 고통과 경악으로 말할 수 없이 일그러져 있는데, 방금 구양천상을 공격했던 손에서는 붉은 피가 마구 흘러내리고 있음을 보아 간단치 않은 부상을 당한 듯하였다.

"너는…… 이것이 무슨 무공이냐?"

백의노인의 신음과 같은 질문에 대한 구양천상의 말은 대답이 아니었다.

"당신과 암흑마교는 어떤 관계가 있는 것이오?"

그의 음성은 침중하고도 싸늘한 기운을 띠고 있었다.

"암흑마교……?"

그 말을 되뇌이는 백의노인의 안색이 시체의 것과 같이 음침해졌다.

구양천상의 물음은 공연한 것이 아니었다.

방금 저 백의노인이 사용한 일장이야말로 지난날 암흑마교가 천하를 오시하던 구대마공 중의 하나인 음부염왕인이었던 것이다.

백의노인은 강호상에서 보기 드문 고수였다.

무개옥합에서 만년옥장을 얻기 전의 그 구양천상이었다면 그를 이긴다고 절대로 장담할 수 없는 능력자가 백의노인이었다. 음부염왕인이란 그처럼 놀라운 위세를 가지고 있는 것이다.

구대마공에 그러한 위력이 없었다면, 지난날 천도문의 남후와 북후가 태음천주의 태음신공장을 막아내면서 그녀를 격퇴할 수 없었을 것이었다.

그때였다.

백의노인에게 한 걸음 다가가려던 구양천상은 문득 기이한 느낌에 주위를 돌아보았다.

그를 향해 환영과 같이 느릿하게 다가오고 있던 흑의괴인들, 그들의 초점없는 눈에 초점이 생겨 있었다.

초점의 대상은 구양천상이었다.

어떻게 된 셈인지 구양천상을 쏘아보고 있는 그들의 눈에서는 무서운 빛이 횃불과 같이 이글거리고 있었다.

"그를 공격하라!"

구양천상이 그들을 바라보는 순간에 백의노인이 구양천상을 가리키면서 소리치자 그처럼 느릿하던 그들의 신형은 돌연 질풍과 같이 빨라지며 구양천상을 향해 덮쳐 왔다.

제일 먼저 구양천상에게 도달한 것은 한 쌍의 철장(鐵掌)을 휘두르는 흑의노인이었는데, 그의 장세는 산악이 무너지는 듯하였다.

펑!

구양천상이 피하지 않고 그대로 그의 일장을 맞받아내자 흑의노인은 어깨를 격렬히 흔들며 뒤로 한 걸음 물러났다.

하지만 구양천상도 은은한 충격이 느껴져 내심 깜짝 놀라지 않을 수 없었다.

그때 이미 두 사람의 흑의괴인이 괴성과 함께 그를 덮쳤으며, 전후하여 다시 두 사람의 흑의괴인이 좌우에서 진공(進攻)해 왔다. 그들의 움직임은 질풍과 같았으며 특히 마지막 두 사람의 손에서 번뜩이는 검광은 하늘을 덮을 듯 삼엄하여 일대검수(一代劍手)의 위세를 보이고 있었다.

"청성(靑城) 칠십이파검(七十二波劒)?"

막 그들의 공세에 맞서려던 구양천상은 그 검세를 보고는 안색이 변해 행운유수의 신법을 발휘하여 미끄러지듯 그들의 공격권에서 벗어났다.

그러나 그가 그들의 공격권에서 벗어나는 순간에 한줄기 음산한 경력이 기척도 없이 밀려왔다. 보지 않아도 그것이 뒤에 있던 백의노인의 암습임을 알 수 있었다.

음부염왕인은 놀라운 속도를 가지고 있는 것이라 구양천상은 추호도 방심할 수 없었다.

그의 신형이 휘청이는 사이에 천기미리보를 밟으면서 옆으로 물러서는가 싶더니 회오리바람처럼 몸을 돌리는 사이에 이미 앞으로 두 걸음 나서며 손을 뻗어냈다.

차아앙……!

동시에 용이 신음하는 듯 귀청을 떨어 울리는 맑은 음향이 일어남과 동시에 암흑을 꿰뚫는 전룡(電龍)과 같은 검광 한줄기가 그의 손을 타고서 놀라운 위세로 뻗어났다.

그것은 마치 날벼락이 치는 듯하였다.

"으악!"

백의노인이 혼비백산하여 칠팔 장 밖으로 물러나고 있었다. 방금까지 그가 있던 자리에는 그의 오른손이 피를 뿌리며 펄떡거리고 있었다.

"대단히 빠른 신법이군……."

구양천상이 이미 검집에 들어간 보천신검의 자루를 놓으며 담담한 어조로 말할 때, 그의 신형은 이미 나머지 다섯 흑의괴인들의 공세 속에 휘말렸다.

백의노인은 잘려져 나가 자신의 앞에서 아직도 꿈틀거리고 있는 자신의 오른손을 보면서도 믿을 수가 없었다.

평생을 통해 음부염왕인을 수련한 그 손이 거의 의식하지도 못하는 사이에 단숨에 끊어져 나간 것이다. 그가 어찌 그것이 구양천상의 손에서 처음 펼쳐진 고혼일검(孤魂一劍)임을 알 수 있으랴.

하지만 그의 놀라움은 숨쉴 겨를이 없었다.

창! 차앙!

연이어 고막을 울리는 음향이 귀를 찌르는 가운데, 흑의괴인들 중 두 사람의 손에 들려져 삼엄한 검광을 발하고 있던 검들이 무 토막과 같이 잘려 나가고 있음을 보아야 했던 것이다.

'저럴 수가? 대체 저놈이 누구이기에…… 누구기에……?'

그의 놀람은 당연했다.

개개인 모두가 일기당천(一騎當千)의 고수인 저들 다섯 사람의 위력은 가히 산이 무너지는 위력을 가지고 있어 어떠한 고수라 할지라도 그들의 합공 앞에서 저러한 위력을 발할 수는 없는 것이다.

더구나 저들은 죽음도 두려움도 모르고, 모든 것을 망각한 채 오직 명령에만 충실하도록 조종되는 무서운 존재였기에 그것은 실로 불가능한 일이었다.

흑의괴인들은 맹호와 같이 용맹무쌍하였다.

검은 이미 부러졌으며, 그중 두 흑의괴인은 뼈가 보일 정도의 상처를 입어 선혈을 쏟아내듯 흘려내고 있음에도 불구하고 그 기세는 조금도 약화되지 않고 있었다.

'죽기 전에는 멈추지 않을 작정이다!'

내심 신음한 구양천상은 더 이상 보천신검을 사용하지 않고서 그의 앞으로 한 쌍의 철장을 휘두르며 달려드는 처음의 흑의노인을 향해 마주 일장을 밀어내었다.

펑!

굉음이 일어나는 순간에 흑의노인은 무서운 충격을 받고서는 전신을 흔들며 쓰러질 듯 물러났다.

선혈이 입과 코를 통해 터져 나왔다.

구양천상은 일장을 쏟아냄과 동시에 행운유수의 신법으로 바람과 같이 그의 곁으로 다가가 수류천파(水流濺破)의 금나수를 발휘하여 그의 완맥을 잡아당겼다가 내팽개쳤다.

답답한 신음과 함께 흑의노인이 낙엽과 같이 날아가 나뒹굴었다.

구양천상의 뒤에는 이미 네 사람의 흑의괴인들이 달려들고 있었으며, 구양천상은 그것을 계산하고 있었던 것처럼 한소리 외치면서 그들의 가운데로 뛰어들었다.

신음과 함께 흑의괴인 하나가 다시 전권의 밖으로 나뒹굴었다. 흑의노인은 물론, 그도 일단 떨어지자 어떻게 된 셈인지 조금도 움직이지를 못했다.

그 광경을 보고 백의노인은 간담이 서늘해졌다.

대세는 이미 기운 것이다.

흑의괴인들은 상처만 입은 것이 아니라, 구양천상에 의해 제압되어 쓰러지고 있는 것이다. 상처를 입히는 것은 어렵지 않을지 모르나 상대를 죽이지 않고 제압한다는 것은 놀라운 능력이 있지 않고서는 결코 있을 수 있는 능력이 아니다.

'안 되겠다!'

백의노인은 더 이상 망설이지 않고 바람과 같이 곡구를 향해 몸을 날리기 시작했다.

수류천파에는 가공할 파괴력만이 있는 것이 아니라 상대를 제압할 수 있는 금나수가 은연중에 포함되어 있으며, 그 금나수 속에는 다시 고심하기 이를 데 없는 점혈(點穴)의 흐름이 있었다.

흑의노인 등이 그 금나수에 잡혀 날아 나가떨어졌다가 다시 일어나지 못하고 있는 것은 구양천상의 수류천파의 지공 속에다 이의 만류쇄맥(萬流鎖脈)의 점혈수법을 발동시키고 있었기 때문이었다.

백의노인이 바람과 같이 몸을 날리고 있을 때, 구양천상에 의해 마지막 흑의괴인이 쓰러졌다.

백의노인의 움직임을 알고 있었던 구양천상이 고개를 돌렸을 때, 백의노인은 이미 곡구에 도달하고 있었다.

팔구십 장이 넘는 거리를 따라간다는 것은 불가능하지만 그렇다고 두고 볼 수만은 없는 일이었다.

그런데, 구양천상이 막 공중으로 몸을 뽑아 올렸을 때였다.

"크으으……!"

"와아악……!"

돌연 쓰러진 흑의괴인들에게서 참담한 비명 소리가 소름끼치는 여운을 담고 터져 나왔다.

그들이 온몸을 덜덜 떨면서 칠공으로 피를 흘려내고 있었다.

'설마 자진(自盡)을?'

그것은 불가능한 일이었다.

만류쇄맥의 점혈에 걸린 이상, 할 수 있는 일이라고는 눈앞을 굴리는 일뿐, 자신의 혀조차 깨물 힘이 없는 것이다.

더구나 이들은 스스로 죽음을 택할 만한 정신 상태를 지니고 있는 것 같지가 않았었다.

그러나, 그가 그들을 돌아보는 순간에 가장 먼저 점혈을 당했던 흑의노인을 비롯한 흑의괴인들은 칠공으로 선혈을 비 오듯 쏟아내며 죽어가고 있는 중이었다.

구양천상이 망설이는 한순간에 백의노인의 신형은 이미 곡구에서조차 사라져 보이지 않게 되었다.

원래 구양천상이 흑의괴인들을 격퇴하는 것에 그치지 않고 그들을 힘들여 제압하였던 것은 그들 중 몇 사람이 사용하는 무공이 구대문파의 것이었기 때문이다.

특히 검을 사용하던 두 흑의괴인에게서 펼쳐진 청성파의 칠십이파검은 당대 청성파 그 어떤 고수의 것보다 더 정예(精銳)로웠다.

구양천상은 입술을 깨묾과 동시에 백의노인을 쫓는 것을 포기하고 처절한 고통으로 신음하고 있는 흑의괴인들의 점혈을 풀어주었다.

그의 응변(應變)이 그처럼 신속하였음에도 불구하고 이미 네 사람의 숨이 끊어졌으며, 나머지 한 사람—그가 마지막으로 제압하였던 흑의괴인, 그는 검을 사용하던 두 사람 중 한 사람이었다—은 그가 혈도를 풀어주자마자,

"카악!"

하는 괴이한 외침과 함께 그 자리에서 훌쩍 뛰어올랐다가 돌덩이가 떨어지듯이 세차게 땅바닥으로 떨어져 내렸다.

미친 듯이 온몸을 흔들어대면서 허옇게 부릅뜬 두 눈에서는 선혈이 샘솟듯이 솟아나고 있었으며 전신은 끊임없이 경련을 일으키고 있었다.

"정신 차리시오!"

구양천상은 그의 가슴을 누르며 나직이 소리쳤다.

허옇게 까뒤집어져 선혈이 솟아나고 있던 눈동자가 움직이는 듯 보였다.

흑의괴인은 전신을 부들부들 떨면서 구양천상을 바라보는 듯했다.

"차라리 죽여······. 절대로 굴복하지 않아······ 잔인한 인면수심······ 하늘이 무섭지 않은가······?"

끊어질 듯 미약한 음성이 그 참혹하게 일그러진 흑의괴인의 입속에서 흘러나왔다.

그의 온몸에서 일어나던 경련이 멈추어지기 시작했다.

숨을 쉬지 않음에도 그의 칠공에서 흘러나오는 선혈의 흐름은 아직 멈추지 않았다.

그를 내려다보는 구양천상의 눈길은 심각히 굳어 있었다.

흑의괴인이 죽기 전에 한 말이 과연 자신에게 한 말이라고 할 수 있을까?

삼척동자라도 그렇게 생각하지 않을 것이었다.

구양천상은 그 옆에 죽어 있는 또 한 사람, 같이 검을 사용하던 흑의인을 보았다.

사십 년 전, 청성파에서는 청성이검(靑城二劍)이라고 불리던 두 사람의 고수가 실종되었었다.

이들이 과연 그들인가 하는 의문은 이제 영원히 알 수 없게 되었다.

'이들은 제정신이 아니었다. 자신이 무엇을 하는지 알지 못하고 명령에만 따르는 듯 보였다······. 설마······.'

구양천상의 뇌리에 문득 풍류제일공자 양운비에게서 들은 바 있었던 망혼단(忘魂丹)에 관한 말이 스쳐 갔다.

"……제아무리 심지견정한 자라 할지라도 먹게 되면 모든 기억을 상실하는 꼭두각시가 된다고 하더군. 자신의 목숨마저 돌보지 않고 주인에게 충성하는……."

'과연 이들이 망혼단과 관계가 있을까? 만에 하나라도 그러하다면 백운곡을 이렇게 한 자들은 구중천과 관계가 있을 것이다.'
그러나 그렇게 생각을 하자니 백의노인에게서 나타난 암흑마교의 무공은 또한 이해가 되지 아니하였다.
'아마도 이 사람은 죽음 직전에 이르러서야 비로소 제정신을 잠깐 찾은 듯했다. 대체 무엇이 이들을 죽음에 이르게 했단 말인가?'
괴이하기 이를 데 없는 일이었다.
"설마, 쇄맥단혼금제(鎖脈斷魂禁制)란 말인가?"
죽은 흑의인들의 사인을 살펴보고 있던 구양천상의 입에서 놀람에 가득 찬 신음 소리가 절로 흘러나왔다.
오래전에 실전된 무서운 수법, 이 수법에 당한 자는 그 어떠한 경우에라도 적에게 제압을 당하게 되면 절로 기혈이 역류하여 스스로의 심맥을 끊어버리게 된다.
그 수법이 강호상에서 사라진 것은 백여 년 전이었다.
하지만 그것을 증명하듯 죽은 다섯 흑의인들의 사인은 모두 심맥이 끊어져서였다.

"누가 이처럼 악독한 수법을 재현해 내었단 말인가?"

구양천상이 중얼거릴 때,

휘익…… 휘이이…….

돌연 곡구 바깥쪽에서 긴 휘파람 소리가 허공을 메아리 치며 들려왔다.

그 소리는 날카롭고도 맑아 힘차기 이를 데 없었다.

구양천상은 절로 그쪽을 쳐다보게 되었다.

그리고 다음 순간에 그의 신형은 곡구 쪽으로 날아가기 시작하였다.

第八章

성모궁주(聖母宮主)
―운명의 그림자는 두 사람을 스쳐 가건만
아직은 때가 되지 않으니…….

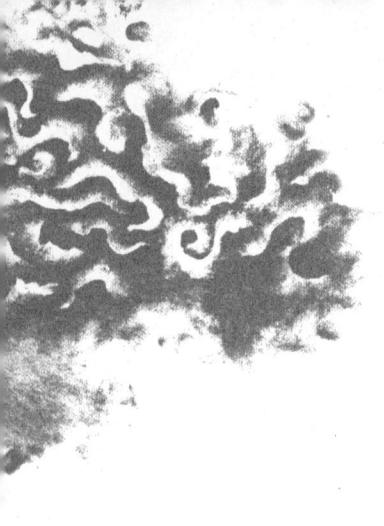

풍운고월
조천하

 백운곡으로 이르는 길은 만인부당(萬人不當)의 천험을 자랑하는 요새지와 같았다.
 깎아지른 절벽에다가 칼날같이 솟아난 암석군…….
 조금만 잘못하여도 무너져 내릴 듯한 길, 거기에다가 사방을 뒤덮으며 감돌고 있는 구름은 가히 지척을 분간할 수 없을 지경이었다.
 그 구름에 가리고 울울창창한 소나무로 덮인 백운곡으로 통하는 길에 바람과 같이 놀라운 신법을 지닌 사람이 모습을 드러냈다.
 구양천상이었다.
 무개옥합에서 만년옥장과 무공의 기우(奇遇)를 얻고 난 후부터 그의 무공은 일취월장하고 있어 전력을 다해 신법을 펼치게 되자, 번개처럼 백운곡의 밖으로 나오게 된 것이다.

　그러나, 그의 신법이 그처럼 빨랐음에도 불구하고 구름이 안개처럼 덮인 주위에서 발견할 수 있는 것은 아무것도 없었다.

　'싸움의 흔적이 있다……!'

　세심히 주위를 살펴본 구양천상은 방금 전에 생긴 듯한 어떤 흔적을 볼 수 있었다.

　그리고 그 순간이다.

　휘이…… 휘익!

　예의 휘파람 소리 같은 맑은 외침이 다시금 들려왔다.

　생각할 것도 없이 그의 신형이 그쪽을 향해 날아갔다.

　백운곡의 내부는 원래 선경(仙境)과 같은 경치를 보이고 있는 곳이었지만, 거기에 이르는 길이나 그 일대는 기실 험악하기 이를 데 없었다.

　급류가 흘러가며 바위에 부딪쳐 허연 이빨을 드러내고 사방이 구름의 습기에 휘감겨 귀문관(鬼門關)과 같다고 할 수 있기 때문이다.

　"무엇 때문에 길을 막는 것이냐……?"

　백의노인은 이를 갈고 있었다.

　이미 어디론가로 사라졌을 것으로 생각되던 그 창백한 안색의 백의노인이 좌충우돌, 사납게 소리치고 있는 중이었다.

　중년인 듯도 하고, 어쩌면 그보다 나이가 많아도 보이는 그 궁장부인들은 백의노인의 외침에 대답도 하지 않고서 그의 진로를 막고 있을 뿐이다.

얼음을 깎은 듯 서늘한 태도를 지닌 그녀들 네 사람의 무공은 기이하기 이를 데 없도록 높아 이미 구양천상에게 음부염왕인이 파괴된 백의노인으로서는 도저히 이겨낼 가망이 없었다.

"건방진 계집들! 하늘 높은 줄 모르는구나!"

극도로 노한 백의노인이 사납게 외치며 하나뿐인 손을 잇달아 휘둘렀다.

쐐쐐, 소리와 함께 그의 소매 속에서 검은 빛이 번뜩이며 궁장부인들에게 쏘아져 갔다.

그것은 피를 보는 순간에 숨이 끊어진다는 추혼정(追魂釘)이라는 극독한 암기로써 불과 이삼 장 정도의 거리에서 발사되자 대단한 위력이 있었다.

"악독한 물건이로군······."

궁장부인들이 채 손을 쓰기도 전에 한소리 맑은 외침이 꾸짖듯 울려 퍼지며 갑자기 한줄기 기이한 경력이 날아들어 그 추혼정들을 빗자루로 쓸어내듯이 날려보냈다.

땅땅— 따앙!

추혼정이 버려진 돌멩이처럼 바위에 부딪쳐 불똥을 튀기며 떨어질 때, 장내에는 궁장부인들 외에 또 한 사람의 궁장을 한 아름다운 부인이 모습을 드러내고 있었다.

불과 서른이나 되었을까?

앞서의 네 궁장부인들보다 훨씬 나이가 젊어 보이는 그 부인은 마치 구름을 타고 오는 듯한 자태로 모습을 드러내었는데, 운환(雲鬟)의 검은 머릿결 아래 자리한 얼굴은 놀랍도록 아름다웠으며, 그 가운데에는 은연중에 한 가닥 기품마저 어려 있어 그 미모를 더욱 찬란히 보이도록 했다.

　백의노인마저도 일순간 눈매가 굳어질 정도였다.

　"궁주님……"

　네 궁장부인들이 허리를 굽히자, 궁장미부는 가볍게 고개를 젓더니 백의노인을 쳐다보았다.

　"백운곡에 있는 사람들은 모두가 세외(世外)의 이인(異人)들로서 이러한 암기를 사용치 않아요. 백운곡에 과연 무슨 일이 일어났기에 외부를 감시하고 있는 사람들이 있으며, 그들과 당신은 무슨 관계인지 듣고 싶군요."

　낮은 듯하지만 조용한 그녀의 말에는 기품과 위엄이 있었다.

　'으으……!'

　그녀의 손을 본 백의노인은 간담이 서늘해졌다.

　궁장미부가 말을 하면서 손을 비비는데, 그 아름다운 손 안에는 그가 방금 전에 발출했던 추혼정이 들려 있었고 그녀의 손 움직임에 따라 그 무서운 추혼정이 한낱 쇳조각이 되어 떨어져 내림을 보았던 것이다.

　그는 자신이 오늘 절대로 이곳을 벗어날 수 없음을 절감했다.

　찰나,

　삐이익─

　어디선가 구천에 사무치는 듯한 고막을 찌르는 괴이한 호각 소리가 심금을 떨어 울리며 울려 퍼졌다.

　"와아앗!"

　그와 동시에 백의노인의 얼굴이 갑자기 못생긴 호두알처럼 일그러지더니 상처 입은 맹수처럼 괴성을 지르며 궁장미부를 향해 덮쳐 갔다.

그의 장세가 자신의 가슴팍을 향해 밀려옴을 보자 궁장미부의 수려한 아미가 가볍게 일그러졌다.

"보고도 알지 못한단 말인가?"

그녀의 중얼거림과 함께 그녀의 좌우에 늘어서 있는 궁장부인들이 대노해 소리쳤다.

"감히 어느 안전이라고 그 더러운 손을……."

그러나 그녀들이 어떤 움직임을 보이기 이전에 궁장미부의 소맷자락이 흔들리면서 기이한 경력 한줄기가 이미 백의노인의 장세를 쓸어내고 있었다.

백의노인은 궁장미부의 소맷자락 속에서 우윳빛 투명한 옥장(玉掌)을 본 순간에 천만 근의 압력이 자신의 가슴을 눌러옴을 깨달았다.

"와악……!"

그의 입에서 피분수가 기둥을 이루며 분출되면서 그의 신형이 허공에 둥둥 떠 허우적거리며 밀려났다.

"대체 백운곡에 무슨 일이 일어난 것이란 말인가?"

그가 구겨진 휴지 조각과 같이 땅바닥에 나동그라짐을 보고 궁장미부가 심각한 어조로 중얼거렸다.

그녀가 손을 거두며 나직이 무엇인가 말하자 궁장부인들은 바람과 같이 좌우로 흩어져 갔다. 아마도 방금 울려 퍼진 괴이한 호각 소리를 조사하려는 모양이었다.

희디흰 옷자락을 날개처럼, 구름처럼 표표히 날리고 서 있는 궁장미부의 아름다움은 단순한 아름다움 이전에 고결(高潔)함이 있었다.

 차가운 듯, 어딘지 우수 서려 보이는 그 기품있는 얼굴과 눈동자는 조금도 세월의 흔적이 침범치 못하고 있어 아직 스물대여섯 정도로 보일 정도였다.

 '저 부인도 백운곡을 찾아왔단 말인가? 누군지는 알 수 없지만 정말 대단한 능력을 가지고 있다. 강호 중에는 정녕 알려지지 않은 기인이사들이 아직도 적지 않구나……'

 그 모습을 암중에 지켜보고 있던 구양천상은 절로 감탄을 하지 않을 수 없었다.

 그는 백의노인이 궁장미부에게 달려드는 순간에 도착하여 거대한 노송의 뒤에 몸을 숨기고 상황을 보는 중이었다.

 그런데, 궁장미부의 모습을 주시하고 있던 구양천상은 그 궁장미부의 얼굴이 눈에 익은 듯함을 느끼게 되었다. 직접 본 얼굴이라면 절대로 잊지 않는 기억력의 구양천상이다. 과연 어디에서 본 것일까?

 그때였다.

 "무슨 짓인가?"

 궁장미부가 놀라 외치며 쓰러진 백의노인의 가슴팍을 쳤다.

 "왁!"

 백의노인이 그녀의 일장에 단말마의 외침과 함께 검은 피를 왈칵 토해냈다.

 그의 전신은 무섭게 경련하고 있었으며, 입과 코뿐만 아니라 눈과 귀에서까지 검은 피가 마구 솟구쳐 나오고 있었다.

 "독을 삼켰군!"

궁장미부가 단숨에 백의노인의 가슴팍의 단중(檀中) 등의 구 개 요혈을 점하면서 신음하였다.

그러자 거의 죽어가고 있던 백의노인이 눈을 뜨며 그녀를 보았다.

"쓸데없는 짓…… 노부가 삼킨 것은 천장지독(穿腸之毒)……. 삼키는 순간에 내부가 모조리 녹아버려…… 화타, 편작이라도…… 크으…… 윽!"

원래 창백하던 그의 얼굴은 이미 가마솥 밑바닥과 같이 변해 있었고, 극렬한 고통을 이기지 못해 절로 덜덜 떨리고 있었다.

그의 사태가 절망적임을 알아본 궁장미부가 나직이 한숨을 쉬더니 물었다.

"무엇 때문에 스스로 목숨을 끊는단 말인가?"

격렬한 고통에 참혹하도록 얼굴이 일그러져 있던 백의노인의 얼굴에, 눈에 극도의 두려움이 나타났다.

"수혼각(搜魂角)이 울린 이상…… 실패의 책임…… 그 책벌(責罰)을 피할 수 없을 바에야…… 차라리 죽음이…… 끄윽!"

그의 눈이 뒤집히며 검은 피가 솟아났다.

백의노인의 시체는 순식간에 고약한 냄새를 풍기면서 부패하기 시작하였다.

궁장의 미부는 불어오는 바람에 옷자락을 펄럭이면서 굳어진 듯 그 자리에 서 있었다.

"대체 백운곡에 무슨 일이 일어났단 말이지?"

바람을 타고 그녀의 중얼거림이 구양천상에게 전해져 왔다.

그 순간이다.

옷자락 날리는 소리가 들리더니 조금 전에 떠나갔던 궁장부인들과 같은 차림을 한 묘령의 소녀들이 바람처럼 날아들었다.

"아무래도 백운곡에 무슨 일이 일어난 듯합니다!"

앞선 소녀가 차고 맑은 음성으로 빠르게 말했다.

"주위 일대에 무엇인가 심상치 않은 공기가 돌고 있습니다!"

뒤를 따르고 있던 소녀가 뒤를 이어 말하였다.

그녀들의 모습은 앞서의 네 부인과 같이 네 사람이 모두 비슷하여 자매간을 보는 듯하였다.

"너희들은 사대호법(四大護法)에게 일러 이 일대를 면밀히 수색하여 조그마한 흔적이라도 놓치지 말고 조사토록 해라."

궁장미부의 말에 제일 먼저 말했던 소녀가 고개를 숙이고는 물었다.

"궁주님께서는……?"

"나는 백운곡 안으로 들어가 어떠한 일이 생겼는지를 알아보아야겠다. 너희 둘은 나를 따르도록 해라."

그녀는 나직이 탄식하고는 머리를 저으며 백운곡을 향해 예의 미묘한 신법을 펼쳐 날아갔다. 그 신법의 놀라움은 구양천상조차도 자신할 수 없을 정도였다.

'대체 어디서 저런 고수가 나타났을까…….'

그녀가 사라지자 구양천상은 몸을 숨기고 있던 송림 속에서 뛰어내려 죽어 있는 백의노인의 시신을 향해 다가갔다.

'쇄맥단혼금제를 펼치고, 수하로 하여금 공포에 질려 자진치 않을 수 없도록 하는 다스림은 아무나 할 수 있는 것이 아니다. 과연 어떠한 자들이 백운곡을 멸한 것일까?'

백의노인의 시신을 내려다보면서 생각에 잠겨 있던 구양천상은 문득 궁장미부의 얼굴을 어디에서 보았는지를 기억해 낼 수 있었다.

 '그렇군! 지난날, 개봉관도에서 보았던 그 미인도……. 연꽃 가득한 연못 가운데에 있는 정자에 기대서 있던 그 절세가인의 모습이로구나! 비록 나이가 그보다는 조금 더 들었기는 하지만 틀림이 없다. 그림 속의 미녀가 실제의 인물이라니…….'

 비 오던 밤.

 한 폭의 미인도와 그 주인이었던 외팔이노인…….

 위맹한 사자와 같은 기세를 지닌 채 알 수 없는 자들에게 생명의 위협을 받던 백의 외팔이노인은 그의 뇌리 어딘가에다 잊을 수 없는 한 편[一片]의 선명한 기억을 남겨두었던 것이다.

 '그래……. 그날, 백운곡의 노문사를 만났던 것도 그날 그 자리였고, 노문사가 찾던 그 사람 또한 외팔이노인이었다. 그 외팔이노인이 지니고 있던 미인도에 그려진 여인이 백운곡을 찾아오는 것은 불가능한 일이 아니라 할 수 있을 것이다.'

 그의 머릿속에서 상황이 정리되었다.

 어쩌면 궁장미부의 정체를 알아냄에 따라 백운곡과 천기원에 얽힌 의문의 매듭을 풀 수 있을는지도 몰랐다.

 "과연 궁장미부의 정체는 무엇일까……."

 나직한 중얼거림과 함께 구양천상의 신형이 허공으로 떠올랐다.

 그런데, 날아올랐던 구양천상의 신형이 백운곡으로 날아가는 것이 아니라 허공에서 허리를 틀면서 먹이를 본 독수리와 같은 기세로 칠팔 장 밖에 있는 거대한 바위의 뒤로 내려꽂히는 것이 아닌가.

세찬 회오리바람이 이는 가운데 그림자 하나가 놀란 기러기처럼 바위 뒤에서 훌쩍 뛰어 물러났다.

나직한 웃음소리가 구양천상에게서 흘러나왔다.

"놀랍군…… 얼마나 피할 수 있나 보자!"

구양천상의 신형이 바람과 같이 그 그림자를 따랐다.

"멈추시오!"

구양천상의 손이 질풍과 같이 자신을 향해 무찔러 옴을 보고 그 인영은 놀라 나직이 소리쳤다.

하지만 구양천상의 손은 거두지 않았으며, 다음 순간에 수법을 바꾸어 번개처럼 그의 왼손 완맥을 낚아 잡았다.

체념을 한 것인지 기이하게도 인영은 우뚝 서서 그의 손길을 피하지 않았다.

인영은 눈만 남아 있을 정도로 구레나룻이 무성히 나 있는 노인이었다. 짐승의 가죽으로 옷을 걸치고 등에는 활을 메고 허리에 달린 단검 등을 보면, 사냥꾼인 것처럼 보였다. 그러나 일개 사냥꾼노인이 어찌 구양천상의 일격을 피해낼 수 있으며, 기척을 죽이고 숨어 있을 수 있으랴.

구양천상의 그를 보자 사냥꾼 차림의 노인이 씨익 웃어 보였다.

"듣던 것보다 더한 신수(身手)를 가지고 있으시군?"

구양천상은 그를 보았다.

눈동자가 침착하게 가라앉아 있으며 기색이 안정되어 있어 평범한 사람이 아니었다.

게다가 자신에게 제압되어 있음에도 불구하고 전혀 거기에 대해 거리낌이 없는 듯하였다.

"나를 아십니까?"

구양천상의 물음에 사냥꾼노인은 말했다.

"반쪽의 옥벽을 가진 사람이라면 안다고 할 수 있소. 노부가 위험을 무릅쓰고 여기에 서성거리고 있는 가장 큰 이유가 그를 기다리기 위해서이니까……."

"반쪽의 옥벽? 그렇다면?"

"노부는 백운곡에서 공자와 만나기로 한 분의 분부를 받고 여기에서 공자를 기다리고 있었소."

"……."

구양천상은 그를 보았다.

그의 눈은 세월의 깊음을 자랑하듯 흔들림이 없었다.

"실례하였습니다."

구양천상은 그의 완맥을 놓고 한 걸음 뒤로 물러나 그에게 포권을 하여 보인 후에 품에서 반쪽의 옥벽을 꺼내 그에게 건네주었다.

"몸을 숨기시오!"

반쪽의 옥벽을 받아 들던 사냥꾼노인이 돌연 전음입밀의 신공을 운용하면서 번개처럼 송림 속으로 들어갔다. 그들이 몸을 숨기자 그 자리에는 예의 궁장부인들이 나타났다.

수효는 두 사람.

"분명히 여기에서 어떤 기척을 들은 듯하였는데……."

궁장부인들이 주위를 두리번거리더니 옷자락을 펄럭이면서 빠른 속도로 수색을 하기 시작하였다.

구양천상은 사냥꾼노인의 인도로 그녀들로부터 이미 십여 장 이상 떨어진 곳으로 가 있었고, 그녀들과의 거리는 점점 멀어지고 있었다. 사냥꾼노인은 일대의 지리를 손바닥 보듯 알고 있는 듯했다.

그는 긴장된 표정으로 궁장부인들의 움직임을 주시하고 있다가 그녀들이 점점 멀어져 가자 안도의 빛을 드러내며 손에 들린 옥벽을 들여다보고는 기쁜 빛을 띠었다.

"과연 그 어른의 청영옥벽(淸瑩玉璧)이로군!"

중얼거린 그는 구양천상을 보았다.

"되었소……. 이제야 노부는 맡은바 사명을 완수할 수 있겠소. 공자는 이 길로 선인봉(仙人峯) 태백거(太白居)로 가 그 주인에게 이 옥벽을 보이시오. 그러면, 얻는 것이 있게 될 것이오."

"태백거? 무림일괴(武林一怪)라고 일컫는 태백거사(太白居士) 신무외(申無畏) 신 노선배님의 거처를 말씀하시는 겁니까?"

"그렇소."

노인은 서슴없이 고개를 끄덕였다.

이래서야 무슨 영문인지 알 수 없다.

더구나 무림일괴 신무외로 말하자면 무림과 접촉을 하지 않기로 유명한 사람이며, 당대의 무림인들은 그의 명호조차 잘 모르는 형편이었다.

구양천상의 기색을 알아본 사냥꾼노인은 나직이 탄식하며 말하였다.

"의문이 많겠지만…… 궁금한 것은 거기에 가면 다 알게 될 것이오. 노부도 그 어르신네의 유명(遺命)을 받았을 뿐이라, 자세한 것은 알지 못하오……."

노인은 장탄식을 했다.

"유명이라니? 그럼 소생과 약속을 하였던 그분께서 돌아가셨단 말입니까?"

구양천상의 물음에 사냥꾼노인의 얼굴이 심하게 흐려졌다.

"그렇소……. 그 어른께서는 불의의 습격을 당하여 결국…… 그들의 손에 당하고 마셨소……."

"그들?"

노인은 고개를 흔들었다.

"노부는 명을 받았을 뿐이라 아는 것이 별로 없소. 미안하오. 하지만, 한 가지 말할 수 있는 것은…… 공자가 태백거로 가는 일은 무림 중의 운명(運命)이 걸린 일이라 그 누구도 알아서는 아니된다는 것이오. 명심하시오. 오늘 노부와 만난 것 또한 어떤 사람에게도 비밀임을……."

'무림 중의 운명?'

말은 쉽다.

하지만 아무나 할 수 있는 말이 아니었다.

과연 그 노문사는 어떤 사람이기에 그러한 말을 할 수 있는 것일까?

"그분의 명호를 알 수 있겠습니까?"

"명호? 아니, 그 어른의 명호도 모른단 말이오?"

이번에는 사냥꾼노인의 얼굴이 아연한 빛이 되었다.

구양천상은 고개를 끄덕였다.

"우리는 길에서 잠깐 만난 사이라 서로의 이름조차 모르고 있습니다. 그저 한번 찾아오라는 말씀이 계셨을 뿐입니다."

"……."

노인은 기가 막힌지 잠시간 아무 말도 없이 구양천상을 바라보기만 하였다.

이윽고 그는 머리를 저었다.

"아무리 생각해도…… 노부의 머리로는 이해할 수가 없는 일이다……. 노부가 어찌 그분의 뜻을 짐작하겠소? 그분의 명호는 천기노인(天機老人)이라고 하오."

"천기노인?"

"그렇소. 그분은 암중에 천기원을 세워 강호의 석학들을 백운곡에 모아 무림의 겁난을 저지하기 위해 노심초사하셨던 분이오. 그런데…… 그런데, 어떻게 알았는지 갑자기 신비괴인들의 기습을 받게 되어 저 지경이 되고 만 것이오……."

그는 구양천상이 백운곡에 대해서도 전혀 모를 것임을 짐작한 듯 개략(概略)을 들려주었다.

"그 불길 속에서 노부는 그 어른의 유명을 받들고 탈출하여 공자를 기다리고 있었던 것이오……. 천기원의 기업이 멸한 이상, 마지막 희망은 공자에게 달려 있음을 전하라 하시었소."

염화시중(拈華示衆)의 미소도 아니고……

노인의 이 말은 참으로 난감하기 이를 데 없었다.

도대체 무엇을 믿고 자신에게 그러한 말을 할 수가 있단 말인가? 그가 어떤 사람이기에…….

구양천상은 기억을 더듬어보았지만 천기노인이라는 사람에 대한 기억을 떠올릴 수 없었다.

기왕 일이 이렇게 된 바에야 태백거로 가볼 수밖에 없는 일이었다.

사냥꾼노인이 그에게 조그만 화살 하나를 내밀었다.

첫눈에 신호용 향전(響箭)임을 알 수 있는 단전(短箭)이었다.

"태백거로 가서 이 화살을 쏘아 올리면 마중하는 사람이 있을 것이오. 태백거사는 워낙 괴팍하여 어떠한 사람이라도 만나려 하지 않겠지만 이 화살을 가지고 가는 사람에게만은 예외가 되오."

노인은 자신이 할 일을 다 했다는 듯 떠날 기색이었다.

"노인 어른의 명호를 여쭐 수 있겠습니까?"

사냥꾼노인은 구양천상의 물음에 쓰게 웃더니 말하였다.

"뼈마디까지 녹슨 이름을 알아 무엇 하겠소? 하긴 굳이 숨길 것도 없지, 노부의 이름은 어관중(魚貫中)이라 하오."

"어관중……. 그럼 삼십여 년 전에 산서(山西) 쾌도문(快刀門) 제일고수라 일컬어지던 섬전신도(閃電神刀)……?"

"젊은이답지 않게 옛날 일을 잘 알고 있군……."

노인은 웃으며 입을 다물었다.

구양천상은 내심 경악을 금할 수 없었다.

상대는 수십 년 전 무림을 떨어 울리던 일대의 고수다.

그의 나이는 분명코 지금쯤은 팔십이 가까울 것이다.

그런데도 그가 그 어른이라고 깍듯이 존경의 뜻을 표하고 있는 천기노인. 그는 과연 어떤 사람인 것일까.

휘익, 휘이익!

예의 맑은 휘파람 소리가 멀어졌다 가까워졌다 하면서 들려오고 있었다.

사방을 수색하는 듯한데, 그 소리의 이동 속도는 놀라울 정도였다.

"저 부인들 또한 백운곡을 찾아온 듯한데, 어디에서 온 사람들인지 혹 아십니까?"

구양천상의 물음에 섬전신도 어관중이 답했다.

"본 원의 위치는 무림 중의 극비라 일 년이 가도 찾아오는 사람이 거의 없소……. 지난날 노부가 얼핏 들은 것이 맞다면 아마도 저 여인들은 설산(雪山:히말라야 산) 성모봉(聖母峯:에베레스트)에서 왔을 것이오."

"설산 성모봉이라니, 그럼 저 부인들은 전설 중의 성모궁(聖母宮)에서 왔단 말입니까?"

구양천상이 놀라 물었다.

"아마 그럴 것이오. 설사 그렇다고 하더라도 그녀들의 움직임은 이미 한걸음 늦었지……."

섬전신도 어관중이 중얼거렸다.

성모궁이라니!

구양천상은 백운곡 쪽을 바라보았다.

이거야말로 그처럼 힘들여 찾던 그 무엇을 등잔 밑에서 힘들이지 않고 발견한 격이 아닌가.

구양천상이 백운곡 쪽을 쳐다보며 묵묵히 있음을 보고 섬전신도 어관중이 물었다.

"성모궁과 무슨…… 관계가 있으신가?"

구양천상이 고개를 저었다.

"관계라기보다는 알아보아야 할 일이 조금 있습니다."

그의 말에 섬전신도 어관중이 말했다.

"그것이 어떤 중요한 의미를 지니고 있는 것인지는 몰라도…… 지금, 더구나 이곳에서 그녀들을 만나서는 아니 되네."

구양천상이 그를 쳐다보자 노인은 다시 말하였다.

"공자가 오늘 이곳에 온 사실은 우리 외에 그 누구도 알아서는 아니 되기 때문이네. 이 일은…… 정말 간단한 일이 아니며, 노부는 그 어른의 당부가 단 한 번도 틀리는 것을 아직까지 본 적이 없다네."

그의 늙은 눈은 진실하였다.

그 신비의 노문사.

단 한 번 만났던 천기노인에 대한 그의 충정은 가히 절대적인 듯하였다. 사람이 다른 한 사람에게 진심에서 우러나오는, 무조건적인 존경을 받는다는 것은 실로 지난(至難)한 일임도 불구하고…….

'이름조차 알려지지 않은 천기노인……. 그분의 죽음은 어쩌면 향후 무림 정세에 거대한 변수가 될는지도 모르겠구나. 그날…… 그분을 만났을 때 나의 신분을 밝혔어야 했는데…….'

구양천상은 그날 자신이 가졌던 예감이 적중함을 느끼고 있었다. 그의 예감은 아직 틀려본 적이 거의 없었다.

그러나……

휘익, 휘이이…….

휘파람 소리는 무엇을 찾는지 아직도 계속하여 울려 퍼지고 있었다.

그 의미를 구양천상은 아직 알 수 없었다.

第九章

의봉출운(疑峯出雲)
―의문의 그림자는 예측할 수 없는
방향으로 드리워지고…….

풍운고월
조천하

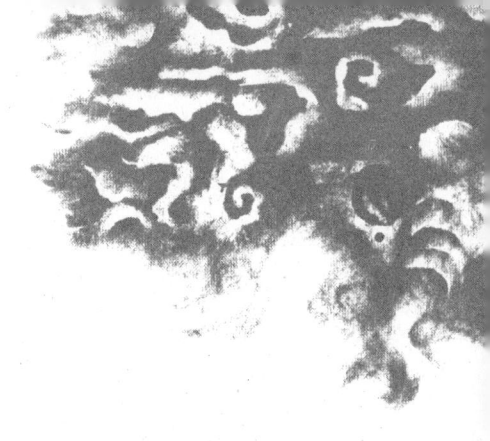

 황산은 주위만으로도 약 삼백 리에 이르는 대산맥이다.
 수많은 봉우리가 바다와 같이 늘어서 있으며, 외로운 소나무들은 기금이수(奇禽異獸)와 같이 그 봉우리의 바다 가운데에서 돌출하니, 바람 불면 솔의 파도가 치는지, 구름의 파도가 일렁이는지 알 수 없는 절경(絶境)이 끝없이 이어진다.
 그 경치를 일러 태허환경(太虛幻境)이라 하거니와, 도처 어디를 둘러보아도 경승(景勝) 아닌 곳이 없음이 바로 황산의 면목이다.

 깎아지른 산봉우리들이 첩첩하며, 그 봉우리 덮은 소나무들의 행렬이 곤곤(滾滾)하다.
 망망운해(茫茫雲海) 중에 괴석이 표부(飄浮)하니 이곳의 이름은 황산 선인봉(仙人峯)이다.

절벽단애가 길을 끊고, 기석괴암이 도처에 깔려 몽필생화(夢筆生花)하니 그 장관은 석해(石海)로 유명한 산화오(散花塢)에 조금도 못지않다.

선인봉의 중턱.

끊어진 절벽의 아래는 만 장이나 되는 듯 아득하여 끝이 보이지 않으며, 구름은 안개와 같이 밀려오고 물러난다.

올라오는 길도 험하거니와, 이제는 더 이상 갈 수 있는 길이 없다. 굳이 가려 한다면 만장심연으로 보이는 저 절벽의 구름 아래로 떨어져야 하리라.

기석괴암들이 깔린 절벽 일대는 의외에도 대단히 넓었다.

다만 거기에 도달하기까지가 너무 험악하여 사람들이 잘 오르지 못할 뿐이다.

구름들이 떨어지는 해로 인하여 황금빛으로 물들어가고 있을 때, 그 선인봉 중턱의 절벽 위에 한 사람이 나타났다.

"헉헉……."

꿈틀거리며 솟아오르는 용과 같은 형상을 한 거암에 등을 기대고 가쁜 숨을 몰아쉬고 있는 그 사람의 머리는 온통 백발이었다.

불어오는 바람에 그의 한쪽 소매는 힘없이 펄럭이고 있었으며 입고 있는 옷은 어디 하나 성한 곳이 없는 듯하였다.

그 옷은 피로 물들여져 있었다.

"으으……."

외팔이노인은 괴로운 신음과 함께 이를 악물며 몸을 세웠다.

"이대로 쓰러질 수는…… 어떠한 일이 있어도 이곳을 벗어나 백운곡에…….”

 그때였다.

 피범벅이 된 가슴을 움켜잡으며 몸을 세운 외팔이노인의 얼굴이 절망으로 일그러졌다.

 언제부터인가, 그와 불과 사오 장 정도 떨어진 곳에 한 사람의 우람한 체구를 지닌 노인이 우뚝 서서 그를 쏘아보고 있었다.

 “도기룡(都起龍)! 네가 갈 곳은 이제 더 이상 없다.”

 우람한 체구의 노인이 딱딱한 음성으로 말했다.

 그의 말과 함께 외팔이노인을 가운데 두고 사방에서 바람과 같은 신법을 지닌 무사들이 모습을 드러냈다.

 “가문(家門)의 추적대인 사해위(四海衛)로구나…….”

 외팔이노인은 허탈한 표정이 되었다.

 이미 수십 년을 저 사해위의 눈을 피해 천하를 유랑한 그였다. 하지만, 결국 그들은 그의 눈앞에 나타났다.

 그는 잘 알고 있었다.

 지금의 자신으로서는 저들의 손길을 피하는 것이 하늘에 오르는 것보다 더 어려운 것임을…….

 우람한 체구의 노인은 차가운 빛이 번뜩이는 눈길로 그를 쏘아보며 말하였다.

 “마지막으로…… 지난날 우리가 함께 있었던 정리로써 너에게 자결할 기회를 주겠다.”

 희미한…… 웃음이 외팔이노인 도기룡의 얼굴에 번져 갔다.

 “공손기…… 그래도 당신만은 모용가의 사람들 중에서 홀로 인간미가 있다고 할 수 있지…….”

공손기라 불린 노인의 눈에서 쇠를 뚫어낼 듯한 섬광이 폭사되었다.

"도기룡! 본 가의 명예에 누가 되는 말을 함부로 하지 말아라. 어떠한 경우에도 그러한 일은 용서할 수 없다!"

"명예? 후후후…… 무엇이 명예란 말인가? 한 손으로 천하제일가의 현판으로 세인들의 이목을 가리고 다른 한 손으로는……."

"닥쳐라!"

도기룡의 말에 공손기가 노호하며 일장을 뻗어냈다.

펑!

광풍이 일어나며 외팔이노인 도기룡은 그 힘을 이겨내지 못하고 피를 토해내면서 훌훌 날아올랐다.

검빛이 번뜩이며 그를 덮쳤다.

스파팟! 째애앵…….

매서운 경풍이 일어나며 검음(劍吟)이 울려 퍼졌다.

엇갈리는 인영 속에서 도기룡이 허공에서 재주를 넘으며 내려섰다.

비틀거리면서 곁에 있는 암벽에 몸을 기대는 그의 가슴팍에는 다시 뼈가 들여다보이는 상처가 생겨나 입을 벌리고 선혈을 토해내고 있었다. 하지만 피는 의외에도 많이 흘러내리지 않았다.

그는 지난 이틀 동안 계속해 추적을 당하였으며, 온몸의 피란 피는 이미 다 흘려낸 상태였기 때문이다.

그는 일그러진 눈으로 앞을 보았다.

준수한 듯하면서 어딘지 냉혹한 기운이 도는 생김의 중년인이 검을 가슴에 세우며 비틀, 한 걸음 물러나 놀란 빛으로 자신을 보고 있었다.

고소가 도기룡의 입가에 흘러갔다.

원래 그는 최후의 승부수로서 공손기의 일장을 이용하여 이곳을 벗어나려고 하였었던 것이다.

하지만 그 일은 그의 죽음을 재촉하는 일이 되고 말았다.

"한소붕(韓宵鵬), 네가 사해위로 들어갔더냐? 후후…… 너의 성품으로 본다면…… 아주 잘 어울리는구나."

한소붕이라 불린 중년인은 방금의 일격에서 도기룡의 가슴에 일검을 가하기는 하였지만, 검을 쥔 손이 진동하여 하마터면 검을 놓칠 뻔하자 안색이 음침해졌다.

"과연 사자철장(獅子鐵掌) 도기룡의 이름은 헛되지 않았군……. 다시 나의 일검을 받아보아라!"

검빛이 번뜩이며 서릿발 같은 검세가 도기룡을 향해 무찔러 갔다.

돌연 사자철장이라 불린 도기룡이 두 눈을 딱 부릅떴다.

"한소붕! 너 따위가 감히 나의 목을 노린단 말이냐?"

대갈일성 호통과 함께 도기룡의 수염과 머리칼이 빳빳이 서더니 하나 남은 그의 손이 웅장한 일장을 갈겨냈다.

윙윙…….

검이 울부짖고 장세가 흙먼지를 휘감아 올렸다.

"우욱……!"

쥐어짜는 신음과 함께 한소붕이 신형을 흔들거리며 잇달아 대여섯 걸음 물러났다. 그의 얼굴은 단숨에 창백해졌으며, 이어 왁! 하고 한 모금의 선혈을 토해내고 말았다.

반면에 도기룡은 한 걸음도 물러나지 않고 그 자리에 꼿꼿이 서 있었다.

놀람과 두려움의 빛이 한소붕의 얼굴에 떠올랐다.

그 순간, 마치 횃불과 같이 활활 타오르고 있던 도기룡의 두 눈에서 급격히 빛이 꺼지는가 싶더니 그의 신형이 모래성이 무너지듯이 그 자리에 쓰러졌다.

그는 마지막 순간에 한 모금 남아 있던 진원지기(眞元之氣)를 끌어올려 한소붕을 격퇴하고는 스스로 무너지는 것이다.

"이젠…… 도주하는 것도 지쳤다……. 나에게 한 가닥 염원이 없었다면 어찌 지난 세월 동안 강호를 전전유랑(轉轉流浪)하며 구차한 삶을 지금껏 이어왔으랴……. 하나, 하늘도 무심하여 마지막 순간까지…… 끝끝내 그녀의 소식은 들을 수 없고……."

도기룡은 허탈한 듯 중얼거렸다.

"닥쳐라……."

한소붕이 소리치며 검을 세웠다.

도기룡은 눈을 끔벅거렸다.

눈앞이 흐려 사물이 잘 보이지 않았다.

가을빛 낙엽과 같은 건조한 웃음이 그의 입가에서 경련했다.

"너 따위가 감히 노부의 앞에서 큰소리를 치다니……."

그는 머리를 흔들었다.

"나를 죽인다고…… 이런다고…… 그 일이 묻혀지리라 생각하는가……. 언제고, 언제고…… 천도(天道)가 존재하는 한은…… 모든 것이 청천백일하에 드러날 것……."

싸늘한 웃음이 들려오는 듯하였다.

한소붕의 검이 그의 가슴을 찔러오고 있건만 그는 그것을 피할 수 없었다.
"그것이 무엇이건 간에, 도기룡…… 너는 그날을 볼 수 없을 것이다."
그가 들을 수 있는 것은 그의 외침 소리뿐이었다.
그때였다.
도기룡은 느닷없이 놀란 외침이 주위를 흔들고 누군가가 자신을 부축하는 것을 느끼게 되었다.
동시에 불꽃과 같은 거대한 힘줄기가 자신의 명문혈(命門穴)로 쏟아져 들어옴을 도기룡은 느낄 수 있었다.
한 사람이 죽음 직전의 그를 부축하고 진기로써 그를 도와주고 있었다.
"그대는……."
자신을 부축하고 있는 사람을 알아본 사자철장 도기룡은 의외라는 듯 감기던 눈을 크게 떴다.
"알아보시겠습니까? 노선배께서는 소생과 만날 때마다 심한 부상을 당하시는 듯합니다……."
그를 부축하고 있는 사람이 말했다.
그는 이십 세 전후의 관옥과 같은 얼굴에 맑은 눈을 가진 유생으로 보였다. 하지만 그의 허리에 있는 한 자루 보검…… 보천이라 불리는 그 검을 가진 사람은 유생일 수 없었다.
구양천상이 나타난 것이다.
그의 말에 도기룡은 그늘진 웃음을 띠었다.
"아마도…… 이번이 그 마지막이겠지……."

사자철장 도기룡은 지난날 구양천상이 개봉관도의 절간에서 만났던 그 외팔이노인이었다.

백운곡을 떠나 선인봉 태백거를 찾아오던 구양천상이 그를 이곳에서 보게 됨은 과연 우연이기만 할 것인지…….

그 순간,

좌우에서 검빛이 번뜩이며 도기룡을 부축하고 있는 구양천상을 공격해 왔다. 수효는 다섯, 그중에는 방금 전에 그가 격퇴해 낸 한소붕도 있었으며 그의 검이 가장 무서웠다.

찰나였다.

그것을 보지 못한 듯 도기룡의 명문에 대고 있는 손을 떼지 않고 있던 구양천상은 가장 무서운 기세로, 가장 빨리 그의 목 천돌(天突) 급소에 도달하고 있는 한소붕의 검을 향해 일지를 튕겨 냈다.

땅!

맑은 음향이 일어나며 한소붕은 지독한 충격이 손목을 타고 전해져 옴을 느꼈다.

따당, 땅! 땅!

그와 함께 귀청을 울리는 맑은 음향들이 잇달아 사방으로 울려 퍼지며 구양천상을 덮쳐 왔던 사해위 위사들이 놀란 외침과 더불어 황급히 뒤로 물러났다.

"으으……."

한소붕의 이마에 식은땀이 놀람과 공포를 이기지 못하고 불끈 솟아났다.

한 자루 검.

방금 전까지도 그의 손에 들려서 상대를 찔러가던 그 검이 어느새 자신의 손을 벗어나 그 검끝이 자신의 목젖을 반 치쯤 파고 들어 있었던 것이다.

상대가 손을 젓는 순간에 그의 생은 그것으로 끝이다.

식은땀이 솟아나지 않을 수 없다.

구양천상은 수류천파의 지공을 펼쳐 한소붕의 검을 번개처럼 빼앗아 덮쳐 오던 사해위사들을 격퇴하고는 그의 목에 검을 들이 대고 있는 것이다.

그러한 쾌검(快劍)은 가히 무림독보(武林獨步)라 할 수 있었다.

구양천상은 시선을 돌렸다.

공손기가 금방이라도 덮쳐들 듯 그를 노려보고 있었다.

아마도 구양천상이 무공이 절고(絕高)함을 보고는 염두를 굴리고 있는 듯하였다.

사해위가 그들을 둘러싸고 있었다.

그 수효는 삼십 명 정도로 보였다.

"나는 사람을 구하려 할 뿐, 살상을 하고 싶은 생각은 없소. 나로 하여금 과중한 수단을 쓰도록 핍박하지 마시오."

구양천상은 말을 마치고는 한소붕의 목에 대고 있던 검을 떼며 그 검을 한소붕에게 던져 주었다.

그것을 보고 공손기가 말하였다.

"우리는 그를 필요로 하오."

구양천상은 고개를 흔들었다.

"이분은 이미 당신들이 손을 쓰지 않아도 반 시진도 버틸 수 없는 상황이오. 죽어가는 사람에게 다시 손을 씀은 강호 도의가 아닐 것이오."

그의 말에 사자철장 도기룡이 말했다.

"모용세가의 사해위는 오직 명령만을 존중하지……."

일진의 진동이 파도와 같이 구양천상의 가슴속에서 일어났다.

"모용세가…… 그럼?"

공손기가 고개를 끄덕였다.

"그렇소. 우리는 봉황곡의 사해위이며, 노부는 사해위를 잠시 관장하고 있는 순행영주 공손기라 하오. 도기룡과의 일은 본 가 내부의 문제이니 외부인이 간섭할 사항이 아니오. 그대는 그만 손을 떼고 물러나시오!"

나라에 국법이 있듯, 집안에는 가법(家法)이 있다.

이것이 모용세가 내부의 문제라면 제아무리 구양천상이라 할지라도 간섭할 명분이 없다. 더구나, 이 일이 모용세가와 관계된 것이라면 구양천상으로서는 손을 댈 수 없었다.

사자철장 도기룡은 음울하게 말했다.

"모용세가와…… 노부와의 관계는 이미…… 이십 년 전부터 끊어졌다……. 지금에 와서 노부가 어찌 모용세가의 사람이라 할 수 있으랴."

뒤로 물러나 있던 한소붕이 참지 못하겠다는 듯 외쳤다.

"배은망덕한 자 같으니! 오갈 데 없는 자를 키워 무공을 전수하여 그 지위가 본 가의 경위대장(警衛大將)에까지 이르렀거늘, 감히 불측한 마음을 품고서 운지 소저(雲芝小姐)를 범하려다가 잘못되자 소저를 살해하고 도주한 주제에, 뭐라고? 이십 년 전부터 관계가 끊어져? 으핫하하……."

그가 미친 듯이 웃어대자 공손기가 미간을 찡그렸다.

이러한 일은 가문의 수치가 되는 일이므로 바깥에 알려져서는 아니 되는 일인데 사해위 부장 한소붕이 참지 못하고 말하여 버린 것이다.

구양천상의 얼굴이 굳어졌다.

운지(雲芝)…….

경화일미(瓊花一美) 모용운지(慕容雲芝)의 이름은 지난날 강호사미 중 하나이며, 모용세가 제오대 가주인 철혈무쌍 모용비룡의 하나뿐인 동생이다.

그녀는 이십 년 전에 홀연히 실종되고 말았는데 거기에 설마 그러한 비밀이 감추어져 있을 줄이야…….

구양천상은 절로 사자철장 도기룡을 내려다보았다.

사자철장 도기룡은 그를 올려다보고 있었다.

이십여 년 전, 천축의 신성 유가문 침공 때 혁혁한 명성을 떨어울리던 사자철장 도기룡…….

원로 고수를 제외한, 철혈무쌍 모용비룡을 포함한 모용세가 후기 십대고수 중의 하나로 손꼽히던 그의 이름을 구양천상은 알고 있었다.

그 또한 이십 년 전에 실종이 되어 유가문과의 일전에 죽은 것으로 알려지고 있었는데, 그가 오늘날에 와서 모용세가의 추적대에게 쫓기고 있을 줄이야.

사자철장 도기룡은 감기는 두 눈을 부릅떴다.

"다시 한 번…… 오로지 다시 한 번 그녀를 볼 수 있기만을 염원하며 구차한 삶을…… 이어온 나이거늘…… 그런 나에게 그녀를 살해하였다고……!"
 그의 생은 이미 꺼지는 불꽃과 같다고 할 수 있었다. 구양천상이 손을 떼는 순간, 그의 생은 마감될 것이었다.
 그의 얼굴에 경련이 일어남을 본 구양천상의 뇌리에 한 폭의 미인도가 떠올랐다.

 하늘이 번갯불에 찢기고, 땅이 지진에 갈라지고, 나의 혼이 구천을 넘나들지언정 그녀를 향한 이 내 마음 영원할지라…….

 과연 그러한 글을 쓸 수 있는 사람이 설사 짝사랑하였다 하더라도 그 여인을 살해할 수 있을까?
 '어쩌면 그 미인도는 모용세가의 천금 경화일미 모용운지를 그린 것인지도…… 만약 그렇다면, 그 미인도의 여인이 모용운지라면, 그녀는 아마도 죽지 않았을 것이다…….'
 그의 눈앞으로 성모궁에서 왔으리라는 궁장의 미부인이 스쳐 갔다.
 구양천상이 생각에 잠겨 있음을 보고 순행영주 공손기가 침중히 말하였다.
 "이 일은 본 가 내부의 일이니만큼, 외부인이 관여하는 것은 용납할 수 없소! 물러나 주시오. 더 이상 간섭을 하려 한다면 본 가는 그대를 적으로 돌릴 수밖에 없소……."
 난감한 빛이 구양천상의 눈에 떠올랐다.
 어떻게 된 일인지도 알 수 없는 일 때문에 모용세가 전체를 적으로 돌릴 수는 없는 일이 아닌가.

더구나, 상대가 자신의 신분을 알고 있는 것인지 아닌지 추측 곤란하니 이 일은 더욱 곤란하였다.

한 가지 분명한 것은 공손기가 그를 무섭게 보지 않았다면 이렇게 말로만 하고 있지 않을 것이라는 점이었다.

그런데 그 순간, 싸늘한 웃음소리가 메아리 치며 울려 퍼졌다.

"이용하다가 쓸모가 없어지니까 입을 막기 위해서 있지도 않은 누명을 씌워 죽이려는 자들이 그까짓 모용세가의 이름으로 겁을 주려 하다니……!"

검은 비단으로 온몸을 휘감은 여인 하나가 십여 자 밖에 있는 암반 위에서 불어오는 바람에 옷자락을 흩날리며 서 있었다.

"누구냐?"

순행영주 공손기가 놀라 소리쳤다.

이 일대는 일 년이 가도 사람의 흔적을 볼 수 없는 험악한 곳인데 연달아 사람이 당도하니 괴이하였던 것이다.

동시에 사해위 위사들이 질풍과 같이 좌우로 흩어졌다.

그들의 신법은 절도가 있고 신속하여 힘을 느끼게 했다.

그들이 흩어짐과 함께 심상치 않은 기운이 느껴졌다.

사방에 진열되듯 늘어서 있는 괴석기암들의 사이로 적지 않은 수효의 흑의인들이 어른거리고 있음이 보였던 것이다.

"남후……"

그녀를 본 구양천상이 절로 중얼거렸다.

천도문의 남후는 복면 속의 눈을 들어 구양천상을 보더니 웃으며 말하였다.

"구양 대공께선 그간 무양하신가요? 본 후는 대공을 찾기 위해 적지 않은 심혈을 기울였어요……."
"나를?"
"그래요. 대공을 찾기 위해……."
남후가 자신은 안중에도 두지 않고 구양천상과 대화를 나누자 공손기는 안색이 굳어졌다.
그가 차갑게 웃음을 터뜨리는 순간에 이십여 명의 사해위들이 번개처럼 남후를 향해 덮쳐 갔다.
괴석들의 사이에서 흑의인들이 솟아 나와 그들을 막아갔으며, 남후는 일장의 악투가 벌어짐에도 눈길 하나 돌리지 않았다.
일장의 악투가 벌어짐과 함께 사해위의 공손기는 구양천상을 보았다.
"본 영주는 대부인으로부터 천도문인을 만나면 생사를 걸고 그들과 자웅을 결하라는 명을 받았소이다. 공자께서 구양세가의 대공이신 구양천상, 구양 대공이심이 맞습니까?"
그의 물음에 구양천상은 대답을 하지 않을 수 없었다.
공손기의 태도로 보아 그는 이미 구양천상의 신분을 어느 정도 알고 있었던 것 같았다.
그런데 그때, 사자철장 도기룡이 안간힘을 써 구양천상의 옷자락을 움켜잡으며 물어왔다.
"영존…… 영존의 이름이…… 구양…… 범…… 맞는가?"
구양천상이 고개를 끄덕임을 보고 그는 다시 물었다.
"그, 그럼…… 영당(슈堂)…… 영당은……!"
쥐어짜듯 중얼거리던 그는 돌연 두 눈을 부릅떴다.
그가 구양천상의 옷자락을 움켜쥐고 매달리게 되자, 그의 앞섶

이 흩어지면서 그 안에서 구양천상이 목에 걸고 있는 목걸이가 나타남을 보았던 것이다.

그것을 본 사자철장 도기룡의 온몸에서 경련이 일어났다.

격한 감정을 누르지 못해 그의 입에서는 피거품이 뭉클뭉클 흘러나왔다. 쏟아질 피가 없자 거품이 밀려나오는 것이다.

"노선배……!"

심상치 않은 것을 느낀 구양천상이 그의 백회를 눌러 그를 안정시키려 했다.

"큭…… 크윽…… 과, 과연…… 너는 운지의…… 운지의……."

그의 목소리는 안간힘을 다하여도 거품에 막혀 거의 들리지 않았다.

눈은 이미 검은 동자 대신 흰자위밖에는 보이지 않고 있었다.

"무슨 소리십니까? 이 목걸이를 아십니까?"

사자철장 도기룡은 경련하면서도 미미하게 고개를 끄덕였다.

"그것…… 운지의…… 그 미인도…… 기억……?"

구양천상이 다급히 말하였다.

"그때 그 미인도 말입니까?"

"……!"

사자철장 도기룡은 보이지 않는 눈만 끔벅거렸다. 이제는 말조차 제대로 되지 않는 듯하였다. 그의 생명은 이미 기름이 다한 등잔과 같았다.

구양천상이 그의 요혈을 눌러 진기를 도와주지 않았다면 그의 몸은 싸늘히 식어가고 있는 중일 것이었다.

구양천상은 다급히 말하였다.

"기억하고 있습니다! 그 미인도…… 그 안에 그려진 분은 지금 황산에 계십니다!"

"황…… 산?"

꺼져 가던 사자철장 도기룡의 눈에 믿을 수 없게도 한줄기 빛이 타올랐다.

"어, 어디…… 어디에?"

"소생이 여기 오기 전에 운제봉에서 뵈었……!"

그의 말이 채 끝나기도 전에 사자철장 도기룡은 구양천상의 손을 뿌리치며 벌떡 일어났다.

구양천상은 놀라 그를 보았다.

그의 상태는 최악이라 이러한 일은 절대로 있을 수 없는 일이었던 것이다.

"운(雲)…… 지(芝)……!"

구양천상은 그의 입에서 절규하듯 터져 나오는 한마디의 부르짖음을 들을 수 있었다.

그의 눈은 운제봉 백운곡이 있는 곳을 향하여 부릅떠져 있었으며, 그의 발은 금방이라도 그곳을 향해 달려갈 듯 한 걸음 내딛고 있었다.

그러나 그뿐, 그의 몸은 화석과 같이 굳어져 더 이상 움직이지 못했다. 거품처럼 흘러나오던 피도 멎고 있었다.

"노선배……."

구양천상이 신음하였다.

일대를 풍미하던 사자철장 도기룡은 마지막 힘으로 선 채 죽은 것이다.

그것은 사랑의 힘이었다.

사랑은 위대하다.

하지만, 그 사랑은 사람에 따라 수없는 모습으로 다가오고 존재한다. 용광로와 같이 타오르며 꿀이 흐르듯 격렬하고 달콤한 기쁨만이 존재하는 그러한 사랑이 있듯, 그 사랑이 깊어지면 깊어질수록 아픔이 커져 가는 사랑도 있다.

어쩌면 그 사랑이야말로 진실되고 순수할는지도 모른다.

사랑이 깊어갈수록 가슴이 칼로 베이듯 저며오지만, 그 아픔을 참아내고 이겨낼 수 있음은 그 아픔보다 그 사랑이 더 소중하고, 그것이 곧 생의 모든 의미이기 때문이다.

사자철장 도기룡!

그는 사랑하되, 사랑받지 못한 사람이다.

그렇지만 그의 평생은 모든 것을 버리고 오로지 아무도 알아주지 않는, 사랑이라는 그 한 가닥의 힘에 의지하여 살아온, 외로움과 괴로움으로 점철된 것이라 할 수 있었다.

"……."

구양천상은 아무 말 없이 선 채 죽은 사자철장 도기룡을 보고 있었다. 그토록 침착하던 그의 깊은 눈은 참으로 심하게 흔들리고 있었다.

그의 말은 무엇을 의미하는 것일까?

운지, 모용운지…….

그녀가 과연 내가 지니고 있는 이 목걸이와 무슨 관계가 있는 것이란 말인가?

설마…….

구양천상의 뇌리에 모용세가에서 제오대 가주인 철혈무쌍 모용비룡의 처였던 새서시 이봉의의 말이 떠올랐다.

'그 목걸이는 당분간은 아무에게도 보이지 않는 것이 좋을 거예요. 그렇지 않았다가는 공자는 본 가에 온 목적을 이룰 수 없을 거예요……'

그는 얼마 떨어지지 않은 곳에 서 있는, 괴이한 빛으로 자신을 쏘아보고 있는 공손기를 보았다.
"한 가지 묻겠습니다. 모용세가의 그분…… 오대 가주의 누이동생이셨던 운지…… 그분이 이 노선배에게 살해되었다는 것이 정말입니까?"
구양천상의 물음에 공손기는 서슴지 않고 고개를 끄덕였다.
"그렇지 않다면 무엇 때문에 본 가에서 그를 이처럼 집요히 추적하였겠소? 그는 배은망덕하여 사랑해선 안 될 분을 넘보았으며, 그것을 가슴속에 담아두지 못하여 자신과 남을 한꺼번에 망쳤소…… 후우……"
그는 길게 탄식하였다.
사자철장 도기룡은 모용세가 후기 십대고수 중 가장 촉망받는 신분이었으며, 불과 이십여 세의 나이로서 모용세가의 경위대장에 발탁될 정도였다.
그의 머리 비록 백발이라 하나, 기실 지금 그의 나이는 아직 오십이 되지 않았다. 그것은 지난 세월 그가 겪은 심적 고초가 얼마나 큰 것인지를 말해준다 할 수 있었다.

그때 싸늘한 웃음소리가 들려왔다.
 "오호호…… 살인멸구하고는 그의 주검 앞에서 한숨을 쉬다니 사자(死者)가 복수할 것이 두렵지도 않은 모양이군?"
 남후의 비웃음에 순행영주 공손기는 머리끝이 곤두섰다.
 "감히…… 천박한 입을 함부로 놀리다니……. 마교가 아니었다면 본 가에 어찌 이러한 일들이 생길 수가 있었으랴!"
 말의 여운이 사라지기도 전에 그의 신형이 거대한 붕새와 같이 남후를 향해 날아갔다.
 그가 움직이자 혹시나 하여 사자철장 도기룡의 주위에 남아 있던 십여 명이 즉각 신형을 날려 천도문을 공격해 갔다.
 일장의 악투는 피를 부르고 있었다.
 삼십여 명의 사해위는 의외에도 막강하여 거의 같은 수효의 천도문 고수들을 무섭게 핍박하여 들어가고 있었다.
 천도문의 용병(用兵)은 항상 용의주도하였었다.
 그들이 이처럼 몰리는 것을 보면 아마도 그들이 오늘 이곳에 나타난 것은 남후의 말처럼 사해위를 상대하기 위한 것이 아닌 듯했다.
 구양천상은 상황이 모용세가에 불리하지 않은 것을 보고는 아무 말도 하지 않고 신형을 날려 그곳을 벗어났다.
 "구양 대공!"
 그것을 보자 남후가 자신을 덮쳐 오는 공손기를 피하며 구양천상의 앞을 가로막아 왔다.
 기암괴석이 난립한 이곳은 팔구십 장의 넓이를 가지고 있었지만 진로가 천인단애(千仞斷崖)로 끊어져 있어 이곳을 떠나려면 천상 남후가 있는 곳을 지나야 했다.

남후가 자신의 앞을 가로막는 것을 보자 구양천상은 나아가는 기세를 조금도 늦추지 않은 채 일장을 쳐내며 소리쳤다.

"비키시오!"

그의 일장을 본 남후는 거기에 추측할 수 없는 변화가 담겨 있음을 느끼고는 비켜나지 않을 수 없었다.

구양천상은 그녀가 비켜남과 함께 그녀의 손에서 흰빛 한줄기가 빠르게 자신에게 쏘아져 옴을 보고 냉소했다.

어쩐지 너무 쉽게 비킨다고 생각했던 것이다.

그러나 막 그 흰빛을 피하려던 구양천상은 그것이 한 장의 서신임을 보고는 엉겁결에 그것을 받아 쥐었다.

남후가 외쳤다.

"구양 대공은 본 후가 대공과 싸우기 위해 오지 않았다는 것을 잊었나요?"

그녀는 말을 하다가 공손기의 공격에 휘말려 입을 다물어야 했다. 공손기의 무공은 대단하기 이를 데 없었으며, 그의 수중에서 춤추는 두 자루 단창은 두 자루가 아니라 천 개의 창이 동시에 움직이는 듯하였다.

구양천상은 암암리에 한숨을 쉬고는 번개처럼 신형을 날려 그 자리에서 사라졌다.

第十章

금낭지비(錦囊之秘)
―천기노인, 그가 남긴 비단 주머니에는
끝없는 신비가 숨쉬고 있으니…….

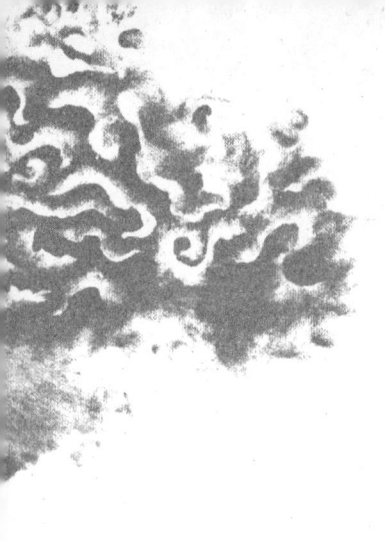

풍운고월
조천하

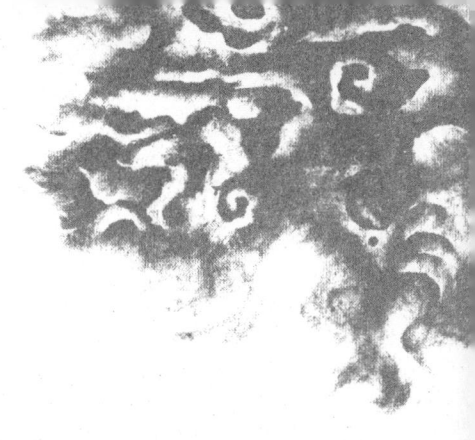

 떨어졌던 해가 다시 구름의 바다 위로 솟아올라 그 찬란함을 자랑하기 시작하였을 때, 구양천상은 그가 떠났던 자리에 돌아와 있었다.
 그 자리에는 얼룩진 핏자국만이 어제 여기에서 격전이 있었음을 말해주고 있을 뿐, 남후도 공손기의 모습도 보이지 않았다.
 결과가 어떻게 되었는지는 더더욱 알 수 없었다.
 바람이 그의 옷자락을 희롱하여도 구양천상은 그 자리에 굳어진 듯 묵묵히 서 있기만 하였다.
 그는 어제 그 자리를 떠난 후에 전력을 다하여 백운곡으로 돌아가 성모궁에서 왔으리라던 궁장미부인을 찾았다.
 하지만 백운곡뿐만 아니라 온 산을 다 헤매어도 그 궁장미부인의 모습은 찾을 수가 없었다. 뿐만 아니라 그에게 태백거사를 찾아가라고 하였던 섬전신도 어관중도 찾을 수가 없었다.

　온밤을 한 잠도 자지 않고서 그때부터 궁장미부인을 찾아 헤매던 구양천상은 이제 어쩔 수 없이 다시 여기에 돌아와 있는 것이다.

　죽어가며 충격적인 말을 하던 사자철장 도기룡의 마지막 모습이 눈에 선하였다.

　'그분이 나의 어머니란 말인가? 모용세가의 그분이⋯⋯.'
　알 수 없는 일이었다.

　설사 그렇다고 하더라도 그녀가 어찌 전설 중의 성모궁에 몸을 담고 있더란 말인가?

　'그녀들은 그 부인을 일러 궁주라고 하였던 것 같은데⋯⋯.'
　생각할수록 모든 것이 엉기는 것 같기도 하고, 한편으로는 정리가 될 것 같기도 하였다. 분명한 것은 그가 그 궁장미부인을 만나야 한다는 것이다.

　그것을 위해 그는 이미 모종의 조치를 취해놓고서 이 자리에 돌아와 있었다. 한숨도 자지 않은 것은 물론이고 진기를 아낌없이 소비한 구양천상이다. 몸이 철로 되지 않은 이상 피곤함이 당연했다.

　생각을 정리하는지, 아니면 쉬고 있는지 구양천상의 조용한 모습으로는 추측을 할 수가 없었다.

　그가 옷자락을 상쾌한 아침바람에 펄럭이고 서 있는 사이에 해는 점점 더 높이 오르고 있었다.

　어느 순간인가, 천인단애의 끝에 서 있던 구양천상이 문득 손을 쳐들었다.

피이이잉……!

고막을 울리는 날카로운 음향이 일어나며 화살 하나가 빠른 속도로 절벽 너머의 구름 속으로 사라졌다.

그뿐, 구양천상은 다시 조용히 서 있었다.

얼마나 지났을까?

"누가 태백향전(太白響箭)을 날렸소?"

구양천상이 서 있는 천인단애의 구름 저쪽에서 냉랭한 음성이 들려왔다.

안개가 서린 구름이 운환(雲幻)의 변화를 부리고 있는 가운데 끊어진 절벽 저쪽까지는 아마도 이십여 장 정도는 충분히 되는 듯하였다.

목소리가 들려오자 구양천상이 침착한 음성으로 말했다.

"구양세가의 구양천상이 태백거사 신무외 노선배를 만나뵙고자 합니다."

그의 태도로 보아 맞은편 절벽 저쪽에 사람이 있음을 미리 알고 있었던 듯했다.

당연한 일이었다.

그가 지금 서 있는 이곳이야말로 무림일괴 태백거사 신무외가 거처하는 태백거로 이르는 유일무이한 통로가 있다는 운애(雲崖)였던 것이다.

그의 말이 끝나자, 조금의 시간이 흐른 후에 차르륵차르륵 하면서 어디선가 쇠사슬이 금속에 끌리는 소리가 들려왔다.

그리고는 구양천상의 눈앞에 무엇인가가 구름 속에서 움직이는 듯하더니 천천히 올라왔다.

233

모습을 드러낸 것은 두 가닥의 쇠사슬이었다.

얼핏 오금(烏金)으로 만든 듯 보이는 두 가닥의 쇠사슬은 구양천상이 서 있는 운애에서 맞은편 절벽까지 이어져 있었다.

서서히 출렁이며 모습을 드러낸 쇠사슬 두 가닥의 사이에는 삼[麻]으로 된 밧줄이 그물처럼 쳐져 있는데 거의 다리[橋]의 형상을 하고 있었다.

어떻게 하여 절벽 사이에 이런 다리가 순식간에 놓여지는지 신기하기 짝이 없는 일이지만 구양천상은 보는 순간에 그것을 알 수 있었다.

절벽과 절벽의 사이에는 원래 이 다리가 연결되어 있지만 평소에는 다리를 늘어뜨려 놓기 때문에 구름에 잠겨 보이지 않게 되어 있다가 필요시에 저쪽에서 당기면 다리가 팽팽해지면서 위로 솟아오르게 되는 것이었다.

만 장 낭떠러지를 아래에 두고 출렁이고 있는 사슬의 다리는 위험하기 이를 데 없었다.

석 자 정도의 폭을 가진 다리는 손 잡을 곳이 없어 상승의 경공을 가진 사람이 아니라면 엉금엉금 기어가야 할 판이었다.

그러나 구양천상은 대지를 건너가듯 조금도 흔들림없이 다리를 건너 맞은편 절벽에 도달했다.

구름은 좀 더 짙어져 주위의 경관이 잘 보이지 않았다.

하지만 구양천상은 자신이 선 곳이 건너온 운애와 거의 같은 생김을 가진 곳임을 알아볼 수 있었다.

'여기에 있는 암석들은 그냥 놓여 있는 것이 아니다. 여기에는 인공이 가미되어 일종의 고심한 진도가 형성되어 있다!'

서 있는 그의 앞에 황의를 입은 사람이 나타났다.

나이는 사십쯤의 중년인이었고 긴 얼굴에 안색은 무표정하였다.

그는 구양천상을 쳐다보고는 의외라는 빛을 잠시 떠올리는 듯하더니 간단히 말했다.

"따라오시오."

말과 함께 그는 뒤돌아서 걸어가기 시작하였다.

그리고 괴석들의 사이로 들어가기 전에 그는 뒤를 돌아보지 않고 다시 한마디 했다.

"나의 발걸음을 유의해 따라오시오. 한 걸음이라도 틀리게 된다면 생사를 장담할 수 없게 될 것이오."

'태백거사가 무림일괴라는 이름을 얻게 된 것은 남이 자신을 건드리지 않으면 바로 곁에서 사람이 죽어가도 눈 하나 깜박하지 않을 정도였기 때문인데, 같이 있는 사람마저도 괴팍하기 이를 데 없구나!'

그것은 어제 운애에서 사해위와 천도문이 격전을 벌였는데도 조금도 상관치 않은 것에서도 잘 드러난다 할 수 있었다.

난석진(亂石陣)을 벗어나게 되자 경색이 달라졌다.

구름이 여전히 안개와 같이 서리고 있지만 돌연 좌우로 하늘을 찌를 듯한 봉우리가 나타나며 그 가운데로 좁은 길 하나가 드러난 것이다.

〈태백환경(太白幻境)〉

거대한 필치로 바위에 새겨진 전서(篆書)는 이곳이 태백거사의 거처와 가까움을 의미하는 듯했다.

황의중년인은 여전히 뒤도 돌아보지 않고 걸었고 그 신법은 난석진을 벗어나자 상당히 빨라졌다.

마치 거대한 도끼로 쪼개놓은 듯한 절벽 사이의 길은 백여 장 계속되었고 그곳을 벗어나자 다시 경색이 일변했다.

한 줄기 시내가 흐르는 가운데 사방에 기화이초가 화향(花香)을 풍기는 속에 매우 넓은 분지가 모습을 드러낸 것이다.

그러한 풍경은 지금껏 보던 것들과는 달라 대단히 안온한 느낌을 주었다.

황의중년인은 그 꽃밭의 가운데를 지나 대나무로 엮어진 정자를 가로질러 조금도 쉬지 않고 갔으며, 이윽고 눈앞에 수십 장의 높이를 가진 절벽이 하나 나타났다.

거기에는 거대한 동굴 하나가 입을 벌리고 있었다.

〈태백동천(太白洞天)〉

동굴 입구에는 예의 전서체가 뚜렷이 새겨져 있었다.

황의중년인은 거기에 이르러서야 비로소 구양천상을 돌아보았다.

"잠시 기다리시오."

한마디를 남겨놓고 그는 안으로 사라졌다.

쓴웃음이 절로 떠올랐다. 그는 아직까지 이러한 대접을 어디에서도 받아본 적이 없었다.

'과연 무림일괴라는 명성이 잘못된 것은 아닌 모양이군. 이곳에는 이들 두 사람밖에는 아니 산단 말인가?'

생각을 굴리고 있던 구양천상은 누군가가 자신을 쳐다보고 있음을 느끼게 되었다.

그곳은 방금 전에 그가 지나온 정자였는데 그가 시선을 돌리자 누군가가 황급히 몸을 숨기는 것이 보였다.

'이상하군······.'

잠시 그쪽을 쳐다보다가 구양천상이 시선을 돌리자 다시 그 시선이 느껴졌다.

하지만 그가 시선을 돌렸을 때에 그 느낌은 다시 사라졌다.

그 순간,

"들어오시오."

예의 황의중년인이 나타나 그를 향해 고개를 끄덕여 보였다.

기이한 생각을 묻어두고 구양천상은 그의 뒤를 따를 수밖에 없었다.

시선은 아직도 그의 등에 머물고 있는 듯했다.

동굴은 생각보다 대단히 넓었다.

동굴 안이라고는 하지만 어디에선가 뿌연 빛이 흘러들어 오고 있어서 사물을 보는 데 조금도 지장이 없었고 습기마저 알맞았다.

서너 명이 어깨를 펴고 걸을 수 있는 통로를 지나자 가운데 장정 두 사람이 껴안아야 될 정도의 거대한 단로(丹爐:약을 제련하는 솥)가 자리한 동굴 광장이 나타났다.

단로의 아래에 불은 보이지 않았지만 은은한 약향(藥香)과 열기가 느껴짐을 보아 어떤 약을 제련하기 위해 막 불을 끈 듯 느껴졌다.

단로의 앞에는 대략 오십대로 보이는 황의중년인이 긴장된 표정으로 단로를 들여다보고 있는데 구양천상과 황의중년인이 그의 곁을 스쳐 감에도 눈길조차 주지 않았다.
 구양천상이 안내된 곳은 바로 그 거대한 광장에 이어진 하나의 석실이었다.
 "사부님께서는 말 많은 것을 싫어하시니, 귀하는 되도록 말을 삼가하고 묻는 말에만 대답토록 하시오."
 그는 고개를 끄덕여 보이고는 구양천상의 반응은 아랑곳없이 석실 안으로 들어갔다.
 사방은 쥐 죽은 듯 고요하여 숨소리조차 없는 가운데, 석실 중앙에는 석탁(石卓)과 돌의자가 놓여 있으며 안쪽에는 돌침상이 있고 그 위에는 팔괘도포(八卦道袍)를 입은 반백의 노인이 눈을 감고 앉아 있었다.
 팔괘도포노인의 얼굴은 말과 같이 대단히 길고 삐쩍 말라, 눈을 감고 있음에도 엄한 기운이 주위를 누르는 듯했다.
 '태백거사 신무외인 모양이로구나!'
 구양천상이 그를 볼 때에 그를 안내해 온 황의인은 아무 말도 없이 팔괘도포노인의 곁에 가 시립해 섰다.
 순간, 팔괘도포의 노인은 감았던 눈을 떴다.
 그의 눈빛은 냉정하고 날카롭기 이를 데 없어 폐부를 찌르는 듯했다.
 그러나 구양천상이 미동도 하지 않고 조용히 그의 눈빛을 받아내자 노인의 냉정한 눈에는 한 가닥 괴이한 빛이 스치고 지나갔다.

휘익!

그의 손짓에 따라 그의 앞에 있는 석돈(石墩:돌탁자) 위에 놓여 있던, 구양천상이 발출한 태백향전이 허공을 날아 그의 손으로 빨려 들어갔다.

노인은 그 향전을 일별하고는 다시 구양천상을 바라보았다.

"무슨 일로 왔느냐?"

이러한 물음에는 어느 누구라도 말이 막히고 말 것이었다.

하지만 구양천상의 안색은 미동도 없었다.

그는 이미 무림일괴로 불리는 태백거사의 괴팍하기 이를 데 없는 성품을 익히 알고 있기에 준비가 되어 있다고 할 수 있었던 것이다.

그는 아무 말 없이 품속에서 청영옥벽을 꺼내 손바닥 위에 올려놓았다.

획!

한 가닥 흡인력이 일어나더니 옥벽이 노인의 손안으로 빨려 들어갔다.

팔괘도포의 노인은 옥벽을 살펴보더니 그의 곁에 시립해 있는 황의인을 향해 예의 칼칼한 음성으로 말했다.

"서가 안에 있는 검은 주머니를 꺼내오너라."

'서가?'

그의 말에 구양천상은 조금 의아했다.

이 석실이 비록 넓기는 하였어도 방 안은 간단하여 돌침상과 돌탁자, 그리고 돌의자 셋을 제외하면 아무것도 보이지 않았던 것이다.

그러나 드르륵…… 소리와 함께 한쪽 벽이 갈라지자 그 안에는 기문벽서(奇門僻書)들이 가득 찬 서가가 모습을 드러냈다.

황의인이 그 서가의 가운데 놓여 있는 검은 주머니를 꺼내 듦을 보고 팔괘도포의 노인이 다시 말했다.

"가져다주도록 해라."

황의인이 검은 주머니를 구양천상에게 넘겨줌을 보자 팔괘도포의 노인이 구양천상을 보고 말하였다.

"그것은 천기로부터 노부가 맡은 것이다. 가지고 떠나도록 해라."

말과 함께 그는 눈을 감아버렸다.

황의인이 눈짓을 했다.

볼일이 다 끝났으니 나가자는 것이다.

그러나 구양천상은 그 자리에서 움직이지 않았다.

당황한 빛이 황의인의 얼굴에 뚜렷이 드러났다.

이상한 공기를 느꼈는지 팔괘도포의 노인이 다시 눈을 떴다.

"노선배께서 이곳의 주인이신 태백거사 신무외, 신 노선배가 맞습니까?"

노인은 가만히 구양천상을 쳐다보더니 고개를 끄덕였다.

"노부 외에 무림 중에 또 태백이라는 아호를 쓰는 자가 있단 말이냐?"

구양천상은 다시 말했다.

"이 물건이 과연 소생에게 제대로 전해지는 것인지…… 거기에 대해서는 조금도 신경을 쓰시지 않는 듯합니다."

그의 말에 팔괘도포의 노인, 태백거사 신무외는 차갑게 웃었다.

"노부는 물건만을 신용한다. 설혹 이 청영옥벽을 네가 누구에게서 빼앗아왔다 할지라도 그 일은 노부와는 아무런 상관이 없다! 노부는 물건을 보고 그 물건이 틀림없으면 노부가 맡은 물건을 내어주기로 되어 있기 때문이다."

말과 함께 그는 옥벽을 구양천상을 향해 던졌다.

옥벽은 이 장 정도의 거리를 지루할 정도로 느리게 날아왔다.

하지만 그 옥벽을 받아 들던 구양천상은 엄청난 내경(內勁)이 그 옥벽에 실려 있음을 느끼고 안색이 변했다.

그의 옷자락이 부르르 떨리더니 그의 발 밑에서 땅! 소리가 일어나면서 바닥의 돌이 부스러지며 깨져 나갔다.

그러나 그는 그 자리에 우뚝 서 반걸음도 물러나지 않았다.

그 광경에 태백거사 신무외의 눈이 커졌다.

"의외로군."

한참 만에 그가 중얼거렸다.

구양천상은 그의 말을 못 들은 듯 다시 입을 떼었다.

"한 가지 부탁을 할 수 있겠습니까?"

"부탁?"

"어려운 것은 아닙니다. 정오까지만…… 잠시 이곳에서 쉬어갈 수 있을는지……?"

"……"

태백거사 신무외는 아무 말 없이 구양천상을 노려보고 있더니 혼자 말하듯 말하였다.

"문정(文鼎), 그를 구실동(九室洞)으로 안내해 쉴 곳을 마련해 주도록 해라!"

말을 마치고 그는 다시 눈을 감았다.

아마도 그는 근년에 들어 구양천상이 만나본 가장 괴팍한 사람일 것이다.

태백동천의 모든 것은 동굴 안에 존재하고 있는 듯했다.

구실동 또한 그러하였으며, 사람이 쉴 수 있도록 침상이 준비되어 있었다.

"신 노선배께서는 언제나 저렇듯 말씀이 없으십니까?"

그를 안내하고 나가려는 황의중년인에게 구양천상이 물었다.

문정이라는 황의중년인은 나가려다가 구양천상을 보았다.

"오늘 사부님이 귀하에게 한 말씀은 근래에 들어 가장 많은 편이었소. 나는 사부님이 외인에게 그처럼 많은 말을 하시는 것을 들어본 적이 없소. 차는 탁자에 준비되어 있으니까, 목이 마르면 드시도록 하시오. 정오가 되면 오겠소."

아마도 가장 긴말을 하고는 그는 문을 닫고 나갔다.

문이라야 석문이라 완전히 닫는다는 것은 곤란하여 조금 열린 상태라 할 수 있었다.

"말하는 게 너무 부러지는 것 같군……."

쓴웃음을 짓고 난 구양천상은 들고 있던 검은 주머니를 돌침상에 앉아 열어보았다.

그 안에는 한 장의 서신과 비단주머니[錦囊] 하나가 들어 있을 뿐, 다른 것은 보이지 않았다.

서신의 내용은 이러했다.

〈만약을 대비하여 옛친구인 신무외에게 이 서신을 남겨둔다. 그의 성품은 괴팍하여 붙임성이 없지만, 틀림없는 성품의 소유자인 까닭에 믿을 수 있는 사람이다.

노부의 이름은 고영창(古英創)이다. 지난날에는 만상신유(萬象神儒)라고 불렸었으며, 오늘에 이르러서는 모종의 이유로 인해 천기노인이라고 자호(自號)하고 있다.〉

'만상…… 고영창?'

그것을 읽고 있던 구양천상은 그 이름을 생각하다가 놀란 빛을 얼굴에 드러냈다.

'정말로 그 노문사가 국초(國初:명나라 초기)의 은성(隱聖) 고영창이었단 말인가? 어찌 그럴 리가! 그분은 죽은 지 오래되었을 뿐 아니라, 무림 중의 사람이 아닌데…….'

구양천상의 놀람은 당연했다.

그 이름을 기억해 낼 사람은 그리 많지 않을 것이다.

하지만 그것은 무림의 사람들에 한하여 하는 말이지, 일단 유림(儒林)에 이르게 되면 이야기가 달라진다.

은성, 숨어 있는 성인이라고 불리던 만상신유 고영창!

그는 지난날에는 물론이고, 오늘날에까지도 학문하는 모든 사람들에게 있어 우상으로 받들어지던 정신적인 지주라고 할 수 있었던 것이다.

그는 평생을 한운야학(閑雲野鶴)과 같이 고고히 살며 사람들을 가르쳤고, 성조 영락제(成祖 永樂帝:명나라 제삼대 황제)가 문연각(文

淵閣)의 내각대학사(內閣大學士:재상의 지위)로 그를 초빙하였음에도 가볍게 고개를 저어 거절하고 사람들의 시선에서 사라졌었다.

그에 관한 일화(逸話)로는 명초의 대유학자(大儒學者)인 방효유(方孝孺)와의 만남이 유명했다.

방효유는 금화학파(金華學派)의 창시자라 할 수 있는 송렴(宋濂)의 제자로서 그 학문의 깊이는 나이 사십이 되지 않아 명나라 제일로 일컬어진 사람이며, 후일 연왕(燕王) 주체(朱棣)가 조카인 건문제(建文帝)를 강제로 폐위하고 스스로 영락제가 되었을 때에—이를 정난(靖亂)의 변이라 한다—영락제로부터 즉위의 조서를 기초하도록 명받고는 조금도 서슴지 않고 '연적찬위(燕賊簒位)' 연나라 도적이 황제의 자리를 빼앗았다라고 써내어 영락제의 노여움을 사 처형된 절개 굳은 사람이다.

그의 죽음으로 금화학파가 단절되었음은 물론이다.

그것은 그가 은성 고영창을 만난 십여 년 후의 일이지만, 은성 고영창을 만날 당시의 방효유는 자신의 학문에 대해 자부심이 대단한 상태였다.

마흔일곱의 나이로서 형장의 이슬이 될 때까지 유림제일이라 불리던 그였으니, 어쩌면 그것은 당연한 일이었다.

하지만 그 자부심은 은성 고영창을 만남으로써 허물어지고 말았다.

성리학(性理學)은 주돈이(周敦頤)의 뒤를 이어 주자(朱子:朱熹)에 이르러 집대성된 유학의 명제(命題)라 할 수 있는, 우주의 본체와 인성(人性)에 관한 연구를 하는 학문인데, 방효유는 거기에 대해 깊은 이해를 하고 있어서 당대에 그를 능가할 사람이 없는 형편이었다.

이학(理學)으로도 불리는 성리학에서 가장 유명한 학설은 정주(程朱)의 것으로써, 방효유도 그 정주의 학(學)을 따르고 있었다.

정주의 학에서 중요시하는 것은 '지경(持敬)'과 '치지(致知)'로써, 본심을 잃지 않기 위해서 착한 성품을 양성함은 정성껏 공경[持敬]함에 있고, 알기에 이를 수 있음은 사물의 이치를 연구함에 있다[致知]고 하는 것이다.

이것은 사시삼경 중의 대학(大學)에 말하는 '치지재격물(致知在格物)'과 정이의 '진덕재치지(進德在致知)'와 같은 뜻으로써 후일 주자학의 근본이라 할 수 있었다.

기실 치지재격물이라는 말의 치지와 격물의 두 단어는 수백 년 이래로 학자들의 토론의 대상이 되어왔다.

주자는 이를 일러 치(致)는 미루어 극진히 하는 것이며, 지(知)는 아는 것이다. 격(格)은 이름[至]이다. 물(物)은 일[事]과 같다고 하였다.

이것을 다시 설명하면,

인간의 양지(良知)를 완전하게 연마하려고 생각하면 먼저 사물에 직접 부딪쳐 그 속에 흐르고 있는 천리(天理)를 알지 않으면 안 된다. 우주에는 항상 도리가 흐르고 있는바, 식물이나 동물 속에 흐르고 있는 것은 물(物)의 성(性)이고, 사람의 마음속에 흐르고 있는 것은 인(人)의 성(性)이라고 하여 인성(人性), 즉 양지를 밝히려면 먼저 물의 성, 사물의 이치를 궁구(窮究)하여야 한다는 것이다.

이러한 사상은 격물궁리(格物窮理)라는 한마디로 대변되어 왔다고 할 수 있다.

　방효유와 은성 고영창이 만나 토론을 하게 된 것은 당연히 방효유가 가장 자랑으로 알고 있던 이 성리학에 대한 것이었다.

　그리고 그날 밤이 지나기 전에 방효유는 입을 닫고 말았다고 전해진다.

　그날 어떤 일이 어떻게 있었는가는 굳이 설명하지 않겠거니와, 그가 후일 측근에게 남긴 한마디는 그가 자신보다 나이가 적은 고영창을 만나 어떠한 감동을 받았는가를 전해주고도 남는다.

　'나로 하여금 학문에 눈을 뜨게 한 사람은 스승이신 송렴, 송 사부이시지만 학문의 도(道)가 무엇인지를 비로소 알게 한 사람은 바로 은성 고영창, 고 선배이다.'

　그가 자신보다 나이 어린 고영창을 일러 선배라고 한 것은 그가 고영창에게 얼마나 큰 영향을 받았는지를 웅변하는 것이 아닐 수 없었다.

　이렇듯 은성 고영창, 만상신유 고영창은 유림의 정신적인 지주로서 구전되어 오는 전설적인 인물이었다.

　'그분이 세인들의 이목을 떠난 것은 영락제께서 등극하고 얼마 있지 않아서였다. 사람들은 그분이 세상의 혼탁함을 싫어하여 초야에 숨었다 여겼었는데…… 설마 그 노문사…… 천기노인이 바로 그 은성 고영창이란 말인가?'

　구양천상은 일찍이 그가 저술한 기록들을 접할 기회가 있어 그의 학문에 대해서는 존경의 염(念)을 가지고 있었으며, 그의 사적에 대해서도 잘 안다고 할 수 있었다.

그가 세인들의 이목으로부터 사라진 것은 이미 칠십여 년 전이다.

하면, 그의 나이는 대체 얼마나 되는 것이란 말일까?

'나이 이전에…… 나는 그분이 무림 중의 사람이라는 말은 어디에서도 들어본 적이 없다. 더구나…… 그분의 무공은…….'

구양천상은 그날, 천기노인을 처음 만났을 때에 그가 자신을 떠날 때 보여준 그 놀라운 경공을 아직도 잊을 수 없었다.

구양천상은 생각을 멈추고 다시 자신에게 남겨진 서찰을 읽어 내려갔다.

〈노부는 원래 무림 중의 사람이 아니라, 유림인(儒林人)으로서 일생을 학문에 바쳤다. 하지만 노부는 기연(奇緣)으로 인해 무림과 인연을 맺게 되고 드디어는 무림의 안녕이 천하의 안녕과 무관하지 않음을 알게 되었다.

……(중략)…….

노부는 천하에 암운(暗雲)이 드리움을 깨닫고 그것을 막기 위하여 천기원을 설립하였다.

천기원은 무림 천재들의 집단이라 할 수 있다. 엄밀히 말하자면 무림만이 아니라, 학문하는 천재들의 집단이다. 여기에는 이기론(理氣論)을 논하는 학자들도 있고, 의도(醫道)를 연구하는 의생도 있다. 기관매복만을 연구하여 평생을 외길로 살아온 사람도 있으며, 무공만을 연구하고 있는 무공광(武功狂)도 있어 이 힘이야말로 무림 중의 혼란을 사전에 저지하기 위한 최대의 억제력이라 할 수 있었다.

이 힘은 두 번에 걸쳐 아무도 모르게 사용되었는데 그 첫 번째가 암흑마교의 창궐 때였으며, 그 두 번째는 천축의 신성 유가문이 중원무림을 침공하였을 때다.〉

구양천상은 경악을 금할 수 없었다.

봉황성전이라 이름된 이 두 차례의 싸움은 무림의 사활을 건 대겁난(大劫亂)이었을 뿐만 아니라 모용세가를 일약 무림제일, 아니, 천하제일가로 만든 결정적인 것이었는데 거기에 천기원이 관련되어 있다니!

〈물론 그 과정에서 본 원의 힘은 조금도 표면에 드러나지 않았다. 본 원이 설립된 것은 무림겁난 저지가 목적이지, 양명(揚名)이 목적이 아니기 때문이다.

게다가 모용세가의 중흥조인 신주대협 모용중경의 능력은 노부에 조금도 못지않는 것이라서 본 원이 전력을 다하여 그 존재를 세상에 노출시킬 필요가 없었음도 이유 중의 하나다.

하나……

그 과정에서 노부는 한 가지 기이한 느낌을 받게 되었다.

그것은 그 일련의 겁난들이 마치 모용세가를 노리고 누군가가 꾸며놓은 각본과 같은 듯하였던 것이다. 그 두 차례의 겁난으로 인해 손상된 무림의 원기도 간단한 것은 아니었지만 그 어느 누구도 모용세가만큼 치명적인 타격을 받은 곳은 없었으니, 이것이 누군가가 그들을 노리고 음모를 꾸미고 있지 않은가 하는 의문을 가지는 까닭이다.〉

"……."

천만의외의 말에 구양천상은 미간을 접었다.

참으로 세상의 일이라는 것이 겉으로 드러난 것만을 가지고 논할 것이 아님을 그는 다시금 느끼게 되는 것이다.

〈……만에 하나, 그처럼 무서운 자가 있다면, 이 글을 그대가 보게 된다면 그 힘이 실제한다는 뜻이며 그 힘에 의해 노부를 비롯한 천기원이 무너졌음을 의미하는 것이다. 그것은 또한 무림 중에서 그 힘의 존재를 아는 사람이 없게 되었다는 말과도 같다.〉

구양천상은 짐작이 가지 않았다.

'과연 그 힘…… 그러한 음모를 꾸미는 사람이 존재하고 있단 말일까? 무엇 때문에 그처럼 오랜 세월 동안에 걸쳐 겉으로 드러나지 않고 그러한 일을 한단 말인가?'

두보가 일컬어 인생칠십고래희(人生七十古來希)라 하였다. 사람이 칠십을 살기 힘드는데 만상신유 고영창의 말대로라면 암중의 신비인은 최소한 육십 년 이전부터 음모를 꾸미고 있었다는 말이 된다.

과연 그러한 일이 가능할까?

구중천…….

천도문…….

구양천상은 생각을 굴리다가 다시 글을 읽어가기 시작했다.

〈……노부가 그대에게 이 글을 남기는 이유는 노부에게 불행한 일이 일어나고 난 후의 대국(大局)을 그대에게 맡기고자 하기 때문이다. 겨우 한 번 만나본 사람에게 어떻게 이처럼 막중한 일을 부탁하는지 의아하겠지만, 노부는 그대를 보는 순간에 그대야말로 노부의 뒤를 이어 그 힘과 맞설 수 있는 적격자임을 직감하였기에 그대에게 노부의 신물을 주었던 것이다.

그 후…… 그대가 바로 구양세가의 쌍영(雙英) 중 구양천상임을 알아낸 노부는 그 결정이 잘못되지 않았음을 확신할 수 있었다.

그 안에는 또 다른 사정이 있음도 사실이지만 아직은 그 일을 알 필요가 없다고 생각……

……(중략)…….

이 일은 천하를 위해서라는 명제가 걸린 불가피한 일이니만큼 거절을 하지 않으리라 믿고서 부탁을 한다. 원래 노부는 그대를 위해 약간의 안배를 준비하였지만 천기를 짚어보고 무개옥합의 인연이 그대에게 이어짐을 알고는 그것을 취소하였다.

무개옥합의 무학은 전진교조 왕중양(王重陽)이 남긴 도가무공의 최고봉으로서 능히 일세를 풍미할 수 있는 절학이니, 그 깨달음을 얻게 되면 노부의 무학이 힘을 더할 필요가 없다고 생각하였기 때문이다.〉

무개옥합에 그처럼 지고한 도가의 도리가 담겨 있음은 우연이 아니었다.

전진교의 무학은 왕중양의 제자인 전진칠자(全眞七子)에 의해 천하를 위진하였지만, 무개옥합에 담겨진 절학은 그것과는 전혀 달리 왕중양의 비승(飛昇)하기 직전에 깨달은 도가무학의 정수였던 것이다.

'이분의 신산지술(神算之術)은 이미 나를 능가하고 있다. 직접

만나고도 이야기할 기회를 가지지 못했음이 한이로구나!'
 구양천상은 암암리에 탄식했다.
 그를 만났을 때, 자신을 밝히지 못한 것이 더할 수 없이 후회가 되었다.

 〈이제 노부가 그대에게 제일 먼저 하고자 하는 부탁은 금낭을 열어보고 거기에 적힌 대로 행동하라는 것이다. 노부가 못다 한 말과 일들이 거기에 있으니 천하를 위한 노부의 일편고심이 헛되지 않도록…… (하략)…….
천기노인 고영창 유탁(遺託).〉

 긴, 그러나 놀라운 글은 거기서 끝이 났다.
 구양천상은 아무 말 없이 다시 한 번 그 글을 읽어보고는 잠시 눈을 감았다.
 이러한 태도는 생각을 정리할 때의 그의 습관과도 같은 것이라 할 수 있었다. 시간이 흐른 다음 구양천상은 눈을 떴고 그의 표정은 이미 평온을 되찾고 있었다.
 눈을 뜬 그는 주위를 한 번 둘러보고는 고개를 숙여 금낭을 열어보았다. 주위는 여전히 쥐 죽은 듯 고요했고 석실의 문은 그대로 조금쯤 열린 상태였다.
 금낭의 안에는 봉함이 된 서신 두 장과 그렇지 않은 서신 한 장, 모두 석 장의 서신이 들어 있었다.
 봉함이 되지 않은 것에는 아무것도 쓰여져 있지 않았지만, 봉함된 두 서신의 겉에는 실로 놀라운 글이 적혀 있었다.

〈천기수사 구양범이 나타나거든 열어보라.
죽었다고 알려진 사람이 살아나거든 열어보라.〉

"천기…… 아버님이 나타나거든 말인가?"
구양천상은 너무도 놀라운 글에 정신이 번쩍 드는 듯했다.
과연 이것은 무슨 뜻일까?
"……"
생각에 잠겨 있던 구양천상은 봉해져 있지 않은 서신을 열어 그 안의 것을 꺼냈다.
내용은 간단하였다.

〈한 사람을 구하라.
그는 노부의 기명전인(記名傳人)으로서 이름은 임옥병(林玉秉)이다. 그 아이는 그대가 지닌 것과 같은 반쪽의 청영옥벽을 지니고 있어 신물이 될 것이며, 그 아이를 구하게 되면 전후의 사정을 알게 되리라.〉

"임옥병? 여자란 말인가?"
읽어갈수록 풀리는 것이 아니라 의문이 쌓여만 간다.
'사람을 구하라고 하면서 그가 어디에 있으며, 어떠한 처경에 있는지조차 밝히지 않았으니 어찌 구하고자 하여도 구할 수가 있단 말인가?'
천기수사 구양범이 나타나거든…….
죽었다고 알려진 사람이 살아나거든…….
요령부득의 말들이다.

'표면에 드러난 것 외에 무엇인가 거대한 것이 과연 무림 중에 존재하고 있는 것 같다. 이 일은 현상에 그치는 것이 아니라 전대에서부터 소급되어 오는 일인 듯하다. 그러나 지금의 나로서는 알고 있는 것이 너무도 없다.'

그가 알지 못한다는 것은 당대 무림의 거의 모든 사람들이 알지 못한다는 의미와도 같다.

생각에 잠겨 있던 구양천상은 품속을 더듬었다.

그의 손에 잡힌 것은 또 하나의 서신이었다.

그것은 천도문의 남후가 그에게 준 봉서였으며, 내용은 참으로 의외의 것이었다.

〈본 문의 문주께서 당금 무림의 정세에 관해 논의하기 위해서 대공과 만나기를 원하십니다.

오늘밤 이경에 사자림(獅子林)에서 대공을 기다리겠습니다. 만약 시간과 장소가 마음에 들지 않으시다면 대공께서 원하는 시각, 장소도 가하다 하셨습니다.〉

신비의 천도문주!

그가 무엇 때문에 돌연히 구양천상을 찾는 것일까?

천도문주가 단순히 구양천상과 무림의 정세를 논할 리가 없는 것이다. 얼마 전까지도, 아니, 지금도 그들과 구양천상은 분명코 적이라 할 수 있기에…….

구양천상의 얼굴은 침중히 굳어졌다.

'의외의 일이 너무도 많이 발생했다. 이렇게 된 이상 계획의

변경은 불가피해졌다…….'

구양천상은 계획의 수정을 생각해야 했다.

그가 상대를 모르고 있듯, 지금의 그가 극비리에 추진하고 있는 일 또한 그 외에는 아무도 모른다. 그것은 제삼의 변수라 할 수 있었다.

금낭을 갈무리한 구양천상은 단좌(端坐)한 채 깊은 생각에 잠겨 있었다.

흡사 앉아서 자는 듯했다.

그의 그런 모습을 누군가가 석문의 열린 틈 사이로 지켜보고 있었다. 그 눈은 투명했으며, 이미 상당한 시간 동안 거기에 존재하고 있었다.

그리고 어느 순간,

문이 소리도 없이 열리기 시작했다.

돌로 만든 석실의 문이다.

소리없이 열릴 수 있다는 것은 문을 열고 있는 사람이 간단한 재주를 지니지 않았음을 의미한다.

문이 절반쯤 열렸음에도 사람은 안으로 들어서지 않았다. 하지만 그 눈은 여전히 구양천상을 주시하고 있었다.

호기심에 가득 찬 눈이었다.

한데 그 순간 깊은 생각에 빠져 있는 듯 보이던 구양천상이 돌연 눈을 뜨며 입을 열었다.

"왜 쳐다만 보고 들어오지 않느냐?"

이 돌연한 일에 열린 문 사이로 구양천상을 훔쳐보고 있던 눈의 주인은 깜짝 놀라 번개처럼 사라졌다.

구양천상은 자세를 허물지 않고 그대로 앉아 있었다.

조금의 시간이 지나자 문틈으로 작은 머리 하나가 조심스레 문 사이로 모습을 드러냈다.

불과 십사오 세가량의 귀엽기 이를 데 없는 소녀의 얼굴이었다.

눈망울이 초롱초롱한 소녀는 빠끔히 고개를 내밀다가 구양천상이 여전히 자신을 보고 있어 시선이 마주치자 놀라 다시 쏙, 사라졌다.

하지만 그녀는 다음 순간에 다시 고개를 내밀었다.

그리고 그녀는 잠시 주저하는 듯하더니 용기를 내어 말했다.

"저어…… 들어가도 돼요?"

구양천상의 얼굴에 담담한 미소가 떠올랐다.

"물론."

그러자 소녀는 잠시 고개를 갸웃하더니 쭈뼛거리면서도 슬그머니 안으로 들어왔다.

구양천상은 그녀가 태백거의 바깥에 있는 정자에서 자신을 훔쳐보고 있던 눈의 주인공임을 알았다. 소녀는 미인이라기보다는 사랑스러운 용모를 하고 있었고, 특히 그 초롱초롱하여 보석과 같이 맑고 빛나는 눈은 매우 인상적이었다.

"꼬마 아가씨는 여기 사는 사람인가?"

구양천상의 물음에 소녀는 고개를 끄덕여 보였다.

소녀가 말을 하지 않자 구양천상은 다시 말했다.

"꼬마 아가씨는……."

순간이다.

"자꾸 꼬마, 꼬마 하지 말아요. 나는 홍아(紅兒)예요. 우리 사부님이 말씀하시길 홍아 나이면 시집가서 애기도 낳을 수 있다고 했단 말이에요!"

그녀의 항의에 구양천상의 얼굴에는 웃음이 그어졌다.

"미안, 미안! 미처 몰랐군. 홍아…… 는 신 노선배와는 어떤 관계지?"

그의 물음에 홍아라는 소녀는 초롱한 눈망울을 굴리면서 조금도 망설이지 않고 대답했다.

"나는 사부님의 막내 제자예요. 나는…… 아주 오래전부터 사부님이 데려다 길러주셨거든요?"

그녀가 태백거사 신무외의 제자라는 것은 의외라 할 수 있었다. 신무외의 배분은 무림 중에서 몇 남지 않은 노선배인지라 그렇게 된다면 아마도 이 꼬마 아가씨의 배분은 대단히 높을 것이다.

"홍아의 사부님에게는 제자가 많은가 보지?"

구양천상의 물음에 홍아는 간단히 고개를 저었다.

"뭐 그렇지도 않아요. 홍아를 포함해서 모두 세 사람인걸요? 늙은 대사형하고 좀 전에 오빠를 안내한 이사형…… 그리고 주방의 할아범까지 해도 여기 사는 사람은 여섯도 안 되는걸요?"

말을 하던 그녀가 콧등을 찡긋해 보였다.

"사부님은 사람이 많은 걸 별로 좋아하지 않아요. 그런데 아저씨…… 아저씨는 우리 둘째 사형보다 나이가 훨씬 어려 보여 아저씨라고 하기 조금 이상한데, 오빠라고 해도 괜찮죠? 그럼 오빠로 하죠, 뭐. 오빠는 구양 씨라고 하던데 어디에서 온 거예요? 오빠 사는 곳은 어때요? 나는 한 번도 태백거 밖을 나가본 적이 없거든요? 아까는 뭘 읽고 있었던 거죠? 그거 우리 사부님이 주신 거예요? 나는 사부님이 누구 만나는 거 본 적이 별로 없었는데 오빠는 무엇 때문에 만나주었을까?"

 일단 입을 열기 시작하자 이건 도무지 정신이 없다.

 구양천상은 원래 조용한 성품이라 이와 같이 빠른 어조의 말은 들어본 적도, 생각조차 해본 적이 없을 정도였다.

 그는 쓴웃음을 지으며 고개를 흔들었다.

 "홍아는 아마도 입이 매우 심심하였던 모양이구나? 이 오빠는 머리가 별로 좋지 않아서 그처럼 빠르고 많은 말을 다 알아들을 수가 없어……."

 그의 말이 끝나기 전에 홍아는 가볍게 혀를 찼다.

 "생긴 거 하고 머릿속 하고는 상관이 없나 보죠?"

 묘한 의미의 말을 해놓고 홍아는 혼자 까르르 웃어대더니 대답은 기다리지도 않고 다시 종알종알 말을 시작하였다.

 "그래요. 요 근래에는 아무도 나와 놀아주지 않거든요? 전에는 이사형이 그래도 가끔 놀아주었는데…… 요즘은 연단(煉丹:약을 만듦)하느라 곡 내의 모든 사람들이 홍아를 거들떠보지도 않아요!"

 말을 하면서 그녀는 연신 입술을 삐죽였다.

 어찌 보면 예의범절과 여인이 갖추어야 할 것을 제대로 갖추지 못한 듯하여 당돌하고 사랑스러움이 더 크게 느껴졌다.

 십사오 세의 나이라면 당시로서는 이미 적은 나이가 아닌데도 말 하나 행동 하나에도 응석받이의 태도가 완연하다.

아마도 세상과 접하지 않고 귀여움만 받고 자라나 조금도 세속의 때가 묻지 않은 듯했다.

그처럼 나무토막과 같은 태백거사 신무외의 주변에 이처럼 사랑스러운 소녀가 있음은 하나의 햇살이 어둠 속에서 빛나고 있음과 같았다.

그녀의 앳된 행동을 보고 있던 구양천상은 웃으며 물었다.

"홍아는 사람만 만나면 아무에게나 그처럼 말을 많이 하나?"

그의 말에 홍아는 냉큼 고개를 흔들었다.

"아뇨. 그러면 여자가 주책 맞게요?"

그녀는 구양천상을 향해 생글생글 웃으며 말을 이었다.

"그냥 보기에 오빠는 홍아가 이렇게 말을 해도 괜찮을 사람인 것 같았어요. 사실 내가 이렇게 종알거리는 걸 사부님이 아시면 혼나요. 계집애가 입이 싸다고."

말끝을 흐리던 홍아는 금세 말을 바꾸었다.

"오빤 연단이 뭔지 알아요?"

구양천상은 가볍게 고개를 끄덕였다.

"조금 알지."

"응……."

홍아는 조금 실망한 듯 고개를 끄덕거리고 있더니 눈을 빛내면서 다시 말했다.

"왜 우리 집에서 요즘 연단하느라 야단인지 알아요?"

제아무리 구양천상일지라도 그걸 알 재간이 있을 리 없다.

그가 고개를 젓는 걸 보자 홍아는 신이 나서 종알거렸다.

"그건 곧 우리 집에 오는 나쁜 사람 때문이래요. 그 사람은 아주 무서워서 손만 들면 건드리지도 않아서 사람이 피거품을 토하고 물이 되어 죽어버린다거든요? 그 사람이 그처럼 무섭기 때문에 사부님이 연단을 하면서 대비를 하는 거예요."

그녀의 말에 구양천상은 괴이한 생각이 들었다.

'그 연단한다는 것이 내가 들어올 때에 본 단로 안에 들어 있는 것이라면 냄새로 보아 아마도 일종의 해독성약(解毒聖藥)일 것이다. 홍아의 말대로라면 찾아온다는 사람은 대단한 능력을 지닌 독문(毒門)의 고수임에 분명하다.'

태백거사 신무외는 무림과 왕래를 하지 않고 독행(獨行)하고 있는 사람이기는 하지만 그의 지닌바 능력은 능히 일파를 창립할 수 있을 정도이고, 자부심 또한 대단함을 구양천상은 알고 있었다.

'이러한 그가 그처럼 신중히 상대해야 할 독문의 고수가 과연 누구란 말일까?'

그때였다.

구양천상이 문 쪽을 바라보는 순간에 한 사람의 모습이 문에 나타났다.

"홍아……! 너 어떻게 여길?"

어이없는 듯한 얼굴로 입을 벌리고 있는 사람은 바로 문정이라는, 태백거사 신무외의 둘째 제자였다.

그가 돌연히 나타나자 홍아는 난처한 표정이 되어 구양천상을 보고 어깨를 으쓱해 보였다. 그리곤 그녀는 태연한 표정이 되어 둘째 사형에게 말하였다.

"지나다 보니까 안에 누가 들어와 있는 거 같아서요……. 이분 누구예요? 이사형 아는 사람이에요?"

그녀의 되물음에 고문정은 대강 사정을 짐작할 수 있는 듯 고개를 절레절레 젓더니 구양천상을 보았다.

"혹…… 실례되는 일은 없었는지?"

구양천상은 홍아가 고문정의 등 뒤에서 까치발을 하고서는 눈을 찡긋거리고 있음을 보고 담담히 고개를 끄덕이며 대꾸했다.

"아닙니다. 이 꼬마 아가씨가 느닷없이 들어와 누구냐고 묻기에 잠시 당황하던 차에 들어오신 겁니다."

그가 고개를 끄덕인 것은 홍아에게 안심하라는 뜻이었고, 그 말은 어김이 없는지라 홍아는 고문정의 등 뒤에서 웃으며 고개를 끄덕거렸다.

등 뒤의 느낌이 이상하였던지 고문정이 힐끗 고개를 돌렸지만 그때는 홍아가 딴전을 부리고 있어 하등의 무엇도 알아낼 재간이 없었다.

시선을 돌린 고문정은 구양천상을 향해 정중한 어조로 말을 꺼내었다.

"아직 정오가 되려면 조금의 시간이 남았습니다만, 본 곡에 조금의 일이 있어 더 이상 외객을 머물게 할 수가 없게 되었으니……."

그 말이 무슨 뜻인지 다 들어야 알 사람은 없다.

구양천상은 그를 향해 말했다.

"신 노선배를 뵙고 하직 인사를 드리고 떠나도록 하겠습니다."

고문정이 고개를 흔들었다.

"사부님께선 원래 사람들을 만나는 것을 즐겨 하시지 않습니다. 그리고 귀하와의 관계는 이것으로 정리가 되었으니 그냥 떠나라는 말씀이 계셨습니다."

말 어디에도 정(情) 담긴 곳이 없다.

구양천상은 아무 말 없이 고개를 끄덕여 보이고는 그곳을 떠났다. 그의 등 뒤에는 홍아의 아쉬운 눈빛이 남아 머물고 있는 듯하였다.

그녀의 눈 속에는 구양천상의 그 담담한 웃음이 남아 있었다.

第十一章

절세경신(絶世驚訊)
―드러나는 어둠의 배후 그 무서운 흑막은
　　경악과 공포로 존재하니…….

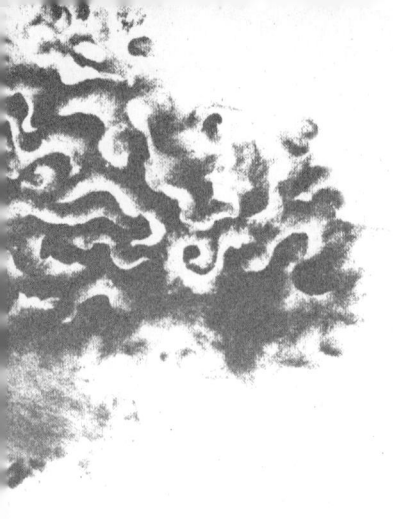

풍운고월
조천하

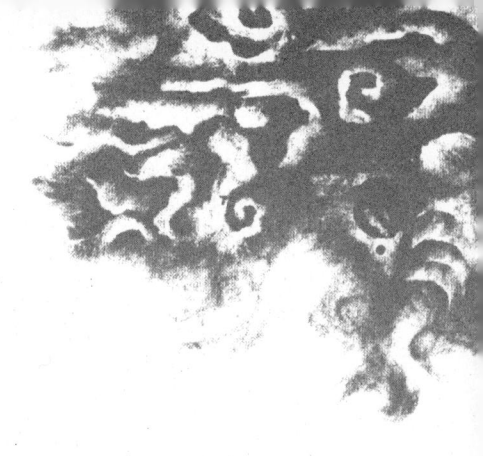

　사자림(獅子林)이라고 하는 곳은 황산을 오르기 위해서는 반드시 지나야 하는 중요한 길목과 같은 곳이기도 하지만, 그보다 사자림의 이름이 천하에 알려지고 있는 이유는 황산 기송(奇松)의 정수가 바로 이곳에 있기 때문이다.
　물경 천만주(千萬株)라고 알려진 소나무들은 녹색의 바다와 같이 퍼져 하늘을 가리고 있으며, 바람이 불 때마다 솔의 파도가 보는 이의 탄성을 자아내게 하니 송해(松海)의 이름은 바로 여기에서 비롯된 것이다.
　해가 떨어질 즈음, 구양천상은 바로 그 사자림을 거닐고 있었다.
　워낙 천하명승이라 오가는 시인묵객들의 수는 결코 적지 않았다. 구양천상의 모습도 그중 하나로 보였다.

그는 몹시도 한가로운 몸짓으로 경치를 완상하고 있었다.

"외로운 소나무 돌을 깨고 솟아나니, 천 가지[千枝]가 모두 각각이라 같은 것이 하나도 없구나……. 혹은 절벽에 의지하며, 혹은 반석 위에 서리어 있어 그 생김이 마치 기금이수(奇禽異獸)를 보는 듯……."

시구와도 같은 중얼거림을 흘리고 있던 구양천상은 암중에 자신을 주시하는 눈을 느낄 수 있었다.

그가 조금 한적한 곳으로 걸음을 떼어놓자 아니나 다를까, 인기척과 함께 그의 앞에는 한 사람의 중년선비가 나타났다.

그는 구양천상을 향해 가볍게 포권을 해 보였다.

"구양 대공이십니까?"

구양천상이 말없이 고개를 끄덕이자 중년선비는 정중한 어조로 다시 말했다.

"오늘밤 이경 사자림묘(獅子林廟) 후원에 오시면 안내하는 사람이 있을 것입니다."

그는 고개를 끄덕여 보이고는 휘적휘적 걸음을 옮겨 사라져 갔다.

구양천상은 그의 신형이 안정되어 있고 눈빛이 침착함을 보고 속으로 탄식했다.

'저 사람 또한 간단히 볼 고수가 아니다. 무림을 어지럽히는 자들의 힘은 갈수록 강해지는 듯한데, 정작…….'

암암리에 고개를 젓고 있던 구양천상은 고개를 돌리다가 문득 한 사람을 발견하게 되었다.

괴상한 행색의 대머리노인 한 사람이 아래로부터 올라오고 있었다.

작달막한 키에 헐렁한 장포를 걸쳤으며, 장포 아래로 드러난 발은 맨발에다가 다 해어진 짚신 한 짝을 대강 꿰차고 있어 금방이라도 떨어져 나갈 듯했다.

산야(山野)를 유람하는 거지라도 되는 것일까?

까맣게 그을린 피부에 작달막한 키를 가진 대머리노인은 무명으로 된 장포(長袍)를 걸치고 있는데 대단히 헐렁하여 남의 옷을 빌린 양 전혀 몸에 맞지를 않았다.

사람이 걷는다기보다 오히려 장포가 바람에 춤을 추며 날려가는 형국이었지만 노인의 걸음은 그럼에도 불구하고 상당히 빨랐다.

그런데 그 노인이 올라오고 있는 위쪽에서 사람들의 웃음소리가 들리면서 일단의 선비들이 모습을 드러냈다.

섭선을 흔들거리며 주위를 둘러보는 품이나, 그들의 곁을 따르고 있는 아리따운 여인들을 보건대, 아마도 산수를 유람하는 선비들이 기녀를 데리고 시회(詩會)라도 하려는 모양이었다.

아니나 다를까.

"핫하하…… 불상문수원(不上文殊院)이면 황산미견면(黃山未見面)이요, 부등사자림(不登獅子林)에 황산미견종(黃山未見蹤)이라 하더니 과연이로구나! 시간도 늦고 하였으니 우리 오늘은 여기에서 자리를 잡고 즐긴 후에 파함이 어떠하겠는가?"

앞서 주위를 둘러보면서 걸음을 옮겨놓고 있던 삼십대 선비 하나가 제안을 했다.

"좋군! 역시 문제(文濟) 자네의 안목은 언제 보아도 속되지 않거든? 우리 아예 여기서 오늘 운랑(雲娘)이를 누가 차지할 것인가를 결정하기로 하세!"

곁에 서 있던 조금 뚱뚱한 삼십대 선비 하나가 맞장구를 쳤다.

그들의 수효는 모두 다섯이며, 기녀들의 수효도 다섯이었는데 뚱뚱한 선비의 말에 기녀 중 하나가 눈을 흘기며 볼멘소리를 하였다.

"아니, 너무들 하시지 않아요? 운랑이만 사람이고 우리는 바지저고리랍디까?"

"아핫핫…… 그게 억울하면 네 얼굴을 잘 고쳐 봐라! 아니, 그 얼굴이야 어쩔 수 없다 하더라도 탄금(彈琴)이나 시가(詩歌)라도 운랑이만큼 한다면 누가 뭐라 하겠느냐?"

볼멘소리를 하는 기녀의 엉덩이를 철썩 때리며 뚱뚱한 선비가 껄껄 웃었다.

그들이 그러고 있는 사이에 그들을 따라온 하인배들이 이미 자리를 마련했다. 그들은 이런 일에는 이력이 난 듯 그 손놀림은 재빠르기 그지없었다.

자리를 마련하던 하인 중 하나가 문득 눈살을 찌푸렸다.

그들이 자리를 펼 무렵에는 밑에서 올라오고 있던 그 대머리노인이 이미 거기에 당도하고 있었던 것이다.

"썩 물러가지 못할까? 여기가 어디라고 거지 영감이 얼씬거리는 게냐? 냉큼 물러나지 않으면 그냥 두지 않겠다!"

대머리노인을 본 하인 하나가 눈을 부라렸다.

이 세상 어디에나 약자를 업신여기는 사람들이 있으며, 원님 덕에 나팔 부는 자들이 특히 그러하다. 힘깨나 쓰게 생긴 그 하인도 예외는 아니었다.

올라오고 있던 대머리노인의 안색이 찌푸려졌다.

하지만 그는 걸어오던 걸음을 멈추지 않았다.

"비켜라."

그는 걸음을 멈추는 것이 아니라 오히려 듣기 괴이한 음성으로 차갑게 소리쳤다.

"이 영감이 무슨 소릴 지르며 바락바락 다가서는 거야?"

그의 말을 알아듣지 못한 하인이 툴툴댔다.

당연한 것이 대머리노인이 한 말은 중원의 것이 아니라, 운귀(雲貴) 지방의 묘어(苗語)로서 그 사투리는 지독하여 조금도 알아들을 수 없을 정도였다.

대머리노인은 건장한 하인이 가소롭다는 듯이 턱하니 버티고 서서 자신의 말을 들은 척도 하지 않자 그 하인을 슬쩍 밀쳐 버렸다.

순간, 그 건장한 하인은 믿을 수 없게도 허우적거리며 밀려나 막 차려지고 있던 상 위에 엎어지고 말았다.

와장창!

상이 어떻게 되고, 음식들이 어떻게 되었는지는 두말할 것도 없다.

일대 소란.

나뒹군 하인은 물론이고 주변에 자리를 깔던 다른 두 명의 하인들마저 눈에 불이 났다.

"이 거지 영감이 감히 여기가 어디라고 행패야? 작대기를 분질러 기어다니게 해주마!"

나동그라졌던 하인이 입에 거품을 물고서 쫓아와 대머리노인의 멱살을 잡아 흔들었다.

그러나 고목나무에 붙은 매미의 형상인 대머리노인이건만 건장한 하인이 억센 팔뚝에 힘줄이 서도록 용을 써도 그 자리에 뿌리를 내린 듯 꼼짝도 하질 않는다.

하인의 얼굴이 시뻘게졌다.

"이…… 이런 말도 안 되는……."

동시에 그는 소름이 끼침을 느껴야 했다.

대머리노인의 눈을 보았던 것이다.

"죽고 싶은 모양이로군……."

그는 묘어인 그 노인의 말을 알아들을 수 없었다.

하지만 그 노인의 눈에서 공포스러운 자색 빛이 떠오르는 것을 본 순간에 처절한 고통이 노인의 멱살을 쥔 손을 통해 올라오고 있음을 알게 되었다.

"으악!"

그는 단말마의 외침과 함께 비실비실 물러나더니 픽 쓰러져 버렸다. 그는 입에서 게거품을 게워내며 쓰러져 전신을 떨었다.

"이 죽일 놈의 늙은이, 무슨 짓을 한 거냐?"

하인들이 욕을 하며 달려들었다.

대머리노인의 눈빛이 음침히 가라앉았다.

그때였다.

"멈추시오!"

낭랑한 외침과 함께 흰 그림자 하나가 번쩍하더니 대머리노인을 향해 달려들던 하인 둘을 밀어내고는 그 자리에 섰다.

"저들이 몰라뵙고 무례를 범한 것이니 손에 사정을 둬주십시오."

대머리노인을 향해 정중히 포권하는 백의유생은 바로 구양천상이었다.

대머리노인은 구양천상이 묘어로 말하자 기이한 빛으로 그를 보더니 아무 말도 하지 않고 그를 스쳐 가려 했다.

구양천상이 그를 막아섰다.

대머리노인의 눈빛이 다시 자색이 되었다.

"나의 앞을 가로막을 작정인가?"

구양천상은 고개를 저으며 예의 묘어로 대답했다.

"그런 생각은 전혀 없습니다. 다만…… 저들이 노선배를 몰라뵙고 무례를 범한 것뿐인데 그 잘못 하나로 모두를 몰살시키심은 너무 심한 처사인 듯하여 고려하여 주시기를 부탁하고자 할 뿐입니다."

그의 말에 선비들과 하인들, 기녀들은 무슨 소린지 알아들을 수가 없어 서로 얼굴을 마주보았지만, 그중 처음에 이곳에서 시회를 열자던 삼십대 선비는 묘어를 조금 아는지 안색이 변해 물어왔다.

"그게 무슨 뜻이오? 우리를 몰살하다니?"

구양천상이 대답하기 전에 기이한 눈길로 구양천상을 보던 대머리노인이 물었다.

"너는 저들과 무슨 관계이냐?"

"아무런 관계도 없습니다. 그냥 구경만 할 수가 없어서……."

구양천상의 말에 대머리노인은 차갑게 웃었다.

"내가 저들에게 하독(下毒)하였음을 알아볼 수 있는 눈이라면 내가 마음만 먹으면 너도 죽일 수 있음을 알고 있을 터인데도 하는 말이냐?"

구양천상의 어조는 담담하였다.

"소생이 죽고 삶은 별개의 문제이고 이 일을 본 이상, 스스로의 목숨을 아껴 그대로 지나침은 군자의 도리가 아니지요. 저들이 비록 무례를 범하긴 했으나 그것이 죽을죄는 아니라고 생각을 합니다."

노인의 멱살을 잡아 흔들다가 쓰러진 하인은 이미 소리조차 내지 못하고 있었고 나머지 어리둥절해 있던 사람들도 이제는 이상하게 어지러워짐을 느끼고 있었다.

놀랍게도 노인은 단 한순간에 어떤 움직임도 보이지 않고 십삼 명이나 되는 사람 모두를 중독시켜 버린 것이다.

구양천상이 보지 않았다면 그들 모두는 채 한 시각이 되지 않아 시체가 되고 말았을 것이었다.

"……."

한참 구양천상을 쏘아보고 있던 대머리노인의 안색이 조금 부드러워지는 듯 고개를 끄덕였다.

"좋아……. 네 얼굴을 보아 저놈들의 목숨을 살려주기로 하겠다!"

말과 함께 그는 손을 흔들었고, 그 순간에 사람들은 기이한 향기 한줄기가 코로 날아듦을 느끼고는 잇달아 재채기를 해대었다.

대머리노인은 한차례 소매를 흔들고는 말했다.

"그러나 저기 누워 있는 놈은 그냥 용서할 수 없다. 노부의 자

하독강(紫霞毒罡)의 기세가 중독된 이상…… 그 값을 해야지. 살리려면 나의 멱살을 잡았던 손을 잘라 피를 뽑도록 해라."

말을 마치자 그는 더 이상 구양천상을 돌아보지 않고 예의 걸음걸이로 걸어가기 시작했다.

구양천상은 나직이 탄식했다.

대머리노인이 그를 죽이려고 작정을 했었기 때문에 그 하인을 살리려면 그 방법밖에 없음을 그도 알 수 있었기 때문이다.

"흐윽!"

한차례 빛이 번뜩임과 동시에 누워 이제는 거의 움직이지도 않고 있는 하인의 오른 팔뚝이 팔꿈치 어림에서부터 잘려져 나갔다.

시커먼 악혈(惡血)이 고약한 냄새를 풍기면서 분수처럼 쏟아져 나왔다.

"무슨 짓이오?"

무슨 영문인지 아직도 얼떨떨하여 눈만 끔벅이고 있던 선비들이 노해 부르짖을 때 예의 그 삼십대 선비는 역시 대머리노인의 묘어를 알아들었는지 그들을 만류하며 물어왔다.

"이오(李五)의 팔을 정말로 저처럼 잘라야 하는 것이오? 이건……."

구양천상이 조용한 어조로 말했다.

"강호상에는 기인이사들이 많이 있습니다. 행색이 남루하다고 하여 우습게보다가는 큰일 나는 수가 있지요. 소생이 여기 없었더라면 여러분 모두는 내일 떠오르는 해를 볼 수 없었을 것입니다."

구양천상은 이오라고 불린 하인의 팔뚝에서 솟아 나오던 피가 붉은빛을 되찾는 것을 보고 그의 팔뚝 혈도를 눌러 지혈하고는 그의 입에다 한 알의 영단을 넣어주고 그 선비를 향해 다시 말했다.

"오늘 일을 거울삼아 다음부터는 어떤 사람을 대하더라도 행동거지를 조심하도록 하십시오. 사람을 행색으로 판단하는 일은 옳지 않습니다. 이 사람은 며칠 정양을 해야 일어날 수 있을 터이니 데려다 잘 쉬도록 해주십시오. 그럼……."

구양천상은 그의 수혈을 눌러 그가 자도록 만들어놓고는 몸을 일으켰다.

그때 저만치 가서 구양천상이 하는 양을 보고 있던 대머리노인이 물어왔다.

"네 이름이 무엇이냐?"

구양천상은 망설이지 않았다.

"소생은 태산의 구양천상이라고 합니다."

"태산……? 노부는 중원에 들어와 오늘에서야 비로소 사람 하나를 보았다. 좋아……. 기회가 있다면 다시 보도록 하자!"

말과 함께 대머리노인은 돌연히 훌쩍 몸을 날려 온데간데없이 그 자리에서 사라져 버렸다.

그 광경에 긴가민가하고 있던 선비들과 기녀들의 얼굴은 온통 흙빛이 되었다.

이제야 죽음이 왔다 간 것임을 실감하는 것이다.

'대체 무엇 때문에 근래에 들어 황산에 이처럼 많은 고수들이 모여드는 것일까? 저 노인의 독술(毒術)은 실로 화경(化境)에 이르

러 내가 본 사람 그 어느 누구도 감히 따를 수가 없을 지경이다…….'

그들이 공포에 질려 떨고 있음을 등 뒤에 둔 채로 구양천상은 노인이 사라진 쪽을 보고 깊은 생각에 잠겨들었다.

          *   *   *

밤이 되자 사자림 일대는 깊디깊은 어둠에 묻혔다.

사자림묘(獅子林廟).

사자봉 아래에 위치한 절의 이름이다.

문수원과 함께 황산의 절 중 가장 유명한 이 절은 일대를 둘러싸고 있는 솔의 바다, 사자림으로 인해 그 이름이 더욱 높다.

이경이 되어올 무렵.

흰 그림자 하나가 그 사자림묘의 후원 담을 넘어 모습을 드러냈다.

백영은 담을 넘었음에도 하등의 거리낌도 없이 태연한 태도로서 후원 일대를 둘러보고 있었다.

그가 모습을 드러내자 그것을 기다리고나 있었다는 듯이 한 사람이 나타났다.

"천도문 접객당주(接客堂主)인 요문원(姚文元)이 구양세가의 대공을 영접합니다."

중년의 사나이가 정중히 읍을 하였다.

구양천상이 그를 향해 가볍게 고개를 끄덕여 보이자,

"길을 열겠습니다."

접객당주 요문원이라는 풍채 좋은 중년인이 몸을 돌려 걸어가기 시작했다.

명산에 대찰(大刹)이라는 이름이 따르는 이유는 명산일수록 큰 절이 많기 때문이다.

사자림묘 또한 예외가 아니라서 그 규모는 굉대(宏大)하였다. 후원 일대는 선방이 들어서 있으며, 그 선방들은 무성한 송림으로 둘러싸여 있어 가히 수도장의 청량지기(淸凉之氣)가 느껴졌다.

접객당주 요문원이 구양천상을 안내한 곳은 그 선방 중 홀로이 떨어진 선방 서너 칸이 한데 붙은 곳이었다.

'적지 않은 수효의 고수들이 머물러 있군……'

구양천상이 내심 안중에 매복한 자들의 기척을 느끼고 있을 때 선방의 문이 열리면서 남후의 모습이 나타났다.

그녀는 여전히 복면을 한 채였는데, 요문원의 안내를 받고 있는 구양천상이 홀로인 것을 보자 의외라는 듯 눈빛이 조금 흔들렸다.

"과연 구양 대공께서는 신의가 있으신 분이로군요. 이처럼 본문의 초청을 수락하여 와주시니 감사할 따름이에요."

그녀가 고개를 까딱하자 구양천상은 담담히 웃었다.

"초청해 주어 감사하오."

그의 말은 매우 간단하였지만 평정하기 이를 데 없어 남으로 하여금 그의 내심을 측량할 수가 없도록 하는 기이함이 있었다.

"들어가시지요. 문주께서 대공을 기다리고 계십니다."

암중에 고개를 끄덕인 남후는 버들가지와 같이 옆으로 한 걸음 물러서며 말했다.
 구양천상은 조금도 망설이지 않고서 그녀의 곁을 스쳐 안으로 들어갔다.
 당대 무림은 음모와 궤계(詭計)가 난무하고 있어 그의 이처럼 거리낌없는 대범한 태도는 실로 당당하게 보이는 것이었다.
 '과연 인물이로구나……. 본 문의 북후 사형이 남아이기는 하지만 저 사람과 같이 십전(十全)은 아니다…….'
 남후가 그의 넓은 등을 보며 암암리에 한숨을 쉬었다.
 선방의 안은 뜻밖으로 넓었다.
 서너 칸으로 보이던 선방이 실은 하나로 되어 있었던 것이다.
 넓은 선방의 좌우에는 각기 다섯 명의 검은 무복을 입은 복면인들이 붉은 수실이 달린 장창을 비껴들고 우뚝 서 있는데, 그 기세는 삼엄하기 이를 데 없었다.
 그 가운데에는 원형의 탁자 하나가 놓여 있고 거기에 두 개의 의자가 놓여 있는데 그중 구양천상과 마주보는 곳에 놓인 의자 위에는 이미 한 사람이 앉아 있었다.
 '……?'
 그 사람을 발견한 구양천상의 눈에 흠칫하는 빛이 드러났다.
 그럴 수밖에 없는 것이 당연히 천도문주가 있어야 할 그 자리에 앉아 있는 것은 놀랍게도 일신에 온통 검은빛 일색의 옷을 걸친 부인이었던 것이다.
 흑의부인의 나이는 중년 정도인 듯 보였지만 그 머리칼은 검은 것이라고는 한 오리도 찾아볼 수 없도록 백설과 같이 희어 나이를 추정할 수 없었다.

"사부님, 구양세가의 대공께서 오셨습니다. 구양 대공, 이분이 바로 본 문의 문주이십니다."

그의 뒤에서 그의 의문을 풀어주기라도 하듯이 남후의 말소리가 들려왔다.

놀랍게도 신비의 문파 천도문의 문주 또한 여인인 것이다.

흑의부인, 천도문주가 천천히 몸을 일으켰다.

말없이 구양천상을 쳐다보고 있던 천도문주가 갑자기 차게 웃으며 입을 열었다.

"항간에 구양세가의 대공이 현자라고 하더니…… 오늘 보니 실로 무모하군. 이렇듯 단신으로 적지에 찾아오는 것이 얼마나 어리석은 일인지조차 모른다면…… 설마 오늘날의 무림이 사신은 상해하지 않는다는 고래의 원칙을 지키지 않음조차 모른다는 말이오?"

손님을 초청해 놓고 하는 말치고는 괘씸하기 짝이 없다.

그러나 구양천상의 표정은 미동도 없었다.

"천도문이 이처럼 예의없음을 알았다면 초청에 응하지 않았을 것인데, 그것을 미처 모른 것이 본인의 실책이오. 남후의 평소 태도를 보아 문주를 평가한 것이 나의 잘못인 듯하오."

두 사람의 눈이 잠시 허공에서 얽히더니 천도문주의 눈에는 노여움 대신 한 가닥 웃음이 파동치며 번져 갔다.

"과연 대공의 명성은 명불허전이었군. 본 문주는 대공에 대한 말들이 너무 무성하여 침소봉대(針小棒大)한 것이 아닌가 회의가 많았었는데, 오늘에서야 비로소 그것들이 모두 사실임을 알겠소.

어서 오시오."

 그녀는 손을 내밀어 구양천상에게 의자를 권하였다.

 구양천상이 의자에 앉자, 천도문주 또한 의자에 앉으며 손짓을 했다.

 그러자 좌우에 늘어서 있던 열 명의 흑의무사들이 소리도 없이 바깥으로 빠져나갔다.

 선방 안에 남아 있는 것은 이제 천도문주와 구양천상, 그리고 남후뿐이었다.

 굵은 초가 흘리는 눈물로 인해 선방의 안은 밝았다.

 그 밝음 속에 드러난 천도문주의 얼굴은 평범한 편이었지만 싸늘한 위엄이 어리고 있어 사람을 찌르는 기운이 있었다.

 먼저 입을 연 것은 역시 천도문주였다.

 "대공은 본 문주가 왜 이렇듯 대공을 초청하였는지 의아하리라 생각을 하는데, 어떠시오?"

 "본인이 보기에 문주께서는 지금 정상인 상태가 아닌 듯한데, 그런 상황에서 굳이 시간을 내어 본인을 만나자고 함은 무엇인가 긴히 할 이야기가 있어서겠지요."

 그의 말에 천도문주의 안색이 돌변했다.

 그리고 보니 그녀의 얼굴은 어딘지 모르게 창백했다.

 그녀는 한참 구양천상을 쳐다보더니 이윽고 안색을 정상으로 돌리고 무겁게 말했다.

 "자고로 모난 돌은 정을 피하지 못한다 하였지. 그대의 재기(才氣)는 너무도 두드러지는 듯하군. 오늘…… 본 문주가 다른 생각이 있었다면 어떠한 희생을 치르더라도 그대를 살려서 돌려보내지 않았을 것이오."

"……."

구양천상은 담담히 웃으며 거기에 대해서는 아무런 대꾸도 하지 않았다.

그의 그러한 태도에 천도문주는 나직이 탄식했다.

"하늘은 어찌하여 구양세가만을 그처럼 총애하는지 이해할 수 없군……. 우리에게 그대와 같은 사람이 있었다면 이처럼 노심초사하지 않았더라도 이 한(恨)을 풀 수 있었을 것인데……."

그녀는 머리를 흔들더니 말을 이었다.

"그대가 본 것은 틀림이 없소. 본 문주는 강적과 싸운 끝에 중상을 입어 아마도 앞으로 한 달 정도는 남과 동수할 수 없을 것이오. 대공은 본 문주와 싸운 것이 누구인지 짐작할 수 있겠소?"

구양천상은 생각하지도 않고 대답했다.

"문주와 싸울 수 있는 가능성이 큰 사람이라면 아마도 모용세가와…… 그리고 구중천이겠지요."

천도문주는 고개를 다시 끄덕였다.

"옳소. 본 문주와 싸운 것은 그 둘 다요."

"……?"

의혹의 빛이 구양천상의 얼굴에 빠르게 스쳐 갔다.

어찌 그런 일이 가능하단 말인가?

"구양 대공은 본 문주의 말에 대해 의혹이 있을 것이오."

구양천상이 고개를 끄덕이자,

"당연한 일이오. 어느 누구라도 사정을 모르는 이상, 그렇게 생각함이 당연할 테니까. 오늘 이 자리에 대공을 모신 것은 바로 그 의혹에 대해 이야기하고자 함이오. 하지만 그 이야기를 하기 전에 먼저, 지난날 세상 사람들의 이목을 우롱했던 효웅의 이야기 한 토막을 듣는 것이 이해에 도움이 될 것이오."

그렇게 하여 이어지는 천도문주의 이야기.

그것은 가히 충격(衝擊)과 전율(戰慄)의 일장 굿이라 할 수 있었다.

"아마도 어느 정도 짐작을 하고 있으리라 생각을 하지만, 우리 천도문의 전신(前身)은 지난날의 암흑마교요……."

"……."

구양천상은 아무 말도 하지 않았다.

짐작했던 대로이기는 하지만 이 일은 무거운 의미라 할 수 있었다.

"하지만, 본 문이 암흑마교의 후예임은 분명하지만 지금에 이르러서는 결코 무림제패의 야욕 따위는 없소."

구양천상의 얼굴에 미묘한 빛이 떠올랐다.

그러나 그는 질문하지 않았다. 그렇다면 무엇 때문에 천하에 피바람을 불러일으키고 있는가를…….

대답은 천도문주 스스로가 할 것이기 때문이다.

천도문주는 구양천상을 직시하였다.

"대공은 이제부터 본 문주가 하려는 이야기의 효웅이 누군지 아시오? 그는 바로 천하의 모든 사람들이 일대의 영웅으로 받들고 있는 모용가의 제일대 가주 신주대협 모용중경이오!"

싸늘한 빛이 천도문주의 눈에서 일어났다.

"암흑마교는 천하무림을 석권, 군림하기 직전에 모용가에 의해 무너졌소……. 하지만 그것은 세상 사람들이 알고 있는 각본일 뿐이고, 기실 그 내용은 전혀 다르오. 왜냐하면 암흑마교는 다른 사람 아닌 모용가의 신주대협 모용중경…… 그 모용중경이 천하 무림을 석권하기 위해서 만들어낸 괴뢰였기 때문이오!"

"……!"

경악(驚愕)!

충격(衝擊)!

그처럼 침착하던 구양천상조차도 절로 입이 딱 벌어졌다.

어찌 가능한 일이란 말인가?

말도 되지 않는 소리였다.

천도문주의 말은 계속하여 이어지고 있었다.

"신주대협이라는 존칭을 받았던 모용노적의 능력은 정녕 당대와 전대를 통틀어 견줄 사람이 없을 정도로 관절어세(冠絶於世)한 것이라서 누구도 그의 능력을 측량할 수 없었소. 하지만…… 그는 세상에 알려진 것과는 달리 영웅이 아니라 무서운 야심을 가지고 있는 일대의 효웅이었소. 그는 자신의 놀라운 능력으로써 이제껏 아무도 이루지 못했던 일을 하고자 계획했으니, 그것은 바로 영원한 무림 지배였소……."

천도문주의 눈에 분노의 빛이 이글거렸다.

"본 교는 바로 그러한 모용노적의 야심의 제물로 선택되었소. 그는 내부 분열로 지리멸렬된 본 교의 힘을 끌어 모아 재정비하여 본 교의 힘을 조장하였으며, 그의 방조 아래 본 교의 힘은 가히 욱일승천(旭日昇天)의 기세로 무림을 덮어갔소……. 모든 것은 그의 예측대로 되어간 것이오……."

일그러진 웃음이 분노라는 이름으로 그녀의 얼굴을 달려갔다.
"아무도 몰랐소. 그의 의도가 무엇인지……. 그러나 알고 보면 그의 의도는 간단하였소. 무력으로 등장한 자는 반드시 무력으로 패망하는 것을 모용노적은 알고 있었소. 사실, 무림을 일시적으로 힘으로써 지배한 자가 있기는 하였어도 그 기간은 오래가지 않았으니, 모용노적이 노리는 것은 그러한 것이 아니었던 것이오. 영구한 지배…… 영원한 무림의 통치자! 그것이 그가 추구하는 목표였소. 그 일을 위해 그는 들러리가 필요하였으며 그 희생양은 본 교였소. 천하를 덮은 마의 그늘……. 모용세가는 그 무서운 마의 그늘을 갈라내며 화려히 등장하도록 처음부터 각본 지어져 있었던 것이오."

그녀의 말은 충격적인 것이었지만 여기에는 결정적인 허점이 하나 존재한다.

신주대협 모용중경이 과연 그러한 효웅이었다면, 그가 어찌 자신이 택한 들러리에 불과한 암흑마교의 힘에 의해 죽어갈 수 있었으랴?

"모용노적은 본 교를 희생물로 내세워 천하에 명예롭게 군림하면서 과거의 금검지존과 같은 위광(威光)을 얻고, 또 한편으로는 암중에 반대파를 숙청하여 영원한 무림왕국의 기조를 다질 생각이었지만 그처럼 무서운 그도 미처 생각지 못한 것이 있었으니, 그것은 바로 당시 본 교의 교주이셨던 암흑마군(暗黑魔君)의 능력이었소."

암흑마군은 그녀가 모용중경이라고 주장하는 그 신비인에 의해 암흑마교의 교주가 되도록 안배된 사람이다.

지리멸렬된 암흑마교의 힘을 하나로 만들어야 하며, 단시간 내에 암흑마교를 천하군림의 세력으로 만들어내려면 결코 평범한 인물로서는 아니 된다.

그렇게 선택된 암흑마교의 능력은 모용중경이 계산하였던 것보다 더 뛰어나 암중에 그를 지배하는 신비인의 존재의 그늘에서 벗어나고자 할 줄은 그도 미처 생각지 못했던 일이었다.

아니, 생각을 하고 거기에 대한 방비를 하고 있었겠지만 암흑마군의 능력이 그의 생각을 뛰어넘었다 함이 옳았을 것이다.

그는 암흑마교를 지배하는 신비인이 모용중경임을 조사하여 내고 암중에 한 사람을 투입하였으니, 그것이 바로 그녀의 수양딸인 소홍옥(昭紅玉)이다.

소홍옥은 정체를 감추고 모용중경을 휘어잡는 데 성공하였으며 그 와중에서 결국 모용중경의 기도(企圖)하는 바를 알아내게 되었다.

"모용노적의 음모를 알아낸 암흑마군…… 본 교의 교주께서는 마지막 모든 힘을 다하여 모용노적을 유인하여 그를 습격했소. 그 일전은 모용세가의 전력과 본 교의 모든 힘이 집결된 일장 대회전이었으며, 불의의 타격을 받았음에도 불구하고 모용노적의 능력은 놀라워서 본 교의 정예는 그 노적과 함께 동귀어진(同歸於盡)하고야 말았소……"

거대한, 충격적인 일이다.

그리고 듣고도 믿기지 않는 일이다.

하지만 그 이야기의 상당 부분은 그가 이미 모용세가에서 들었던 것과 일치하는 점이 있었다.

특히, 소홍옥에 대한 일은 거의 어김이 없는 듯하였다.

묵묵히 듣고만 있던 구양천상이 입을 열어 물었다.

"그것이 사실이라면, 어찌하여 그러한 엄청난 일이 세상에 알려지지 않고 묻혀 버릴 수 있었단 말입니까?"

"그것은 당연한 일이지요."

곁에서 듣고 있던 남후가 참견을 하였다.

"당시 본 교와 모용세가 간의 대격전에 참가하였던 사람 중에서 살아난 사람은 아무도 없어요. 다시 말하면, 그 음모를 아는 사람은 다 죽었다는 것이지요. 모용노적은 상황이 심상치 않게 돌아가자 모용세가의 모든 힘을 다 기울여 본 교의 중심 인물들을 살려두지 않으려 하였어요. 이미 사태가 기울었음을 알고는 동귀어진이라도 하여 그 일을 묻어버리고자 하였던 것이지요. 본 교의 교주이신 암흑마군께서는 자신의 공격이 분명코 이길 것임을 확신하여 후일의 안배를 해두지 않으셨기에 만에 하나, 본 교의 비밀 소교주이셨던 소홍옥, 그분 사조께서 계시지 않았더라면 이 일은 영원히 비밀로 묻혀 버렸을는지도 몰라요."

구양천상은 남후를 보았다.

"그분이 사조가 되시오?"

대답은 천도문주가 하였다.

"그 어른은 본 문주의 선사(先師)이시오. 그분이 봉황의 일전에서 몸을 빼내지 못하였더라면 이 음모는 세상에 알려지지 않게 되었을 것이며, 본 교의 명맥 또한 끊어지게 되었을 것이오."

그녀는 나직이 탄식을 하였다.

"그분이 결국 마수에서 벗어나기는 하셨으되, 그 추적을 견디지 못하고 복수의 대업을 못난 제자에게 맡기시고 결국은 세상을 뜨셨는데, 그것이 지금으로부터 이십여 년 전이었소……."
 듣자니 이 일은 참으로 미묘하고도 엄청나다.
 구양천상은 다시 물었다.
 "신주대협 모용중경이 그와 같은 인물이었었다면, 그의 사후에 천축 유가문이 무자천서를 요구하며 중원에 습래(襲來)하였을 때에 모용세가가 이 대에 걸친 가주를 희생하면서까지 그들의 침공을 막았음에 대해서는 어떠한 설명을 할 수 있습니까?"
 모용중경이 죽었음에도 모용세가가 다시금 천축 유가문을 끌어들였다는 것은 말이 되지를 않는다.
 암흑마교와의 일전 이후, 모용세가가 보여준 행동은 조금도 이상한 곳이 없었을 뿐만 아니라 무림영도의 천하제일가라는 이름에 조금도 부끄러움이 없을 정도로 처신하여 천하무림의 중망을 한 몸에 모았다 할 수 있었던 것이다.
 그 절정은 바로 천축 신성 유가문 침공 때였으며, 모용세가는 가문 이 대의 가주들이 목숨을 바쳐 강호의 정의를 지켰었다.
 군림도 좋고, 지배도 좋지만 살아 있은 다음의 일이지 죽은 다음에는 아무런 소용이 없는 이상, 그것이 어찌 거짓일 수 있으랴.
 싸늘하고도 메마른 웃음이 천도문주의 조금 창백해 보이는 얼굴에 스쳐 갔다.
 "그것이 모용노적의 가장 무서운 점이오. 그는 자신의 가장 가까운 측근에게조차 대협이었으며, 심지어는 그의 본처인 우문기영에게까지도 예외가 아니었소. 그것이 얼마나 철저하였던지 모용노적이 죽고 난 후…… 그자가 일대의 인의대협인 것으로 착각을 하고 있었던 우문기영은 모용노적의 유지를 받든답시고 모용세가를 정말로 천하무림의 정의를 수호하는 가문으로 키워갔던 것이오."

어이없는 일이다.

그러나 그것은 지난날의 모든 것이 사실이었다면 최악의 결과가 오히려 최선의 결과로 나타난 대반전의 행운이라 할 수 있었다.

"그렇게 되어…… 모용세가는 천축의 신성 유가문이 침공하여 왔을 때, 조금도 아낌없이 천하를 위해 자신의 목숨을 내어 던질 수 있었소. 하지만!"

천도문주는 힘있게 말을 끊었다.

"그 천축 신성 유가문과의 싸움 이후, 모용세가를 지탱해 오던 우문기영에게는 일대 변화가 일어났소. 그것이 어떻게 하여 진행되었는지 자세한 것은 알 수 없지만 우리가 그간 조사한 것에 따르면, 그녀는 자신의 가문 오 대가 정의와 인의라는 이름을 위해 모든 것을 다 바쳤건만…… 모용세가에 남은 것은 천하제일가라는 현판 하나와 오 대에 걸친 과부들밖에 없었으니까. 그렇게 해서 그녀는 어이없는 생각을 하게 되었는데, 그것은 바로 제이의 모용노적이 되는 것이오."

구양천상이 그녀를 보았다.

"무슨 뜻입니까?"

"무림의 평화를 지키던 그녀가 이번에는 무림의 평화를 깨고, 파괴하여 버리겠다는 생각을 가지게 되었다는 뜻이오."

"……."

"쉽게 믿기지 않을 것이 당연하오. 하지만 우리는 그에 대한 증거를 가지고 있소. 대공은 지금 천하를 공포에 몰아넣고 있는 구중천이 누구에 의해 조직되었는지 알고 있소?"

구양천상의 안색이 돌변했다.

"설마……?"

"설마가 아니에요. 구중천은 모용세가가 천하를 병탄하기 위해서 암중에 조직한 세력이며, 구중천을 암중에 조종하고 있는 신비의 구천군주(九天君主)는 바로 당대의 모용세가를 지배하고 있는 노태태…… 모용노적의 부인이었던 우문기영이에요!"

남후가 부러지게 말하였다.

너무도 뜻밖의 사실이라 구양천상은 입을 다물었다.

"처음에도 말하였지만 본 문의 설립 목적은 무림제패라는 것과는 전혀 상관이 없소……. 본 문의 목적은 오로지 모용세가를 이 세상에서 소멸시키는 것일 뿐이오. 그 일이 달성되기만 하면, 조금의 미련도 없이 강호에서 물러날 것이오!"

천도문주는 구양천상에게 등을 보인 채 선방을 거닐며 말을 계속했다.

"지금 대공에게 한 말을 세상에 알렸다면 과연 믿을 사람이 얼마나 될 것인지 알 수 없소. 본 문의 전신이 암흑마교라는 것을 알고 난 다음에는 더구나……. 아아…… 모용세가가 강호상에서 차지하고 있는 비중은 너무도 크고 깊소. 그런 점에서는 모용노적은 성공하였다 할 수 있지!"

탄식하던 그녀는 몸을 돌려 구양천상을 보았다.

"복수의 길은 너무도 험하고 어렵소. 구중천의 힘은 생각한 것보다 더욱 막강함이 드러나고 있소……. 본좌가 대공을 찾은 이유는, 대공이 모용세가를 찾는 것을 보고 대공이 그 교활한 우문기영에게 이용될까 솔직히 두려웠기 때문이오."

구중천과 천도문.

이 양대 비밀 세력에 맞서는 힘은 구대문파를 중심으로 한 강호정의 수호 세력들이다.

모용세가가 이십 년 전 천축 유가문의 침공 이후, 강호와 담을 쌓은 후에도 그들의 영향력은 절대적이지만 현재 드러난 그 세력의 암중 조종자와 같은 역할을 하고 있는 것이 바로 구양천상이다.

그의 향배가 당금 무림의 정세에 대단한 영향력을 미칠 것이 틀림없기에 천도문주는 구양천상을 찾은 듯하였다.

"……."

구양천상은 자리에 앉은 채 한참을 입을 열지 않았다.

침묵이 그에 따라 무겁게 선방의 안을 눌러왔다.

초조함이 남후의 눈에 떠올랐다.

"대공은 우리의 말을 믿을 수 없나요?"

구양천상은 미미하게 고개를 저으며 대답 대신 되물었다.

"모용세가가 구중천의 배후라는, 모용세가의 노태태가 구천군주라는 증거가 있습니까?"

천도문주의 얼굴이 무거워졌다.

"아직도 본좌의 말을 믿을 수 없으시오?"

구양천상은 침착히 말하였다.

"이 일은 천하의 안녕이 걸린 중대한 일입니다. 쉽게 믿는다, 못 믿는다, 단정할 성질의 것이 아닙니다. 그리고…… 말 한마디를 가지고서는 확실한 설득력을 가질 수 없다는 것을 문주께서도 잘 알고 계시리라 믿습니다."

천도문주가 무겁게 고개를 끄덕였다.

"사실이오. 명백한 어떤 물증이 없음이……. 모용가의 그 표리부동(表裏不同)한 가면을 벗길 수 있는 유일한 증인이라 할 수 있는 사자철장 도기룡, 그들의 지난날 경위대장이었던 그 도기룡이 어제 추적대에 의해 살인멸구되어 버렸으니 일은 더 난감하다 할 수 있소. 아마 그 정황은 대공도 그 자리에서 본 것으로 알고 있소……."

그녀는 남후를 힐끗 보더니 다시 말했다.

"본좌가 받은 보고에 따르면 대공은 이미 그와 알고 있는 사이인 듯하다고 하였는데, 혹 그에게서 들은 말이라도?"

"이 일과는 관계가 없는 일들입니다."

구양천상은 입을 다물었다.

그의 죽음에는 확실히 어떤 의혹이 따랐다.

더구나 그가 죽기 전에 한 말들에는 생각해 볼 수 있는 많은 것들이 있음을 구양천상은 느끼고 있었다.

그의 기색을 보며 천도문주는 계속해 말했다.

"구중천의 지배자인 구천군주는 그 막강한 수하들의 정신을 절대적으로 지배하고 있소. 그의 지배에 걸린 자들은 거미줄에 걸린 파리와 같이 되어 절대로 벗어날 수가 없게 되오. 본 문은 구중천 내부를 탐지하기 위해서 이미 적지 않은 수의 첩자를 잠입

시켰지만, 모두 연락이 끊어지고 말았소……. 당대에 그러한 능력을 가지고 있는 사람은 본좌가 보기에는 모용가의 우문기영을 제외하고는 아무도 없소. 그것이 본좌가 그녀를 신비의 구천군주라고 보는 이유 중의 하나라 할 수 있소."

"논리의 비약이 심하다고 생각지 않으십니까?"

천도문주는 크게 고개를 흔들었다.

"우문기영은 지난날 모용노적이 남긴 모든 것을 수습하여 지금에 이르러서는 모용노적에 못지않은 능력을 가지고 있소. 대공은 지난 백여 년 이래 무림에서 그러한 방면에 최고의 권위자가 누군지 아시오? 그것은 바로 그 간악한 모용노적이오! 왜냐하면, 그자가 본 교를 제압하고 지배한 것이 바로 그 방법이었으니까. 흥! 그렇지 않았다면 어찌 본 교의 그 막강한 정예들이 그 싸움에서 몰살하여 이처럼 영락할 수가 있었겠소?"

무서운 빛이 천도문주의 눈에서 이글거렸다.

그것은 수많은 세월 동안 쌓여온 원독(怨毒)의 빛이었다.

'천도문주가 모용세가에 대해 가지고 있는 원한은 모용세가의 노태태가 암흑마교에 대해 가지고 있는 원한에 조금도 못지않구나. 그리고…… 그녀는 겉으로는 중상을 당한 듯하지만 암중에는 아직 힘을 남겨두고 있는 듯하다.'

구양천상은 냉철히 사태를 판단하고 분석하고 있었다.

"본좌는 이틀 전에 구중천의 정예 세력과 정면충돌을 했소. 미처 생각을 하기도 전에 당한 기습이라…… 본좌는 물론, 수하들도 많은 피해를 당했소. 구중천은 뚜렷한 이유도 없는데도 본 문이 암흑마교의 후신인 듯한 느낌을 받자 모든 일을 젖혀두고 본

문과 생사결(生死決)을 하려 하오!"

그녀는 몸을 조금 내밀어 탁자를 짚으며 구양천상을 보았다.

"대공은 그 이유가 무엇이라고 생각을 하시오?"

그녀는 대답을 기다리지 않았다.

"이유는 간단하오. 구중천의 내부를 지배하는 세력이 바로 그 늙어 죽지 않는 과부들만 남은 모용세가이기 때문이오! 후후······ 그 우문 늙은이는 선사(先師:소홍옥)로 인해 모용노적에게 소박맞았다고 착각을 하여 선사를 치가 떨리게 증오하고 있으니까 선사의 죽음을 모르는 이상, 아니, 안다고 하더라도 그 늙은이의 성미로 보아 본 문을 그냥 두려 할 것 같소? 이러한 점에서도 구중천의 배후에 모용 가문이 있음은 분명한 것이오."

구양천상은 그녀의 말을 들으면서 암흑마교에 대해서 무서운 증오를 보이던 모용세가의 노태태를 생각했다.

'이 일은 참으로 보통 일이 아니다.'

그의 마음은 납덩이와 같았다.

아무리 부인을 하려 하더라도, 천도문주가 하고 있는 말에는 강한 설득력이 있었다.

설혹 거기에 대해서 천도문주가 과장하고 꾸며댄 것이 대부분이라 하더라도 그대로 넘길 수 없는 것이 있음을 구양천상은 알고 있는 것이다.

근래에 들어 그는 실로 적지 않는 새로운 일들과 연달아 부딪치고 있었기에······.

구양천상은 천도문주가 하는 말에 대해서는 가부의 말을 하지 않고 그녀를 보며 말을 꺼냈다.

"좋은 말씀을 들었습니다. 하지만, 오늘밤 이처럼 시간을 마련하신 것에는 그 말씀만을 들려주시기 위함만은 아니라고 생각을 합니다. 이제 그 말을 들었으면 하는데……."

"……."

천도문주는 구양천상을 한참 쳐다보더니 머리를 흔들었다.

"대공의 수양은 도저히 그 나이로는 불가능할 정도로군. 본좌의 나이 이미 팔십이지만…… 대공의 수양을 따를 자신이 있다 할 수 없소."

"과찬이십니다!"

구양천상은 담담히 웃어 보일 따름이었다.

'듣기보다는 훨씬 더 무서운 아이로구나. 오늘…… 만나지 않았더라면 평생을 후회할 뻔했다!'

그녀는 암중에 다시 고개를 저으며 가라앉은 음성으로 입을 열었다.

"본좌는 모용세가에 대한 일을 굳이 대공에게 믿어달라고 하지는 않겠소. 그 일은 대공이 암중에 조사하여 보면 자연히 알게 될 것이니까. 지금 대공에게 하고 싶은 말은 우리가 잠정 제휴하자는 것이오."

"제휴? 손을 잡자는 말입니까?"

"그렇소."

구양천상은 그녀의 눈을 바라보았다.

천도문주의 눈은 냉정하고 흔들림없어 조금 전까지 분노로 떨던 그러한 눈이 아니었다.

그녀가 천도문을 운영하고 있음은 우연이 아닌 듯했다.

"어떤 방식의 제휴를 말씀하십니까?"

이윽고, 구양천상이 물었다.

"본 문은 모용가를 불태우는 것이 염원이며, 대공은 무림의 평화를 찾는 것이 그 염원일 것으로 아오. 여기에는 아주 간단한 공통점이 있소."

"구중천?"

구양천상의 되물음에 천도문주의 얼굴에 웃음이 떠올랐다.

"옳소! 구중천이오. 다른 점에서는 아마도 우리의 행동이 일치를 보기는 어려울 것이오. 하지만 구중천을 상대함에 있어서는 서로 힘을 합친다고 해서 하등의 손해가 될 것이 없으리라고 본좌는 생각을 하오. 대공의 생각은 어떠하오?"

그녀와 눈을 마주치고 있던 구양천상은 머리를 천천히 끄덕여 동의의 뜻을 표했다.

"좋습니다."

천하무림을 피로 씻었던 암흑마교다.

그들과 손을 잡는다는 것은 실로 대단한 위험을 무릅써야 하는 일이라 할 수 있다. 그러나 지금은 어쩔 수가 없다고 구양천상은 생각하고 있었다.

그들이 먼저 찾아오지 않았더라도 언젠가는, 그것도 가까운 시일 내에 그들을 찾으려고 생각하던 구양천상이었다.

그만큼 구중천의 힘은 강하다 할 수 있는 것이다.

후일, 이 일이 어떠한 사태로 발전될지는 아무도 모르는 일이지만 지금으로서는 양쪽 그 어디에도 손해가 되는 것은 없다.

서로가 배후에 대한 걱정을 하지 않아도 되는 것이다.
그리고 구중천을 상대함에 있어 힘을 더할 수 있고…….

구양천상과 천도문주는 그 제휴의 방법에 관해 논의하기 시작했다.
이경의 시간은 이제 삼경으로 넘어가고 있었다.
어쩌면 향후 무림 정세에 지대한 영향을 끼칠지도 모를 중대한 시간이, 흘러가는 구름 속에 묻히고 있었다.

第十二章

구천군주(九天君主)
―스승의 은혜는 하늘과 같건만 구천(九天)의
군주(君主)는 그 하늘 위에 있는가…….

풍운고월
조천하

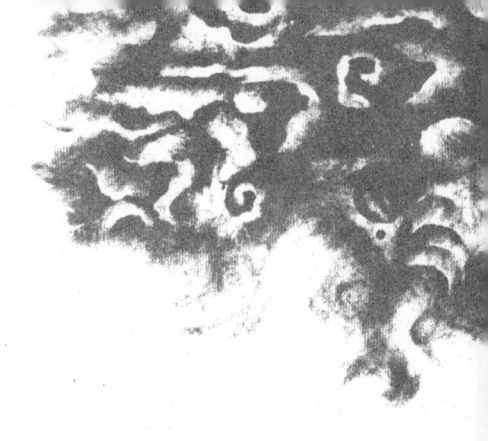

 바람이 불고 있다.
 사경(四更:새벽 1시에서 3시)이 넘어가는 시각, 사자림묘를 빠져나와 사자봉의 송림을 올라가는 두 사람이 있었다.
 유삼을 펄럭이며 천으로 감싼 기다란 것을 들고 있는 헌칠한 키의 남자는 구양천상이었으며, 그와 어깨를 나란히 하고 있는 사람은 의외에도 천도문의 남후였다.
 그들은 무엇인가 나직한 목소리로 이야기를 나누며 걸음을 옮기고 있는데 얼핏 보면 마치 한 쌍의 연인이 새벽길을 걷는 듯하였다.
 저 멀리 사자림묘의 모습이 송림에 가려지기 시작했다.
 그것을 돌아본 남후는 구양천상을 보며 말하였다.
 "구양 대공과 칼을 마주하지 않게 되어 다행이라는 생각이 드는군요."

"……."

구양천상은 담담히 웃어 보일 뿐이었다.

"만약 그렇지 않았다면 나는 구양 대공과 해결할 일이 있었는데……."

구양천상이 의아한 빛이 되어 그녀를 쳐다보자,

"지난날 내게 준 그 쓸모없는 무개옥합 말예요."

그녀의 말에 구양천상은 다시 웃음을 떠올렸다.

"그 비밀을 알아내었습니까?"

"물론이지요. 하지만 십장생의 흐름이 끊겨 있어 본 문의 무공 교두(敎頭) 몇 사람이 그것을 연구하다가 몇 번이나 피를 토했는지 몰라요. 결국 포기를 하기는 했지만 그로 인해 본 문이 치른 대가는 실로 적지 않았어요."

구양천상은 쓴웃음을 지었다.

"미안한 일이군요. 사과를 해서 될 일도 아니고…… 사실 그 일은 고의가 되어놔서……."

그때, 인기척이 들리며 한 사람의 야행인이 소나무 위에서 날아 내렸다.

"무슨 일이냐?"

남후가 그를 보자 싸늘한 어조가 되어 물었다.

검은 옷의 야행인은 남후를 향해 고개를 숙여 보이고는 구양천상을 힐끗 보았다.

"괜찮으니 말해라."

그녀의 말에 야행인은 입을 열었다.

"일단의 신비인들이 움직이고 있음이 발견되었습니다."

"신비인들?"

"그렇습니다. 제삼로 탐문(探聞)에 따르면 그 움직임은 어제저녁 때부터였다고 하는데…… 이동 속도가 매우 신속하여 종적을 놓쳤다고 합니다. 어쩌면 본 문을 노리며 추적해 온 구중천의 고수들이 아닌가 하여……."

남후가 다시 물었다.

"그들의 이동 방향은?"

"최종 확인은 운문 일대라 하였는데, 그곳이라면 이곳 사자림과 선인봉, 운제봉의 세 곳으로 갈라질 수 있는 곳이 되어 지금 제일로와 삼로가 전력을 다해 그들의 종적을 수색 중입니다."

남후가 미간을 찡그렸다.

"이상하군…… 그곳에서라면 여기까지 이렇듯 오래 걸릴 이유가 없을 것인데?"

중얼거리던 그녀는 구양천상의 안색이 조금 이상해져 있음을 발견했다.

"대공……."

구양천상이 입을 열었다.

"누구에게 우리가 같이 있는 모습을 보여 좋을 것은 없을 것 같아 먼저 가보도록 하겠습니다. 한 가지 확인해 볼 일도 생긴 듯하고……."

그는 남후를 향해 손을 마주잡아 보이고는 구름과 같이 신형을 미끄러뜨리기 시작했다.

'무슨 일일까?'

남후가 기이한 눈길로 구양천상의 뒷모습을 쫓다가 어리둥절하여 서 있는 야행인에게 빠른 음성으로 명령했다.
 "인원을 더 투입하여 그들의 종적을 확인하도록 하고, 저 사람이 어디로 가고 있는지를 알아보도록 해라. 명심할 것은 절대로 눈치를 채게 해서는 아니 된다는 것이다!"
 야행인이 사라지고 나서 남후는 구양천상이 사라진 방향을 바라보며 생각에 잠겨 있었다.
 '나타났다는 신비인들은 그와 어떤 관계가 있는 것일까?'
 그렇지 않다면 무엇 때문에 그 말을 듣자 급히 자리를 떴으랴.
 그녀는 은어와 같이 긴 손가락으로 복면한 턱을 쓰다듬다가 몸을 돌려 사자림묘 안으로 들어갔다.

    *   *   *

 일단 사자림묘를 벗어나자 구양천상의 신형은 보는 사람의 눈을 의심케 할 정도의 속도로써 산을 가로질러 쏘아가기 시작했다.
 바람이 세차게 그의 몸 주위에서 비명을 지르며 갈라졌다.
 그는 지금 전력을 다하고 있었다.
 누군가가 그의 종적을 알아내거나 뒤따른다는 것은 이미 불가능한 일이었다.
 그와 같은 수준의 능력을 지녔다면 몰라도.
 '이미 늦었는지도 모른다. 그가 정말 내가 생각한 대로 묘강 독문의 주인인 독왕(毒王) 우잠(于蠶)이라면……'

휙— 휙—

바람이 세차게 울부짖는 가운데 구양천상의 신형은 순식간에 선인봉 운애에 당도하고 있었다.

모든 것은 변함이 없는 듯했다.

'나의 생각이 지나쳤단 말인가?'

구양천상은 머리를 갸웃하며 허공에서 이상한 손짓을 했다.

그것은 마치 무엇을 짚어보듯 하였는데, 몇 번 그것을 짚어보던 구양천상의 안색이 돌연 어두워졌다.

'이것은 산지박(山地剝)의 형상이다. 음(陰)이 성해서 양(陽)을 긁어 없애니 양은 겨우 명맥을 보존할 수 있다는 것으로 소인배가 군자를 박해하는 괘상이 아닌가!'

이제 보니 그는 단숨에 주역을 짚어본 듯했다.

'이 괘로 본다면 지금 태백거에는 위험이 닥쳐 있다는 뜻인데 어떤 잘못된 것이 보이지 않으니 괴이하구나. 설마 내가 괘를 잘못 뽑았단 말인가?'

빠르게 주위를 살펴보던 구양천상은 한 가지 이상한 점을 발각해 내었다.

구름 속에 늘어져 평소에는 전혀 보이지 않게 되어 있는 쇠사슬 다리가 보일 듯 말 듯하게 조금 당겨져 있음을 본 것이다.

그것은 일반인이라면 보아도 소용이 없겠지만 경공이 어느 정도의 경지에 다다른 사람에게는 문제가 달랐다.

잠시 단애에 서서 그 쇠사슬 다리를 내려다보고 있던 구양천상은 마침내 생각을 굳힌 듯 그대로 몸을 날렸다.

그의 신형은 대붕(大鵬)과 같이 단숨에 십여 장이나 비스듬히 날아 쇠사슬 다리를 슬쩍 한 번 찍는 순간에 이미 맞은편에 내려서고 있었다.

구름은 여전히 시야를 가리고 있었다.

태백동천은 자연적으로 형성된 거대한 지하 석동이다.

그리고 태백동천이 위치한 깎아지른 듯한 절벽은 사람들의 발길이 태백동천이 이르지 못하게 하는 천험의 것이었지만, 그 정상은 의외에도 대패로 밀어낸 듯한 넓은 공지였다.

이름하여 망월평(望月坪).

태백거사 신무외가 즐겨 오르는 곳이며, 그가 무공을 연마하는 곳이기도 하다.

오늘밤도 태백거사 신무외는 망월평에 올라 있었다.

그러나 오늘밤 망월평에는 그 혼자만 있지 않았다.

우뚝 선 태백거사 신무외의 앞에는 작달막한 체구의 대머리노인 한 사람이 두 눈에서 사람의 간담을 서늘케 하는 신광을 뿜어내며 마주해 있는 것이다.

수십 장에 이르는 망월평, 두 사람의 주위는 그야말로 엉망이 되어 있었다.

돌이 깨어지고, 기이한 모습을 자랑하고 있던 소나무들이 밑동에서부터 부러져 나가거나 혹은 말라비틀어져 죽어 있는 것이다.

대머리노인이 차갑게 웃었다.

"지난 십 년 동안 놀고만 있지는 않았던 모양이군. 흐흐흐…… 빌어먹을…… 이래서야 오늘도 승부를 가리지 못하고 말

것 같군."

그의 음성은 칼칼하기 이를 데 없어서 심야의 올빼미가 피를 토하는 듯하였다.

그들 두 사람은 이미 어제저녁 때부터 싸우고 있었지만 아직 승부를 가리지 못하고 있는 상황이었다.

그의 말에 태백거사 신무외는 코웃음 쳤다.

"그렇다면 다시 십 년을 더 기다리란 말인가? 안 될 말이지! 노부는 그렇게 못하겠다!"

말과 함께 그는 비스듬히 손을 쳐들더니 소리없이 일장을 갈겨갔다.

그 일장의 역도(力道)는 무겁기 이를 데 없어, 그것이야말로 그가 평생을 두고 자랑하는 태산중수(泰山重手)였다.

그가 일장을 눌러오자 그 기세에 바닥의 흙먼지가 휘말려 오르며 자신을 향해 밀려오는 것을 보고 대머리노인은 가소롭다는 듯이 웃었다.

"또 그 알량한 태산……!"

말을 하면서 마주 일장을 토해내던 대머리노인의 안색이 돌변했다.

그의 장세와 마주치려던 태백거사 신무외의 장세에서 밀어내던 힘이 사라지면서 그의 손을 잡아당기는 흡력이 강렬하게 뻗어나왔던 것이다.

"무슨 짓이냐? 설마 내공……!"

대머리노인이 소리치는 사이에 두 사람의 손은 한 치의 여유도 없이 찰싹 달라붙었다.

태백거사 신무외가 냉랭히 말하며 다시 일장을 쳐냈다.
"노부의 태백신공(太白神功)은 면면부절함이 천하무쌍이다! 오늘에야말로 묘강 산골에서 큰소리치고 있는 우물 안 개구리에게 천하의 넓음을 알게 해주겠다!"
한 손이 맞붙어 있는 상황에서 다시 일장을 쳐내니, 그 손을 막아내지 않을 수 없었다.
만약 그렇지 않았다가는 피동으로 몰리게 되어 걷잡을 수 없는 지경에 이르게 되고 말 것이기 때문이다.
두 사람의 손이 맞붙었다.
"죽음을 자초하는군! 감히 노부의 자하독강에 정면으로 맞서려 하다니……!"
대머리노인이 예의 그 지독한 운귀 지방의 사투리로 소리치는 사이에 그의 눈에서는 무서운 자광(紫光)이 이글거리며 타오르기 시작했다.
그 사람이야말로 어제저녁 사자림에서 구양천상과 만났던 그 대머리노인임에 조금도 틀림이 없었다.
두 사람의 사이로 때아닌 회오리바람이 일어나기 시작하였다.
그것은 점점 더 강해졌으며, 두 사람의 옷자락이 절로 펄럭이며 더 강해지고 태백거사 신무외의 머리카락이 창끝처럼 곤두서자 대단히 맹렬해졌다.
뿌드드드…….
두 사람의 발이 암반으로 된 바닥의 돌을 깨뜨리며 가라앉기 시작했다.
굵은 땀방울이 그들의 이마 위에 돋아나고 이내 김이 되어 무럭무럭 피어올랐다.

 이것이야말로 내가고수들의 대결(對決) 중에서도 가장 흉험무비하다는 내공의 대결이었다. 이것은 오로지 일신 내공의 수위(修爲)로써 결판이 나는 것이며 추호의 잔재주가 용납될 수 없기 때문에 한 사람이 치명적인 상태가 되기 전에는 끝이 날 수 없는 극단적인 방법이다.

 내가고수들이 가장 꺼리는 방법이기도 하였다.

 하지만 얼마 지나지 않아 그들의 기세는 더 강해지지 않고 점차 약화되어 가기 시작했다.

 그들은 이미 어제저녁 때부터 조금도 쉬지 않고 전력을 다한 일장박투를 계속해 왔기 때문에 사실은 이미 지쳐 있는 상태였던 것이다.

 그렇다고는 하지만 아직도 그들의 기세는 사람을 놀라게 하고도 남을 정도였다.

 특히 대머리노인의 주위에는 괴이하게도 쓰으쓰으…… 하는 음향이 계속해 들리면서 그 단단한 암석들이 검게 타들어가고 있었다.

 돌이 타들어가는 마당이니 일 장여 안의 초목이라고는 아예 흔적조차 남지 않을 정도였다.

 원래 이 노인이야말로 수십 년래로 천하무림에 그 이름이 알려지고 있는 묘강독문의 독왕 우잠이었다.

 그는 생각만으로도 상대를 독사(毒死)시킬 수 있다는 독문의 전설적인 인물이었다.

 중원에는 그 이름만이 알려져 있을 뿐 단 한 번도 그 모습을 보이지 않은 사람이 그였다. 그렇지 않았다면 구양천상이 그를 보고도 몰라보았을 리가 없었을 것이었다.

세상을 공포로 떨게 할 만큼 그의 용독은 이미 화신(化身)의 경지에 이르러 있었으며, 거기에 근래에 들어 그가 연마에 성공한 자하독강은 기세만으로도 사람을 독살시킬 수 있는 무서운 것이었다.

어떠한 고수라 할지라도 혈육지구를 가진 인간인 이상 정면으로 자하독강에 맞설 수는 없다.

그러기에 독왕 우잠은 신무외가 내공으로 맞서옴을 보고 미쳤다고 생각했었다. 그것이야말로 섶을 지고 불 속에 뛰어들어 가는 격이었기 때문이다.

하지만, 독왕 우잠의 주위 암석들마저 타들어가는 가운데에서도 태백거사 신무외는 끄떡도 없이 버티고 있었다.

그것은 독왕 우잠을 놀라게 하기에 족했다.

'대체 어떻게 이런 일이…… 설마 이 늙은이가 만독불침의 신공이라도 연마했단 말인가?'

그건 말이 안 되는 일이었다.

그렇다면 자신은 그에게 상대가 되지 않을 것이기 때문이었다.

골을 싸매고 있던 독왕 우잠은 태백거사 신무외의 손을 보는 순간, 안색이 돌변했다.

"이제 보니 무량해(無量海)의 해독비전인 무량옥고(無量玉膏)를 발랐었구나."

그는 자신도 모르게 부르짖다가 태백거사 신무외의 기세를 견뎌내지 못하고 잇달아 대여섯 걸음이나 뒤로 밀려나고 말았다.

뿌드득! 뿌드드…….

그의 발아래에서 돌 부스러기들이 마구 깨어져 나갔다.

식은땀이 독왕 우잠의 대머리 위에서 흘러내리다가 허연 김이 피어올랐다.

결국 그는 일곱 걸음을 물러나고 나서야 겨우 평수를 회복할 수 있었다.

그것은 태백거사 신무외를 놀라게 하는 일이었다.

'이제 보니 이 노독물(老毒物)이 독공뿐만 아니라, 진재실학마저도 대단하구나! 내공으로도 나와 쌍벽을 이룰 수가 있다니…….'

그와 독왕 우잠은 이미 십 년을 주기로 하여 세 번을 싸웠으며 어느 누구도 결정적인 우위를 잡아본 적이 없었다.

태백거사 신무외는 자부심이 대단한데다가 편벽한 성격인지라 그를 이기기 위해 고심참담한 끝에 마침내 한 가지 방법을 생각해 내게 되었는데, 그것은 독왕 우잠과 정면대결을 하는 것이었다.

독왕의 독공을 꺼리느라 자신의 장기인 내공력을 제대로 사용하지 못한다고 생각한 태백거사 신무외는 갖은 노력을 다한 끝에 해독 방면에 있어 천하제일이라는 무량해의 해독비전 한 부를 얻고, 무량옥고와 해독단을 제조하여 독왕 우잠을 맞았던 것이다.

무량옥고는 해독성약으로서 일단 전신에 바르게 되면 길게는 백 일에서 짧게는 사십구 일간은 어떠한 독이든 두려워하지 않아도 되기에 태백거사 신무외는 자신만만이었다.

그러나 내공의 대결에서마저 독왕과 막상막하가 될 줄이야 누가 알았으랴.

　그들은 어느 누구도 양보하려 하지 않았으며, 시간이 지남에 따라 태백거사 신무외의 얼굴은 백지장처럼 일그러지고, 독왕 우잠의 얼굴은 온통 자색으로 변해갔다.

　뿐만 아니라 그들의 옷자락은 금방이라도 찢겨져 나갈 듯 조금도 쉬지 않고 미친 듯이 펄럭이고 있었으며, 그들의 전신도 옷자락 못지않게 서서히 그 떨림을 가중시키고 있었다.

　점점 견디기 힘드는 지경에 이르는 것이 틀림없었다.

　내공의 대결에 있어서 결과는 언제라도 두 가지이다.

　하나는 두 사람 중 한 사람이 절대적인 강자라서 상대를 격퇴하는 것이고, 다른 하나는 두 사람이 승부를 내지 못하고 동패구상(同敗俱傷), 같이 피를 토하고 나동그라지는 것이다.

　전자는 경우에 따라 요행이 있지만, 후자는 거의가 치명상을 입기 마련이다.

　지금 두 사람의 경우가 바로 그러했다.

　"……."

　두 사람의 몸이 흔들거리며 그들의 입에서 가는 선혈이 흘러내리기 시작하였다.

　그들의 내공 대결은 이미 위험 수위에 도달해 있었다.

　그것을 멈추게 하려면 그들 두 사람을 합한 경지의 절대적인 고수가 나타나 강제로 그들을 갈라놓아야 하는데 이것은 현실적으로 전혀 불가능한 일이었다.

　나이 백을 바라보는 무림 대원로들인 그들 두 사람을 합한 것 같은 고수가 과연 세상에 존재할 것인가가 의문이며, 또 있다 하더라도 어찌 공교롭게 이 자리에 나타날 수가 있겠는가.

가장 간단한 방법은 두 사람이 동시에 손을 거두는 것인데, 이것은 두 사람의 성격상 도저히 가능치 않은 일이었다.

어느 누구도 죽기 전에는 그러한 눈치를 먼저 보이지 않을 것이기 때문이다.

상황은 이제 절망적이었다.

그런데, 그 상황에 돌연 두 사람이 망월평 위에 나타난 것이다.

바로 태백거사 신무외의 두 제자인 정무봉(鄭武奉)과 고문정이었다.

그들 두 사람은 두 사람의 상태를 살펴보며 조금 망설이는 듯 하더니 이내 빠르게 다가왔다.

둘째인 고문정이 태백거사 신무외의 곁에 서더니 그를 향해 절을 하며 말했다.

"사부님의 당부를 어기고 저희 두 사람이 망월평에 올라온 것은 어떤 말로도 용서를 받을 수 없음을 압니다. 하지만, 저희 두 사람은…… 도저히 사부님께서 변을 당하시는 것을 그대로 두고 볼 수만은 없었습니다."

독왕 우잠의 안색은 가마솥이 되고 말았다.

이와 같은 상황에서 저들이 태백거사를 돕는다면 그의 목숨이 여벌로 다시 하나가 더 있더라도 어찌할 재간이 없기 때문이다.

'빌어먹을……! 저 노괴물을 믿고 호위고수들을 다 떼어놓고 온 것이 실수로구나……! 노부가 여기에서 개죽음을 당하다니!'

그가 이를 갈 때, 태백거사 신무외도 얼굴을 괴이하게 일그러뜨렸다.

'내 분명히 어떠한 일이 있더라도 여기에는 올라오지 말라 일렀거늘, 이놈들이 내 얼굴에 먹칠을 해도 유분수지…….'

그는 두 눈을 찢어질 듯 부릅떴다.

만에 하나, 제자들이 독왕 우잠을 암해한다면 그는 제일 먼저 그들을 죽이고 말 것이었다.

그의 그러한 성격을 제자들이 모를 리 없었다.

고문정이 진기를 돋우어 소리쳤다.

"저희는 어느 분도 돕지 않겠습니다. 하지만 이 싸움을 더 계속한다면 두 분은 동패공사(同敗共死)를 면치 못하실 겁니다. 이제부터 제가 셋을 세겠습니다. 사부님과 선배님께서는 제가 셋을 세는 순간에 서로 손을 거두어주십시오. 만에 하나라도 잘못되는 일이 생긴다면…… 저희 두 사람이 목숨을 바쳐 사죄를 하겠습니다."

그의 외침은 당당하기 이를 데 없다.

가마솥이 되어 있던 독왕 우잠은 얼떨떨한 표정이 되어 태백거사 신무외의 얼굴을 보았다.

신무외의 눈에는 오만한 빛이 흐르고 있었다.

그것 보라는 뜻일까?

'빌어먹을…….'

독왕 우잠이 속으로 혀를 찼다.

"하나……."

고문정이 숫자를 헤아리기 시작했다.

둘에 이어,

"셋! 손을……."

고문정이 날카롭게 소리치는 순간에 두 사람은 거의 동시에 손을 거두었다.

획획, 소리와 함께 두 사람 사이에서 세찬 회오리바람이 흩어져 갔다.

"윽……."

거의 동시에 두 사람의 안색이 일그러지면서 선혈을 토해내었다. 그들 두 사람은 자존심 하나로 버티고 있었기에 이미 내상을 입고 있었던 것이다.

독왕 우잠은 태백거사 신무외의 대제자 정무봉이 부축을 하려 하자, 고개를 저으며 예의 알아들을 수 없는 사투리로 중얼거렸다.

한데 그 순간, 아무도 상상치 못했던 일이 발생했다.

펑!

"으윽!"

고개를 젓고 있던 독왕 우잠이 돌연 참담한 신음과 함께 피를 토해내면서 나동그라지고 만 것이었다.

믿을 수 없게도 그를 부축하려던 정무봉이 다짜고짜 독왕 우잠의 명문대혈을 후려갈겼던 것이다.

"이…… 이…….''

독왕 우잠이 선지피를 토해내면서 안간힘을 써 일어나며 태백거사 신무외를 노려보았다.

"무…… 무슨 짓을 하는 거냐? 무봉……! 네 이놈, 감히……윽!"

뜻하지 않은 광경에 놀라 두 눈을 부릅떴던 태백거사 신무외가 소리치다가 괴로운 신음과 함께 앞으로 서너 걸음 비틀거리더니 피를 토해내며 독왕 우잠과 얼마 떨어지지 않은 곳에 쓰러졌다.

원독 어린 저주의 말을 퍼부으려던 독왕 우잠이 멍청해져서 입을 다물었다.

태백거사 신무외가 서 있던 자리에는 방금 그를 부축하는 척하면서 그를 암격한 둘째 제자 고문정이 우뚝 서 있었다.

"네, 네놈이……?"

덩이로 피를 토해낸 태백거사 신무외가 한참을 멍청히 믿어지지 않는 듯 고문정을 쳐다보고 있더니 발작적으로 몸을 일으키며 소리쳤다.

그가 벌떡 몸을 일으키는 것을 보자 고문정은 안색이 창백해져서 주춤 뒤로 물러섰다.

하지만 태백거사 신무외는 다음 순간에 나직한 신음과 함께 그 자리에 무너지고 말았다. 이미 가볍지 않은 내상을 입고 있던 그가 방심한 상태에서 받은 타격은 실로 대단하였다.

하지만 그가 정신적으로 받은 충격은 더하다고 할 수 있었다.

이것은 있을 수도, 믿을 수도 없는 일이었기 때문이었다.

대제자는 물론, 둘째 고문정은 채 열 살이 되지 않았을 때부터 그가 키우다시피 하여 비록 잔정이 없는 그였지만 그 정은 은연중에 깊고 진했던 것이다.

"무, 무슨 짓…… 무엇 때문에 이런 짓을……?"

태백거사 신무외가 잇달아 선혈을 토해내고는 고개를 들어 고문정을 바라보았다.

고문정의 얼굴에 일그러진 표정이 떠올랐다.

그는 감히 태백거사 신무외의 눈길을 마주할 수 없는 듯 괴로운 표정으로 시선을 돌렸다.
그때였다.
"그 대답은 아마도 본좌가 하는 것이 좋을 것 같소."
느닷없이 차고 카랑카랑한 음성이 들려왔다.
한 사람이 다시 망월평 위에 불어났다.
부우연 미명(未明)이 찾아들고 있는 망월평, 거기 나타난 사람은 미명과는 상관없이 여전히 검은빛으로 온몸을 휘감은 복면인이었다.
복면 속에 자리한 눈에서 형형한 신광을 쏟아내고 있는 그가 모습을 드러내자 고문정과 대제자 정무봉은 한 걸음 앞으로 나서며 그를 향해 허리를 굽혀 보였으며, 동시에 십여 명의 흑의인들이 소리없이 망월평의 위에 더 불어났다.
그들은 태백거사 신무외와 독왕 우잠에게 빠른 속도로 다가오는 것을 보고 신무외는 신음하듯 소리쳤다.
"외인의 사주를 받았단 말이냐……?"
순간, 나직한 웃음소리가 흑의의 복면인에게서 흘러나왔다.
"이제 곧 한집안이 될 사이인데, 어찌 외인이라 하시오? 하하…… 거사의 두 제자야말로 때를 아는 준걸들이라 할 수 있을 것이니 지금은 비록 나무라겠지만 얼마 가지 않아 오히려 칭찬을 하게 될 것이오."
태백거사 신무외는 흑의인들이 다가옴을 보고 소리쳤다.
"뭐 하는 자들이냐?"
그들은 아무런 소리도 하지 않았으며, 대답은 그 흑의복면인으로부터 들려왔다.

"두 분은 군주각하의 각별한 주의를 받아 본 천의 공봉(拱奉)으로 초빙되는 은전(恩典)을 입게 되었소."

그는 정중한 어조로 말을 이었다.

"비록 지금 모시는 방법은 예의가 아니지만, 두 분은 워낙 특별한 분들이시니 어쩔 수가 없음을 이해하여 주시면 서로가 편할 것이오."

그가 말을 하는 순간에 돌연, 독왕 우잠의 곁으로 다가섰던 두 흑의인들이 괴이한 신음과 함께 비틀거리더니 그대로 픽 쓰러졌다.

"독이로군. 물러서라!"

그것을 보고 흑의복면인은 고문정을 향해 말했다.

"해독약이 있다고 했던가?"

고문정은 고개를 끄덕이더니 암중에 머리를 저으며 쓰러진 흑의인에게 다가가 품속에서 약병을 꺼내 그들에게 한 알씩 먹였다.

그것이 자신이 지난 십여 년간 고생하여 겨우 만들어낸 무량단(無量丹)임을 본 태백거사는 눈이 뒤집어질 지경이었다.

그러나 흑의복면인은 그의 표정은 아랑곳하지 않고서 독왕을 보고 유창한 묘어로 말하였다.

"독왕의 명성이 과연 명불허전임은 이미 견식하였소이다. 하지만…… 시간을 지체할 수 없으니 더 이상의 소란은 피우지 말아 주셨으면 좋겠소."

그의 말에 입을 다물고 있었던 독왕 우잠은 음산하게 웃었다.

"그까짓 해독약 몇 알로 노부의 독을 막아낼 수 있을 것 같으냐. 노부가 비록 중상을 입었음은 사실이지만 아직까지는 최소한 네놈들과 동귀어진할 능력은 남아 있다!"

흑의복면인은 내심 가슴이 섬뜩하였지만 겉으로는 전혀 내색을 하지 않았다.

"본좌는 두 분의 대결을 이미 상당한 시간 동안 기다려 왔는데 어찌 그 정도의 대비도 하지 않았겠소?"

그의 말과 함께 그와 같이 온 흑의복면인들 중에서 세 명이 품속에서 원통을 꺼내어 독왕 우잠을 겨누었다.

"분화신통(噴火神筒)!"

그것을 보고 독왕 우잠의 얼굴이 찌그러지자 흑의복면인은 연신 고개를 끄덕였다.

"과연 견문이 대단하시군……. 바로 그러하오. 독왕께서 지금 혼신의 힘을 다하여 여기 있는 사람들과 동귀어진한다고 하더라도 그것이 무슨 의미가 있겠소? 그야말로 개죽음이지. 하지만 우리와 함께 간다면 후일을 기약할 수 있을 것이오."

후일을 기약한다…….

독왕 우잠은 얼굴빛이 묘해졌다.

그의 기색을 보고 흑의복면인은 그가 더 이상 손을 쓰지 않을 것임을 알았다.

그의 시선이 자신에게 돌아옴을 보고 태백거사 신무외는 차갑게 코웃음 쳤다.

"후일이니 무엇이니 하여 노부를 유혹하려 하지 말아라. 네놈들이 무엇을 기도하고 있는지 알 수 없으되, 네놈들은 노부의 시체 외는 아무것도 얻지 못할 것이다."

그의 말에 흑의복면인은 가볍게 웃었다.

"그것은 본 천의 군주각하께서 원하시는 바가 아니니 본인으로서는 감히 그럴 수가 없소이다."

그의 웃음소리가 신호이기라도 하듯, 망월평 위에는 다시 한 사람의 흑의인이 모습을 드러냈다.

그의 품속에는 축 늘어진 소녀 하나가 안겨 있었다.

그것을 본 태백거사 신무외의 눈꼬리에 가는 경련이 일어났다.

'홍아……'

흑의인은 홍아를 부축해 세우고는 그녀의 정신이 들도록 했다.

늘어져 있다가 눈을 뜬 홍아는 어찌 된 영문인지를 몰라 잠시 눈을 깜박거리고 있다가 그녀의 눈앞에 태백거사 신무외가 가슴 앞까지 늘어져 있는 흰 수염을 토해낸 피로 붉게 물들이고 주저앉아 있음을 보고는 자지러질 듯 놀라 소리쳤다.

"사부님! 어찌 된 일이에요? 사형들이……."

그녀의 말은 흑의인의 손에 아혈(啞穴)이 막혀 멈춰지고 말았다. 그녀의 얼굴이 다급함으로 온통 새빨갛게 달아올랐다.

흑의복면인은 홍아에게서 시선을 돌려 신무외를 보며 말했다.

"군주각하께서는 사정이 허락하는 한 두 분을 정중히 모시도록 명하셨소이다. 동행을 허락해 주신다면 이 귀여운 소녀는 원래대로 거사의 옆에서 꾀꼬리처럼 계속 재잘댈 수 있을 것이오."

"……."

태백거사 신무외는 대답 대신 흑의복면인의 곁에 멀뚱히 서 고개를 숙이고 있는 두 제자를 보았다.

그리고,
"욱!"
그는 치미는 울화를 억제하지 못하고 대뜸 한 모금의 선혈을 다시 토해내어야 했다.
눈앞이 아물거렸다.
배신이라니……!
그처럼 자부심이 강한 사람인지라, 제자의 배신은 그의 모든 것을 허물어뜨리는 것이라고 할 수 있었다.
흑의복면인이 말했다.
"두 분을 모시도록, 군주각하의 귀빈이시니 접대에 소홀함이 없어야 할 것이다."
그는 태백거사 신무외 등이 체념할 것임을 단정하는 듯하였다.
한데 그때였다.
"흥!"
싸늘한 웃음소리가 날카로운 비수처럼 흑의복면인의 고막을 찔러왔다.
흑의복면인이 흠칫하는 순간에 돌연 홍아를 제압하고 있던 흑의복면인이 나직한 신음을 흘리며 쓰러졌다.
동시에 홍아가 마치 비호처럼 땅을 박차고 날아올라 독왕 우잠과 태백거사 신무외의 앞에 분화신통을 들고 버티고 서 있는 세 명의 흑의인을 덮쳐 갔다.
"으아악!"
"아악……!"
한 가닥 검광이 번갯불과 같이 번뜩이더니 시뻘건 불꽃이 춤을 추면서 허공으로 날아올랐다.
 세 명의 흑의인들이 비틀거리며 물러서다가 허공에서 춤을 추는 불꽃에 휩싸여 처절한 비명을 지르며 땅바닥에서 미친 듯 굴러다녔다.
 홍아가 독왕 우잠의 앞에 서 있었다.
 아니, 좀 더 정확히 말해 한 사람이 그녀의 손을 잡은 채 거기에 서 있었다.
 찰칵…….
 그의 오른손이 막 그의 허리춤에 달려 있는 검집에다 검을 꽂을 때, 홍아는 비로소 정신을 차리고 자신을 구한 사람을 알아볼 수 있었다.
 "오빠……?"
 그녀의 눈이 왕방울만 해졌다.
 "괜찮으냐?"
 그녀를 구한 백의인이 그녀를 향해 빙긋이 웃어 보였다.
 그 웃음은 정녕, 정녕 너무도 눈부셨다.
 마침내 구양천상이 나타난 것이다.
 그는 장내의 상황을 살펴보고는 제일 먼저 홍아를 구했다.
 홍아를 구함과 동시에 그는 그녀를 한 손으로 안은 채 독왕의 앞에 버티고 있는 세 명의 흑의인을 덮쳐 갔다.
 그들의 손에 들려 있는 분화신통이야말로 위협적일 수 있었기 때문이다.
 이미 천에서 풀려 나와 있던 보천신검은 가공할 빠르기의 고혼일검을 뿜어내어 거의 찰나간에 분화신통을 들고 있는 흑의인 세 명의 손을 절단해 버리고 말았다.

홍아가 있는 곳에서 그들이 있던 곳까지는 오 장여가 넘었음에도 그의 쾌검은 너무도 빨라 구양천상을 보고 발사하려던 분화신통은 잘려진 흑의인의 팔과 함께 날아올라 공중에서 뒤늦게 불꽃을 쏘아내었다.

그리고 그 불꽃은 팔뚝을 잘리고 웅크리는 세 명의 흑의인들에게 쏟아져 내리고 말았으니…….

이 일련의 변화는 너무도 신속하여 어느 누구도 제대로 알아볼 수가 없을 지경이었다.

"누구냐?"

그야말로 전광석화와 같은 순간에 벌어진 일에 흑의복면인이 경악하여 외쳐 물었다.

하지만 구양천상은 대답하지 않고 태백거사 신무외를 보았다.

"괜찮으십니까?"

태백거사 신무외는 대답 대신 눈을 감아버리고 말았다.

그다운 행동인지라 구양천상은 개의치 않고 품속에서 고본정양환이 들어 있는 옥병을 꺼내 홍아에게 주었다.

"이 약을 홍아의 사부님과 저 노선배께 가져다 드리고 보살펴 드리도록 해라."

홍아가 약병을 받아 들고 네댓 발짝 떨어져 있는 태백거사 신무외에게 달려가 그를 부축할 때였다.

"이제 보니 너는……?"

독왕 우잠이 그를 알아보고서 예의 그 지독한 운귀(雲貴) 묘어(苗語)로 입을 열었다.

구양천상이 그를 돌아보며 담담히 말했다.
"우리의 인연은 상당한 모양입니다. 이처럼 빠르게 다시 만나게 되다니……."
말을 하던 구양천상은 허리를 휘청했다.
동시에 검빛이 그의 허리춤에서 폭발하듯 쏟아져 나갔으며,
"으악!"
단말마의 비명이 그의 검광이 미치는 곳에서 터져 나왔다.
그가 검을 거두는 사이에 그의 앞에서 흑의인 둘이 목을 움켜잡으며 쓰러지고 있었다. 선혈이 그들의 손가락 사이로 뿜어졌다.
그 광경을 보고 흑의복면인은 물론이고 태백거사와 독왕에 이르기까지 놀라지 않는 사람은 아무도 없었다.
"천하제일의 쾌검이로구나……."
독왕 우잠이 절로 중얼거렸다.
흑의복면인의 눈빛이 얼음처럼 차게 굳어졌다.
그는 구양천상이 자신의 말에 대답도 하지 않음을 보고 노해 암중에 흑의인으로 하여금 그를 공격하도록 하였는데, 검광이 번뜩이는 사이에 이미 그가 데려온 수하 중 다섯이 쓰러져 버린 것이 아닌가!
그는 당금 무림 중의 쾌검수를 머리가 터지도록 생각해 보아도 도저히 구양천상의 정체를 알아낼 수가 없었다.
그때 태백거사 신무외의 둘째 제자 고문정이 신음하듯 중얼거리는 소리를 들은 그의 눈빛이 괴이하게 흔들렸다.
"구양천상? 그럼 귀하가 구양세가의……?"

구양천상이 그를 보았다.
"당신은 구중천의 사람이오?"
그가 물어올 때 흑의복면인은 태백거사 신무외가 눈을 감고 운기조식에 들어감을 보고 불이 붙은 듯 다급해졌다.
눈앞에 서 있는 구양천상이 방금 보여준 능력을 볼 때 그는 두 번 다시 보기 힘든 강적이었다.
한데 시간을 끌어 태백거사나 독왕이 조금이라도 기운을 차리게 된다면 그는 도주조차 할 수 없는 형편이 될 것이었다.
'아직까지는……'
그는 구양천상이 태백거사 신무외와 독왕을 보호하기 위해 그들의 주위를 떠날 수 없을 것으로 단정했다.
제아무리 가공할 능력이 있더라도 그 자리를 떠날 수 없다면 승산이 없다고 할 수도 없는 일이다.
"공격해!"
흑의복면인이 소리쳤다.
남아 있던 흑의인 일곱이 검광을 번뜩이며 구양천상을 덮쳐 갔다.
그 속도는 신속하기 이를 데 없을뿐더러, 일곱 자루의 검이 마치 한 자루인 양 이어져 흐르고 있어 그 기세는 대단히 무서웠다.
구양천상은 보천신검의 자루를 잡았다.
그리고 그가 막 고혼일검을 발동하려는 찰나,
쌔앵!
귀청을 찢는 매서운 음향이 허공을 가르며 태백거사의 앞을 지키고 서 있는 홍아를 향해 덮쳐 가는 것이 아닌가.

흑의복면인이 흑의인들의 공격과 함께 움직이기 시작하여 그의 허리에서 검은 채찍 하나를 풀어내어 홍아를 공격하고 있었다.

그의 채찍은 길이가 무려 이삼 장에 달하는데다 얼핏 보기에도 그 변화가 예사롭지 않았다.

구양천상은 행운유수의 신법을 밟으며 한 걸음 나서는 가운데 일곱 흑의인의 예봉을 피한 다음, 번개처럼 검을 뽑았다.

쓰아악!

검광이 하늘을 달리고 검은 편영(鞭影)이 꿈틀거리며 엉기는 듯하더니 씻은 듯 자취가 사라졌다.

"유룡편법(遊龍鞭法)!"

보천신검을 거두는 구양천상의 입에서 놀란 음성이 흘러나왔다.

그는 고혼일검을 발동하여 흑의복면인들이 시전하고 있는 검은 채찍을 끊어버리려고 했는데 놀랍게도 그 검은 채찍이 꿈틀거리며 보천신검의 일격을 피한 것이다.

"그럼 당신이 바로 실종되었던 새북(塞北)의 편왕(鞭王) 종자도(鍾子都)란 말이오?"

그는 말을 하다 말고 입을 다물었다.

일곱 흑의인이 파도와 같이 그를 공격해 오고 있었던 것이다.

피할 수는 없는 일이다.

그는 그 자리에 버티고 서며 검을 쳐들었다.

순간, 일곱 흑의인들이 흠칫 뒤로 물러났다.

그들은 이미 구양천상의 쾌검이 얼마나 공포스러운 것인지를 보았기 때문에 감히 정면으로 상대할 수가 없는 것이었다.
 '무섭다! 정말로 저자가 구양세가의 구양천상이란 말인가?'
 그 광경을 보고 흑의인들이 속으로 신음했다.
 구양천상의 검을 피한 듯하지만 교룡사(蛟龍絲)와 오금을 섞어 도검을 두려워하지 않는 그의 흑룡편(黑龍鞭)의 끝이 구양천상의 보천신검의 검기를 견디지 못하고 조금 잘려져 나간 것을 알았기 때문이다.
 그는 사나운 기세로 소리쳤다.
 "뭐 하는 건가? 보고만 있을 생각이냐?"
 그의 외침에 엉거주춤해 있던 고문정과 정무봉이 한숨을 내쉬더니 이를 악물며 구양천상을 향해 덮쳐 갔다.
 그 뒤를 일곱 흑의인들이 따랐고, 동시에 흑의복면인도 다시 흑룡편을 떨쳐 홍아를 공격해 갔다.
 그들 두 사람이 함께 가세하자 구양천상은 조금 까다로워졌다. 비록 배신을 했다 하더라도 그들은 태백거사 신무외의 진전제자들이다.
 태백거사가 눈앞에 있는데 그들을 마음대로 처리할 수는 없는 일이라 손을 함부로 쓰기 곤란한데다 그들의 무공이 태백거사 신무외의 것이라 쉽게 볼 수 없는 것이었기 때문이다.
 그의 기색을 눈치챈 독왕 우잠이 발끈해 소리쳤다.
 "그까짓 잡종들에게 무슨 사정인가? 단칼에 모가지를 떼버려라! 신 노괴가 뭐라고 한다면, 내 오늘에야말로 이 늙은 괴물의 대가리를……!"
 그는 소리치다가 인상을 찡그리며 말을 멈추었다.

그들 두 사람의 내상은 실로 엄중하였다.

다른 사람이었다면 말은커녕, 이미 인사불성의 상태가 되어 생사를 장담할 수 없을 정도의 상태가 그들의 현재였다.

구양천상은 상황이 더 이상 미적거리고 있을 때가 아님을 깨달았다.

그는 잡았던 보천신검의 손잡이에서 손을 떼며 그 손으로 잇달아 수류천파의 지력을 고문정 등 두 제자와 일곱 흑의인에게 쏘아냈다.

그것은 그의 진력이 깃들인 것이라 땅땅! 하는 소리와 함께 나직한 신음이 들리며 일곱 흑의인을 비롯한 두 제자들이 주춤 몇 걸음씩을 물러났다.

그들이 비록 물러서기는 하였지만 하나도 쓰러지지 않음은 그들의 능력이 과연 간단하지 않음을 웅변한다 할 수 있었다.

구양천상은 그들이 물러날 것을 예상이라도 한 듯 지력을 쏘아내는 것과 동시에, 대뜸 질풍과 같이 홍아를 공격하고 있는 흑의복면인을 덮쳐 갔다.

차아앙…….

용이 꿈틀거리듯 삼엄한 검기를 뿌리며 보천신검이 놀라운 속도로써 흑의복면인을 노리고 뻗어났다.

흑의복면인이 계속 홍아를 공격한다면 무려 이 장이 넘는 흑룡편으로써 홍아를 죽이거나 중상을 입힐 수 있겠지만 구양천상의 그 가공할 쾌검을 피할 수는 없을 것이었다.

그가 홍아를 공격하는 것은 원래부터 구양천상의 정신을 흩뜨리기 위한 것이었기 때문에 기실 그가 홍아를 공격한 것은 처음부터 허초에 불과한 것이었다.
 그는 구양천상이 자신에게 덮쳐 옴을 보자 대번에 흑룡편을 거두어 구양천상을 휘감아갔다.
 쏴쏴—!
 검은 채찍의 그림자가 첩첩이 원을 그리며 사방을 온통 뒤덮는데, 그 기세는 가히 절세적이라 할 만했다.
 그는 자신이 있었다.
 그는 구양천상의 일검이 세상을 놀라게 할 정도이긴 하지만 단일 검임을 알고 그가 검을 뻗어낸 다음을 노렸던 것이다.
 만약 구양천상이 전심전력으로 그를 공격한다면 위험천만한 모험이 되겠지만 운기조식에 들어 있는 독왕 등을 보호해야 하는 구양천상으로서는 홍아를 공격하는 그를 저지함에 일단 만족할 것이라는 철저한 계산이었다.
 구양천상이 검을 거두어들이기 전에 그를 흑룡편으로 휘감아 버릴 수 있다면 그의 쾌검도 무용지물이 될 것이 아닌가.
 더구나, 기다렸다는 듯 그가 일으킨 이 초식이야말로 그가 평생을 두고 자랑하는 흑룡만천유(黑龍滿天遊)였기에 그는 정말로 회심의 미소를 지을 수 있었다.
 하나 그는 상대가 구양세가의 현자로 일컬어지는 구양천상이라는 것을 알고 있음에도 그 점을 소홀히 했다.
 하긴 사람들은 대개 상대를 자신과 비슷한 수준이나 그 아래로 보지 특별하게 높여 볼 수가 없다. 자신의 능력을 벗어난 생각을 할 수가 없기 때문이다.
 게다가 애석하게도 구양천상이 방금 쏟아낸 것은 고혼일검의 쾌검이 아니라 무개옥합에 내재하여 있던 조화검결(造化劍訣)이었던 것이다.

"핫하하…… 당신은 너무 머리를 썼다!"

낭랑한 웃음이 그의 편영에 휘감긴 구양천상에게서 터져 나올 때 흑의복면인은 가슴이 섬뜩해졌다.

동시에 보천신검이 찬란한 광화(光華)를 뿌리며 흑룡편의 편영 속에서 꿈틀거리기 시작했다.

쓰쓰…… 쓰팟팟…….

세상을 놀라게 할 만한 내력을 지닌 보천신검이다.

제아무리 흑룡편이 무서운 것이 없는 견질(堅質)이라 하더라도 검기에 노출되자 견뎌낼 재간이 없다.

흑의복면인이 가슴이 덜컥하여 흑룡편을 회수하여 물러날 때 그것은 이미 일 장 정도가 잘려져 나간 다음이었다.

만에 하나, 그 순간에 구양천상의 등 뒤에서 흑의인들이 공격해 오지 않았다면 상황은 더욱 엄중하였을 것이었다.

고수의 대결에 있어 한 번의 실수는 곧 승패에 이어지기 때문이다.

혼비백산하여 단숨에 이 장여를 물러나던 흑의복면인은 구양천상의 안색이 서리가 내린 듯 엄숙하고 그의 손에 들린 보천신검이 찬란한 빛을 일으키고 있음을 보고 놀라 소리쳤다.

"물러나라!"

그 순간,

쓰쓰쓰…….

구양천상이 몸을 돌리며 그를 향해 밀려들고 있는 흑의인들에게 일검을 쳐냈다.
 보천신검의 검신은 두 자 일곱 치로서 결코 장검이 아니다.
 하지만 지금의 보천신검은 갑자기 서릿발 같은 검기를 일으키며 갑자기 그 길이가 다섯 자나 되도록 엄청난 길이와 세력을 보이고 있었다.
 땅, 땅! 챙그랑! 차앙…….
 "으악……."
 흑의인들에게서 처절한 비명과 함께 피보라가 폭죽이 터지듯이 피어났다.
 그들 개개인은 결코 약자가 아니다.
 게다가 지금 그들이 움직이고 있는 것은 일종의 검진(劍陣)으로서 어떠한 고수라 할지라도 단 일 검에 그들을 격파할 수는 없는 일이었다.
 하나, 지금 구양천상의 검이 미치는 곳에는 그 무엇도 견뎌내지 못했다.
 앞을 가로막던 백련정강(百鍊精鋼:백 번 달구어낸 강철)의 검들이 모조리 마른 진흙과 같이 산산이 부서져 나가며 그 주인 일곱은 하나도 요행을 바라지 못하고 혈해 속에 쓰러졌다.
 단 일 검에 모든 것이 끝났다.
 구양천상은 검을 거두며 이미 제자리에 돌아와 있었다.
 흑의복면인이 뒤로 물러서는 다음 순간에 구양천상이 마치 기다렸다는 듯 그를 공격해 오는 흑의인들의 검진을 향해 덮쳐 가 그들을 무너뜨리고 그가 다시 독왕 등의 앞을 가로막아 서는 것은 말로는 길되, 기실 단 일순간이라 해도 과언이 아니었다.

그의 가슴 앞에 세워져 있던 보천신검의 끝에서는 아직도 눈이 멀 듯 찬란한 광채가 석 자가량 뻗어나고 있었다.

"검기성강(劍氣成罡)!"

그 광경에 망연한 음성이 흑의복면인에게서 흘러나왔다.

어찌 그뿐이랴.

암중에 공력을 운행하고 있던 독왕과 태백거사마저도 놀란 빛으로 구양천상을 바라보고 있었다.

검을 수련하는 자 많되, 검을 경지에 이르도록 수련한 자는 많지 않다.

검을 상승의 경지까지 수련한 고수는 검의 기로써 검이 미치지 않는 곳에 있는 상대를 상대할 수 있다.

그것이 검기이다.

검기는 눈에 보이지 않는다.

하지만 그 무형의 검기를 눈에 보이는 유형의 것으로 만드는 [劍氣成罡] 것이 바로 검강지기(劍罡之氣)이다.

무에서 유를 만들어내는 이 검강이야말로 검도에서 가장 무서운 것이며, 금석(金石)을 무 조각 베어내듯 할 수 있다고 전해지는 것이다.

그 가공할 검강이 보천신검에서 피어났으니 무엇이 견딜 수 있으랴!

흑의복면인은 이미 상황이 그른 것을 직감했다.

그의 몸이 순간적으로 두둥실 허공으로 떠올랐다.

싸늘한 웃음이 구양천상의 얼굴을 스쳐 갔다.

"갈 수 있을 것 같은가?"

말과 함께 그는 잡고 있던 보천신검의 손잡이를 탁 쳤다.
순간이다.
차아앙……!
창천(蒼天)에서 한 마리 용이 울부짖는 소리를 내며 보천신검이 번개같이 검집을 벗어나 뒤로 날아가고 있는 흑의복면인을 향해 쏘아갔다.
흑의복면인의 눈에 공포의 빛이 떠올랐다.
"이기어검(以氣馭劍)?"
그는 허공에서 몸을 뒤집어 절벽 쪽으로 날아가는 동시에 수중에 남아 있던 일 장여의 흑룡편으로써 있는 힘을 다하여 자신을 향해 날아드는 보천신검을 막으려 하였다.
그러나,
"으아아……."
보천신검은 찬란한 빛의 덩어리가 되어 그의 흑룡편을 찢으며 날아들었고, 그의 입에서 참담한 비명이 터지는 것과 동시에 그의 몸은 피보라를 수놓으며 천 길 벼랑 아래로 추락하기 시작했다.
구양천상은 날아오는 신검을 되잡아 검집에 담았다.
"후우……."
긴 호흡이 그의 입에서 흘러나왔다.
이 일장의 박투(搏鬪)야말로 힘든 싸움이었으며, 그것을 증명하듯, 검을 거두는 그의 안색은 창백히 변해 있었다.
그의 무공이 무개옥합과 검마 관산악의 검도발요를 수습하면서 세상을 놀라게 할 정도로 일신우일신(日新又日新)하고 있음은 사실이지만 검도 중에서도 최상승이라는 검강과 어검지술(馭劍之術)을 잇달아 전개한다는 것은 실로 쉽지 않은 일이었다.

더구나 그가 검도 상승의 경지로 들어선 것은 얼마 되지 않는 일이라 이 일은 위험을 각오한 모험이라 할 수 있었다.

그런데,

"흐윽!"

흑의복면인이 구양천상의 검세하에 천 길 벼랑 아래로 추락함을 보고 혼단백절(魂斷魄絶)하여 망월평을 빠져나가려던 태백거사 신무외의 두 제자는 안색이 흙빛이 되어 그 자리에 굳어지고 말았다.

대체 언제 움직인 것일까?

구양천상이 불어오는 바람에 옷자락을 표표히 날리며 그들의 앞쪽에 조용히 서 있었던 것이다.

구양천상은 그들을 보며 침착히 고개를 저었다.

"두 분은 신 노선배의 허락 없이는 이곳을 떠날 수 없소."

"으으……."

그들의 얼굴이 일그러졌다.

그들의 그 모습, 구양천상이 검강지기로써 흑의인 일곱을 괴멸시킬 때 그들도 그 여세에 휩쓸린 바 되어 피투성이가 된 채 비틀거리는 그 형상은 참담할 정도였다.

"결국 이렇게 되고 마는군……."

대제자 정무봉이 검은 얼굴이 되어 뒤로 물러나 싸움으로 인해 가운데가 부러진 노송에 기대며 중얼거렸다.

"나, 나는……."

머리가 떨어져 나갈 듯 저어대던 고문정은 돌연 미친 듯 고함치며 구양천상을 덮쳐 왔다.

"무모하군."

실로 무모했다.

고문정의 기세는 강렬하였지만 방어라고는 조금도 염두에 두지 않은 것이었기 때문이다.

"윽……!"

구양천상이 손을 쳐드는 순간, 고문정은 답답한 신음과 함께 그 자리에 풀썩 쓰러졌다. 그의 얼굴은 밀랍과 같고 코와 입에서는 선혈이 흘러내리고 있었다.

'심맥을 끊었단 말인가?'

"이사형!"

흉험한 상황에 어찌할 바를 모르고 동동거리고 있던 홍아가 고문정이 피를 흘리며 쓰러짐을 보고 달려왔다.

그래도 십여 년을 의지하며 어리광을 부려왔던 가장 가까웠던 둘째 사형이었다.

"이사형…… 이사형! 왜……."

눈물이 방울방울 그녀의 핼쑥해진 볼을 타고 흘러내렸다.

고문정이 눈을 떴다.

그녀를 본 그의 얼굴에 일그러진 웃음이 떠올랐다.

"홍아냐…… 네게 미안하구나……."

그는 떨리는 손으로 홍아의 눈에서 흘러내리는 눈물을 닦아주었다.

"나는…… 나는 어찌할 수 없었다…… 미안하다."

들어 올렸던 그의 손이 힘없이 툭 떨어져 내렸다.

"이사형!"

홍아가 그를 잡아 흔들었다.

그러나 죽은 사람이 다시 눈을 뜨고 대답을 할 리는 없다.

그러한 일을 일러 기적(奇蹟)이라 하기에…….

"잘 죽었군…… 잘 죽었어……."

그의 죽음을 지켜보고 있던 대제자 정무봉이 허탈히 중얼거렸다.

구양천상은 그를 보았다.

"무엇 때문이오? 무엇 때문에 이런 일을……."

정무봉의 얼굴이 심하게 일그러졌다.

"이것은……."

그때였다.

"그놈을 이리 데려오너라!"

깨어진 얼음 날과 같은 음성이 들려왔다.

운기조식하고 있던 태백거사 신무외가 눈을 뜨고 정무봉을 쏘아보고 있었다.

"내가 너희들에게 무엇을 그리 못하여 주었더냐?"

그의 앞에 무릎 꿇려진 정무봉을 향해 태백거사 신무외가 차갑게 물었다.

"……."

정무봉은 일그러진 얼굴로 묵묵부답이었다.

그의 나이는 이미 오십이 넘었다.

그럼에도 강호에 나서지 않고 오로지 스승인 태백거사의 곁에서 그를 시봉(侍奉)하여 왔었는데 오늘 이러한 일이 일어났던 것이다.

태백거사 신무외의 얼굴이 나무토막과 같이 일그러졌다.

"네놈이 끝까지 나를 능멸할 셈이냐?"

"그럴 리가…… 제자는……."

"닥쳐라! 네놈이 어찌 나의 제자란 말이냐?"

신무외가 두 눈을 부릅떴다.

정무봉은 괴로운 표정으로 입을 다물었다.

"외람되오나 소생이 대신 질문을 해도 되겠습니까?"

구양천상의 물음에 신무외는 심중의 괴로움을 참기 힘드는 듯 길게 한숨을 쉬더니 입을 다물어 버렸다.

그의 태도가 승낙의 뜻임을 안 구양천상이 질문을 시작하였다.

"두 분 노선배를 납치하려 한 흑의복면인이 구중천에서 온 사람이 틀림없습니까?"

정무봉은 괴로운 표정으로 묵묵히 고개만 끄덕였다.

"그의 신분은?"

"……사제가 알는지 모르나, 나로서는 그가 구천군주 휘하의 친위 세력의 요인(要人)이라는 것밖에는……."

"친위 세력?"

그 순간에 독왕 우잠이 냉랭한 음성으로 물어왔다.

"그 구천군주란 놈이 노부를 포함한 것이 틀림없느냐?"

정무봉은 평생을 황산에서만 살아온 터라 그의 묘어를 알아듣지 못해 대답을 못하자 구양천상이 대신 말을 하였다.

"신 노선배 외에 이분 노선배까지 그들이 납치코자 한 대상이 틀림없는가를 묻고 계신 겁니다."

"물론이오. 두 분의 동패공상을 위해 그들은 사제를 통해 무량해의 해독비전까지 사부님…… 께 들어가도록 안배하여 오늘의 일을 철저히 계획……."

그의 대답에 신무외의 안색이 돌변해 버렸다.

"뭣이? 무량해의 해독비전을 얻은 것이 그놈들의 조작이었단 말이냐?"

"그렇습니다. 그들은 오늘 같은 날을 위해 사제를 사부님의 슬하에 침투시켜……."

"무슨 소리냐? 그럼 문정 그놈이 내 밑에 들어온 것이 처음부터 나를 노리고 계획적으로 나를……!"

태백거사 신무외는 정무봉이 고개를 끄덕이며 머리를 숙이는 것을 보고 어안이 벙벙하여 벌린 입을 다물지 못했다.

그때 음산한 웃음이 독왕 우잠의 입에서 새어 나왔다.

"쥐새끼 같은 놈들! 감히 제 놈들과 상관없는 노부를 먼저 건드리다니, 그 군주란 놈의 간이 어떻게 생겼나 필히 꺼내봐야겠다! 흐흐흐……."

그는 중원에 다니질 않아 묘어 외에는 잘하지 못하지만 다른 말은 대강 알아들을 수는 있어 정무봉의 말에 대단히 노한 듯했다.

구양천상조차도 의외였다.

그렇다면 이들의 조직은 정말 원대하고도 치밀하다.

'그들이 태백거사 신무외를 거두기 위해 이러한 안배를 할 정도라면 그 무서움은 가히 짐작이 되고도 남음이 있다. 대체 구천

군주가 어떠한 자이기에 이러한 안목으로서 일을 꾸미고 있단 말인가?'

천도문주는 그를 일러 모용세가의 노태태라 단정하였다.

과연 그러할까?

그처럼 천하를 위해 가문 오 대가 목숨을 바친 그 가문이 그렇게 변하는 일이 가능할 것일까…….

'천기노인은 그 가능성에 대해 제삼의 인물이 있음을 암시했다. 그분을 만나지 못한 것이…….'

속으로 한숨 쉬던 그는 문득 백운곡을 감시하고 있던 그 백의노인을 떠올릴 수 있었다.

그를 조종하고 있는 사람은 과연 누구일까?

천도문은 분명 암흑마교의 후예라 자처했다.

그러나, 그 백의노인이 사용한 것 또한 암흑마교의 구대마공 중 하나가 아니던가.

수많은 의혹의 덩어리가 아직 매듭을 풀지 못한 채 떠돌고 있었다.

하지만 구양천상은 그 의혹의 덩어리들 사이에 묘한 상관관계가 이루어지고 있음을 느끼고 있었다.

그것은 모용세가였다.

'운…… 지…….'

구양천상의 미간에 어두운 그림자가 알 듯 말 듯 스쳐 갔다.

모용세가의 전 경위대장이었던 사자철장 도기룡이 죽어가면서 부르짖던 말이 스쳐 간 것이다.

'영당은…… 영당은……? 과연…… 과연 너는 운지의…….'

그 찰나적인 상념을 깨뜨린 것은 태백거사 신무외의 일그러진 음성이었다.

"네놈도…… 네놈도 그놈처럼 계획적으로 나의 밑에 들어와 있었던 것이냐?"

정무봉은 강하게 고개를 저었다.

"그럴 리가…… 제자는…… 사제에 의해 그들에게 이용……."

"이용?"

"그렇습니다. 제자는 함정에 빠져 그들에게 제압당하게 되어 그들의 금제에 걸렸습니다. 어떠한 방법으로도 그 금제에서 벗어날 수가 없었습니다. 용서하십시오. 제자는 그 금제의 무서움을 도저히 견뎌낼 수가…… 사제 또한 근래에 들어 사부님께 대해 죄책감을 느끼고 괴로워하였지만, 그 두려움 때문에……."

그들의 금제(禁制)는 매우 다양하였다.

이들 두 사람에게 내린 금제는 약물중독이었다.

"한 달에 한 번씩 해독약을 받지 않으면…… 칠 일 동안 극심한 고통을 받으며 온몸이 오그라들어 어린아이와 같이 작아져 죽게 되는데…… 도저히 그 고통은 인간이 견딜 수가 없습니다. 제자는 이틀 만에…… 항복을 하지 않을 수 없었습……."

정무봉이 말을 멈추며 고개를 떨구자 독왕 우잠이 중얼거렸다.

"원영지독(元孀之毒)인 모양이로군. 아직도 그 방법이 세상에 남아 있었던가?"

구양천상도 그것이 어떤 것인지 안다.

건장한 체구의 어른이 다섯 살 아이처럼 온몸이 줄어들어 죽어 간다는 그 무서운 독을······.

알려진 바대로라면 그것은 청해(靑海) 원산의 원영초(元孀草)를 원료로 생산하는데, 만들기도 까다롭지만 해독약이 없다.

구양천상은 독왕 우잠을 보았다.

"해독약을 만드실 수 있습니까?"

독왕 우잠이 그를 쳐다보았다.

"내가 무엇 때문에 그 골치 아픈 물건의 해독약을 만들어야 하느냐?"

다른 사람이라면 이 대목에서 말이 막히고 말 것이지만 구양천상의 표정은 미동도 없이 담담하기만 하다.

"의무지요. 소생에게 진 빚에 대해서······."

그의 말에 독왕 우잠은 어이가 없다는 듯 코웃음 쳤다.

"빚이라고? 무슨 빚? 노부는 네게 빚진 일 없다. 언제 노부가 네게 도와달라고 한 일 있었더냐? 빚 받으려거든 집안 단속조차 못한 저 신 노괴에게나 청구해 보지 그러냐?"

"집안 단속을 못하기는 서로 마찬가지이니 빚 청구는 두 분에게 따로따로 하겠습니다."

독왕 우잠의 눈빛이 묘해졌다.

"집안 단속을 못한 게 마찬가지라니, 그건 또 무슨 의미냐? 설마 본 문에도 반역자가 있단 말은 아니겠지?"

구양천상은 지난날 풍류공자 양운비의 종적을 따라다니다가 낙양 근교에서 독문의 사람을 본 적이 있다.

그 흑삼노인은 분명히 독문 삼대지보(三大之寶) 중의 하나인 금면지주왕을 훔쳤는데, 그것을 양운비가 훔쳐 갔다고 발을 구르고 있지 않았던가.

"없다는 말도 아닙니다."

"무슨 뜻이냐?"

구양천상은 천천히 말했다.

"구중천은 당금 천하를 석권하려는 가장 무서운 세력입니다. 그들의 가장 무서운 점은 천하 각파 어디에나 첩자를 심어둔다는 점이지요. 물론 독문이라고 해서 예외는 아닙니다."

"말도 안 되는……."

독왕 우잠이 냉소하였다.

그때 고개를 숙인 채 무릎을 꿇고 있던 정무봉이 머리를 들며 말했다.

"사부님…… 제자는 염치없지만 부탁드릴 말씀이……."

"부탁? 으하하하……."

태백거사 신무외는 앙천대소했다.

"염치없는 줄 압니다. 하지만 사부님, 지난 삼십 년간 사부님을 시봉한 것을 참작하시어 제자로 하여금 이 자리에서 스스로 목숨을 끊을 수 있도록 허락해 주십시오……."

그의 외침에는 절실함이 있었다.

쏘아보는 태백거사 신무외의 노안이 흔들리더니 눈을 감아버렸다.

"감사합니다."

그가 눈을 감는 것을 보자 정무봉은 일어나 그를 향해 절을 하고는 손을 세워 자신의 천령개(天靈蓋: 정수리)를 쳐갔다.

"안 돼요!"

홍아가 그의 팔을 붙잡고 매달렸다.

그 매달림은 거의 결사적이었다.

"사부님! 대사형을 용서해 주세요. 본의가 아니었다고 하잖아요? 참회할 기회를 주세요. 예? 제발…… 제발……."

태백거사 신무외가 눈을 감은 채 차갑게 말했다.

"물러서거라."

"사부님……?"

"물러서라지 않느냐? 이 일은 네가 간섭할 일이 아니다."

정무봉이 투박한 손으로 홍아의 머리를 쓰다듬었다.

"그래, 이 일은 네가 나설 일이 아니다. 사부님의 말씀을 들어라. 대사형은 죽어 마땅하다. 부디 사부님을 잘 모시도록 해라."

"안 돼요! 안 돼!"

홍아가 도리질하며 막무가내로 그의 팔을 잡고 매달렸다.

정무봉이 그녀를 떼어 구양천상에게 맡겼다.

"그 아이는 어려 세상사를 모르오. 잠시만……."

말과 함께 그는 태백거사 신무외의 눈을 감고 있는 모습을 쳐다보고는 장탄식과 함께 자신의 천령개를 후려갈겼다.

쓰악!

피보라가 튀었다.

"윽……?"

정무봉이 눈을 크게 떴다.

자신의 천령개를 내려치는 그의 손이 팔꿈치 위로부터 잘려져 나가 피무지개를 끌며 땅바닥으로 떨어지고 있었다.

구양천상이 검을 거두고 있음이 보였다.
"왜……?"
그가 팔뚝을 움켜잡을 때 구양천상이 태백거사 신무외를 보았다.
"기사멸조(欺師滅祖)의 죄는 족히 능지처참입니다. 하지만…… 소생은 주제넘게 오늘 노선배께 이분의 죄를 여기에서 유보하여 주시면 합니다."
"……"
신무외는 말없이 구양천상을 쏘아보았다.
문호(門戶) 정리라고 하는 것은 어떠한 경우에도 외인이 간섭할 수 없는 법이다.
"다 용서하라는 뜻은 아닙니다. 팔 하나로써 이분의 잘못을 일단 유보하고 후일 그 개전의 정을 보아…… 가능하다면 다시 문하에 받아들일 수도 있지 않을까 하는 주제넘은 생각입니다."
"흥!"
태백거사 신무외가 코웃음 치자 독왕 우잠이 옆에서 냉소했다.
"아무렴, 저 계집 같은 소갈머리 가지고서 어찌 그런 일을 할 수가 있겠느냐? 그런 위인이었다면 삼십 년이란 세월을 쓸데없이 싸워오지 않았지."
태백거사가 눈을 부릅뜨고 그를 쏘아보았다.
"네가 뭐간데 남의 문호에 이래라저래라 간섭이냐?"
"간섭 같은 소리 하고 있네……. 노부는 네 소갈머리에 대해 말했을 뿐, 그 알량한 문호가 끊어지든 말든 관심이 없어!"
돌리기는 하나 그 말도 맞다.

정무봉이 없어진다면 신무외의 맥은 사실상 끊어지는 것이다.

그러기에 구양천상이 이러한 간섭을 한다 할 수 있었다.

그가 판단하기로는 정무봉은 결코 그를 진심으로 배반한 것이 아닌 듯했다.

'이제 와서 새로이 제자를 받아들이기도 늦었고, 여자인 홍아가 문호를 잇는 것은 부적합하다…….'

그것이 구양천상의 생각이었다.

태백거사 신무외는 감정없는 딱딱한 얼굴로 잘려진 팔에서 피를 철철 흘려내면서 우뚝 서 있는 정무봉을 보고 있었다.

지혈조차 하지 않고 서 있는 그의 얼굴, 이제 세월의 그림자가 주름을 긋고 있는 저 얼굴은, 이미 삼십 년간 그의 분신이었다.

갑자기 그는 눈이 부셨다.

해가 떠오르고 있었다.

사방을 자욱이 덮고 있는 구름을 헤치며 붉디붉은 해가 찬란한 빛을 뿌리며 불쑥 솟아오르고 있었다.

장엄한 광경이었다.

구름들이 모조리 붉게 타버리는 듯하였다.

어젯밤에는 저 해가 없었다.

하지만 오늘 아침에는 다시 해가 떴다.

'해는 다시 뜨는구나…… 하지만 사람도 다시 태어날 수 있는 것일까?'

찬란한 햇살로 눈을 가늘게 감은 태백거사 신무외는 암중에 무거운 한숨을 쉬었다.

사람도 다시 태어날 수 있는 것일까?

윤회가 아닌 새로운 생으로써…….
분명한 것은 하나다.
어디에도 정답은 없다.
절대란 존재하지 않는 것이기에…….
상황이 다르고 사람이 다를 뿐이다.

第十三章

천고지명(天鼓之鳴)
―천고의 울음소리…… 들리지 않는 그 울음소리를 위해
천하영웅들은 죽음을무릅쓰니…….

풍운고월
조천하

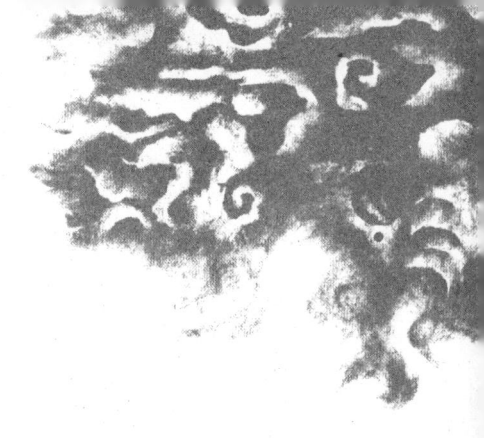

낙양 일대는 어제부터 낮게 구름이 드리워져 있었다.
이제 정오가 겨우 지난 시각이건만 하늘을 온통 덮고 있는 먹구름으로 인해 천색(天色)은 해가 지고 난 다음인 듯 어두컴컴하기만 하였다.
금룡표국은 한가로운 듯 보였다.
국주인 비룡금도 관일청이 큰 표물을 맡아 산서(山西)로 표행을 떠나고 없기 때문인지…….

비룡표국 후원에 위치한 화청에는 세 사람이 있었다.
중앙에 있는 탁자 위에는 한 자루의 보검이 올려져 있으며, 거기에 앉아 있는 사람은 백의의 구양천상이었다.
그는 탁자 위에 쌓여 있는 상당한 분량의 서신을 차례로 읽고 있는 중이었다.

그가 황산으로부터 낙양으로 돌아온 것은 바로 오늘 아침이었다.

구대문파의 회동 날짜는 내일로 박두해 있었다.

산적한 문제들은 그로 하여금 한시도 쉴 수 있는 틈을 주지 않고 있는 것이다.

그의 좌우에는 추풍객 정락성과 경위대장인 팔비운룡 경중추가 서서 그가 서신들을 다 읽기를 기다리고 있었다.

마지막으로 그가 보고 있는 것은 개봉이 되지 않은 것이었으며, 그간 모습을 보이지 않고 있는 양운비에게서 온 것이었다.

〈모든 일은 잘 되어가고 있네.
지금으로서 필요한 것은 시간일 뿐이야.
그러나저러나, 언제까지 나를 여기 이렇게 박아둘 셈인가?
자네 귀에는 들리지 않는가? 나를 기다리며 밤잠을 설치는 저 천하 여인들의 원성 소리가…….〉

담담한 웃음이 구양천상의 입가에 스쳐 갔다.
"여전하군……."
그는 서신을 접어 탁자 위에 올려놓으며 추풍객 정락성을 보았다.
"천도문 쪽의 상황은 어떻습니까?"
"바쁘게 움직이고 있음이 관측되고 있기는 하지만 아직 특이할 만한 상황은 포착이 되고 있지 않습니다. 열흘 전, 천도문주와 구중천의 주력이 충돌한 것은 지금도 조사 중이지만…… 지금까지 드러난 것을 종합하여 보건대 구중천에서는 세성천(歲星天)과 태양천 외에도 구천군주의 친위 세력까지 가세를 했던 것같이 보이고 있습니다."

"친위 세력?"

"그렇습니다. 재하가 듣기로는 그것이 구천군주 휘하의 친위 세력 중 하나인 백마기(白魔旗)라 하는 것 같았습니다."

그 대답은 팔비운룡 경중추가 하였다.

'백마기? 구천군주의 휘하에는 대체 고수가 얼마나 모여 있는 것이란 말인가…….'

구양천상은 경중추를 보았다.

"구천군주의 친위 세력이 어느 정도의 전력을 보유하고 있는지 알아낼 수 있나?"

"지금 모든 힘을 동원하고 있지만, 적의 기밀 유지가 너무도 철저하여 쉽지 않습니다. 유능한 고수 다섯을 적의 산하에 들여보냈지만 모두 연락이 끊어졌습니다."

그 말은 천도문주가 했던 것과 다르지 않다.

구양천상은 다시 물었다.

"구천군주에 대한 움직임이 관측된 것은 없나?"

경중추는 무거운 얼굴이 되었다.

"그에 대한 단서는 단 한 가지도 들어오는 것이 없습니다."

"……"

구양천상은 묵묵히 고개를 끄덕이더니 품에서 밀봉된 서신 한 통을 꺼냈다.

"정 숙부께선 이 서신을 양운비에게 전해주십시오."

난색이 추풍객 정락성의 얼굴에 떠올랐다.

"재하는 그분의 소재를······."

"서신의 겉봉에 전해야 할 곳이 기록되어 있습니다. 그리고······."

구양천상은 자신의 손가락에 끼어 있던 묵옥지환(墨玉之環)을 꺼내 정락성에게 건네주었다.

"이건 금곡 노야의 재물을 움직일 수 있는 신물이 아닙니까?"

"그것도 같이 전해주도록 하십시오. 이 일은 향후 무림 정세에 대단히 긴요하니까 극비리에 움직이셔야 합니다. 숙부께서는 지금 바로 출발하도록 하십시오."

그렇게 정락성이 떠나고 나자 팔비운룡 경중추가 조금 망설이는 듯하더니 물었다.

"대체 대공께서는 지금 무엇을 하고 계시는 겁니까?"

구양천상은 그를 쳐다보더니 빙그레 웃었다.

"궁금한가?"

어색한 웃음이 팔비운룡 경중추의 얼굴에 번져 갔다.

"죄송합니다. 워낙 이번 행사는 신비하셔서······."

구양천상은 탁자에서 일어나 천천히 창가로 다가갔다.

"지금 정 숙부께서 양운비에게 가기는 갔지만, 그래도 그의 얼굴을 보거나 그가 어디에 있는지는 알지 못하고 돌아오게 될 거야."

의혹의 빛이 팔비운룡 경중추의 눈에 떠올랐다.

구양천상의 넓은 등이 신비로운 형상으로 그의 눈에 가득 찼다.
그는 팔비운룡 경중추에게 등을 보인 채 말을 계속했다.
"양운비의 일은 아직은 나 혼자 아는 것으로 족하지. 어쩌면 승부는 여기에 달려 있는지 몰라……."
혼잣말하듯 중얼거리던 구양천상은 몸을 돌려 팔비운룡 경중추를 보았다.
"조금 전에 읽은 서신의 보고 중에 무명천고에 대한 소문이 있었다. 그것이 사실인가?"
팔비운룡 경중추는 구양천상이 말을 하지 않을 것임을 알았다.
'대체 대공께서는 무슨 일을 꾸미고 계신 것일까? 본 가의 그 어떤 곳에도 그 일에 대한 정보가 없으니…… 설마 대공께 본 가의 힘 이외의 또 다른 조직이라도 있단 말일까?'
암중에 고개를 흔든 그는 빠른 어조로 말했다.
"사실입니다. 무산에 천고지궐(天鼓地闕)이 존재하며, 그 소재를 파악한 사람이 곧 천고지궐을 열고 장보(藏寶)를 꺼내게 될 것이라고 소문의 내용이 비교적 구체적이라 전체 무림에 미치는 영향은 지난번 무개옥합이나 무명천고의 첫 출현 때의 파동과는 양상이 다른 것 같습니다."
"괴이하군……."
구양천상은 말끝을 흐렸다.
참으로 괴이한 일이었다.
무명천고는 그에게 있는데 어찌하여 그러한 일이 강호상에 유포될 수 있단 말인가.
'무명천고가 하나가 아니라 두 개라도 된단 말인가? 이것은 어딘가 심상치 않아 보인다. 나조차도 그간 시간이 없어 무명천고에 대한 연구를 할 겨를이 없어 천고지궐의 위치를 알지 못하는데, 강호상에 먼저 그 위치가 유포되고 있다니…….'

 무림 중에 불가해삼보의 이름을 모르는 사람은 아무도 없다.
 하지만 그 내력을 아는 사람은 더더욱 희귀하다.
 구양천상조차 무개옥합을 누가 남겼는지 모를 정도로…….
 그러나, 무명천고만은 다르다.
 그 내력은 선배 원로들이라면 대부분 알고 있는 것이다.
 삼백여 년 전.
 무림 중에는 한세도왕(恨世盜王)이라 자칭하는 내력을 알 수 없는 괴인 한 사람이 나타났다.
 그는 나타나자마자 천하를 발칵 뒤집어놓기 시작하였다.
 수단 방법을 가리지 않고 천하 각지에 흩어져 있는 기진이보(奇珍異寶)들을 훔치기 시작했던 것이다.
 그는 비단 기진이보에 그치지 않고 각파의 절세무공에다 신병이기(神兵利器), 영약(靈藥) 등 가치가 있는 것은 무엇이건 가리지 않고 쓸어갔다.
 게다가 그는 그 수단 방법을 가리지 않아 방해가 된다고 생각하면 가리지 않고 독수를 써 무공을 모르는 사람은 물론, 갓난아이까지 그의 손에 죽어갈 정도로 악랄하였다.
 그가 강호상에 모습을 보인 지 일 년여에 그의 손에 죽고 상한 사람이 거의 천여 명에 이르게 되자 천하무림은 정사 양도를 막론하고 그를 공적으로 지목하여 그는 천하 어디에도 발붙일 곳이 없게 되었다.

각지에서 추적대가 편성되었지만 그를 잡기는커녕, 피해만 점점 늘어갈 뿐이었다.

처음 추격대가 편성되었을 때 그는 강서 지역의 고수 이십여 명의 포위공격을 받고 거의 초주검의 중상을 입고서 간신히 도주하였었다.

하지만 일 년이 지난 후, 그는 그들보다 몇 배나 강한 소림십팔나한과 마주치고도 그곳을 빠져나갈 수 있었고 몇 년이 지난 후에는 끈질기게 그의 뒤를 추적하던 구대문파 연명고수 삼십여 명과 마주쳐 단신으로 그들을 격파, 그들 중 이십여 명을 몰사시키는 가공할 괴적(怪蹟)을 이룩했다.

갈수록 그의 행동은 무섭고 빨라졌다.

사람들은 그것을 이해할 수 없었다.

그가 보이는 모든 것들이 상상을 초월하는 것이었기 때문이다.

그러나 그의 발호(跋扈)에 마침내 당시 천하제일고수로 일컬어지던 아미태산(阿彌泰山)의 사자성승(獅子聖僧)이 하산하였을 때, 그들은 한세도왕이 천하에 그 유래를 찾을 수 없는 절대(絶代)의 천재임을 알게 되었다.

사자성승은 한세도왕과 마주쳐 백여 초 만에 그로 하여금 피를 토하며 도주케 했으나 무거운 표정으로 머리를 흔들었고, 사람들은 사자성승의 말을 듣고 악연실색(愕然失色)하지 않을 수 없었다.

사자성승과 한세도왕의 조우는 이번이 처음이 아니었던 것이다.

삼 년 전, 한세도왕은 사자성승의 무공 비급을 훔치러 그의 거처에 잠입하였다가 그의 손아래 불과 십여 초를 견디지 못하고서 일신의 무학을 폐지당한 채 도주하였었다.

당시 사자성승은 그가 어떠한 사람인지는 몰랐지만 그의 얼굴에 한(恨)과 살기가 어려 있음을 보고 세상에 해를 끼칠 수 없도록 그의 무공을 폐지하여 놓아 보냈었다.

출가인으로서 손에 피를 묻히기 싫음도 있었지만 그는 한눈에 추괴한 몰골의 한세도왕이 세상에 보기 드문 천재임을 알아보고는 차마 죽일 수가 없었던 것이다.

그러나 오늘……

분명히 무학이 폐지되었던 한세도왕은 그 손아래 백여 초를 견디어내었을 뿐만 아니라 도주까지 한 것이다.

사람들은 그때까지도 그 의미가 어떤 것인지 몰랐다.

그러나 이 년 후, 다시 나타난 한세도왕이 사자성승의 손아래 이번에는 천여 초를 견디어내고 다시 일 년이 지난 후에 그가 사흘 밤낮을 싸운 끝에 불과 반 초를 지는 것을 보고 그들은 불안해지기 시작했다.

그리고 다시 일 년이 지났을 때……

사자성승은 마침내 한세도왕의 손아래 패배하고 말았다.

그로부터 사자성승은 영원히 한세도왕을 이길 수 없었다.

그는 세상이 흔히 말하는 천재가 아니었다.

한 번 들은 것을 기억함은 물론이며, 어떤 행동이건 그것을 보는 즉시 이해하고 따라 할 수 있는데다, 거기에 한걸음 나아가 새로운 창조를 할 수 있는 실로 공포스러운 천혜(天惠)의 능력을 지니고 있었던 것이다.

결국 사자성승은 그의 손아래 죽었다.

하지만 그의 죽음은 한세도왕이라는 새로운 천하제일고수를 이 세상에서 사라지게 하였다.

단편적으로 알려지건대, 그는 상상할 수도 없는 불우한 상황에서 자라나 세상에게, 그 사람들에게 격렬한 증오심을 가진 편벽한 성품을 가지고 있었다고 하였다.

이제 그가 하고자 하는 일을 막을 수 있는 사람은 아무도 없다 하여도 과언이 아니었지만 사자성승은 죽음으로써 그의 한을 녹였다 전하여졌다.

거기에 대해 알려진 것은 없다.

한 가지 분명한 것은 성승의 죽음과 함께 천하를 횡행하던 그 한세도왕의 모습도 사라졌다는 것이다.

그의 종적이 사라지고 난 십 년 후 세상에는 은연중에 소문이 퍼졌다.

'여기 천고지궐(天鼓地闕)에 나의 모든 것을 남겨두노니, 천고(天鼓)를 울릴 수 있는 자 있다면 그는 천고지궐에 들어 나의 모든 것을 물려받게 되리라……'

천고지궐은 바로 그렇게 하여 탄생되었다.

한세도왕이 평생을 통하여 강탈한 그 엄청난 재보와 무공기서에다 영약들이 지천으로 널려 있다는 천고지궐은…….

그렇지만 삼백 년의 세월이 흐르도록 그가 남긴 천고를 울린 사람은 아무도 없었다.

그리하여 그 천고는 울리지 않는 북[無鳴天鼓]이라 일컬어지고 있는 것이다.

생각에 잠겨 있던 구양천상은 팔비운룡 경중추에게 말했다.
"전력을 다해 그 소문의 진상에 대해 조사를 하도록. 아무래도 여기에는 문제가 있다. 그리고 내일의 회동에 대한 준비는 어떻게 되고 있나?"
"지시하신 대로 차질없이 움직이고 있습니다. 구대문파의 장문인들은 이미 다 도착하여 소림사 경내에 머물러 때를 기다리는 듯 아무런 움직임도 보이지 않고 있습니다."
"수상한 움직임을 보이는 사람은?"
"없습니다. 모두 진중한데다가 이따금 서로 만날 뿐이라 어떤 특별함을 찾을 수가 없습니다. 소림 장문인께서 이미 여덟 분 장문인을 다 개별적으로 만나보았는데, 모두가 자파의 이익보다는 천하무림 정의에 더 관심이 있다고……."
"……."
구양천상은 입을 다물었다.
이 일도 이상하다.
그는 이미 배신자에 대해 한 가지 대책을 세워놓고 있었는데 상대가 전혀 움직이지 않으면 문제가 발생한다.
"만공 장문인께 연락을 드렸나? 오늘밤 모임 전에 찾아뵙겠다고?"
"예, 지금쯤은 연락을 받으셨을 겁니다."
"음……."

구양천상은 고개를 끄덕이고 있다가 다시 말했다.

"그간 할아버님으로부터는 아무런 연락이 없었던가?"

팔비운룡 경중추의 얼굴이 조금 무거워졌다.

"아직…… 총관께서 다각적인 접촉을 시도하고 계시지만, 근래에 들어 우리가 하고 있는 일의 범위가 워낙 넓어 세가의 모든 힘을 사용하고 있음에도 불구하고 인력이 대단히 부족하여 제 힘을 발휘하지 못하고 있습니다."

"알고 있지만 지금으로서는 어찌할 수 없다. 인재를 적재적소에 배치하여 효율을 기대할 뿐이지……. 그리고 지난번에 내가 황산에서 내린 수배령에 대한 경과는 어떠한가?"

팔비운룡 경중추가 뒷머리를 더듬었다.

"죄송합니다. 그 후, 황산 부근에 있는 동류(東流)에서 배를 타는 백의여인들의 종적을 발견했다는 보고가 있었지만 그 이동 속도가 너무나 빨라서 다시 놓쳐 버리고 말았다고 합니다. 확인되지 않는 보고로는 그와 비슷한 여인들을 그 다음날, 동류에서 삼백 리 이상 떨어져 있는 황안(黃安)에서 보았다고도 하는데 그런 정도의 이동 속도라면 뒤를 추적하기가 사실상 불가능합니다. 더구나 지금처럼 손이 달리는 상황에서는……."

"……."

구양천상은 묵묵히 고개를 끄덕여 보이며 입을 다물었다.

'이동 방향으로 추측컨대, 아직은 성모궁으로 돌아가고 있지는 않은 듯하구나…….'

그는 창밖에 닿을 듯 내려와 있는 하늘을 보았다.

주위는 더 어두워져 있는 듯했으며, 그의 마음 또한 그보다 밝은 것은 아니었다.

"중추."

"예, 대공! 말씀하십시오."

"너는 먼저 그곳으로 출발을 해라. 오늘밤 있을 일에는 조금의 차질도 있어서는 아니 된다."

"알겠습니다. 그럼 대공께서는?"

"나는 잠시 여기에 더 있다가 주변이 정리되는 대로 소림 장문 대사를 만나러 가겠다."

"그럼 먼저 가 있겠습니다."

경중추가 고개를 숙여 보였다.

그가 물러나고도 구양천상은 한참을 하늘만을 쳐다보고 있을 뿐이었다.

다른 사람이 본다면 멍청히 있는 듯하지만 그의 뇌리에는 수많은 생각들이 교차되면서 정리되고 있었다.

구양천상의 눈길이 미치는 곳에는 기괴한 형태의 검은 물건이 하나 놓여 있었다.

그것이야말로 당금 강호를 뒤흔들고 있는 무명천고였다.

직경 아홉 치 아홉 분, 무게 마흔아홉 근.

구양천상은 무명천고를 쓰다듬어 보았다.

싸늘한 감촉만이 그에게 전하여 오고 있었다.

'그간 내가 알아본 바 대로라면 이 무명천고를 이루고 있는 재질은 수천 장 지하에만 존재한다는 금강묵옥(金剛墨玉)이다. 그렇지 않고서는 이렇게 무거울 수가 없다…….'

구양천상은 공력을 모아 무명천고의 거울처럼 반들반들한 표면을 튕겨보았다.

틱!

웬만한 쇠붙이라도 부서졌을 힘에도 무명천고는 가렵다는 듯 비웃는 소리를 흘려낼 뿐이었다.

'무명천고를 처음 얻었을 때보다 나의 내공은 더 강해졌지만 소리를 내는 데에는 아무런 소용이 없었다. 어쩌면 무명천고의 비밀이 풀리지 않는 것은 무개옥합을 열려고 했던 것처럼 소리를 내려고 했기 때문이 아닐까……?'

그러한 생각으로 구양천상은 이미 수차례 무명천고의 겉면에 있는 산세와 기진이수들의 움직임을 살펴보았었다.

그리고 그것은 정말로 소득이 있었다.

'여기 새겨져 있는 산세는 짐작컨대, 천기노인이 나에게 준 청영옥벽에 백운곡이 새겨져 있었던 것처럼 천고지궐이 있는 곳을 의미하는 것으로 생각할 수 있다. 하지만…… 그간 아무리 이 금수들의 움직임을 살펴보아도 무개옥합처럼 무공과는 연관이 되지를 않았다…….'

구양천상은 곤혹스러운 빛으로 무명천고의 표면을 손가락으로 쓰다듬으면서 그 그림들을 내려다보고 있었다.

강호상에 무명천고에 대한 소문이 유포되고 있는 이상, 여기에 대한 비밀을 푸는 것 또한 대단히 긴요한 일이었다.

더구나, 그는 무개옥합의 비밀을 품으로써 대단한 소득을 보지 않았던가!

'여기 새겨진 산세가 과연 강호상에 유포되고 있는 대로 무

산(巫山)일까……?'

 골똘히 깊은 생각에 잠겨 있던 구양천상은 돌연 경악의 빛을 드러냈다.

 무명천고의 가장자리에 새겨져 있는 산세, 그 가운데에 살아날 듯 생생한 모습으로 조각되어 있는 금수들이 실제로 미미하게 움직이고 있었던 것이다.

 "어떻게 이런 일이!"

 경악을 금치 못한 구양천상이 무명천고를 다시 들여다보았을 때, 모든 것은 그대로였다.

 방금 그가 본 것은 착각이었을 뿐인 듯 움직이는 것은 아무것도 없었다.

 '알 수 없군. 단순히 생각에 빠져 있다고 해서 환각에 사로잡힐 만큼 내 정신이 허약해져 있단 말인가?'

 그러한 일은 일어날 수가 없었다.

 내공이란 바로 정신을 닦는 것이며, 내공이 강한 고수라는 것은 그 정신도 그만큼 강건함을 의미하기 때문이다.

 더욱이 구양천상과 같은 고수에게 있어서랴.

 구양천상은 뚫어지게 무명천고에 새겨진 기진이수들의 모습을 들여다보기 시작했다.

 '무공은 아니다. 그러나 어떤 흐름이 내재하고 있다!'

 구양천상은 무명천고에 새겨진 용과 봉황, 기린, 거북 등의 기진이수들의 움직임에서 어떤 연관을 찾아내기에 최선을 다하였다.

 용이 꿈틀거리며 승천한다.

그 아래에는 끝없이 갈라진 절벽이 존재하며 그 아득한 절벽에서는 생의 환희와 같은 움직임으로 봉황이 우비(于飛)하고 있다.

날아오르는 봉황의 앞에는 시내가 흘러가고 있으며, 그 시내에는 천년신구(千年神龜) 하나가 시내의 흐름에 몸을 맡긴 채 유유히 흘러흘러 가고 있다.

"이것은…… 음률(音律)이로구나!"

구양천상이 참지 못하고 부지중에 소리쳤다.

예(禮), 악(樂), 사(射)…… 선비가 갖추어야 할 육예(六藝)에 통달한 그였다.

어찌 음(音)을 모르랴!

'무명천고상에 새겨진 기수(奇獸)는 용과 봉황, 기린, 그리고 거북 등의 사령(四靈)으로서 그것들의 움직임은 산세와 기절(奇絶)한 조화를 이루며 암중에 하나의 음조(音調)를 형성하고 있다…….'

구양천상은 무명천고를 하염없이 들여다보았다.

그 옛날, 유백아(柳伯牙)가 금을 뜯을 때 종자기(鍾子期)만이 홀로 그 고산유수(高山流水)의 곡을 알아듣고 고개를 끄덕였거니와, 진실로 그와 같은 지음(知音)의 경지에 이르지 않고서는 무명천고상의 사령이 형성하고 있는 음의 흐름을 알아볼 수는 없었다.

'움직인다!'

구양천상은 다시 속으로 부르짖었다.

무명천고의 가장자리에 새겨진 사령들이 미미하게 꿈틀거리고 있었다.

하지만 시선을 집중시킨 구양천상은 그 조각들이 움직이는 것이 아니라 무명천고를 올려놓은 탁자가 미미하게 흔들리고 있기에 그러한 일이 일어남을 발견할 수 있었다.

그리고 그가 정신을 집중함과 동시에 그 흔들림은 멎었다.

괴이한 일이었다.

'무엇 때문에 이러한 일이 일어나는 것일까?'

골똘히 원인을 생각하고 있던 구양천상은 문득 무명천고의 거울 같은 표면 위에 올려져 있는 자신의 손을 발견하게 되었다.

그리고 그는 자신의 손이 바로 방금 전까지 무의식적으로 무명천고의 표면을 툭툭 두드리고 있었음을 기억해 낼 수 있었다.

'그 두드림은 천고상의 사령이 은연중에 형성하고 있는 음조에 따르고 있었던 것 같은데…… 설마?'

가슴이 뜀을 의식한 구양천상은 천고를 다시 한 번 자세히 살펴보고는 그 음조에 따라 무명천고의 표면을 두드려 보기 시작하였다.

아무 일도, 기대했던 것은 일어나지 않았다.

'이럴 리가?'

구양천상은 공력을 넣어 천고를 두들겨 보았다.

순간, 전에 느낄 수 없었던 기이한 반발력이 천고로부터 느껴지며 그의 손을 밀어내는 듯했다.

동시에,

으드드…… 퍽!

괴이한 소리와 함께 무명천고를 올려놓았던 탁자가 격렬히 뒤

흔들리더니 그대로 박살이 나 무너져 버리고 말았다.
 구양천상은 어이없는 빛으로 부서진 탁자를 내려다보았다.
 그 튼튼한 단목(檀木:박달나무)으로 된 탁자가 마치 흙 부스러기처럼 부서져 있었다.
 그는 탁자가 부서져 내리는 순간에 잡아 든 무명천고를 보았다.
 무명천고는 괴물처럼 오연히 검은빛을 흘리고 있었다.
 '그래도 이놈은 울지 않았다! 하지만 운다는 것이 반드시 소리를 내어야 하는 것일까? 그것은 어쩌면 하나의 맹점……!'
 구양천상의 눈에 기이한 빛이 흘러갈 때 문득 문밖에서 조심스러운 음성이 들려왔다.
 "관웅(關雄)입니다."
 관웅이라면 이 금룡표국의 국주인 비룡금도 관일청의 외아들인 헌칠한 미장부다.
 외호를 금도공자라 가지고 있는 그를 두고 양운비는 자신이 평생을 두고 가장 경계해야 할 호적수라고 웃은 적이 있을 정도로 그의 기개는 좋은 편이었다.
 구양천상의 허락으로 안으로 들어온 금도공자 관웅은 탁자가 부스러져 있음을 보고 의아한 빛이었으나 신중한 어조로 입을 열었다.
 "이상한 일이 생겼습니다."
 구양천상이 아무 말 없이 그를 보자 관웅은 손에 들고 있던 봉서 한 장을 그에게 내밀었다.
 "누군가가 이 서신을 대공께 전하라고 보내왔습니다."

"나에게?"

구양천상의 눈에 의아한 빛이 떠올랐다.

그가 이곳에 있음을 아는 사람은 극소수에 불과하다.

서신의 겉봉에는 보내는 사람도, 받는 사람의 이름도 없다.

구양천상은 그 서신을 뜯으며 물었다.

"누가 이것을 가지고 왔소?"

"그것이…… 거리에서 꽃을 파는 소녀입니다. 물어보니 그냥 돈을 받고 하는 심부름이라고 하는데……!"

말을 하던 그는 서신을 뜯어 그 안의 내용을 보는 구양천상의 안색이 달라지고 있음을 보고 입을 다물었다.

구양천상은 서신에서 눈을 떼며 물었다.

"이것을 가지고 온 사람이 지금도 있소?"

"필요할 것 같아 기다리도록 조치해 두고 왔습니다."

구양천상은 고개를 끄덕였다.

"그렇다면 같이 가 만나보도록 합시다."

금도공자 관웅은 그의 태도에서 이 일이 상당히 중요함을 느끼고 이유도 묻지 않고 빠른 걸음으로 앞서가기 시작했다.

그가 가져온 서명 없는 서신에 적힌 내용은 이러하였다.

〈구중천의 내부에는 무엇인지 모를 변화가 일어나고 있어요. 그중 하나로 구대문파에 대해 계획되었던 행동도 이미 취소가 된 듯합니다. 함부로 간세(奸細)를 잡아냄보다는 그들의 의도가 무엇인지 알아보기 위해 잠시 관망함이 좋을 듯 생각되어져요.

지금의 상황으로 판단하여 보건대, 구천군주는 어쩌면 이미 강호에 출도

하여 대국을 주지하고 있는 듯합니다.〉

　구양천상과 관옹이 표국의 전원에 위치하고 있는 손님을 접대하는 객당(客堂)에 이르렀을 때 거기에서 그들을 기다리고 있는 것은 혼수혈(昏睡穴)을 제압당하여 쓰러져 있는 시비뿐이었다.
　"이런……."
　관옹의 얼굴이 참담하게 일그러졌다.
　그는 암중으로 양운비의 풍류문 차대 주인과 같은 지위에 있어 그 행사는 매우 치밀하여 무공을 지닌 시비를 시켜 그 꽃 파는 소녀를 감시케 하였는데, 그 소녀는 감시하던 시비를 제압하고서는 유유히 표국을 빠져나가고 만 것이다.
　"어찌 된 일이냐?"
　관옹의 질타에 시비는 입을 열지 못했다.
　그녀가 본 것은 그녀를 향해 웃는 꽃 파는 소녀의 웃음뿐이었던 것이다.
　한마디로 그녀는 꽃 파는 소녀의 상대가 아니었다.
　"큰 실수를 한 것 같습니다. 적에게 이곳의 위치를 알리고 만 것 같은데……."
　관옹의 말에 구양천상은 담담히 고개를 저었다.
　"그들이 알아내려면 더 이상의 기밀 유지는 어려울 것이니 마음 쓸 것 없소. 그보다 그 소녀가 이곳에 온 것은 얼마나 되었소?"
　"얼마 되지 않습니다. 제가 봉서를 받자마자 바로 달려갔으니…… 아직은 그리 멀리 가지 못했을 겁니다. 추적을 해볼까요?"
구양천상은 고개를 흔들었다.
"그럴 필요는 없소. 나는 지금 표국을 떠날 것이니, 내가 간 후 풍류문과 본 가에 관련된 모든 것은 표국에서 철수시키도록 하시오. 오늘부터 이곳은 잠시 문을 닫도록 합시다."
"알겠습니다."
관웅이 무거운 표정으로 고개를 끄덕였다.

第十四章

만인부당(萬人不當)
―덫에 걸린 여인 그것은 한 사람의
예측 속에 있고…….

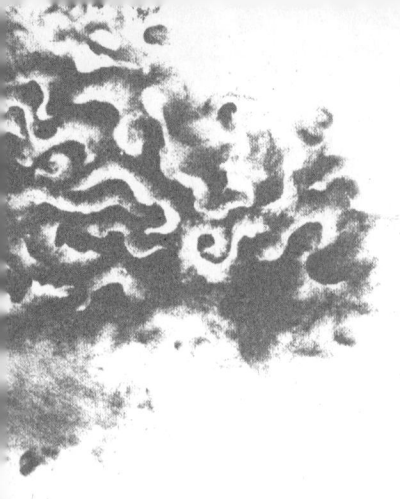

풍운고월
조천하

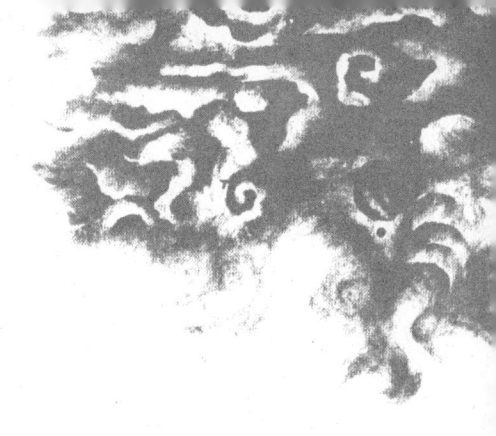

음력 시월 초.

하늘은 점점 더 어두워지고 있었다.

낮아만 가던 하늘은 이제 바람까지 휙휙 불어대고 시작했다. 음산한 날씨였다.

청의의 소녀는 낙양성 북문인 안희문(安喜門)을 나서자 들고 있던 꽃바구니를 풀숲 안에다 집어던졌다.

그리고 그녀는 땋아 올렸던 머리를 풀어 내려 절반쯤 어깨를 덮도록 했다.

단순한 그 움직임으로 그녀는 앳된 소녀에서 한 사람의 청의미녀로 보였을 뿐만 아니라, 그녀가 얼굴을 한차례 문지르고 나자 그녀의 얼굴은 완전히 다른 사람으로 변해 있었다.

그 얼굴의 이름은 매약군이었다.

그녀는 뒤를 따라오는 사람이 없음을 확인하고는 옷자락을 날리며 빠른 속도로 달려가기 시작했다.

그녀는 거의 길이 아닌 곳을 택해 북쪽을 향해 질풍과 같은 속도로 달렸다.

저 멀리 동한(東漢) 이래 죽음의 대명사처럼 일컬어지는 북망산(北邙山)의 음산한 모습이 어두운 하늘 아래 가물거리며 커질 때 그녀의 앞에는 십여 호의 농가가 나타났다.

낮고 어두워진 하늘에 눌려 있는 십여 호의 농가는 아주 왜소해 보였다.

그녀는 농가의 앞쪽으로 가지 않았으며, 조금 우회하여 갈대와 숲으로 이루어진 농가들의 뒤쪽으로 접근하였다.

세차게 불어오는 바람에 갈대들이 머리를 풀어헤치고 음산히 웃어대어 주변 일대는 황량하기 이를 데 없었다.

하지만 어느 순간,

'……!'

그녀는 문득 이상함을 느끼고 그 자리에 우뚝 멈추어 섰다.

그와 동시에 갈대들 사이로 검은 인영들이 소리도 없이 모습을 드러내기 시작하였다. 일신에 검은 장포를 입은 그들은 표정없는 눈길로 그녀를 주시하며 쏴아쏴아, 바람에 흔들리고 있는 풀잎들을 밟고 유령과 같이 다가오고 있었다.

수효는 십이삼 명 정도?

인적이 끊어진 숲에서 이러한 자들이 느닷없이 유령처럼 나타나 다가오고 있음은 가히 공포스럽다 할 수 있는 광경이었다.

"누구냐?"

그러나, 싸늘히 소리치는 매약군의 눈 속에는 공포의 빛보다는 괴이한 빛이 떠오른 상태였다.

그렇지만 흑의괴인들은 아무런 대답도 없이 여전히 그 속도로 다가오고 있을 뿐이었다.

매약군은 앞으로 갈 수 없음을 직감했다.

이곳은 태음천의 거점인데 어떻게 이러한 일이 일어나고 있는지 알 수 없었지만 심상치 않음을 경각한 그녀는 한 걸음 뒤로 물러서는 순간에 번개처럼 뒤로 돌았다.

'앗!'

그녀는 뒤로 도는 순간에 그대로 굳어지고 말았다.

놀랍게도 그녀의 등 뒤 얼마 떨어지지 않은 곳에 키가 훌쩍 크고 온몸이 대꼬챙이처럼 깡마른 흑포복면인 하나가 푸른빛이 감도는 눈으로 그녀를 쏘아보고 있었던 것이다.

"제삼 천주……!"

그녀의 안색이 창백해졌다.

놀랍게도 그녀의 등 뒤에 기척도 없이 서 있는 흑포복면인은 구중천의 제삼천주인 진성천주(辰星天主)였다.

진성천주는 푸르스름한 빛이 감도는 눈으로 그녀를 쏘아보며 싸늘한 어조로 입을 열었다.

"태음천의 수하들은 상좌를 보고도 언제나 그처럼 뻣뻣한가?"

매약군은 그 자리에 주저앉듯이 무릎을 꿇었다.

"태음천 사자 매약군, 제삼 천주를 뵈옵니다!"

"지금 너는 어디를 갔다가 오는 길이냐?"

매약군의 어깨에 가는 진동이 일어났다.

그녀가 입을 열지 않자 진성천주는 코웃음 쳤다.
"어디를 갔었느냐고 하는 말이 들리지 않는단 말이냐?"
매약군은 고개를 들었다.
"죄만하오나…… 재하는 태음천의 사자로서 본 천의 천주의 명만을 받들게 되어 있습니다. 그분의 명이 없이는 천 내의 일을 아무리 제삼 천주이시라 하나 말씀을 드릴 수가 없습니다."
푸른 진성천주의 눈에 어, 하는 듯한 빛이 스쳐 가더니 이내 음랭한 웃음소리가 그의 입에서 흘러나왔다.
"너는 본 천의 규칙에 천주의 명을 거역하면 어떤 벌을 받는지 기억하고 있느냐?"
부르르…… 매약군의 어깨에 흔들림이 일어났다.
그녀는 입술을 깨물었다.
"이 일은…… 이 일은 월권이십니다! 하좌는…… 천주께 조금도 잘못된 일을 하지 않았습니다!"
진성천주의 쇳소리와 같은 음성은 여전했다.
"본 천주의 명을 거역한 것만으로도 너는 죽어 마땅하다."
그의 음성이 이상한 여운을 품고 있음을 경각한 매약군은 번개처럼 자리를 차고 일어나 뒤로 물러났다.
하지만 그것은 그녀의 생각뿐이었다.
그녀의 어깨에는 이미 진성천주의 손이 태산과 같이 눌려져 있어 그녀는 꼼짝도 할 수가 없었다.
어깨의 견정혈(肩井穴)을 비롯한 삼 개 요혈을 눌러 버린 진성천주는 손가락 하나로 그녀의 턱을 받쳐 들었다.
그의 눈길을 마주한 매약군은 전신에 소름이 돋는 것을 느껬다.

"말해라. 그러면 살려주겠다."

"본 천의…… 천주께서 아시면 그냥 있지 않을 것…… 악!"

말을 하던 그녀는 갑자기 비단폭 찢어지는 비명을 질렀다.

그녀가 말을 하는 순간에 진성천주가 느닷없이 그녀의 앞가슴 옷을 훑어 내렸던 것이다.

많지 않은 여인의 옷은 속옷까지 하나 남김없이 비명을 지르며 아랫배까지 찢겨져 내려갔다. 청의의 흰 속옷이 찢겨져 펄럭이는 사이로 감추려야 감출 수 없이 풍만한 이십대 여인의 앞가슴이 출렁이며 드러났다.

진성천주는 싸늘한 눈길로 그녀의 팽팽한 앞가슴을 내려다보며 말했다.

"네가 낙양의 금룡표국을 다녀오는 길임을 본 천주가 모르고 그것을 알아내고자 너를 위협한다고 생각을 한다면 오산이다. 흐흐흐…… 태음천주가 역심(逆心)을 품고 있음은 내가 이미 알고 있지!"

그의 말에 매약군은 안색이 창백해졌다.

진성천주는 뼈만 앙상히 남은 듯한 손가락을 내밀어 그녀의 우윳빛 살결을 쓰다듬는 듯하더니 어깨로부터 천천히 손가락을 세워 미끄러뜨렸다.

그의 손톱은 반 치나 되도록 길었는데, 그 음산한 감촉이 다가옴을 느낀 매약군의 앞가슴의 유실이 놀라 곤두섰다.

"악!"

매약군은 참담히 부르짖었다.

진성천주가 그녀의 한쪽 가슴을 움켜쥐고 있었다.

그 눈은 그러나 여전히 싸늘할 뿐, 감정의 움직임은 조금도 없었다.

"네가 협조한다면 살 수 있다. 그렇지 않다면…… 오행독형(五行毒刑)을 차례로 맛보며 모든 것을 실토하고 창굴(娼窟)에 버려지게 되겠지……."

움켜잡힌 매약군의 앞가슴…….

진성천주의 손가락 사이로 피가 뭉클거리고 솟아 나왔다. 손톱이 그녀의 가슴을 파고들어 가 있는 것이다.

"아…… 아……!"

매약군의 안색이 남빛이 되어 지독한 고통에 채 입을 열지 못하고 할딱거렸다. 하지만 그녀는 이것이 오행독형에 비하면 천국의 아픔임을 알고 있었다.

그때였다.

"언제부터 본 천 휘하의 수하를 삼좌(三座)가 마음대로 다루게 되었나요?"

얼음 같은 음성이 서릿발의 기세로 들려온 것은.

진성천주가 움찔, 손을 떼며 천천히 몸을 일으켜 뒤를 돌아보았다.

불어오는 바람에 흑사경의를 펄럭이며 얼굴에는 면사를 드리우고 있는 미인 하나가 그의 뒤에서 미끄러지듯 다가오고 있었다.

바로 태음천주였다.

그녀의 뒤에는 열두 명의 흑의검수들이 그림자처럼 따르고 있었다. 그녀의 친위 고수인 듯했다.

진성천주는 숲 밖에 있는 농가를 힐끗 보더니 냉랭히 웃었다.

"찾아가기 전에 스스로 나와주었으니 수고를 많이 덜 수 있겠군……. 좋아! 나쁘지 않지."

"아……."

피가 흘러나오는 앞가슴을 드러내 놓고 고통스러운 빛으로 무릎을 꿇고 있던 매약군이 나직한 신음과 함께 몸을 꿈틀하더니 황급히 앞가슴을 가리며 몸을 굴려 일어섰다.

하지만 그녀의 좌우 퇴로에는 진성천주와 함께 나타난 흑포인들이 길을 막고 있었다.

진성천주와 삼 장 정도의 거리로 다가와 허공을 격하고 매약군의 혈도를 풀어준 태음천주는 그 광경을 보고 얼음 같은 눈빛을 면사를 통해 뿜어냈다.

"나와 시비를 일으킬 생각인가요?"

진성천주는 쇳소리 같은 음성으로 느릿하게 말하였다.

"못할 것도 없지."

그 말은 의외인 듯 태음천주는 한참 진성천주를 쏘아보더니 이내 날카롭게 웃어대었다.

"오호호호…… 본 천주가 대외총책의 위에서 해임되었다고 해서 이처럼 함부로 대하여도 좋다고 생각한다면 오산이지! 삼좌는 대적을 눈앞에 둔 상황에서 이와 같은 이적 행위를 함이 군주각하에게 어떻게 보고될지 생각해 보았나요?"

"으흐흐흐……."

그녀의 외침에 진성천주는 마주 웃어대었다.

"군주각하라고? 그래…… 군주각하께서 대적을 앞에 두고 집안의 적자(賊子)를 잡아내는 데 대해 얼마나 칭찬을 할 것인지 본좌는 이미 충분히 생각을 해본 적이 있다!"

"적자라고?"

태음천주의 눈빛이 달라졌다.

"삼좌는 그 말에 대해 책임을 질 수 있나요?"

"물론이지! 내 말이 과연 옳은가 그른가는 군주각하의 면전에 가게 되면 명명백백(明明白白)히 가려지게 될 것이다. 그래서 본좌가 왔지…… 구좌를 데리러……."

"나를 데리러?"

어이없다는 듯한 빛이 면사를 통해서 태음천주의 눈으로부터 보였다.

바로 그 순간에 바람을 가르는 세찬 파공음과 함께 한줄기 금광(金光)이 태음천주의 발치를 향해 날아들었다.

그것은 의외에도 금광이 찬란히 번쩍이는 손바닥만 한 장방형의 금패(金牌)였다.

"집법금패(執法金牌)!"

하지만, 그것을 본 태음천주의 전신에서는 일진의 가볍지 않은 진동이 일어났다.

구중천에 있어서 아홉 명 천주는 매우 특별한 신분이다.

하지만 아홉 개의 원이 그려진 저 집법금패야말로 구천군주 본인이 친림(親臨)한 것과 같은 권위를 가지는 것으로서, 설사 구중천의 군주라 할지라도 거역할 수 없는 무상의 힘을 가지고 있는 것이다.

금패가 날아듦과 함께 한 사람의 회포인이 그들의 앞에 모습을 드러냈다.
 나이는 중년인 듯하지만 얼굴에 전혀 표정이 없어 어쩌면 인피면구를 쓴 듯 보이는 그는 무공을 지니고 있지 않는 것처럼 아주 둔탁하게 걸어왔다.
 어떻게 보면 어디에서나 볼 수 있어 보이는 그를 본 태음천주의 눈에 경악의 빛이 떠올랐다.
 "음혈기(陰血旗) 대장······."
 회포인은 그녀의 앞에 다가서자 손을 쳐들었고 순간, 그녀의 앞에 떨어져 있던 집법금패는 금광을 흘리며 그의 손으로 빨려 들어갔다.
 그는 금패를 갈무리하며 침잠히 말했다.
 "군주각하께서 태음천주를 보고자 하시어 본 대장이 천주를 모시러 왔소."
 그의 말에 태음천주의 신형에는 다시 흔들림이 일었다.
 "그 말은 본좌를 압송하겠다는 뜻인가요?"
 회포인, 신비의 구천군주 휘하의 친위대라 불리는 음혈기의 대장인 그는 예의 침잠한 어조로 다시 말했다.
 "그러한 일이 있지 않기를 바라오. 본 대장이 명령받은 것은 천주를 군주각하의 앞에 현신시키는 것이오."
 말은 완곡하지만 뜻은 분명하다.
 반항하면 강제로라도 끌고 가겠다는 것이다.
 휘이이······.
 세찬 바람이 사람들의 옷자락을 날리며 마침내 빗방울이 후드득 떨어지기 시작하였다.
 그러나 여기에서 그것을 피하려는 사람은 아무도 없었다.
 태음천주는 너무도 뜻밖의 일이라 한참 아무 말 없이 그대로 있더니 이윽고 입을 열었다.
 "본좌의 죄목은 무엇인가요? 진성천주의 모함 그대로 본좌가 적의 앞잡이라도 된다는 것인가요?"
 "모함이라구? 흐흐흐……."
 진성천주가 음산히 웃자 음혈기 대장이 예의 어조로 말을 끊었다.
 "시시비비는 군주각하의 앞에 가면 자연히 가려질 것이니 천주는 본 대장을 따라나서도록 하시오. 시간이 없소!"
 그의 말과 함께 서서히 굵어지는 빗줄기 속으로 그가 나타났던 곳으로부터 회의를 걸친 인영들이 소리없이 모습을 드러냈다.
 그들의 수효는 삼사십 명 정도로서 태음천주의 퇴로를 완전히 차단하고 있었다.
 "음혈기 휘하의 고수들이로군……. 흥! 당신들은 처음부터 나를 압송하기 위해서 적지 않은 준비를 해온 모양이군?"
 진성천주가 차게 웃었다.
 "만에 하나라도 잘못이 있다면 어찌 얼굴을 들고 군주각하를 뵈올 수가 있으랴……."
 태음천주는 주위를 쓸어보더니 싸늘히 내뱉었다.
 "보아하니 본좌는 이미 난신적자(亂臣賊子)로 몰려 그 혐의를 벗어날 가망이 없어 보이는군……."
 "군주각하께서는 평소 천주를 매우 총애하셨으니 직접 만나게 된다면 길이 없는 것도 아닐 것이오."

음혈기 대장의 말에 태음천주는 차갑게 웃었다.

"집법금패의 소환을 받은 자로서 다시 해를 보았다는 사람이 있다는 말을 본좌는 들어본 적이 없어요. 본좌는 이러한 상황하에서 호송되는 것을 원치 않으니, 차후 본좌의 단심(丹心)을 증명할 수 있는 증거를 마련하여 스스로 군주각하를 뵙도록 하겠어요."

음혈기 대장의 눈에서 돌연 무서운 빛이 쏘아져 나왔다.

"군주각하의 금령(禁令)을 거역할 셈이오?"

"거역이 아니라, 부득이한 상황하에서 취하는 자기 방어의 몸부림일 뿐이에요. 대장께서 선처를 해준다면 오늘의 일은 내 잊지 않고……."

그녀는 말을 끊었다.

음혈기 대장이 아무 말 없이 손을 쳐들었기 때문이다.

포위하고 있던 음혈기 휘하의 고수들이 서서히 간격을 좁혀왔다.

면사 속의 태음천주의 아미가 버들가지처럼 휘어졌다.

"정녕 본좌로 하여금 손을 써 적대 행위를 하도록 만들 셈인가요?"

그 순간이다.

진성천주가 느닷없이 몸을 날려 매약군을 제압해 버렸다.

음혈기 대장이란 강적을 눈앞에 둔 태음천주로서는 미처 그의 행동을 간섭할 수 없었고, 매약군으로서는 잔뜩 방비를 하고 있었음에도 어찌할 재간이 없을 정도로 두 사람의 무공 차이는 극심했다.

 진성천주는 제압당하여 늘어진 매약군의 목을 조금의 사정도 없이 움켜쥐어 들었다.

 매약군의 눈이 튀어나올 듯 부릅떠졌고 숨이 막혀 얼굴이 금세 새빨갛게 달아올랐다.

 "이 계집이 네 명을 받고 금룡표국에 가서 누구를 만나 무슨 말을 했는지, 이 자리에서 한번 들어볼까? 그때에도 할 말이 있을까?"

 음산히 말하던 진성천주의 눈빛이 조금 변했다.

 매약군의 입에서 피가 흘러내려 자신의 깡마른 손을 적심을 깨달았던 것이다.

 "혀를? 지독한 계집이군……. 하지만 네년의 목숨이 남아 있는 한은 본좌의 손을 피할 수 있다고 믿지 않는 게 좋을 게다. 아직까지 그 어떤 자에게서도 듣고자 하는 말을 들어보지 못한 적이 없는 본좌이니까……."

 "오호호호호―!"

 돌연, 태음천주가 미친 듯이 웃어대었다.

 소나기처럼 굵어져 쏟아지던 빗줄기들이 그녀의 웃음소리에 마구 춤을 추며 사방으로 튕겨져 나갔다.

 미친 듯이 웃어대던 태음천주는 웃음을 뚝, 그치더니 한 서린 음성으로 말했다.

 "평소부터 삼좌가 본좌를 못마땅히 여기고 있음을 잘 알고 있었으나, 이처럼 사람을 핍박하니 어찌 당하고만 있으랴! 내 오늘 어떠한 대가를 치르고서라도 당신과 끝을 보아야겠다."

말과 함께 그녀는 번개처럼 흑사경의 속에서 백옥과 같은 손을 뻗어 내어 진성천주를 향해 쳐갔다.

삼 장여의 거리가 찰나간에 지척으로 좁혀지며 일진의 음풍이 이미 엄습함을 깨닫자 진성천주의 눈에 놀람의 빛이 튀어 올랐다.

"태음신공장(太陰神功掌)!"

외침과 함께 그는 돌연 괴이한 부르짖음을 토하며 매약군을 집어던짐과 동시에 껑충 뛰며 마주 일장을 갈겨갔다.

파팟! 팡!

두 사람의 신형이 엇갈리면서 바람을 찢는 예리한 음향이 일어나더니 격렬한 부딪침의 소리가 그 가운데에서 터져 나왔다.

쏟아지는 빗줄기들이 빗방울이 되어 사방으로 분수를 뿌려대듯 흩어져 가는 속에 진성천주가 주춤, 한 걸음 물러남이 보이고 태음천주가 날카롭게 웃으며 다시 그를 덮쳐 가고 있음이 보였다.

"당신의 고루마공(骷髏魔功)이 과연 얼마나 나의 태음신공장을 막아낼 수 있나, 보겠다!"

흑사경의가 어둠의 나래와 같이 휘날리며 그 속에서 태음천주의 옥장은 백옥빛 광채를 번뜩였다.

진성천주는 선기를 빼앗기어 태음천주에게 잇달아 핍박을 당하게 되자 대노하여 두 눈을 부릅떴다.

"그까짓 태음장이 무엇이기에!"

그의 푸른 눈에서 녹색의 광채가 쏟아져 나오며 그의 옷자락이 바람을 무릅쓰고 제멋대로 펄럭여 빗줄기들을 마구 튕겨내는 가운데, 그는 사납게 태음천주를 덮쳐 갔다.

까마귀 발톱과 같은 그의 손톱이 돌연 서너 치가 되도록 길어지면서 일진의 음풍(陰風)이 휘파람 소리를 내며 일어났다.

두 사람의 신형이 질풍과 같이 뒤엉켜 돌아간다 싶은 순간.

"윽!"

나직한 신음 소리가 굉음에 뒤섞여 들리며 진성천주가 그 속에서 튀어나와 어깨를 흔들며 잇달아 뒤로 후퇴했다.

세찬 경기가 주위를 휩쓰는 순간에 태음천주는 승기를 잡고 계속해 진성천주를 덮쳐 가는 것이 아니라, 그 여세를 빌어 오히려 뒤로 날아가고 있었다.

그녀가 몸을 날림과 동시에 그녀와 같이 흑의검수 십이 명도 흩어지며 그들을 포위한 음혈기 고수들을 향해 그녀와 같은 방향으로 덮쳐 갔다.

그 태도의 일사불란함을 보아 이미 태음천주의 암중 명령을 받은 것이 틀림없어 보였다.

그들의 그 움직임은 신속하고도 무서운 기세를 품고 있다 할 수 있었다.

그러나,

"으악!"

"윽—!"

그들이 움직이는 순간에 음혈기의 고수들 또한 놀랍도록 빠른 속도로 발동하여 그들을 덮치고 있었으며, 그 순간에 단말마의 비명이 울려 퍼지며 흑의검수들이 피를 뿌리며 쓰러지기 시작하였다.

뿐만 아니라 태음천주는 한줄기 검은 폭풍과 같이 허공을 날다가 돌연 무엇 때문인지 잇달아 몸을 뒤집더니 마치 무형의 담장에 가로막힌 듯 도중에서 옷자락을 펄럭이며 땅 위에 내려서고 말았다.

그녀가 땅 위에 내려서 비틀하는 순간에 음산한 경력이 노도와 같이 태음천주의 뒤에서 엄습해 왔다.

그것은 뼈를 깎을 듯하였으나 쏟아지는 빗줄기들이 그 힘에 따라 소용돌이칠 정도였다.

'진성천주의 수라조(修羅爪)다!'

태음천주는 대번에 그것이 누구인지 직감하고는 몸을 차 돌리면서 번갯불 같은 일장을 뒤로 쳐내었다.

푸른 빛 기류가 빗속을 쳐 나갔다.

쓰쓰— 팡!

농축된 무엇이 터져 나가는 듯한 굉음이 일어나 폭우로 화해가는 빗줄기들을 사방으로 흩어지게 하는 가운데 나직한 신음이 일었다.

두 사람이 물러서는 듯하더니 이내 다시 하나가 되었다.

누가 누구인지 알아볼 수가 없을 정도로 두 사람의 움직임은 놀랍도록 빠르게 움직이며 서로를 공격하고 있었다.

그리고 어느 순간,

"음……!"

두 사람이 순간적으로 튕겨져 나가듯 갈라섰다.

진성천주가 서너 걸음 물러났다.

그의 눈빛은 일그러져 있었다.

하지만 태음천주 또한 무사하지 않았다.

그녀는 가슴팍을 움켜쥔 채 역시 두어 걸음 물러나고 있는데 그녀가 쓰고 있던 면사는 경기의 소용돌이에 못 이겨 이미 날아가 버리고 없었다. 드러난 그녀의 깎은 듯 아름다운 얼굴은 매우 굳어 있었다.

"음……."

두어 걸음 물러나 신형을 안정시키던 태음천주의 어깨가 돌연 미미하게 흔들리는 듯하더니 안색이 창백해지며 한줄기 선혈이 그녀의 앵두 같은 입술로부터 흘러내렸다.

"구좌가 계속하여 함부로 진기를 소모한다면 생명을 장담할 수 없을 것이오……."

그녀의 앞쪽에서 침잠한 음성이 들려왔다.

태음천주는 다른 한 손을 들어 손등으로 흘러내린 피를 닦으며 반걸음쯤 물러나 그쪽을 보았다.

거기에는 음혈기 대장이 우뚝 서서 그녀를 쏘아보고 있었다.

태음천주는 싸늘히 말했다.

"음혈기 대장의 암기수법(暗器手法)은 천하무쌍이라 설사 귀신이라 할지라도 요행을 바랄 수 없다더니…… 오늘 보니 과연 그렇군요?"

말을 하는 도중에 그녀의 가슴팍을 움켜쥔 희디흰 손가락 사이로 붉은 피가 새어 나와 그녀의 손가락을 물들이기 시작했다.

그녀는 이미 가볍지 않은 부상을 입은 듯했다.

음혈기 대장은 무표정한 얼굴로 대꾸했다.

"과찬의 말을……. 본 대장의 경혼오절(驚魂五絶)을 제삼절까지 잇달아 전개토록 한 사람은 십여 년 이래 구좌가 처음이오."

'이자의 무공이 이처럼 무서울 줄이야! 군주휘하 삼 개 친위대의 이름은 절대로 허명이 아니었구나…….'

태음천주는 입술을 깨물었다.

그녀는 음혈기 고수들의 포위를 뚫고 가려는 순간에 음혈기 대장의 공격을 받았으며, 허공에서 순식간에 세 번이나 신법을 바꾸며 연달아 절초를 전개하였음에도 불구하고 결국은 가슴에 지독하기 이를 데 없는 공심독침(攻心毒針)을 맞았던 것이다.

공심독침이란 것은 일단 사람에게 격중되면 피를 타고서 심장에 이르기 때문에 붙여진 이름이다.

그때, 음혈기 고수들은 이미 완벽한 포위진세를 구축하고 있었으며, 그들을 뚫고 나가려던 그녀의 호위검수들은 시시각각 피를 뿌리고 있어 벌써 서너 명밖에는 남아 있지 않았다.

쏴아아…….

쏟아지고 있는 폭우 속에서 벌어지고 있는 상황은 이제 절망적으로 보였다.

"군주각하께서 나의 목숨마저 원하시던가요?"

음혈기 대장이 냉담히 말했다.

"군주각하의 집법금패에 반항함이 사죄에 해당하다는 것을 설마 모른단 말인가?"

태음천주가 드높게 웃었다.

"호호호…… 군주께서 나의 목을 원하신다면 어찌 감히 따르지 않을 수 있을까?"

그녀는 채 말이 끝나지 않아서 놀란 번개가 허공을 달리듯 음혈기 대장을 덮쳐 갔다. 그 속도는 놀랍도록 빨라서 삼 장 정도의 거리가 단숨에 손이 닿을 수 있도록 좁혀졌다.

　냉소가 음혈기 대장의 얼굴에 떠올랐다.

　그녀의 움직임이 아무리 빨라도 이것은 무모하기 짝이 없어서 그는 일거수에 그녀를 죽일 수 있었던 것이다.

　하지만, 그는 다음 순간에 자신의 생각이 잘못된 것임을 직감했다.

　태음천주의 일격은 자신의 목숨을 돌보지 않은 것으로써 자신이 그녀를 막아서 그녀를 공격한다면 설사 그녀를 죽일 수 있다 하더라도 음혈기 대장 자신도 그에 상응하는 엄청난 대가를 치러야 함을 알았던 것이다.

　"동귀어진(同歸於盡)을 하려는 것인가?"

　음혈기 대장이 당황한 빛으로 외치며 번개처럼 옆으로 물러났다.

　궁지에 몰린 적과 같이 죽고 싶은 사람은 없기 때문이다.

　그러나 그는 옆으로 물러남과 동시에 이미 손을 쳐들어 잇달아 십여 개의 암기를 태음천주의 진로를 향해 쏘아냈다.

　태음천주가 공격을 멈추고 물러서면 모르되, 그렇지 않았다가는 그가 쏘아낸 암기를 피할 수 없을 것이다.

　하지만 그 순간에 뒤로 물러나 있던 진성천주가 이미 일진의 음풍을 몰고 그녀의 뒤를 덮치고 있어 뒤로 물러서는 것조차 쉬운 일은 아니었다.

　그때였다.

　"물러나라!"

돌연 고막을 울리는 우렁찬 외침과 함께 오륙 장 밖에 우뚝 서 있던 서너 그루의 버드나무 위에서 흰 그림자 하나가 거대한 붕새와 같이 허공을 가로지르며 장중으로 날아 내렸다.
 백영(白影)은 장중으로 날아 내림과 동시에 일장을 휘둘러 진성천주의 공세를 정면으로 맞받았다.
 꽝!
 "윽……!"
 진성천주가 충격을 이기지 못하고 전신을 떨며 쿵쾅거리며 단숨에 십여 걸음을 물러났다. 팔이 부러져 나가는 듯하며 금세 선혈이 입안으로부터 올라왔다.
 백영은 그와 일장을 마주한 후 백룡이 구름 속에서 몸을 뒤집듯 허공에서 한 바퀴 재주를 넘으며 쏜살같이 태음천주를 향해 날아갔다.
 그는 그야말로 번개처럼 태음천주의 앞을 막아섰으며, 그 순간에 그녀에게서는 찬란한 검광이 폭발하듯이 일어나 용이 신음하고 범이 우는 듯한 소리를 내면서 이미 그녀를 향해 날아들고 있던 암기들을 모조리 땅으로 떨어뜨렸다.
 "당신은!"
 태음천주는 나타난 사람을 보고는 너무도 뜻밖이라 입을 딱 벌렸다.
 "따라오시오!"
 백영은 그녀의 손을 잡아끌며 조금도 지체치 않고서 몸을 날렸다.
 "감히 어떤 자가 본 대장의 앞에서 설치는 것이냐?"

그 광경에 음혈기 대장이 노해 잇달아 손을 쳐내었으며, 금세 바람을 가르는 음향이 두 사람을 향해 쇄도해 왔다.

그들의 사이의 거리는 채 삼 장이 되지 않았다.

백영은 빗속을 뚫고 세 개의 표(鏢)가 품(品) 자 형을 이루며 자신을 덮침을 보았다.

태음천주가 소리쳤다.

"경혼삼절이에요! 뒤를 조심해요!"

그녀가 외침과 함께 백영은 그 품 자 형의 뒤에서 다시 역품 자 형을 이루고 있는 표 세 개가 날아들고 있음을 발견했다.

그리고 그가 그것을 발견하는 순간에 뒤에서 날아오고 있던 세 개의 표가 엄청난 속도를 발휘하여 앞에서 날아오고 있던 세 개의 표를 추월하여 백영의 가슴을 공격해 왔다.

"후발선진(後發先進)의 수법이로군!"

백영은 조금 놀란 듯한 음성과 함께 옆으로 움직여 그것을 피해내려 했다.

그것을 막아낸다면 뒤처진 세 개의 암기가 이미 당도하여 상대할 길이 없어지기 때문이다.

태음천주는 바로 그 선발후진의 암기를 피하지 못해 그중 하나를 맞고 말았던 것이다.

그런데 그 순간이었다.

누가 그 뒤에 또 세 개의 암기가 날아오고 있음을 알았으랴!

암기의 역도(力道)는 교묘하기 이를 데 없어서 백영이 옆으로 피하려는 순간에 뒤처진 세 개의 암기를 때렸으며, 땅! 하는 소리와 함께 여섯 개의 암기는 속도와 방향이 일제히 달라져서 한꺼번에 우박과 같이 백영을 덮쳤다.

　무려 아홉 개의 암기가 일순간에 덮쳐 와 그 어떤 방위라 할지라도 그것을 피한다는 것은 불가능했다.

　백영이 순간적으로 뒤로 물러나며 발검하려는 순간!

　"그것은 자모표(子母鏢)예요! 막아내면 터져요!"

　태음천주가 다급히 소리치며 가슴팍을 움켜쥐고 있던 손을 들어 강호독보의 태음신공장을 쳐내었다.

　하지만 그 순간에는 이미 하늘을 찌를 듯한 검기가 한 마리 백룡과 같이 검집을 벗어나 벼락치듯 사방을 휩쓸고 있었다.

　그의 발검은 가히 천하제일이었다.

　땅! 따당, 땅!

　그의 검과 마주친 자모표가 박살이 나 흩어지는 순간에 그 검은 무서운 기세로 꿈틀거리며 음혈기 대장을 찔러가고 있었다.

　음혈기 대장은 그것을 보고 안색이 대변했다.

　그는 경혼오절의 마지막 암기 수법을 펼칠 준비를 하고 있었는데, 만에 하나 그가 무리하게 경혼오절의 마지막 수법을 쓰게 된다면 그가 암기를 발출하는 순간에 그의 몸은 저 가공할 검기에 양단(兩斷), 두 조각이 되어버리고 말 것이 틀림없었던 것이다.

　검의 속도는 가공스러울 정도였다.

　음혈기 대장이 메뚜기와 같이 훌쩍 뛰어 물러나는 순간에 태음천주의 손을 잡은 백영은 그의 곁을 스쳐 지나 사오 장의 거리로 멀어지고 있었으며,

　"막아라!"

　그가 소리치며 허공에서 몸을 비틀어서 백영을 향해 재차 암기

를 쏘아내며 그를 덮쳐 갈 때는 날벼락과 같은 검광이 폭포수와 같이 백영을 막는 음혈기의 고수들을 쓸어가고 있었다.

쨍쨍! 쨍그랑! 창!

"으악!"

"으으아아……."

장바닥에서 잡상인들이 아우성치는 듯한 소리가 꼬리를 물고 일어나며 피보라가 폭우 속에 피어올랐다.

막아내는 것이 아무것도 없었다.

백영의 일검은 검이건, 사람이건, 모든 것을 양단하며 전광석화와 같이 포위망을 뚫었으며, 다음 순간에는 이미 숲 밖으로 빠져나가고 있었다.

가공할 위세요, 놀라운 속도가 아닐 수 없었다.

음혈기의 고수들이 뒤를 따르고 있지만 속도 면에서 상대가 되지 않았다.

"이럴 수가……."

음혈기 대장은 죽어 넘어진 음혈기의 고수들이 그 단 한 순간에 무려 십칠팔 명에 이르는 것을 보고 이를 갈아대면서 그 뒤를 추적하려 했다.

그런데 그 순간이었다.

휘익…… 휘익…….

빗소리를 뚫고서 기이한 호각 소리가 신음하듯이 길게 여운을 끌며 들려오는 것이 아닌가!

"이게 무슨 소리야?"

음혈기 대장의 얼굴이 온통 일그러지며 그 자리에 우뚝 멈추어

섰다.

 그의 가슴팍 옷자락은 검기에 걸레와 같이 찢겨져 몰아치는 비바람에 펄럭이고 있는데, 피까지 빗물에 씻겨 내리고 있어 좀 전의 상황이 얼마나 급박하고 흉험무비하였는가를 말해주고 있었다.

 "긴급소환령이 아니오?"

 주춤거리고 그의 곁으로 다가온 진성천주가 우그러진 음성으로 말했다.

 휘익…… 휘익…….

 소리는 다시 빗속을 뚫고 조금 더 급하게 들려왔다.

 음혈기 대장은 이를 갈며 수하들을 불러들이면서 중얼거렸다.

 "무슨 까닭으로 군주의 긴급소환령이 발동된단 말인가? 하필이면 이 시각에……."

 "괴이하군……!"

 진성천주도 고개를 흔들더니 이내 어두운 어조로 말을 했다.

 "그러나 저자의 무공은 너무 무서워 설혹 추적을 한다 해도…… 반드시 잡을 수 있다는 보장은 없을 것 같소. 내 죽어 있는 음혈기 고수들을 자세히 보지는 않았지만 그의 검에 스친 자들은 단 하나도 숨이 붙어 있는 자가 없었으니…… 이와 같이 무섭고 악랄한 검식은 마교의 절정수라검(絶情修羅劒)이라도 따르지 못할 것이오."

 "그의 무공이 아무리 무섭다 하더라도…… 본 대장의 자모표가 터지는 순간에 이미 공심자침(攻心子針)에 적중되었을 것이니 흥! 본 대장의 독문해약이 없으면 아마……."

그는 말끝을 흐리더니 진성천주를 쏘아보았다.

"삼좌는 그와 일장을 마주한 다음에 무엇 때문에 그를 회피하고 측면에서 그를 저지하지 않았던 것이오? 삼좌가 그러했다면 그가 이처럼 무인지경과 같이 저지선을 돌파하지는 못했을 것이 아니오?"

진성천주의 눈빛이 일그러졌다.

"대장은 본좌가 적이 도주하도록 방조하였단 말이오?"

"……"

음혈기 대장은 아무 말도 하지 않자 진성천주는 끓어오르는 노기를 억누르며 억지로 말했다.

"설마…… 본좌가 그자의 일장에 진상(震償)된 것을 몰라보겠단 말이오?"

그의 말에 음혈기 대장의 안색이 달라졌다.

"그와 마주친 단 일 장에 내상을 입었단 말이오?"

"창피스러운 일이지만…… 본좌는 이미 남과 쉽게 동수하기 어려운 상세를 입은 상태요. 원래 구좌와 상대하면서 약간의 충격을 받았던 상태이긴 하였지만…… 그처럼 무서운 장세는 본좌의 평생에 단 한 번도 본 적이 없었소……."

진성천주의 말에 음혈기 대장은 어안이 벙벙한지 말을 하지 않았다.

그는 진성천주의 무공이 어떤 정도인지 대강 알고 있어 그와 같은 일은 실로 상상할 수 없었던 것이다.

"대체 그가 어떤 자이기에, 얼핏 보기에는 나이가 별로 많아 보이지 않았는데…… 잘못 보았단 말인가?"

그의 중얼거림은 방금의 상황이 얼마나 격렬하고 빠른 속도로 이루어졌던 것인가를 웅변하는 것이라 할 수 있었다.
 쏴아아…….
 빗줄기는 점점 더 굵어지고 바람도 세차지고 있었다.
 아직은 대낮이긴 하지만 이제는 추적을 하고자 하여도 어려운 날씨였다.

第十五章

전후인과(前後因果)
―천기노인, 그의 안배는 죽음 속에서도
　　　　　살아 있고…….

풍운고월
조천하

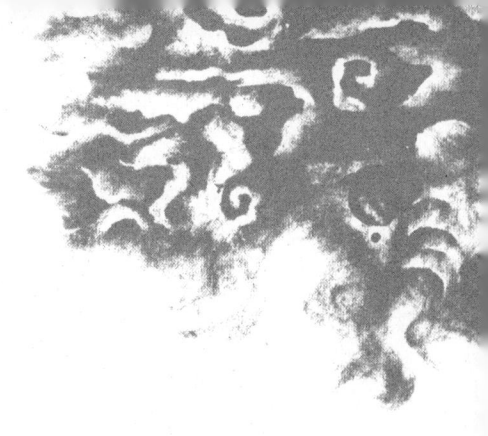

 망산이 북망산(北邙山)이라 불리는 이유는 낙양의 북쪽에 위치하고 있기 때문이다.
 죽음과 연관되어 북망이 뇌리에 떠오르는 이유는 낙양에 면한 망산의 남쪽 기슭에 수많은 분묘가 자리하고 있기 때문이며 그중에는 성탕(成湯)과 한의 광무제(光武帝), 진선제(晋宣帝) 등 동한 이래의 제왕장상(帝王將相)의 능묘가 그 거대한 몸을 누이고 있기도 하다.
 그리고 역사상으로 유명한 백이(伯夷), 숙제(叔齊)가 굶어 죽은 곳 또한 북망의 절정인 수양산(首陽山)이니 과연 죽음과 인연이 많은 곳이 북망이긴 하였다.

 쏴아…….

오늘 북망은 쏟아지는 폭우로 인하여 그 음산한 모습을 희미하게 우중(雨中)에 감춘 채였다.

그 쏟아지는 빗속에 한 채의 퇴락한 사당이 북망산 기슭에 자리하고 있었다.

〈낭랑묘(娘娘廟)〉

희미하게 지워져 가는 현판의 글씨는 그렇게 쓰여져 있었으나 이미 돌보는 사람이 없어 보이는 곳이었다.

비가 들이치고 불어오는 바람에 겨우 반쪽만 남은 문짝이 금방이라도 떨어져 나갈 듯 삐걱거리며 비명을 지를 때 두 사람이 폭우 속을 뚫고서 그 사당의 안으로 들어섰다.

백의의 남자는 부축하고 있던 흑의여인을 구천현녀의 제단 밑에 앉혀 기댈 수 있도록 하고, 문짝을 바로잡아 바람을 대충 막은 후에 그녀의 곁에 한쪽 무릎을 꿇으며 물었다.

"상세가 심하시오?"

하아, 하아…….

가쁜 숨을 내쉬고 있던 흑의여인은 눈을 들어 백의인을 바라보았다.

온통 빗물에 젖어 있는 그의 얼굴은 그중에서도 당당하여 보였으며, 자신을 쳐다보고 있는 그 눈은 깊고도 투명해 깊이를 알 수 없었다.

"어떻게 알고…… 왔었던가요? 약군은 세심하여 흔적을 남기지 않았을 텐데……."

백의인은 담담히 미소 지었다.

"없는 흔적을 찾아내어야만이 남들이 나를 일러 계속해서 똑똑하다 할 것이오. 그렇지 않고서는 이 명성은 워낙 바람이 거세어 유지하기 쉽지 않소."

그의 말에 흑의미녀는 어이가 없어 실소를 머금다 이내 잔뜩 인상을 찌푸렸다.

그들이야말로 태음천주와 그녀를 위기의 순간에 구출한 구양천상이었다.

그는 금룡표국에 왔었던 꽃 파는 소녀의 행적을 추적하여 결국에는 그 싸움의 현장에까지 이르렀다가 태음천주를 구하게 된 것이다.

구양천상은 그녀가 움켜쥐고 있는 가슴팍을 바라보며 천천히 말했다.

"실례인 줄은 알지만…… 상처를 내가 좀 보아도 되겠소?"

쓸쓸한 웃음이 구양천상을 쳐다보는 태음천주의 얼굴에 스쳐 갔다.

빗물에 젖어 있는 그녀의 창백한 안색은 처염했다.

"볼 필요 없어요. 설사 화타가 온다고 하더라도 이제는 어쩔 수가 없어요……."

말끝을 흐리던 그녀는 갑자기 생각이 난 듯 구양천상을 향해 말했다.

"우리가 그곳을 떠나올 때 대공도 음혈기 대장의 공심독침을 맞는 것 같았는데 괜찮은가요?"

그녀의 물음에 구양천상은 팔뚝을 걷어 올렸다.

그의 팔꿈치 부위와 그 위쪽에 두 개의 침과 같이 생긴 것이 끝이 보일락 말락 깊숙이 꽂혀 있는 것을 볼 수 있었다.

"공심독침은 피를 보는 즉시 혈관을 따라 심장으로 흘러들어가는데 아직까지 근육에 그렇게 꽂혀 있다니…… 좀 전에도 보았지만 당신의 무공은 그간 믿을 수 없도록 진보했군요?"

그녀의 말에 구양천상은 운기를 하여 손가락으로 그 침을 뽑아내며 말했다.

"공력으로써 근육을 긴축시켜 침이 더 이상 안으로 들어올 수 없도록 하는 것은 천주의 능력으로써 어렵지 않을 텐데 설마 그것이 이미 혈관을 따라 돌고 있단 말이오?"

그는 태음천주가 고개를 끄덕임을 보고 안색이 변했다.

태음천주가 입을 열었다.

"원래 나는 그것에 당한 즉시 운기를 하여 혈도를 봉쇄하여 독침이 더 이상 진행할 수 없도록 하였었다가 좀 전에 자모독표가 터질 때 일장을 쏟아내느라……."

"나의 부주의로군……."

구양천상이 신음하였다.

태음천주는 고개를 흔들었다.

"아니에요. 대공이 그처럼 신속하게 움직이지 않았더라면 이처럼 쉽게 그들의 추적을 벗어날 수 없었을 거예요. 그러나……."

그녀는 시선을 돌려 비가 쏟아지고 있는 바깥을 바라보았다.

"그들이 그 직후, 추격을 포기한 듯 한 것은 실로 괴이한 일이에요. 내가 알기로는 단 한 번도 이러한 일이 없었는데…… 만약 내가 잘못 듣지 않았다면, 소환령이 내린 것 같은데 그는 더욱 괴이한 일이죠. 어떻게 그러한 상황하에서 소환령이……."

구양천상이 머리를 저었다.

"지금 중요한 일은 그들이 왜 추격해 오지 않는가 하는 것이 아니라, 천주의 상세요."

태음천주는 아미를 찡그리며 말했다.

"이미 말하지 않았나요? 공심독침이 이미 지금 심장을 향해 진행 중이라 화타가 오더라도 그것을 멈추게 할 수 없다고."

구양천상이 말하였다.

"나는 화타가 아니오."

그 의미는 매우 묘하여 태음천주는 그를 물끄러미 보다가 한숨을 쉬더니 다시 말했다.

"설혹, 어떤 방법을 동원하여 공심독침을 제어할 수 있다 하더라도 이제는 시간이 없어요. 공심독이 일단 피를 본 이상 그 독성을 해독할 사람은 음혈기 대장 본인밖에는 아무도 없어요."

"실례하오!"

그녀가 말을 하는 순간에 돌연 구양천상이 손을 들어 그녀의 가슴팍 유부(俞府), 단중(檀中), 신봉(神封) 등의 구 개 대혈을 잇달아 찔러대었다.

지독한 고통이 태음천주의 가슴을 저며내는 듯했다.

"무, 무슨 짓이에요?"

태음천주가 이를 악물며 그를 쏘아보았다.

그녀가 경솔한 여자라면 참지 못하고 구양천상을 공격하였을 것이었다.

"이것은 본 가에서 전하는 대환주천(大圜週天)의 점혈비법이오.

공심독침이 피를 따라서 심장으로 들어가고 있다면, 칼로써 천주의 가슴을 쪼개어 그 독침을 찾아 제거할 수밖에 없소. 하지만 천주가 독침을 맞은 부위는 가슴이라 독침이 이미 심장 부근에 가 있을 것이니 자칫 잘못하면 독침보다 더 위험할 수도 있는데다가 시간이 촉박한 듯하여 이 방법을 시도해 보는 것이오."

태음천주는 고통을 참느라 입술을 깨물며 말했다.

"기혈을…… 역행시키는 것인가요?"

"바로 그렇소. 피를 거꾸로 흐르게 하여 독침이 빠져나오게 하려는 것이오. 출혈이 과다할는지 모르지만 최소한 독침을 심장에서 멀게 하거나, 혹은 빠져나오게 할 수도 있을 것이오."

태음천주는 기혈역행의 고통을 참느라 머리를 뒤로 젖혀 제단에 대고는 가쁜 숨을 쉬며 말했다.

"구양세가의 대공이 못하는 것이 없다고 하더니…… 내 오늘에서야 비로소 그 말을 실감할 수 있겠군요……. 하지만…… 설사 침을 제거할 수 있다고 하더라도 공심지독(攻心之毒)의 독성은……."

그녀의 말에 구양천상은 침착히 말했다.

"그 독성이 유독 나에게는 아무런 위력을 발휘하지 못한다고 생각지 않으시오?"

"……?"

태음천주는 얼떨떨하여 그를 쳐다보았다.

그리고 보니 정말 그러했다.

구양천상도 두 대의 공심독침을 맞았지 않은가?

그런데 그에게서는 전혀 중독의 증상이 보이지 않았던 것이다.

"이것은 만독단(萬毒丹)이라 하는데, 일단 복용하면 백 일 이내에는 진정 만독불침이 될 수 있고 어떠한 독이라 할지라도 능히 해독할 수 있는 효력이 있소."

"만독단? 그것이 정말 묘강독문의 그 만독단이란 말이에요?"

구양천상은 담담히 웃어 보일 뿐 아무 말도 하지 않고 단약의 밀봉을 벗겨 그녀에게 내밀었다.

'만독단은 묘강 독왕만이 지니고 있으며, 매우 진귀하여 독문의 제자들도 평생 한 알을 얻기 힘들다고 하는데 이 사람은 그처럼 귀한 것을 대체 어디에서 구했을까?'

"으음……!"

만독단을 삼키던 태음천주는 돌연 가슴을 움켜잡으며 가는 신음을 흘려내었다. 깨문 입술이 덜덜 떨리는 것으로 보아 고통이 극심한 듯했다.

"독침이 역으로 움직이기 시작한 모양이오. 그 독침에는 역린이 있어 거꾸로 움직일 때는 상당한 고통이 있을 것이지만 참아내야 합니다."

구양천상은 움켜쥔 그녀의 손가락 사이로 선혈이 흘러나오는 양이 점점 많아짐을 보았다.

피는 선혈이라기보다 검게 변한 악혈(惡血)이었다.

구양천상은 가슴을 움켜쥐고 있는 그녀의 피로 젖은 손을 부드럽게 잡았다.

식은땀을 흘리고 있던 태음천주가 눈을 떴다.

"상처를 보아야겠소. 그래야만 시기에 따라 조치를 취할 수 있소."

"……."

태음천주는 아무 말도 하지 않았다.

마주친 구양천상의 눈은 맑고 깊었다.

그녀는 여전히 아무 소리를 하지 않고 다시 눈을 감았다.

그리고 그녀의 손은 가슴에서 미끄러져 내려갔다.

격한 숨결로 고동치는 피로 젖은 풍만한 가슴이 거기 있었다.

구양천상은 아무 말도 하지 않고서 그녀의 가슴팍 옷깃을 벌렸다.

단추와 고름이 풀어져 나갔다.

구양천상은 내심 그녀의 상처가 가슴 위쪽이기를 바랐지만 고약하게도 붉은 가슴가리개 위로는 투명하도록 맑은 피부뿐이었다.

그는 할 수 없이 피가 흘러나오고 있는 오른쪽 가슴의 가리개를 밑으로 잡아당겨야 했다.

사발을 엎어놓은 듯 풍만한 가슴이 출렁이며 그의 눈 아래 드러났다.

팽팽하여 터질 듯한 그녀의 가슴은 참으로 아름다웠다.

그러나 그 가슴을 내려다보고 있는 구양천상의 눈빛은 조금의 흔들림도 없이 믿을 수 없을 정도로 고요했다.

그 눈은 피로 물들어 있는 유실(乳實)의 왼쪽에 나 있는 상처를 보고 있었다.

다행히 침을 맞은 자리는 하나뿐이었다.

그 자리는 시커멓게 변해 있었고, 검붉은빛으로 부풀어올라 매우 보기 흉한 상태라 할 수 있었다.

구양천상은 뭉클뭉클 피를 뿜어내고 있는 상구(傷口)를 주의 깊게 내려다보고 있다가 다시 족양명위경(足陽明胃經)과 독맥에 속한 혈도를 점했다.

그러자 혈도가 흘러나오던 피가 줄어들면서 근육의 경직이 일어나는가 싶더니 상구 주위가 부풀어오르기 시작했다.

"아아……."

태음천주가 고통을 참지 못하고 깨문 입술 사이로 신음을 흘려냈다.

조금의 시간이 지나자 상구는 더 크게 부풀어올랐고 태음천주는 연신 머리를 젓더니 마침내 소리쳤다.

"차라리…… 차라리 그대로 둬요! 나는…… 나는 더 이상 참지 못하겠어…… 악!"

절레절레 고개를 저으며 소리치던 그녀는 돌연 날카롭게 비명을 질렀다.

그녀의 가슴을 누르고 있던 구양천상이 돌연 진력을 운용하여 그녀의 가슴을 서너 차례 두드렸고, 그와 동시에 멈추었던 피가 일시에 화살과 같이 그녀의 상구를 터뜨리며 치솟아 나왔던 것이다.

그 고통은 상상 이상이었다.

피화살은 태음천주의 체내 모든 피를 다 끌고 나오려는 듯 솟았고, 한참을 기다린 구양천상은 어느 순간에 그녀의 혈도를 해제하고 다시 점해 치솟는 피를 멈추게 하였다.

신속하게 손을 쓴 구양천상은 선혈이 뿌려진 속에 남빛으로 반짝이는 금속 실 같은 것이 있음을 보고 내심 안도의 숨을 내쉬었다.

"다행히 생각대로 나와주었군……."

그는 손으로 그녀의 탐스런 가슴에 묻은 악혈들을 닦았다.

그러나 어찌 손만으로 그것이 해결되랴.

난감한 기색이던 구양천상은 자신의 백의 한쪽을 북 찢어 들고는 들이치는 빗물을 적셔 가지고 그녀의 가슴에 묻은 피를 닦아 주었다.

우윳빛 피부가 창백한 모습으로 드러났다.

손가락이 들어갈 만큼 커진 상구에 금창약(金瘡藥)을 바른 다음에 구양천상은 자신의 백의 한 자락을 다시 찢어내어 그녀의 가슴을 동여매 주었다.

자신의 가슴을 마음대로 내맡긴 채 태음천주는 눈을 감고 있었다.

그럴 수밖에 없는 것이 그녀는 피화살이 자신의 가슴에서 터져 나오는 순간에 그 고통을 이기지 못하고 그대로 기절을 하고 말았던 것이다.

그리고 그녀의 붉은 가슴가리개를 끌어 올려주려 하던 구양천상은 나직이 혀를 차며 그것을 찢어내어 태음천주에게서 벗겨 버렸다.

악혈이 묻어 있어 좋지 않다고 생각되어진 것이다.

미녀의 가슴 어루만지기가 다 끝난 구양천상은 마지막으로 그녀의 옷깃을 여며주려다가 그 아름다운 가슴에 미련이 남는지 손을 멈추며 가슴을 주시했다.

아니, 가슴이 아니었다.

그녀의 목에서 늘어져 있는 목걸이의 끝에 달린 옥벽 하나를 발견했던 것이다.

지금껏은 그녀의 생사가 걸려 있어 다른 곳에 신경을 쓸 수 없어 그것을 미처 보지 못했었지만……

"이것은……?"

구양천상은 그녀의 옷깃 여미는 것을 잊어버린 듯 그 옥벽을 손에 들고는 믿을 수 없는 듯 그것을 들여다보았다.

그때였다.

"으음……."

신음 소리와 함께 태음천주가 몸을 뒤척이는 듯하더니 눈을 떴다.

그녀는 눈을 깜박이다가 고통이 거의 사라지고 헤쳐진 자신의 가슴에 구양천상의 것인 듯 보이는 흰 천이 동여매져 있음을 보고는 대강의 상황을 짐작하고 창백한 얼굴이 발갛게 달아올랐다.

본능적으로 옷깃을 여미려 손을 가슴에 올리던 그녀는 자신을 내려다보고 있는 구양천상의 눈과 마주쳤다.

"무엇을 그리 보고 있나요?"

얼굴이 붉어진 그녀가 쏘아붙이듯 싸늘히 외치자 구양천상이 흠칫 손을 뗐다.

태음천주가 황급히 옷깃을 여미는 순간에 구양천상이 입을 열어 물어왔다.

"천주의 목에 걸린 그것이 청영옥벽…… 틀림없습니까?"

그의 물음에 태음천주는 깜짝 놀라 그를 쳐다보았다.

어찌나 놀랐던지 옷깃이 다시 벌어지는 것도 모를 정도였다.

"어떻게 그것을……?"

놀라 구양천상을 쳐다보던 태음천주는 구양천상이 아무 말 없이 품속에서 자신의 것과 똑같은 생김의 옥벽을 꺼내는 것을 보고는 입이 딱 벌어졌다.

"그럼…… 당신이 바로 사부님께서 말씀하시던 그…… 사람?"

구양천상이 물었다.

"천주의 이름이 임옥병?"

"그래요. 나의 이름을 아는 것을 보니까 과연 그렇군요…….
사부님이 말씀하시던 그 사람이 설마 당신일 줄이야!"

태음천주가 상처의 아픔도 잊은 듯 머리를 저었다.

〈한 사람을 구하라. 그의 이름은 임옥병이며……

청영옥벽을 지닌 그 아이를 구하게 되면 전후의 사정을 알게 되리라…….〉

구양천상은 말이 나오지를 않았다.

설마 천기노인은 자신이 그녀를 이렇게 하여 만날 것을 미리 알고라도 있었단 말인가?

"그분의 신산은 정녕 대단하군…….."

마침내 구양천상은 고개를 젓고 말았다.

쏴— 쏴아…….

마주보고 있는 두 사람의 말을 대신하듯 쏟아 붓는 빗소리만이 요란했다.

구양천상이 중얼거리듯 말했다.

"나는 당신이 왜 그들로부터 포위 공격을 받고 있었는지 의아
했었는데 이제야 대강 이유를 알 것 같군…….."

태음천주 임옥병이 가슴을 누르며 자세를 바로 하더니 어두운
표정으로 천천히 물었다.

"사부님께서는 돌아가셨나요?"

"잘은 모르나 아마도 그런 것 같소…….."

구양천상은 황산 백운곡에서 목도하였던 일들을 그녀에게 상세히 말해주었다.

"그 좋은 분들이 결국 그처럼······."

괴로운 빛이 과도한 출혈로 창백해진 그녀의 얼굴에 떠올랐다.

"사부님께서는 일찍이 저에게 말씀하셨었어요. 천기원이 무너지는 일이 발생한다면 암중의 적이 준동하기 시작한 것이 틀림없다고······. 그리고 제가 가진 이 청영옥벽의 짝이 나타나면 그와 힘을 합쳐 그들에 대항하라고······."

어두운 그늘 어린 그녀의 그 차갑기만 하던 눈에 눈물이 찰랑이며 차올랐다.

"그분은 오늘의 이 모든 상황을 다 예측하셨던가 봐요. 당신이 나타남은 곧 그분이 세상에 없음을 의미하는 것이라는 말을 이미 나에게 하셨었으니······."

구양천상은 아무 말 없이 그녀가 하는 말을 들었다.

비는 좀처럼 갤 것 같지 않았다.

비바람은 점점 더 거세어져 조그마한 남랑묘를 금방이라도 쓸어버릴 듯했지만 두 사람의 이야기는 이제 그 시작일 뿐이었다.

태음천주 임옥병은 처음부터 천기노인의 문하는 아니었다.

그녀는 구양천상이 처음 짐작하였던 것처럼 강호상의 전설로 알려져 있는 성모궁의 출신이었다.

전후좌우, 어디를 보아도 눈과 얼음뿐인 빙천설지(氷天雪地)에서 그녀는 사물을 분간할 수 없는 어린아이 때부터 자라났다.

그녀는 성모궁의 기대를 모았으며, 그것을 증명하듯 그녀는 수

많은 영약과 무공의 특혜를 받으며 성모궁에서도 특별한 존재로 성장할 수 있었다.

그러나 그녀는 나이 열셋이 되었을 때 자신에게는 이미 예정된 다른 길이 있음을 알게 되었다.

그녀가 열네 살이 되었을 때 금남(禁男)의 땅으로 알려져 있는 성모궁에 천기노인이 찾아들었던 것이다.

그리고 그녀는 그의 기명전인이 되었다.

그로부터 오 년.

그녀는 천기노인의 치밀한 안배대로 강호상에 전혀 그 존재를 드러내지 않고 있는 구중천의 내부로 스며들어 신임을 받는 데 성공하여 구천군주의 총애를 받게 되고 드디어는 태음천주로 올라서게 되었다.

구중천 내에서도 그녀와 같은 나이에 그와 같은 지위로 올라선 사람은 단 하나도 없을 만큼 그녀의 능력은 뛰어났던 것이다.

그녀에 대해 치밀한 뒷조사가 행하여졌음에도 천기노인의 치밀함은 조금도 허점을 드러내지 않고 그녀의 지위를 가능케 하였다.

천기노인의 존재는 성모궁 내에서도 비밀이었으며, 임옥병은 오로지 성모궁의 문하로만 존재했다.

그녀가 성모궁을 떠난 이유는 그녀의 재질을 시기하는 사람들 때문으로 되어 있었으며, 그 존재들마저 천기노인에 의해 완벽히 준비되어 있었던 것이다.

그녀의 출신이 성모궁임을 알게 되자 구양천상은 필연적으로 성모궁의 궁주에 대해서 물어보게 되었다.

그러나 그녀의 대답에서 얻을 수 있는 것은 거의 없다고 해도 과언이 아니었다.

그녀가 성모궁을 떠날 때, 성모궁의 궁주는 구양천상이 본 것과 같은 미모의 중년부인이 아니라, 백여 세가 넘는 노인이었던 것이다.

"사부님은 나를 구중천에 잠입시키기 위해 무려 이십 년의 세월을 소비하셨었어요. 그런데 지금에 이르러 그 모든 것들이 한낱 물거품이 되어버렸으니……."

태음천주, 아니, 이제는 그저 임옥병이란 한 여인으로 된 그녀는 어두운 얼굴로 탄식했다.

"자책할 필요는 없을 것이오. 그분이 남기신 서찰에서도 나타나 있듯, 그분은 오늘의 모든 상황을 예측하고 계셨으니 아마도 그에 대한 안배도 다 남겨놓으셨을 것으로 생각이 되오."

"안배……."

임옥병은 가만히 고개를 끄덕였다.

"그래요, 그분께서는 자신에게 무슨 일이 생긴다면 자신이 계획하였던 모든 일들이 앞당겨 발동하도록 조치해 두었다고 말씀하셨었어요. 그리고 막후의 조종자도 그 안배에 따라서 모습을 드러내게 되리라고……."

"그 안배들이 어떠한 것인지 알고 있소?"

"그 자세한 내막은 나도 잘 몰라요. 혹 오늘 같은 일이 있어서 내가 저들에게 잡히는 일이 일어난다면 문제가 생길 것이기 때문이죠. 사부님의 말씀에 따르면 지금부터 일어나게 되는 안배의 발동은 어떤 사람과도 관계없이 일어날 것이라고 하더군요. 그 내용에 대해 알고 있는 사람은 사부님이 돌아가신 이상, 오직 한 분…… 제 사형뿐일 거예요."

구양천상은 흠칫 그녀를 보았다.

"사형이 있소?"

"그래요. 하지만 저는 그분이 누군지 몰라요. 한 번 만나본 적이 있기는 했지만 서로의 진면목은……."

"음……."

구양천상은 침음했다.

'결국 그녀가 아는 것은 한계가 있다는 결론이구나. 천기노인은 놀라울 정도로 철저한 것 같다. 그분의 사후…… 그분이 남긴 모든 것은 아마도 그 사형이라는 사람에 의해 움직여질 것 같구나.'

생각을 굴린 구양천상은 그녀에게 물었다.

"그 사형이란 분을 만날 수 있는 방법은?"

임옥병은 가볍게 이마를 찡그렸다.

"한 번도 시도해 보지는 않았지만 아주 위급한 상황을 만났을 때 서로에게 연락할 방법이 있어요. 지난 육 년간 한 번도 써본 적은 없었지만…… 어쩌면 지금이 그 방법을 써야 할 때인지도 모르겠어요."

묵묵히 고개를 끄덕이고 있던 구양천상은 다시 물었다.

"천기노인께서는 당금 천하에 조성된 국면이 어쩌면 한 인물에 의한 것일지도 모른다고 하셨었는데…… 그분이 지목하고 있는 사람이 누구인지 천주…… 임 소저는 알고 있으시오?"

그가 호칭이 껄끄러운 듯 주저하다가 소저라고 부르자 임옥병은 창백한 얼굴에 미미한 미소를 머금었다.

"당신은 사부님이 택한 사람이에요. 어쩌면 그분은 당신을 마지막 제자로 생각하고 계셨었는지도 모르죠. 그런데도 우리가 서로를 어렵게 거리를 두는 것은 별로 바람직하지 못한 것 같은데 어떻게 생각하나요?"

구양천상은 담담히 웃었다.

"마음이 문제지 호칭이야 시간이 지남에 따라 저절로 다듬어질 테니 별문제가 아닐 겁니다."

그의 말에 임옥병은 속으로 혀를 찼다.

'이럴 때는 전혀 신기제일가의 대공답지 않군! 어떻게 여자에 대해서는 저렇게 멍청할까?'

그녀는 암중으로 눈을 흘겼지만 겉으로는 아무렇지도 않은 듯 구양천상의 물음에 대답했다.

"그 사람이 누군지는 나도 잘 몰라요. 다만…… 가능성이 있는 사람은 이미 세상에 없다는 것만 알고 있죠."

"그것이 혹 봉황곡 모용가의 중흥조인 신주대협 모용중경을 의미하는 것이오?"

놀란 빛이 임옥병의 눈에 떠올랐다.

"어떻게 그것을 알죠? 사부님이 말씀……."

구양천상은 고개를 저어 그 말을 막고 천도문주와 사이에 오갔던 내용을 그녀에게 말해주었다.

임옥병은 고개를 끄덕였다.

"그래요…… 나도 들은 적이 있어요. 아마 그 일은 대부분 사실일 거예요. 하지만, 구천군주가 모용세가의 노태태일 거라는 말은……."

구양천상의 눈이 빛났다.

"구천군주가 어떤 사람인지 알고 있으시오?"

임옥병은 머리를 저었다.

"구중천에 잠입한 이래 그처럼 심혈을 기울였지만 그가 어떠한 사람인지에 대해 알아낸 것은 거의 없어요. 그의 행적은 너무도 표홀(飄忽)하여 어느 누구도 종잡을 수가 없어요. 그는 실로 무서운 사람이에요……."

구양천상은 그녀의 눈 속에 은은히 두려운 빛이 떠오르는 것을 볼 수 있었다.

군주의 정체를 알고자 하여 잠입한 그녀가 두려움을 느낄 정도라면 구천군주가 과연 얼마만한 위세로 수하들에게 군림하고 있는가는 짐작이 가고도 남았다.

"구중천의 조직은 실로 방대하고도 엄청나요. 그는 그 거대한 힘을 손바닥 위에 올려놓고 마음대로 조종할뿐더러, 자신의 수하들에게는 거의 신과 같은 위세로 군림하고 있어요. 군주가 모용세가의 노태태가 아닐 거라고 말하는 이유는 그가 여자가 아니기 때문이에요."

"여자가 아니라고……?"

"그래요. 그의 행적은 신출귀몰하여 언제 어디에서 어떤 모습으로 나타날지조차 모르지만, 실제로 나는 그가 단 한 번도 같은 모습으로 나타나는 것을 본 적이 없어요. 하지만…… 그가 여자가 아님은 분명해요."

"그가 그처럼 여러 가지 모습으로 나타나는 데에도 그를 알아볼 수 있소? 그때마다 사람이 바뀔 수도……."

임옥병은 강하게 머리를 저었다.

"그렇지 않아요! 그에게는 사람을 누르는 다른 사람이 흉내낼 수 없는 기도(氣度)가 있어요. 그의 화신(化身)들도 있긴 하지만 어느 누구도 그 기도를 흉내내지는 못해요."

"음……."

구양천상은 침음했다.

그렇다면 천도문의 생각은 잘못된 것이다.

그때 임옥병이 다시 말했다.

"하지만…… 어쩌면 구중천은 모용세가와 관계가 있을는지도 몰라요. 그럴 가능성이 있어요."

구양천상이 말을 기다리자 그녀는 계속해서 말했다.

"언젠가 세성천이 암약할 당시에 외부에서 모용세가의 외부 세력과 충돌을 일으킨 적이 있었는데…… 문책이 내려진 적이 있었어요. 쓸데없이 잠자는 천하제일가를 깨울 필요가 없다는 것이었지요. 그 문책은 지금까지도 유효하여 우리는 강호 활동에 있어서 언제나 모용세가에는 한걸음 양보해 왔어요."

그녀는 구양천상을 보았다.

"기억나나요? 지난날 백화원에 모용세가의 금지옥엽인 모용아경이 기녀로 와 있었음이……?"

"그녀가 모용세가의 혈육임을 이미 알고 있었소?"

"물론이죠. 그렇지 않고서야 어찌 그녀가 본 태음천의 거점인 백화원 내에서 그처럼 마음대로 움직이도록 두었겠어요?"

그러고 보니 구양천상이 구중비의 비밀을 알아내게 된 것 또한 그녀의 귀띔에 의한 것이 아니었던가.

'과연 모용세가와 구중천과는 어떤 관련이 있는 것일까?'

드러난 정황만으로는 결코 모든 것을 속단할 수 없었다.

그러기에는 지금 현재 그의 앞에 드러나 있는 모든 것들이 너무도 복잡하고 안개에 묻혀 그 실체를 알아볼 수 없었던 것이다.

그리고 구양천상은 얼마 지나지 않아 과연 사실을 속단할 수 없음을 진정으로 알게 된다.

상황은 참으로 간단치 않았다.

그러나 그의 품속에는 그것을 풀 수 있는 열쇠가 있었다.

그것은 바로 천기노인이 그에게 남긴 두 개의 금낭이었다.

하지만, 아직은 그것을 열어볼 때가 되지 않았다.

쏴아…….

비는 점점 더 거세게 대지를 매질하고 있었다.

『풍운고월조천하』 제3권 끝

War Mage

워메이지 김재한 퓨전 판타지 소설

사람들이 인식하는 상식의 세계 이면
짙은 어둠이 드리워진 그곳에 사는 괴물들이 있다.

문명이 드리운 그림자 속에서, 전투기계들과
인간의 사념으로부터 태어난 마물들이 격돌한다.
마법과 주술이 난무하는 초현실적인 전장,
소년은 그곳에 서는 대가로 인생을 잃었다.
운명의 노예가 되어
가족과 인성을 잃어버린 소년, 진유현.

총염(銃炎)과 검광(劍光)이 뒤얽히는
어둠의 거리에서, 운명의 족쇄를 끊고 나온
소년의 눈이 살의를 발한다.

유행이 아닌 자유추구 -
WWW.chungeoram.com
BOOK Publishing CHUNGEORAM

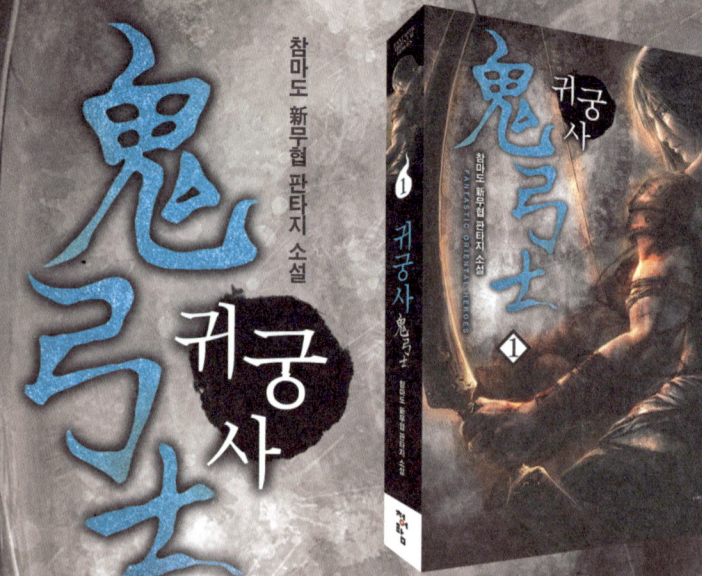

**참마도 작가!! 그가 『무사 곽우』에 이어
다섯 번째 강호 이야기를 새롭게 풀어내다!!**

"길의 중앙에서 멋지게 서서 당당히 걸어가래.
사람으로 태어난 이상 그 누구도 당당하게 살아갈 권리는 있다고 말이야."

단야의 오른손이 꽉 쥐어졌다. 별것도 아닌 말이다.
하나 이토록 마음에 남는 소리는 없었다.
사람으로 태어나서……

요물, 괴물.
나이를 먹지 않는 월홍과 얼굴이 징그럽게 망가진 단야.
그들 앞에 펼쳐진 강호란……!

유행이 아닌 자유추구 -
WWW.chungeoram.com
BOOK Publishing CHUNGEORAM

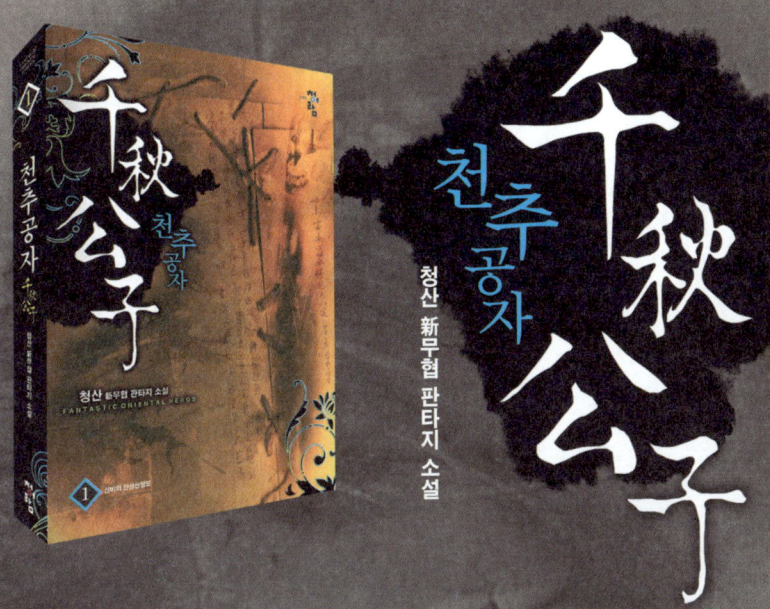

운명을 뛰어넘는 담대한 도전!

황제마저 농락한 숭문세가의 공자 문천추(文千秋).
용문에 이르기 전까지 그는 시문과 서화를 즐기며 대하를 누비는
한 마리 커다란 잉어였다.
그러나 운명은 그를 용문(龍門) 앞에 이끌었다.
용문의 드센 물살을 거슬러 올라 용(龍)이 될 것인가,
아니면 용문점액의 상처를 입고 추락할 것인가.

죽음의 하늘 사중천(死重天)!
오로지 파괴와 살육만을 일삼는 사마악(邪魔惡)의 결집체.
사중천의 어둠은 태양마저 가리며 천하를 뒤덮는다.
마침내 죽음의 하늘과 맞서는 용 울음소리.

천추(千秋)에 빛날 문무제일공자의 호쾌한 행보가 시작되었다.

유행이 아닌 자유추구 -
WWW.chungeoram.com
BOOK Publishing CHUNGEORAM

감동의 행진을 멈추지 않는 작가 한성수!

구대문파 시리즈의 두 번째 이야기 『소림곤왕』!!
그 화려한 무림행이 펼쳐진다

"너는 지금부터 날 사부님이라 불러야만 하느니라.
소림사의 파문제자인 나, 보종의 제자가 되어서 앞으로 군소리없이 수발을 들고
모진 고통을 이겨내며 무공 수련을 해야만 한다."

잡극계의 천금공자 엽자건!
소림의 파문제자 보종의 제자가 되다!!

역사와 가상.
실존의 천하제일인과 가상의 천하제일인에 도전하는 주인공!
이제부터 들어갑니다. 부디 마음껏 즐겨주시기 바랍니다.
- 작가 서문 中에서.

유행이 아닌 자유추구 -
WWW.chungeoram.com
BOOK Publishing CHUNGEORAM